本 书 获 得

西南民族大学科研项目资助

西南民族大学中国文学博士一级学科培育经费资助

西南联大

与中国校园文学

李光荣 著

人民出版社

责任编辑:李　惠
装帧设计:雅思雅特

图书在版编目(CIP)数据

西南联大与中国校园文学/李光荣 著. −北京:人民出版社,2014.11
ISBN 978−7−01−013678−3

Ⅰ.①西…　Ⅱ.①李…　Ⅲ.①中国文学-现代文学-文学研究
　Ⅳ.①I206.6

中国版本图书馆 CIP 数据核字(2014)第 140335 号

西南联大与中国校园文学

XINAN LIANDA YU ZHONGGUO XIAOYUAN WENXUE

李光荣　著

人民出版社 出版发行
(100706　北京市东城区隆福寺街99号)

北京龙之冉印务有限公司印刷　新华书店经销

2014 年 11 月第 1 版　2014 年 11 月北京第 1 次印刷
开本:710 毫米×1000 毫米 1/16　印张:21.25
字数:290 千字　印数:0,001−1,500 册

ISBN 978−7−01−013678−3　定价:52.00 元

邮购地址 100706　北京市东城区隆福寺街 99 号
人民东方图书销售中心　电话 (010)65250042　65289539

校园文学的文化意义（代序）

李光荣教授关于西南联大校园文学的新著就要出版了，来信嘱我作"序"。作为光荣教授多年的朋友，我自然不敢拒绝，只是对西南联大校园文学本身的研究却远不及光荣教授之专之深，所以在这里不敢妄议，只能借此谈一谈对校园文学的一些认识。

校园文学，这个词来自 20 世纪 80 年代，当时中国新时期的校园文学兴盛一时，新时期的"朦胧诗"运动（"新诗潮"）有校园作家的参与，作为这一运动最早的民间总结——《新诗潮诗集》就来自北京大学的五四文学社，第三代诗歌中赫然名列有"大学生诗派"，北京师范大学的五四文学社则在 20 世纪 80 年代末编辑出版了《中国当代校园诗人诗选》，算是对新时期校园诗歌的一次重要扫描。以后，批评家与史家又沿波讨源，将校园文学的踪迹一直追溯到 20 世纪上半叶，甚至中国新文学的第一步。

胡适正是在美国的大学校园里目睹了"意象派"诗歌运动，并将其中的精神引入到了中国，成为《谈新诗》的基本逻辑；日本校园的"学堂乐歌"则同样启发了留日的中国诗人。至于李光荣教授致力多年的西南联大校园文化，更是将中国现代文学推上了令人瞩目的艺术高峰。

在我看来，讨论校园文学，重要的还不仅仅是这种源流的梳理和总结，重要的是挖掘其中造就和影响中国文学的内在精神：究竟校园文化给了我们现代的文学什么样的东西？或者说，现代的校园文化最终形成了现代文化怎样特殊的素质？

校园文化首先来自民国社会的历史环境。

科举制度结束之后，大学与出版传媒是中国现代知识分子的两大生存场所。在前者，我们看到了容纳不同学说与思想的北京大学，见识了以"兼容并包"闻名的大学校长蔡元培，与其说是蔡元培个人的仁厚接纳了形形色色的思想人物，毋宁说就是五四文化圈多重思想倾向并存的现实扩展了这位现代管理者的思维空间，并最终通过新型的校园文化的存在为现代思想、现代文学的发展奠定了基础。

民国教育制度的存在则为文学新生力量的成长创造了文化条件，也为广大知识分子的生存提供了物质基础。自晚清开始，中国教育逐步形成了国立、私立与教会教育的三足鼎立之势，在今天看来，这些教育大体上实践了教育独立、中西会通的原则，为现代中国文化的发展奠定了重要的基础。晚清中国教育先是接受了德日中央集权模式的影响，官办学校成为教育的主体，然而这一政治与教育联合的中国方式却不断遭遇到具有留洋背景的新知识群体的批判和抨击，加之民国初年的政治动荡，中央政权实际上无法有效地将自己的政治理念贯穿到校园之中，民国政府的教育部于1912年—1913年制订颁布的民国第一个学校制度系统（即"壬子癸丑学制"），其中的《大学令》、《大学规程》等关于高等教育的法令已经包含了若干废除忠君、尊孔等旧教育宗旨的内容，同时如校内设评议会、教授会等机构，则开始效仿英美大学的自治权和学术自由思想。"五四"时期在教育界更开展了废止教育宗旨、宣布教育本义、倡行教育独立的运动，"养成健全人格，发展共和精神"的现代公民教育思想成为全国教育联合会太原年会的决议。大学独立的理念深入人心，即便军阀办大学，也不得不表现出对教育的相当敬重，或者借兴办教育博取自己的社会声誉，国民党努力推进"党化教育"，却一直受到校内外各种力量的抵制和反对，彻底的"党化教育"从来也没有在民国实现过。正是这样的教育环境为现代中国培养了一批又一批思想独立、个性鲜明的青年知识分子，而又是这些知识分子的创造活动揭开了中国文学崭新的一页；当这些写作者走出各级学校的大门，便成为勇于承担社会道义的中坚，为民族忧思，为民众呐喊，为理想奋斗，而生存于校园的人们，也能够利用相对优越的物质条件进行文化的融合与知识的反思，在不同阶段接受过民国学校教育的青年可能分别形成了社会派作家和学院派作家，他们兴趣有别，优劣均在，但认真观察，却都自有其独立的文学贡献，奔波于底层社会的左翼革命文学同样受惠于民国教育。

　　当然，这样思考问题，校园文化的多副面孔也引起了我们的注意，比如从 20 年代鲁迅开始的对学院知识分子的警惕甚至厌恶，这样的多面性提示我们学术研究必须保持格外清醒的头脑。

　　在另外一方面，校园文化也是充满变异性的，也就是说，并没有"本质化"的校园文化，应该特别注意其中的重要改变。例如抗战，正是抗战改变了中国的文化，包括校园文化，20 世纪 40 年代的西南联大作家群则利用高等教育的资源进行了独特的文化与生命思考，现代中国文学由此而更加丰富和生动。

　　多年来，从云南蒙自到昆明，李光荣教授步履匆匆，一路追踪西南联大的身影而行，他已经为我们的学界贡献了好几种相关的著作，既有史料的披露，也有理性的思考，可以说是国内影响很大的西南联大文学研究者，他的著作常常给我启发，给我重新认识历史与校园的灵感，我自己对穆旦、冯至、卞之琳等学人的研究虽然缺乏光荣教授那种明确的"联大视野"，但观照校园文化，特别是挖掘校园文化的自我更新却是完全一致的，正是在这个意义上，我对光荣教授的思考有一种深切的理解与认同。

　　感谢光荣教授给了我一个重读"校园文化"的机会，并从中获得反思当下、警醒自我的力量，因为，今日安享于校园"中产"迷幻的知识分子，最应该回首当年，比照民国当年的校园种种。

李　怡

2013 年 12 月 12 日于北京师范大学

目 录

导　论①

摘　要　校园文学是现代教育制度的产物。西南联大校园文学除了具备校园文学的一般特点外，还表现出反映社会人生的特点。这种特点的形成，缘于西南联大所处的特殊时代和西南联大作家的特殊生活：从北到南的大迁徙使他们认识了社会现实，市井生活使他们体验到民生疾苦，国家民族使命使他们创作抗战文学，军旅生涯使他们思考战争的问题。西南联大具有不同于一般校园的新文学环境，学生在文学社团中学习成长，自由创作，产生了能够代表中国校园文学乃至中国现当代文学的杰出作品。这些作品确凿表明：西南联大校园文学是 20 世纪中国校园文学的一座高峰。

一、关于校园文学

关于校园文学，迄无定论。但在中外各种观点中，有两点认识是一致的：第一，校园以内的文学，第二，学生创作的文学。"校园以内"是说文学作品产生于校园，而不是把文学题材框范于校园。校园内的作家描写校园以外生活的作品也属于校园文学，而校园外的作家即使所写内容是学校生活也不一定是校园文学。复杂的是对于校外作家描写校园生活的作品的定位。大家倾向较为一致的是学生在校园里构思，在离开校园后不长的时间内反映校园生活的作品，应该算校园文学。而作者早已作为"社会人"所写的文学作品，或者以社会学的思想剖析校园生活的文学则很难归入校园文学之内。"学生创作"指作者身份而言。校园文学的作者以学生为主体，而不包括教师作家。关于教师作家仍有不同看法，一种认为

① 本文原载于《云南师范大学学报》2012 年第 6 期，原题《中国校园文学的一座高峰——论西南联大学生创作》。

既为校园文学就应该包括教师作家，一种认为教师作家多以社会人生为描写对象，已超出校园范围，有的甚至引导着文坛的风潮，不能算作校园文学作家。两种观点都有道理，又都有所偏执。教师作家有年龄、水平、名望之分。老教师作家固然难以算作校园文学作家，但年轻的教师作家得作细论。有的学生作者毕业后在学校做教师并继续从事创作，尤其是有的学生作者毕业后留校任教，虽然身份变了，但其文学场域仍然是先前的场域，其作品与学生时代所写并无大的变化；即使毕业离开了校园，仍与校园保持着密切联系的青年作者，其创作仍继续校园创作的路数，有的甚至照旧参加校园的文学活动，作品仍在校园刊物上发表，恐怕应该继续算作校园作者。简言之，离开学校不久的学生作者，虽然身份变了，但其文学场域和作品风格没有变，就不能把他们排除在校园文学作家之外。

关于校园文学的创作特点，也有两点是大家的共识：第一，反映校园生活，第二，通过社团运作。"反映校园生活"只是其主要内容或倾向，或者说是内容之一，不是校园文学的全部内容或倾向，这正如上文所谈反映校园生活的不一定都是校园文学一样。有的学生所写的内容逾出校园之外，具备了社会人生的内容，也不能说它是社会文学，因校园文学概念的要点是"产生于校园"和"学生创作"的文学。有的学者根据校园生活的特点把校园文学等同于儿童文学、少年文学、青春文学，则更为狭隘，且在概念上与这些文学种类发生了混淆，实不可取。由于否认校园文学的内容可以逾出校外的观点与校园文学的定义的外延不相符合，有的学者把它修订为"通过校园生活反映社会人生"。但这样的修订仍是狭隘、徒劳的。学生生活并不局限于校园，有时甚至完全离开了校园而属于社会性的，为什么其作品一定要"通过校园生活"才能"反映社会人生"呢？因此，"反映校园生活"只是校园文学的主要特点，此特点可以扩大为以反映校园生活为主兼及社会人生。"通过社团运作"确实是校园文学的一个特点。事实表明，校园文学作品大多出于社团，那些著名的校园文学作家大多是文学社团的骨干人物。文学社团的作用是组织文学创作队伍，提高社员的创作兴趣，推动文学创作的发展，并在此过程中培养文学人才。所以，校园里的文学爱好者往往会发起组织文学社团，并在其中发挥作用，同时自己也得到提高。据不完全统计，我国目前的中学生文学社团上万个，大学生文学社团也有数千个，这是一股非常强大的创作力量，也是未来文学的希望。有鉴于此，研究校园文学必须从校园文学社团开始。

关于校园文学的完整定义，学界至今未能确定。但可以相信，研究者们通过不懈的探索和研究，将来是会做出来的。我固然有些思考，但为了避免不必要的"概念之争"，在此暂且不谈，而直接运用大家已形成的相对共识，写出以上文字作为我下文将要展开的校园文学研究的理论依据。

但是，仍有两个问题需要解答：

其一是校园文学能不能产生杰作？

这仍然要看如何定义校园文学。如果把校园文学的范围和特点局限于校园里学生创作的反映校园生活的文学，恐怕产生杰作的可能性较小。而如果按上文的倾向，把校园文学看作是学生和脱离学生身份不久的年轻教师以及文学青年继续学生时代的创作，那么校园文学是能够产生杰作的。这不是小觑学生创作的质量，而是扩大了校园文学的内涵和外延。在内涵中，不仅包涵了反映校园生活的作品，还包括了反映校园以外社会生活的作品，在外延内，既有学生的创作，也有"后学生"的创作。只要看一看中国校园文学的历史，就知道此言不谬。文学的成就似乎与年龄不成正比。虽然"庾信文章老更成"，但"成"的主要是技巧，不见得是思想观点。今天公认的作家代表作大多是作家的少壮之作，较少晚年巨著。现代文学史上的许多大家最优秀的作品几乎都写于他们创作的早、中期，举凡鲁迅、郭沫若、茅盾、巴金、老舍、曹禺、沈从文、艾青、赵树理等等无不如此。若以本题校园文学而论，有必要说说大家所熟悉的"曹禺现象"。曹禺23岁，还在清华大学做学生时就写成了名震遐迩的杰作《雷雨》，他接着写出了《日出》《原野》《北京人》等巨作，建国后，他"成熟"了，却写不出名作了，他在晚年决心写一部"大作"，却无从下笔，直至带着未写出好作品的遗憾离开了人世。曹禺虽然是一个典型，但也是一种普遍现象。由是观之，你能否认校园文学能够产生杰作吗？

其二，校园文学产生于何时？

研究者一般认为，中国校园文学是改革开放以来的产物，把校园文学的起点定在 20 世纪 80 年代，认为校园文学是当代文学的一个品种，其标志是《中国校园文学》的创刊。这种观点所说的"起点"实际是"校园文学"概念的提出时间，而不是校园文学的产生。事实上，校园文学是现代教育制度的产物。古代的私塾不教写作，很难有学生写的作品传世，杏坛、书院里虽有学生作品，但未成气候，可以看作校园文学的滥觞，但还不是今天所谓校园文学。现代教育办学堂、学校，尤其是设立国文学科，集中学生学习和写作，于是有了校园文学。所以，校园文学自现代学校始，有学校（学堂）就有了校园文学。校园文学随着新文学的提倡而转型，成为新文学的主要创作力量之一，对中国现代文学的发展做出了重大贡献。北大、清华的学生创作是 20 世纪初叶校园文学的代表。那时，校园文学融汇于现代文学，成为现代文学的重要部分，校园师生作家甚至充当了现代文学的主要作家，评论家论述的现代文学在一定程度上包括了校园文学。这样，校园文学反而没有受到学者的关注，不能把它提出来做专门的研究，校园文学因而湮没于现代文学之中了。那些认为校园文学起源于改革开放的学者，并不是对此前校园文学的无知，而是"无视"，他们不承认以前的学生创作是校园文学，因为那时的校园文学大多描写社会人生，逾出了校园围墙，不符合他们的定义，也就顾不上"学生作者"和"产生于校园的文学"两个义项了。概言之，校园文学起于近代，是现代大学体制的产物，中国现代文学包涵了校园文学，现代校园文学成就巨大，值得研究。

二、西南联大的校园文学

根据上述校园文学的内涵和特点，西南联大的文学属于校园文学。过去很少有人从校园文学的角度研究西南联大文学，大概缘于两个原因：一是没有对西南联大文学进行发掘。在人们的观念里，一提到西南联大文学，便是那些杰出的作品及其作家，如冯至的《十四行集》《伍子胥》，沈从文的《长河》《烛虚》，卞之琳的《慰劳信集》《山山水水》，学生作家是"联大三星""九叶诗人"外加汪曾祺等，而众多的西南联大学生作家的作品，鲜有人知，例如：《鼓》《舞》《新生》《司钟老人》《野老》《露营》《二憨子》《兽医》《逃去的厨夫》等作品，可能大多数西南联大文学的研究者亦未必知道。这必然影响到研究者对于西南联大文学的判断，致使他们不能从校园文学角度去考察西南联大文学。二是认为作为校园文学来看待会降低西南联大文学的价值。因为一般研究者认为校园文学就是反映校园生活的文学。有学者曾把《倪焕之》作为校园文学的"杰出代表"，但《倪焕之》并不是20世纪校园文学的一流作品。在这种观念之下，如果把西南联大文学作为校园文学看待，就等于说西南联大文学只有"校园内容"，而没有杰作，因而降低了西南联大文学的地位。所以研究者不把西南联大文学看作校园文学。即使偶然有人在研究中提到"校园"，如说穆旦是"校园诗人"，也并没有从校园文学的角度去研究，更没有引起共鸣。而在事实上，西南联大学生文学的题材是超出校园的——这更是不把西南联大文学当校园文学看待的"依据"。现在，以上两点都不是问题了，所以说西南联大的文学从其内涵和特点看是校园文学：

首先，西南联大文学中半数以上的作品是学生创作的。一般认为，西南联大的文学作品主要是教师作家甚至是著名作家朱自清、闻一多、沈从文、冯至、李广田、卞之琳、燕卜荪、钱锺书等创作的，学生只有穆旦、汪曾祺、郑敏、杜运燮、袁可嘉、王佐良等几位，而成就较大的是教师作家和"九叶诗人"及汪曾祺。其实不尽然。新近出版的《西南联大文学作品选》一书，选入66位作家的作品，其中教师作家只有17位，其余全是学生作者；选入作品91篇，其中27篇为教师所作，其余全是学生的作品。① 这一数字说明，西

---

① 李光荣编：《西南联大文学作品选》，人民文学出版社2011年版。

南联大文学创作的主力军是学生而不是教师，虽然学生个人的创作量不一定比某些教师个人的创作量大，但有的学生个人创作的数量也不少，而学生作品的总量则超过了教师创作的总量。可以肯定地说，西南联大文学作品的数量远远不是我们目前所知道的那些，而未知的多数是学生发表的作品。既然西南联大文学作品主要是学生创作的，符合大家公认的校园文学基本定义中"学生"和"校园"的义项要素，自然可以把西南联大文学作为校园文学看待了。至于其中老师的创作即非校园文学的部分，可以另作研究。这种情形各个学校都存在，是校园文学研究遇到的共同问题，非为特例。

其次，西南联大学生的文学创作是通过社团来运作并推进的。中国 20 世纪社会组织的一大特点是社团兴旺。为了聚集力量从事某一项工作，人们组织了形形色色的社团，社团从而成为民间组织的一种形式。学生社团即是这种民间社会组织形式在校园中的表现之一。据笔者的不完全统计，西南联大学生先后组织过一百多个社团，包罗各个学科，并涉及生活、娱乐、休闲等五花八门。有的社团昙花一现，有的社团长达数年。可以说，组织社团成为西南联大学生生活的一种风气，社团活动是西南联大学生开展工作的一种方式。这些社团中，有十几个是文学社团。关于各文学社团的情况，将在下一节作具体阐述，这里只谈文学社团的功能。文学社团的首要功能是组织文学创作队伍。文学社团是文学爱好者发起组织的，组成后又把更多的文学爱好者聚集在一起，形成集体力量，开展文学创作。因此，文学社团的次要功能是创作文学作品。为了创作出更多更好的文学作品，文学社团往往开展一系列工作：激励创作情绪是其一，相互交流切磋是其二，举办文学讲座是其三，创办刊物是其四，推荐社员作品发表是其五，社团之间还暗自形成竞争，其结果自然是繁荣了创作。文学社团在活动中获得了最后一个功能：培育文学人才。社团初建之时，除几个骨干具有文学创作的经验外，大部分社员只是抱着一腔热情参加，在文学社团的激励下，在老社员的带动下，在写作的具体实践中，新社员的创作能力得到提高，逐渐成长为文学创作人才。西南联大学生作者很少有没参加过社团的，换言之，西南联大学生的作品绝大多数出自社团成员。西南联大学生作者与文学社团的关系如此密切，具备了一般认为的"学生文学往往与社团有关"的校园文学特点。

西南联大学生的创作除了具备一般校园文学的特点外，还有其自身的特点，这就是社会性。

"社会性"是西南联大校园文学与生俱来的特点。今存较早的学生诗歌《野兽》用野兽形象象征中国人民抗敌意识的觉醒，最后的一批作品则表现出强烈的反内战思想，而其间的文学，大多是对社会、人生、战争的描写，充满了强烈的社会意识。当时社会的最大特征是战争，西南联大学生的作品也较多反映了战争，或者直接描写，或者间接表现，或者把战争作为背景，即使一些"远离战争"的作品，也摆脱不掉战争的阴影，其作品所写的社会是战争环境中的社会，所写的人生是战争时代的人生，因此可以把战争作为西南联大校园文学社会性的核心内容来看待。《未央歌》的"纯净"实在只是一个特例，不能代表西南联大学生文学的总体风格。社会性的表现，有些是与校园生活结合的，即"通过校园生活反映社会人生"，有的则远离校园直接描写社会人生，看不出校园生活的影子，甚至读者会想不到该作品出于学生之手，但它们实实在在是西南联大的校园文学。如果用"反映校园生活"的标准去框范西南联大文学，是不适当的。

形成西南联大校园文学社会性特点的原因有二：

其一，是对中国校园文学传统的继承。组成西南联大的北大、清华、南开本是我国校园文学的先锋，早期北大、清华的文学和南开的戏剧都闻名于全国，甚至在一段时期内代表着新文学某个方面的水平。而其校园文学的显著特点是对社会人生的关怀。三校的校园作家都很自觉地把目光投向社会底层，反映民间疾苦，却很少眷顾自己的小我而把个人的忧愁放大给别人看，即使写爱情，也打上了时代的印迹。这种倾向同时也是中国现代文学的传统。这种传统由三校师生带入西南联大。还在迁往昆明的途中，师生们就不失时机地了解社会、考察民情，收集民歌，写"旅行"记录，到了云南，一篇篇文章，一首首诗歌，一本本书籍相继写出并面世，开创了西南联大文学的局面，奠定了西南联大校园文学的风格基础。北大、清华校园作家出身的教师和西南联大学生文学社团的导师杨振声、朱自清、闻一多、李广田、冯至等，以及作家沈从文，无论在课堂上还是讲座中，或是与个人的谈话，都强调个人对国家、民族、时代、大众应做的工作和应尽的责任，要求文学担负起历史的使命。他们指导着文学社团活动，引导了校园文学的方向。从社团文学创作的实际看，西南联大文学是按照导师们引导的方向，沿着前几届学长开创的道路发展的，直言之，西南联大校园文学继承了中国校园文学的传统而又有所开拓发展。

其二，是西南联大的校园生活决定的。西南联大是一所敞开大门的学校。一方面学校里举行的活动，社会人员可以参加，包括老师上课也可以随时来听，甚至学生宿舍里也有社会人员借宿；另一方面学生走出校门，有的参与编报纸或杂志，有的在中学任教，有的兼职做社会工作，有的打零工，与社会的各个方面发生了广泛的联系。此外还有三点是其他任何时候的任何大学都没有的。第一，从北到南的转移。师生从北京到长沙，从长沙到昆明，举行了行程数千里的大迁徙。其中最不同凡响的是从长沙步行三千多里到达昆明。第二，散居民间的市井生活。师生租住民房，与普通市民朝夕相处。西南联大师生的住所遍及全城，形成了昆明城有多大，西南联大就有多大的"校园景观"。第三，从军抗日。据不完全统计，在西南联大八千学生中，有一千多人从军抗日，多数进陆军，少数入空军，近在昆明，远达缅甸、印度，有的在后勤搞服务，有的持枪上战场。特别是美国空军援华大队到来，其翻译人员大多由西南联大师生充任。这些情况说明，西南联大学生的活动范围几乎遍及整个昆明城以至更宽的社会空间。学生广泛而深入地接触社会，在某段时间内甚至融入社会，变成了"社会人员"。这种生活必然带来亲历者对社会人生的深入认识。作为文学作者来说，这种生活带给他们的是对社会人生的抒写：写社会犹如写校园，写他人则融入了自我。假若抽去对于社会人生的描写，西南联大的校园文学便苍白无力，甚至失去了意义。也是这种生活，奠定了西南联大校园文学的风格，在一定意义上决定了校园文学的成就。可以说，在中国的抗战文学中，对于战争的批判和人性描写的深度，很少有能超过西南联大文学的。

三、西南联大的文学社团

西南联大学生文学社团此起彼伏，贯穿于西南联大的历史过程中，成为西南联大文学活动的基本形式，以至研究西南联大文学必须先研究文学社团。这就是我当初全面研究西南联大文学时，选择从文学社团入手的原因。

西南联大的著名文学社团有南湖诗社、高原文艺社、南荒文艺社、冬青文艺社、文聚社、文艺社、新诗社、西南联大话剧团、剧艺社等。以文艺类别论，这些社团中有专业社团和综合社团两类。专业社团如从事诗歌创作的南湖诗社和新诗社，从事戏剧演出和创作的联大剧团和剧艺社；综合社团是高原文艺社、南荒文艺社、冬青文艺社、文聚社、文艺社等，综合社团各体文学皆写。从文学活动看，无论专业社团还是综合社团都有各自的特点，又有共同之处。共同之处有二，其一是队伍庞大。每个社团的社员都是几十人，南湖诗社较少为 20 人，文艺社最多的时候 60 人，戏剧社团因多幕剧的演出需要，社员总在数十人，临时参加演出的则更多，如公演《阿 Q 正传》时，共有二百多人参加工作，新诗社组织开放，不固定社员，有时一次活动的参加者就达一千多人。而当时西南联大中文系每年的招生数只有十多人，哲学心理学系仅为几人。那是一个艰苦卓绝的战争年代，又是一个热血沸腾朝气蓬勃的年代，同时是一个文学的时代，所以，文学社团兴旺发达。其二是开办文艺园地。作为学生和校园文学社团，办得最多的是壁报。在上述九个社团中，除文聚社和联大剧团之外，都办有壁报，冬青社的杂文壁报除新校舍外，还一度出了南苑版和师院版。有条件的社团则办有报纸或杂志，如文艺社创办《文艺新报》，文聚社办有《文聚》杂志和《文聚副刊》。戏剧社团则用演出的形式发表自己的创作，联大剧团和剧艺社的演出获得过极好的效果。文艺创作要求展示，创作的目的就是为了公诸于众，以获得他人的认可和赞同。西南联大的文艺社团开办自己的园地，把社员的优秀作品推向大众，一方面展示了自己的创作业绩；另一方面给作者以鼓舞，激励大家创作出更多更好的作品。

以上两个共同之处其实又是西南联大文学社团在组织与活动方面的特点。这里还要谈谈校园文学社团的特点和西南联大文学社团的总体特点：

校园文学社团与社会文学社团相比，有社员集中和导师指导两个特点。构成校园文学社团的主体是在校学生，又以发起人所在学院和年级的学生为多，这就形成了社员相对集中的特点。社员集中，知识和思想水平大致相当，而且工作（学习）相同，作息时间一致，就容易集中社员开展活动，所以校园文学社团往往比社会文学社团组织严密，活动丰富。学校里有文学教师，有的文学教师本是著名作家，这是学校的特殊资源。学生文学社团往往请本校文学教师做指导、当顾问，辅导文学青年成长，引导文学社团的创作趋势，这是校园文学社团得天独厚的条件。学生作者在校园文学社团里进步较快，其中一个重要的原因就是有老师做指导。一般说来，文学社团的中心活动是创作，扩大一点说，所开展的活动都是围绕着文学创作进行的。但是，校园文学社团的活动则可能离开文学而举办。这一方面是学校工作和生活的需要；另一方面也是创作者的需要。从事创作的人不能只关心文学。因此，校园文学社团的活动有时候是政治的，有时候是纯艺术的，有时候还可能是社会的、生活的、商业的。这在社会上文学社团那儿并不多见。

再把西南联大的文学社团与其他学校的文学社团相比，会发现它们具有紧跟时代、艺术先锋和互动竞争三个特点。

"紧跟时代"是西南联大文学社团与生俱来的品质。战争迫使三校师生离开文化古城和象牙之塔，流落到了西南边疆，故乡沦陷，亲人在侵略者的淫威下煎熬，这种切肤之痛更加坚定了他们的抗战意志，许多社员甚至投身军队，为抗日出力，有的社员曾两次从军，建立功勋。抗战后期，他们还关注昆明街头的伤兵，呼吁给他们人道主义的关怀。民主与自由是现代社会的时代思潮，在民主与自由得不到保障的抗战后期及胜利之后，社团成员又挺身而出，争民主、反内战，促进政治协商会议的召开，主张建立联合政府，并为之付出了血的代价。时代与社会是两个概念，有时又联系在一起，难以拆分，因此西南联大校园文学浓厚的社会意识与强烈的时代感关系密切。

"艺术先锋"指西南联大文学社团在艺术方法和表现手法上站在时代的前列，在一定程度上引领了艺术的潮流。这由以下条件而形成：第一，西南联大的教师是世界最新文艺的参与者和中国文学理论的引导者。以诗为例，燕卜荪是英国现代派诗人且与艾略特等一同开创了现代派诗歌，卞之琳是奥登诗歌的翻译者和介绍人，冯至崇拜并推广里尔克的诗风，闻一多提倡全新的朗诵诗，朱自清作现代诗论并且对西南联大的诗歌创作进行了理论指导，所以，西南联大在现代诗歌史上留下了这样两道亮色："九叶诗人"和不同于其他地区的朗诵诗。第二，西南联大所处的特殊区位优势。昆明在抗战时期是连接国外最直接的城市，曾经一度是通达国外的唯一前沿省会——先有滇越铁路和红河航线，后有滇缅公路，当水陆两路被阻断时，还有空中的"驼峰航线"。所以，西南联大图书馆里陈列着当年出版的欧美杂志，中文系图书室里摆放着最新的欧美文学著作。还有那些读不懂汉字、听不懂汉语的美国援华空军驻扎昆明，带来了许多最新的美国读物，其中一些是文学书籍。西南联大学生去给他们做翻译，从他们那里读到了最先锋的文艺。第三，西南联大充满了创新精神，教师评价学生作业的标准之一是新意。如果墨守成规，作业做得再好也得不到最高分。在老师的鼓舞和引导下，西南联大的学生形成了创新求变的思想品质。创新思想必然会被社员带到文学社团中来，更何况，优秀的文学作品从来都是创新的产物。这样，西南联大文学社团创新成风，大家乐于接受外国最新的方法和技巧，用以表现中国的生活，同时探索发现，创造新的思想、新的文学品种和新的表现方法，西南联大校园文学因而显现出先锋气象。

"互动竞争"是说西南联大各文学社团之间既有联系，又相互联合、协作，还暗自竞争。首先，西南联大文学社团"我中有你，你中有我"，有的社员"一身数任"。[①] 高原文艺社由南湖诗社更名而成，南荒文艺社以高原文艺社为班底扩建而成，文聚社的首倡者和发起人本是冬青文艺社的主帅和骨干。剧艺社的核心人员曾是戏剧研究社的核心人员，而戏剧研究社核心人员又是联大剧团的主干，三个剧社串联起了西南联大的戏剧史。文艺社、新诗社和剧艺社的骨干和社员相互交叉，不分彼此。其次，西南联大的文学社团共同开展工作。《文聚》杂志上发表的许多作品可以说是冬青社的，冬青社刊物上的一些作品又是文聚社的，而社员发表在外面的作品，根本没法说清是文聚社还是冬青社的。耕耘社和文艺社曾经就文艺创作方法问题展开过公开论争，后文艺社周年时出"倍大号"壁报，刊登了耕耘社的作品。剧艺社演出多幕剧，文艺社、新诗社的社员在其中忙得不亦乐乎。新诗社举办大型诗歌朗诵会，主要朗诵者中许多是剧艺社、文艺社社员。《文艺新报》上刊登的作品，有许多是剧艺社和新诗社社员的。最后，西南联大各文学社团之间暗自形成竞争。这种竞争是良性的互动，是证明我的正确，我比你强，而不是要挤垮对方。在文艺社与耕耘社的论争中，耕耘社用现代派作品证明这种写作方法才是适合表现现代思想意识和生存情感的方法，文艺社用现实主义作品证明文学反映社会生活的真实性与深度，发挥文学为现实斗争服务的功能。新诗社出诗歌壁报，文艺社出综合性文艺壁报；新诗社组织的诗歌朗诵会影响民众，文艺社创办《文艺新报》公开发行；新诗社出版《死在战场以外的中国兵》，文艺社出版《缪弘遗诗》。社团并没有表明竞争思想，而实际上形成了相互间的比赛，结果是促进了创作的繁荣。

上文曾说，文学社团有组织文学队伍、促进文学创作和培养文

---

① 王景山：《忆叶华》，《西南联大北京校友会简讯》1994年第15期。

学人才的三大功能。若以此为目标考量西南联大学生文学社团，会得到一个满意的答案。文学队伍上文已断断续续地谈到，文学创作留待下一节专门讨论，在此只谈文学人才问题：

西南联大毕业后从事文学工作和与文学相关工作的著名人物，除极少数外，都是当年文学社团中的活跃者。证明这一点的便捷方法是列出人物的事迹，但篇幅所限在此只列举人名而后举例说明。从西南联大文学社团走出的我国文学及相关学科的著名人物如：曾经是南湖诗社、高原文艺社、南荒文艺社社员的向长清、刘兆吉、林蒲、赵瑞蕻、穆旦、刘绥松、周定一、陈士林、李敬亭、刘重德、陈三苏、李鲸石、高亚伟、王佐良、杨周翰、杨苡、祖文，曾经是冬青社和文聚社的林元、刘北汜、杜运燮、汪曾祺、萧珊、巫宁坤、卢静、吴宏聪、辛代、罗寄一、张世富、于产、秦泥、赵景伦、彭国涛、贺祥麟、方敬、郑敏、流金，曾经是文艺社、新诗社的何达、张源潜、王季、王景山、刘方、刘治中、康倪、赵宝熙、伍骅、温功智、闻山，曾经是联大剧团、剧艺社的张定华、萧荻、王松声、郭良夫，等等。需要说明的是，这个名单并不完备。原因一，有的笔名对不上真名；原因二，有的在一方土地上很有名，但事迹传之不远；原因三，有的去了海外，知者不多；原因四，有的早逝或改行，无后续成绩。但仅以上所列，可以肯定西南联大文学社团的育人功绩之显著了。其中，在文学社团中创作成绩较大，离开社团后文名甚炽，可以作为西南联大文学社团育人功绩的典型作家是穆旦和汪曾祺。

诗人穆旦是西南联大五个学生社团的参与发起人和中坚作者。在组织南湖诗社前，他已是小诗人，但没有杰作，较为著名的《野兽》写于长沙临时大学，初刊在文学院壁报上，可算作社团成果。在南湖诗社，他沉浸在雪莱、惠特曼的风格中，所写为浪漫主义诗歌。到了高原社时期，他开始现代主义诗歌的创作实验，进入冬青社和南荒社，创作趋于成熟，到了文聚社，一跃而成为杰出的现代主义诗人，《赞美》《诗八首》《出发》《森林之魅》等相继发表，决定了他在中国现代文学史上的崇高地位。小说家汪曾祺不同于穆且，在参加冬青社之前没有写出过作品，他是怀着一腔文学热情进入冬青社的。在冬青社社友的激励和影响下开始了文学创作，最初的作品《钓》，接着写出了清新自然的《翠子》《悒郁》，显示出自己的创作特色。在文聚社，他最显著的特点是进行现代主义小说的创作试验，情节、结构、语言都与传统风格不同。正是在冬青社和文聚社里，汪曾祺的小说无论现实主义还是现代主义都走向了成熟，现实主义的《河上》《老鲁》，现代主义的《复仇》《谁是错的》就写于此时。穆旦和汪曾祺在学生时代对于文学几近痴迷，他们凭自己的探索也可能成为文学家。但文学社团对他们的成长所起的作用不可低估。他们在西南联大的文学场域和文学社团的创作氛围中思考探索，创作交流，发表作品并得到批评与鼓励，创作水平迅速提高，成为著名的校园作家。他们在文学社团中的进步轨迹清晰可见。

四、西南联大文学社团的成就

上文曾提到校园文学能否产生杰作的问题，这里再作论述。在论述之前，先看看西南联大文学社团的整体创作情况。

今天所知西南联大的文学作品，保守地说，还不到其创作总数的一半。不知的尤以学生或者说文学社团的创作为多。以汪曾祺这样的名家为例，收录较全的北师大版《汪曾祺全集》收入他创作于昆明的小说6篇，而笔者整理出来的同期小说则有23篇，意即几十年来，人们通常所知汪曾祺创作于学生时代的小说只占他创作总数的1/4强，未知的占将近3/4，所知与未知的比例约为1：3。研究者中的著名作家尚且如此，一般作家的情形更可想而知了。南湖诗社在三个月的历史中创作的诗歌在百首以上，外有《西南采风录》收入的771首民歌。可是在我公布之前，人们所知南湖诗社的诗作不足10首。剧艺社在"一二·一"运动期间创作出10部剧本，刊登出来的只有4部。其他社团的作品散见于各处，无从统计。可以确知的是《文聚》杂志和《文艺新报》上刊载的作品。"概括起来，6期《文聚》共发表了65题127篇作品。这些作品大约可以归为诗歌、小说、散文三类，其中诗歌23题84首，小说17篇，散文25题26篇"。①《文艺新报》出版7期，共发表论文11篇，诗歌28首，小说4篇，散文9篇，杂文38篇，共计90篇（首）。②关于文聚社和文艺社所写作品的总数，恐怕也是难以统计的。而新诗社的诗歌，以朗诵为发表形式，以会场为"刊登"场所，除少数再公开发表或作者存稿外，绝大多数今天已无从知晓。还有各个社团壁报上刊登的作品，无法保存，今天也是一个未知数。基于这种情况，在此只能给出一个估计数：西南联大九年的学生文学作品，大约近千篇（首），字数在数千万。笔者编选的《西南联大文学作品选》除著名诗人的短诗外，每种文体只收同一作者的一篇作品，结果有34万字，而入选本书的自然不包括全部作者。这个数字可以提供大家推想的依据。

那么，这些作品中有没有杰作呢？回答是肯定的。

先谈诗歌。诗歌是青年人最钟爱的文体，很少有文学青年没写过诗的。诗歌同样是西南联大文学社团创作最多的文体，只有诗社成员不写小说，没有综合社团未写过诗的。诗歌也是西南联大文学社团创作成就最高的品种，有的诗不仅可以作为西南联大文学的代表作，还可以作为我国抗战时期文学的代表作，甚至可以作为中国现代文学和20世纪中国文学的代表作。这样的文学成就，足以让西南联大文学作家，让中国校园文学作家感到骄傲。

穆旦是西南联大文学社团造就出来的杰出诗人。他在20世纪40年代，即被称为"西南联大三星"。1981年，《九叶诗集》出版，穆旦被重新发现，得到研究者的高度评价。1994年，《20世纪中国文学大师文库》出版，诗歌卷收入12人的作品，穆旦被排在第一。1996年，《穆旦诗全集》出版，被列入"20世纪桂冠诗丛"。1987年，《中国现代文学三十年》出版，"《九叶集》派"以较大篇幅写入文学

---

① 李光荣、宣淑君：《季节燃起的花朵——西南联大文学社团研究》，中华书局2011年版，第228页。

② 李光荣、宣淑君：《季节燃起的花朵——西南联大文学社团研究》，中华书局2011年版，第281页。

史，穆旦得到充分的肯定。之后的文学史，渐渐把穆旦列为专节以至专章来书写。尽管"大师"之类的提法在学理上遭到质疑，但并非否认穆旦的诗歌地位。从"诗星"到文学史地位的确定，可以确信穆旦是 20 世纪中国最杰出的诗人之一。要提请大家注意的是，学界所公认的穆旦代表作《诗八首》《森林之魅》《赞美》《出发》等全都是校园文学社团的成果。《赞美》写于 1941 年冬青社时期，作为文聚社诞生标志的《文聚》杂志创刊号首篇发表。《诗八首》和《出发》写于 1942 年冬青社和文聚社并存时期，且《诗八首》就刊登在《文聚》上。《森林之魅》写于 1945 年，那时穆旦虽然离开了西南联大，但仍然保持着与西南联大的联系，仍然是冬青和文聚社的社员。就在这一年，文聚社出版了他的诗集《探险队》。所以，写出代表一个时代最高成就的优秀诗作的穆旦，是一个校园诗人。

杜运燮的《滇缅公路》发表不久，朱自清就在课堂上进行了讲评，20 世纪 80 年代以来，被多家选本选入，并写进了文学史，今天看来，这首诗仍然是写滇缅公路的最好作品。抗战时期物价飞涨，民不聊生，写物价的作品很多，而出类拔萃的是《追物价的人》，今天的文学史书也经常提到该作品。杜运燮是"联大三星"之一，冬青社和文聚社的骨干，"九叶派"诗人，他后来仍断断续续地写诗，改革开放后较有名，但他成就最高的诗歌仍然是作为西南联大校园诗人时期的作品。

其他的还有林蒲的《乡居》，郑敏的《金黄的稻束》，何达的《舞》，周定一的《南湖短歌》，刘一士的《太平在咖啡馆里》，俞铭传的《拍卖行》，叶华的《鼓》，闻山的《山，滚动了》，白炼的《新生》，等等，这些作品都可列入 20 世纪的优秀诗歌。有的作品由于作者后来不再创作而被人们淡忘，有的被岁月尘封在故旧报刊之中，许多好诗因不为人知而没有获得应有的地位，但只要它们和读者"见面"，其艺术即刻光彩照人。

散文是包罗生活最广，文种最多，人们写作最丰的文体。或许由于数量太多，散文在现代文学史上的地位未能与诗歌、小说平等。因此，许多优秀散文被人们忘记就在情理之中了。西南联大文学社团的散文，精品颇多，这里略举一二。方敬发表在《文聚》上的《司钟老人》所写三位老人的生活及其态度发人深思，刻画的形象如雕塑一般；林蒲的《人》以活泼的语言刻画了一位华侨机工的形象，其成就足以代表中国现代报告文学的水平；刘北汜的《峡谷》描绘的色彩让人目不暇接；辛代的《野老》记述四川山野里的一位奇人，可感可触；汪曾祺的《花园》把儿时的生活环境描绘得历历在目；卢静的《蛙》是一篇优秀的说明文；杜运燮的《露营》展示了异国亚热带夜色的诡秘；马尔俄的《林中的脚步》表达出对于远征军将士的深切怀念；王季的《昆明的天空》是对北迁后西南联大故址的凭吊；史劲的《借镜和忌镜》借古论今，收放自如，是一篇出色的杂文。以上作品的确是优秀的，个别篇章已被写入文学史，绝大部分由于种种原因没有写入。话又说回来，散文的数量实在太多，优秀的数不胜数，如果一部文学史把优秀篇章都写入，会多么庞大？不论是否进入文学史，优秀作品的魅力总是存在的，只要你一接触，就会被它吸引。

小说是西南联大校园文学的另一个亮点，作者众多，成就也较高。大家熟知的作家是汪曾祺，与汪曾祺同时或前后的还有，且成就并不亚于当时的汪曾祺。林蒲或许是西南联大第一个成就较高的校园小说作家。他创作的《二憨子》可以称为反映正面抗战的最佳作品。作品脱尽了抗战初期文学的宣传味，达到了短篇小说的最高水准。由于得到巴金的赏识，林蒲集其六篇小说和散文编为《二憨子》，收入巴金主编的"烽火小丛书"出版，是为西南联大学生的第一本集子。而第一个发表小说作品的学生是向意。他的《许婆》是最早反映昆明遭轰炸的作品，气氛凄冷，显出成熟气象；《兽医》则是一篇匠心独运的小说，情节、语言、色彩都相当精彩，堪称抗战文学的上乘佳作。刘兆吉的《木乃伊》写一个大学生的变化，是狭义"校园文学"的代表。辛代的小说另辟蹊径，以描写东北抗日题材为中心，大气磅礴，《纪翻译》《九月的风》《孩子们的悲哀》各具特色，是早期抗战文学中难得的作品。林元的《哥弟》就地取材，写滇池渔民对于抗战的支持，是较早反映内地与前方关系的作品，闪耀着强烈的现实主义色彩。刘北汜的小说同样取材于昆明现实，描写抗战期间老百姓的生存困苦，是关注现实人生的典型之作，其深度非"少年之作"可比，收入巴金所编《文学丛刊》的《山谷》可为代表。王佐良的《老》则具有浪漫主义色彩，艺术手法高妙，体现出学院派风格。浪漫主义色彩最浓的要数卢静的《夜莺曲》，那是美好心灵的抒写，是山川景色的赞美，是中美友谊的颂歌，是描写"飞虎队"的佼佼者，发表后即受到好评，同样收入了巴金的"文学丛刊"。马尔俄的《逃去的厨夫》结构精巧，情节生动，语言简练，人物形象鲜明生动，是抗战文学中思想与艺术俱佳的力作。史劲的《古屋之冬》反映基层教师的生存困境，揭示民族意识与现实生活之间的矛盾，深沉老辣，被认为具有鲁迅笔法，是西南联大后期小说的佳作。白炼《圈子以外的人物》和王季《未举行的婚礼》又可看作狭义的"校园文学"，其思想内容的独特和艺术手法的精到，亦是校园文学的上乘之作。

戏剧作品在西南联大文学中并不多，大部分还是独幕剧，成就亦不算大。其中较为成功的是周正仪的《告别》，刘兆吉的《何懋勋之死》和王松声的《凯旋》。周正仪是联大剧团的成员，独幕剧《告别》写一个外科医生未跟家人商量，主动报名去抗日前线服务，临行与家人告别的事。剧本情节起伏变化，戏味较浓，人物性格鲜明，但精致不够，体现出抗战初期文学创作的通病。何懋勋曾是西南联大的学生，1938年从军，在山东游击区抗日牺牲。《何懋勋之死》共两幕，刻画出一个能文能武的军事人才和一个性格活泼而任性、智勇兼备的少女形象，情节丰富而有变化，悲剧色彩浓厚，是抗战前期戏剧中艺术性较强的剧本。但作者一方面拘泥于真人真事，另一方面1939年抗战前景不容乐观，作品没有预示出胜利的希望，有损主人公何懋勋的形象。独幕广场剧《凯旋》虽为急就章，却较为成熟，显示出作者深厚的戏剧修养和高超的艺术功力。抗战胜利之初，国军某团进村"收编"人民自卫团。见国军里有伪军和日本军官，少年自卫队以为"鬼子"又来了，17岁的队长率众反抗而被国军抓住。国军下令枪决示众，而执行枪决任务的特务班班长正是他离散多年的父亲！戏剧的故事情节合情合理，人物形象真实突出，语言鲜明准确，戏剧性强，悲剧深刻，无论情节和语言都具有鼓动性，因演出后反响强烈，后来还在北京、天津、武汉等地演出，成为演出场次最多，影响最大的反内战戏剧。《凯旋》是西南联大校园戏剧文学和反内战戏剧的代表作。

西南联大文学社团的创作实绩表明：校园文学不但能够产生优秀作品，而且可以产生杰出作品。西南联大校园文学的实绩还表明：必须突破学校围墙，将触须伸向社会，把握时代脉搏，才能创作出更多优秀乃至杰出的作品。那种认为校园文学只能描写校园生活的观点并不适合校园文学创作的实际，同时也限制了校园文学的创作，是极其偏狭的。

2012 年 7 月 19—23 日初稿于成都一环路南四段 16 号

2012 年 8 月 12 日修改于昆明文化巷 52 号

第一章 西南联大学生的文学队伍

第一节 南湖诗社 ①

摘　要　南湖诗社是西南联大在云南的第一个文学社团，聘请闻一多、朱自清为导师开展活动，其发起人是向长清和刘兆吉，主要成员有穆旦、林蒲、赵瑞蕻、刘绶松、周定一、陈士林、刘重德、李敬亭、陈三苏、周贞一、高亚伟、李鲸石等二十余人。南湖诗社孕育于西南联大师生的"湘黔滇旅行"途中，诞生并结束于蒙自，西南联大文、法商学院驻足昆明后，则改名高原文艺社。南湖诗社仅存三个月，创作了百首诗歌，有的堪称中国现代的优秀作品，培养出一些著名的诗人和文学研究家，奠定了西南联大文学社团发展的基础。南湖诗社还收集整理了湘黔滇民歌，为民间文学工作做出了贡献。

　　南湖诗社是西南联大的第一个纯文学社团同时也是西南联大在云南的第一个学生社团。南湖诗社的成立与活动带有传奇色彩，而其成绩与贡献则使人"刮目"——

　　在西南联大的迁徙队伍中，有一路人从长沙步行入滇，称为"湘黔滇旅行团"。旅行团第一分队中，有两个学生，一个是中文系 1940 届 ② 的向长清，一个是教育系 1939 届的刘兆吉，他俩原先

---

① 本文原载于《抗战文化研究》2008 年第 2 辑，原题《在迁徙中诞生和结束的社团——南湖诗社》，署名宣淑君；删节稿另刊于《红河学院学报》2008 年第 1 期，题名《试论南湖诗社的组织与活动》，署名李光荣、宣淑君。

② "届"是今天相配于毕业年份的用语，西南联大则称为"级"，"1940 级"即今 1940 届毕业生。为避免歧义，本书中将西南联大所用的"级"改为"届"，与今天所指相同。

并不认识，由于旅行团采取同吃、同住、同行的军事化生活，他俩很快成为志趣相投的朋友，更具体地说，是诗友。在行军旅行艰苦跋涉中，他俩不仅常常在一起写诗、论诗，还酝酿着一项宏大的计划——发起成立诗社。旅行后不久的一天，向长清同刘兆吉讲述自己到达昆明后，将邀约一些同学成立诗社、出版诗刊的打算，内心充满了崇高的憧憬。讲完后，他征求刘兆吉的意见，刘兆吉完全同意，遂成为第一个响应者和参与发起人。接着他俩商讨了成立诗社的有关细节。旅行团到沅陵，为雪所阻，大约是 3 月 10 日晚饭后，向长清和刘兆吉拜访同行的闻一多先生。天空飘着雪花，大家坐在铺着稻草的地铺上，闻一多用被子盖着膝盖，畅谈诗社和写诗的问题。容易激动的闻一多，听了他俩关于组织诗社并请自己当导师的话，却显得较为平静，首先说自己"改行"教古书，不作新诗了，又说对新诗并未"绝缘"，有时还读读青年人写的诗，觉得比自己的旧作《红烛》《死水》还好，接着，还谈了自己对新诗的见解。两个学生详细地记在笔记本上。闻一多越谈越高兴，一直谈到深夜。[①] 由于得到闻一多的肯定和鼓励，向长清和刘兆吉特别高兴，组织诗社的信心更足了。之后，他俩就成立诗社的细节问题又进行了多次商议，关于诗社的骨干，由于文学院在南岳时曾出过壁报，写诗的人他们已心中有数，因此，准备一到昆明就立即成立诗社。至于诗社的名称，一时还定不下来。

　　1938 年 4 月 28 日，旅行团胜利到达昆明。由于昆明校舍不敷，遂设文学院和法商学院于蒙自，称为蒙自分校。两院师生在昆明休整几天后，又乘火车前往蒙自。5 月 4 日，蒙自分校开学上课。一天，向长清和刘兆吉商量实现旅途中筹划的诗社设想，一起拜访了闻一多先生，得到支持；他们同时想到另一位诗人朱自清先生，又一起前往拜访，朱先生也欣然同意当导师。有两位导师的支持和鼓励，他俩精神大振，立即分头邀请"心中有数"的同学入社，这些同学都表现出极大的热情。诗社的名称以"南湖"冠之，也是由两

---

　　① 　参见刘兆吉：《南湖诗社始末》，云南省政协文史资料研究委员会等编：《云南文史资料选辑》第 34 辑，云南人民出版社 1988 年版。

位发起人商量后提出的，得到大家的赞同。

关于"南湖诗社"的名称，有必要作一些解释。当时的蒙自城很小，朱自清说它"像玩具似的"，小城南边有一个较大的湖，称为南湖。南湖是蒙自最优美可爱的风景区，同时还是蒙自历史文化的见证与缩影。湖中有三个好去处：瀛洲（三山）、菘岛、军山。蒙自本是滇南政治、经济、文化、军事、交通的重镇，历史悠久，文化发达，读书风气浓厚。据说，康熙年间，一举中了六个进士，蒙自人大为高兴，在南湖兴土木予以纪念：建六角亭以类文笔，掘湖中之土垒三山以为笔架，亭山之间的水域喻砚池，整个景观象征蒙自文风大盛。所以南湖历来是读书的好地方。闻名遐迩的"过桥米线"的传说就出自南湖，且与读书有关。[①] 这类故事还很多。可知，南湖不仅是一湖风景，还是一湖文化。西南联大师生来到蒙自，即与南湖结缘——分校教室设在湖东南岸的海关大院，男生宿舍在湖东北岸的哥胪士洋行，女生宿舍在湖正北的城中，宿舍和教室隔湖相望。每天，学生们沿湖东堤去教室上课，课余则去南湖读书，可以说，他们成天和南湖打交道。所以，西南联大的文学社团起名为"南湖诗社"，这是最恰当的了。再说，对于这些从战火中远道漂泊至此的人来说，南湖给予他们心灵的慰藉是无以形容的，甚至在他们眼里，蒙自及南湖恍如北平。陈寅恪欣然命笔："风物居然似旧京，荷花海子忆升平……"，[②] 朱自清"一站在堤上禁不住想到北平的什刹海"，[③] 闻一多干脆把蒙自誉为"世外桃源"，钱穆"每日必至湖上，常坐茶亭中，移暑不厌"。[④] 教授的感情和行为如此，学生自然也不例外。这也就是后来南湖诗社的大部分诗作内容与南湖有关的

---

① 关于蒙自过桥米线的故事：相传，有一位秀才，天天在南湖菘岛读书。妻子每天送米线作午饭，由于路远，汤凉了。秀才长期吃冷食，身体日渐消瘦。聪明的妻子想出一个办法，把肉、菜、米线和汤分装，将鸡汤盛在土罐里，带到菘岛，再将肉、菜和米线放入鸡汤之中烫熟，而后给秀才吃。由于土罐和鸡汤保温效果都好，烫出的配菜色味俱佳，秀才吃后，赞不绝口。由于去菘岛需过一座桥，秀才将其命名为"过桥米线"，并作歌咏之。过桥米线便传开了。

② 陈寅恪：《蒙自南湖》，蒙自师范高等专科学校等编：《西南联大在蒙自》，云南民族出版社1994年版，第231页。

③ 《朱自清全集》第4卷，江苏教育出版社1996年版，第400页。

④ 钱穆：《八十忆双亲 师友杂忆》，生活·读书·新知三联书店1998年版，第215—216页。

原因。

　　准备就绪后，南湖诗社于 5 月 20 日在西南联大蒙自分校宣布成立。成员除刘兆吉是教育系的学生外，其他均为学文学的中、外文系学生，主要有向长清、穆旦、林蒲、赵瑞蕻、刘绶松、周定一、陈士林、刘重德、李敬亭、陈三苏、周贞一、高亚伟、李鲸石等二十余人。导师闻一多和朱自清。诗社是一个诗歌爱好者的群众组织，没有以文字拟就明确的宗旨，也没有选举领导组织。社务工作由发起人向长清和刘兆吉负责，又以向长清为主，有事他俩找人商量解决。穆旦是最热心的支持者之一，贡献也最大。据刘兆吉回忆，在南湖诗社成立之前，首先征求他的意见，他欣然同意，以后凡大会小会，他都按时参加，每次出刊，他都带头交稿，有时协助张贴等工作，有时也请他帮忙审稿，提出修改意见。[①]

　　诗社办有壁报《南湖诗刊》。壁报的"制版"与"刊出"有其特点："制版"是把稿件贴在牛皮纸或者旧报纸上，"刊出"是把制好的版面贴在墙上。《南湖诗刊》的负责人仍然是向长清和刘兆吉。社员把诗写好后，交给向长清或刘兆吉，然后由他俩略加修改编排，有时也请其他同学帮助，"有的稿件写得太潦草，或者字写得太大，占篇幅过多，与其他稿子不协调，退回去要作者重抄吧，又怕影响他的积极性，向长清就不厌其烦的代为抄写，有时熬到深夜。"[②] 版面制好后，他俩把它张贴在学校教学区原海关大院大门进去不远的墙上，算是公开刊出。由于分校初创，"校内张贴物少，更由于诗作反映出社会现实和师生的情感，并有一定的艺术水准，吸引了不少师生驻足观看，产生了较大共鸣，有的诗很快传诵开了。"[③]《南湖诗刊》共出四期，刊登诗作数十首，多为抒情短诗，也有讽刺诗和长诗。有的社员如刘绶松曾投去旧体诗数首，诗刊没有登载。所登的诗作中，有一部分无论以内容还是艺术而论，都是上乘之作。刘兆

---

　　① 参见《刘兆吉诗文选》，西南师范大学出版社 2003 年版，第 130—131 页。

　　② 刘兆吉：《南湖诗社始末》，云南省政协文史资料研究委员会等编：《云南文史资料选辑》第 34 辑，云南人民出版社 1988 年版，第 466 页。

　　③ 李光荣访周定一记录，2004 年 10 月 9 日，北京周寓。

吉曾将"庙小妖风大，池浅王八多"的旧联改为"湖浅名气大，社小诗人多"的嬉联以形容南湖诗社。后来，穆旦、林蒲、向长清、刘重德等人的许多诗作发表在各地的报刊杂志上了。这些诗为中国现代文学增添了光彩，同时也奠定了南湖诗社在西南联大文学中的地位。

遗憾的是，壁报不能流传，不仅社员创作的诗歌无从查找，就连壁报上刊登过的诗歌也未能存留下来。《南湖诗刊》上登载的诗稿，由负责人向长清和刘兆吉保存。因年代久远，社会风雨，已不存在了。刘兆吉晚年痛惜地说：我保存的两期，直到文化大革命，怕作者或因一字不当而受到牵连，只好忍痛销毁了。今天能够见到的作品，是后来发表在报刊上和作者另行保存的那些。

南湖诗社最主要的活动除上述创作新诗和出版壁报《南湖诗刊》外，还收集整理民间文学。由于刘兆吉平素酷爱民歌，湘黔滇旅行一开始，就在闻一多的指导下从事收集工作，一路上，竟然收集到二千多首。到了蒙自，他一边整理编辑这些民歌为《西南采风录》一书，一边继续收集。所得蒙自民歌，今存《西南采风录》中17首，推想收集到的数量在百首左右。再就是收集对联。蒙自虽为边地小城，但有浓厚的汉族文化气息，贴对联即是其一。每年春节，家家户户的门边都贴出红红的春联，增加喜庆的气氛。这年的春节因日本大规模侵入，蒙自人家的春联便增添了抗战内容。朱自清称赞它是利用旧形式宣传抗战建国。同学们见了，大为高兴，曾上街抄写，南湖诗社社员参与其中。可惜所抄的对联今已不存，只有少量在别人的文章或记忆中保存了下来，如"打倒日本强盗，肃清卖国汉奸"、"打回老家去，收复东三省"，这些春联虽然对得不很工整，但表达出了群众的思想感情。当时，北京大学同学会在蒙自举办民众夜校，好的对联曾作为范文在课堂上讲解。

南湖诗社的社务工作会和思想交流会经常召开。这类会议通常是商量出刊、审稿或者关于某个具体问题的讨论，一般是两人、三五人或七八人，不定期，有事则开，无事则罢，为的是解决某个具体问题。全体社员大会开过两次。两次都有导师参加。会议漫谈式地进行，涉及面较广，中心议题是关于新诗的现状和前途问题，也谈些关于诗歌创作、欣赏和研究的问题。会上，闻一多和朱自清都作了长时间的讲话。赵瑞蕻记得，在讲话中，朱先生说"新诗前途是光明的，不过古诗外国诗都得用心学"，[①]并"强调新诗应有一定形式，有相宜的格律，要注重声调韵脚，新诗形式问题值得不断探索"；[②]"闻先生说话风趣得很，几次说自己落伍了，此调久不谈了，但有时还看看新诗，似有点儿瘾，你们比我们当年写的'高明'"。[③]其中一次，逻辑学教授沈有鼎未邀而至并讲了话，引起社员的极大兴趣。在一次会上，对写新诗还是旧诗的问题有过争议。主张写旧诗的人认为，旧诗是中国文学中最为辉煌的品种，是中国传统文化的精华，继承中国传统文化，就应该继承和发扬它，尤其是学中国文学的学生，有责任和义务写好旧体诗；再说，中国人从小就学习古典文学，在儿童时代已经背熟唐诗三百首，加上后来的学习，已掌握了作诗的技巧，写起旧诗来较为顺利，容易写好，大家不能抛弃所长，舍易求难。这些话从继承传统和发挥所长的角度说，自有其道理。但时代已前进，旧体诗束缚了人们的思想，不能反映纷纭复杂的社会生活。主张写新诗的人一方面从时代与社会的要求立论，从表达思想的缜密与便利立论，另一方面认为，新诗自"五四"文学革命以来，已替代旧诗，取得了确定不移的地位，并已逐渐形成了自己的传统，新时代的人应该继承新时代的传统，写新诗。尽管两种观点相持不下，南湖诗社的主要倾向还是坚持写新诗。两位导师也主张应以研究新诗，写作新诗为主。至于写什么样的新诗，没有明确的目标，但有两点可以肯定：一是写抒发爱国之志的抗战诗，二是用艺术的手法反映社会生活和思想感情。这大概可以看作南湖诗社的诗歌主张和追求目标。

　　7月底，进入学年大考准备，南湖诗社停止了活动。8月18日，暑假开始，蒙自分校迁回昆明，27日，学生离开蒙自，南湖诗社的

---

① 赵瑞蕻：《南岳山中，蒙自湖畔》，《离乱弦歌忆旧游》，文汇出版社2000年版，第132页。
② 赵瑞蕻：《梅雨潭的新绿》，《离乱弦歌忆旧游》，文汇出版社2000年版，第50页。
③ 赵瑞蕻：《南岳山中，蒙自湖畔》，《离乱弦歌忆旧游》，文汇出版社2000年版，第132页。

历史随之结束。

作为一个文学社团，南湖诗社仅存三个多月，实在太短了。三个月，诗人们的创作尚未展开，才华还未充分显示，就嘎然而止了，它给历史留下一个感叹。所幸它的结束并不是因为内部的分离，组织的倒台，或者被政府查封，甚至遭日本飞机炸毁等，而是因为学校的迁徙。去了昆明，它的"生命"仍在延续。只是因为离开了南湖，再叫"南湖诗社"已名实不符，而改名为"高原文艺社"。

由二十余人组成的南湖诗社，在三个多月的时间里，写出了百首诗歌，其数量并不算大。而其创作的质量却令我们刮目相看。例如，穆旦的《我看》和《园》，显示出诗人早期诗作的特色，是诗人成长道路上的重要作品；赵瑞蕻的《永嘉籀园之梦》长二三百行，充满浪漫才情，被朱自清称为"一首力作"；林蒲的《怀远（二章）》《忘题》等具有浓厚的现代主义气息，开西南联大现代主义诗歌之先河；刘重德的《太平在咖啡馆里》等讽刺诗在师生中流行，誉满校园；周定一的《南湖短歌》艺术精美，传诵蒙自数十年……，这些诗代表了南湖诗社的最高成就。其中，《我看》《园》《忘题》《太平在咖啡馆里》《南湖短歌》等，即使放在中国 20 世纪优秀诗歌行列里也不会逊色。因此，高水平的诗歌作品是南湖诗社对历史的基本贡献。这里举《南湖短歌》为例：

> 我远来是为的这一园花。
> 你问我的家吗？
> 我的家在辽远的蓝天下。
>
> 我远来是为的这一湖水。
> 我走得有点累，
> 让我枕着湖水睡一睡。
>
> 让湖风吹散我的梦，
> 让落花堆满我的胸，

让梦里听一声故国的钟。

我梦里沿着湖堤走，
影子伴着湖堤柳，
向晚霞挥动我的手。

我梦见江南的三月天，
我梦见塞上的风如剪，
我梦见旅途听雨眠。

我爱梦里的牛铃响，
隐隐地响过小城旁，
带走我梦里多少惆怅！

我爱远山的野火，
烧赤暮色里一湖波，
在暮色里我放声高歌。

我唱出远山的一段愁，
我唱出满天星斗，
我月下傍着小城走。

我在小城里学着异乡话，
你问我的家吗？
我的家在辽远的蓝天下。

诗歌的第一层意思是描绘出优美的意境：蓝天下的一园花，
一堤柳，一湖水，湖水的柔波映照着晚霞、野火、星斗、月光，还
有音乐般隐隐约约的牛铃声，这样的景象真令人陶醉！诗歌的第二
层意思是表达诗人的陶醉与享受，如梦似幻，以致放声高歌。但诗

歌却一而再，再而三地表达出另一层意思：挥不去的战争愁绪。所以，这首诗非常准确而深刻地表达了从战云下远道而来的西南联大师生置身南湖美景中的心情。这首诗在艺术上深得新月派诗歌之精髓，表现出了"音乐的美"、"绘画的美"和"建筑的美"。诗歌的思想和艺术都臻于完美。

南湖诗社培养文学人才的功绩也应当载入史册。南湖诗社作为西南联大的一个文学社团，不仅培育出了文学人才，而且培育出了文学大家。为什么南湖诗社能够取得这样好的育人功绩？有两个原因：首先，南湖诗社的社员是具有一定创作基础的诗歌爱好者。由于爱好，必然会去钻研，自然舍得投入，这就为成才奠定了前提条件。其次，南湖诗社有全国第一流的诗人做导师。我们知道，朱自清是"五四"诗坛的宿将，现代第一份诗歌杂志《诗》的编辑，闻一多是新月诗派的理论家和代表诗人。有名师的指导，社员写作水平提高得更快。由于这两个原因，再加上社员的天资和勤奋，南湖诗社的育人成绩十分显著。这里分五个类别来看看南湖诗社培养起来的人才——

一、著名诗人

从南湖诗社走出去三个著名诗人：穆旦、赵瑞蕻、林蒲。他们三位虽然在进入西南联大以前都写过诗，但优秀作品并未产生。这时，穆旦写出了被赵瑞蕻誉为"'五四'以来中国新诗中的精品"的《我看》，赵瑞蕻写出了被朱自清称为"力作"的《永嘉籀园之梦》，林蒲写出了现代性意味浓厚的《怀远（二章）》。后来，穆旦成为"西南联大三星"之首，中国新诗派的代表作家之一；赵瑞蕻成为风格独具的浪漫主义诗人；林蒲旅居美国，被美国学者称为"一位默默地耕耘在诗坛上的爱国诗人"。一个诗社中成长起来三个著名的诗人，南湖诗社功莫大焉。

二、著名文学研究家

从南湖诗社走出去，后来成为著名文学研究家的主要有刘绶松和向长清等。刘绶松是《中国新文学史初稿》的著者，中国现代文学学科的开拓者之一，此外，他还有《文艺散论》《刘绶松文学论集》等学术论著问世；向长清在中国古典文学尤其是戏曲研究方面有很大贡献，正式出版的著作就在 100 万字以上，还有许多未整理的文字包括写于西南联大时期的文学作品。

三、著名文学翻译家

后来成长为著名文学翻译家的南湖诗社社员有穆旦、赵瑞蕻、刘重德、李敬亭、陈三苏等。穆旦和赵瑞蕻的翻译和对外国文学的研究大家熟知，此从略。刘重德是湖南师大外国语学院资深教授，翻译了许多外国著作，提出了著名的"信、达、切"翻译理论，2003 年，湖南师大出版社出版了《刘重德翻译思想及其他》一书，对他的翻译贡献进行研究；李敬亭是河南大学外国语学院德高望重的教授，著作等身，对学科建设和学院建设做出了重大贡献；陈三苏是林蒲的夫人，任教于美国，是著名教授，翻译过许多中国文学作品，很受敬重。

四、著名文艺心理学家

刘兆吉在西南联大学的是心理学和教育学，后来在西南师大教心理学，硕果累累，德高望重，他对文艺心理学的研究多所贡献，并且开创了美育心理学学科，是中国著名的文艺心理学家。他逝世后，西南师大出版社出版《刘兆吉文集》予以纪念，在文集中的怀念文章中，许多篇屡屡讲到南湖诗社对他的影响。

五、著名语言学家

文学与语言的关系密不可分，文学家首先应是语言应用的典范。中国社会科学院语言研究所研究员、名誉学部委员、曾主持《中国语言》杂志的常务编委、《红楼梦语言词典》主编周定一，在成名后，对南湖诗社给予他的艺术滋养感念不忘。中国社会科学院民族研究所研究员陈士林在民族语言学界，特别是藏缅语研究领域享有很高的声望，在彝族语言研究方面做出了多种开创性的贡献。

当然，著名诗人、文学家、教授和研究员的出现是多种因素作用的结果，南湖诗社的社员能够成长为诗人或专家学者，起决定作用的还是他们所学的专业，诗社只起辅助与促进的作用。以上论述南湖诗社的作用，绝不是忽视其他因素，而是要叙述这么一个客观事实——经过南湖诗社而后成为著名诗人或专家的主要有哪些社员，他们与南湖诗社的关系怎样。因为，他们后来文学感觉与兴趣的保持，文学创作和研究成果的取得等与南湖诗社的哺养关系甚大。赵瑞蕻在怀念西南联大及其师友的系列文章中以饱蘸感情的笔墨多次写到南湖诗社。刘绶松生前，有人与他谈起《中国新文学史初稿》以诗歌部分写得最好时，他不无得意地说："我原先就是写诗的嘛！"[①]刘兆吉的话也许更有代表性："这些年来，我在研究文学心理学和美育心理学方面稍有成绩，这与南湖诗社培养了我对文学的兴趣不无关系。总之，南湖诗社在培养文学兴趣和创作能力方面是起了良好作用的。"[②]

在论述南湖诗社的历史功绩时，不能忘记它对于民间文学的贡献。蒙自的民间文学丰富多彩，富有特色，但历史上从没有文化人真正看重过它的价值。南湖诗社第一个发现它的价值。南湖诗社的社员，有的走向街头抄写对联，有的深入街坊和农村收集歌谣，做了前所未做的工作。在这方面，成绩最为突出的是刘兆吉。刚有成立诗社之动议的时候，他就在收集歌谣。他在跋涉湘水黔山之中，常常"旁逸斜出"式的走进农舍茶肆，向普通百姓打听歌谣。到了蒙自，他一面继续收集，一面在闻一多和朱自清的指导下，把所得歌谣筛选、编辑为《西南采风录》一书，是为中国现代第一本个人采集编辑而成的民歌集。我们知道，"五四"以后，北京大学曾发起征集歌谣工作，开风气之先，成为一时之盛事。此后 20 年间，这项工作不再引起高等学府的关注。直到西南联大播迁途中，才有刘兆吉的壮举。在具体做法上，北京大学以歌谣征集处的机构向全国征集，收集者未出校门。南湖诗社则直接深入民间去考察、收集。两者比较，后者无疑比前者又进了一步，这样得来的东西也更本色一些。所以，歌谣学家朱自清在《序》里高度赞扬说："以个人的

---

① 刘绶松语，转引自李光荣：《南湖诗社》，《新文学史料》1994 年第 3 期。这话是 1993 年樊骏先生告诉李光荣的。因樊骏先生助人不愿留名，故原刊时未作注。

② 刘兆吉：《南湖诗社始末》，云南省政协文史资料研究委员会等编：《云南文史资料选辑》第 34 辑，云南人民出版社 1988 年版，第 468 页。

力量来做采风的工作，可以说是前无古人。"①我还要说，收集西南三省的民歌也是前无古人的。湘西、贵州、云南一带，历来被视为野蛮、荒僻之地，是充军流放之所，其歌谣向来不被中原文化圈内人士看重，刘兆吉首先注意了它并做了收集，是一种创举。今天看来，《西南采风录》收录了20世纪30年代的民歌，也就"收录"了20世纪30年代湘黔滇的社会面貌、民风民俗、语言艺术，所以，黄钰生说《西南采风录》"是一宗有用的文献。语言学者，可以研究方音；社会学者，可以研究文化；文学家可以研究民歌的格局和情调"②。南湖诗社和刘兆吉，功莫大焉！

对于西南联大的历史来说，南湖诗社的最大意义是对文学社团的发展起了奠基和开路作用。南湖诗社开创的种种方法为西南联大后来的文学社团所参照，它创作的作品成为后来西南联大学生的借鉴对象，它培养的人才在后来的文学社团中发挥了骨干作用，它在许多方面为西南联大文学社团的建立和发展提供了有效的经验。例如：

以组织方式而论，南湖诗社采取由发起人单独邀请同学入社和请教授为导师的方法。邀请同学入社可以保证把最有文学创造力的同学吸收为社员，组织起一只优秀的文学队伍。由于这种方法有效，不仅为高原文艺社、南荒文艺社采用，而且为冬青文艺社、文聚社等社团采用。南湖诗社请了两位前辈著名诗人做导师，这也是维护诗社兴旺，保证诗歌质量的条件。由于有导师做指导，诗社的发展和创作的提高得到了保障。

以艺术追求而论，南湖诗社始终保持了学院派完美和精致的特点，为西南联大的文学发展奠定了基础。本书著者曾在《南湖诗社》一文中说："刘重德的《太平在咖啡馆里》所表达的，自然是关心笼罩在'炮声'、'呻吟'、'血腥'中的祖国命运这样一种神圣的责任感；周定一的《南湖短歌》婉转地吟唱的也是因为战争背井离乡的游子对于'辽远'的'故国'的无限思恋——他们都属于

---

① 《朱自清全集》第4卷，江苏教育出版社1996年版，第412页。
② 黄钰生：《〈西南采风录〉·黄序》，刘兆吉编：《西南采风录》，商务印书馆2000年版，第1—2页。

抗战文学的组成部分。但在另一方面，不管生活如何艰难，他们都没有忘记自己是缪斯的使者，继续不倦地追求艺术的精致与完美，保持了作为校园诗人的学院派特色。他们的诗作与当时风行诗坛的直接诉诸群众，进行战争动员的街头诗、朗诵诗、传单诗，又有明显的差异。如今回头来看，其中葱郁的诗意，不是更值得咀嚼和回味吗？过去，我们往往忽略了这类作品以及它们的这种特点。"[1]现在看来，这些话仍然是正确的。刘兆吉也说：南湖诗社"用诗抒发爱国之志，以笔为枪，宣传抗日救国。但是也反对'哭天嚎地'、'冲呀'、'杀呀'的口号诗，要求以诗的艺术语言，感人肺腑的思想感情来教育大众，也教育自己。"[2]南湖诗社留下的诗作证明了这一点——这正是南湖诗社开拓的西南联大艺术道路，西南联大文学一直沿着这条道路前进。

总之，南湖诗社在诗歌创作、人才培养、民歌收集和社团活动等方面取得了巨大的成绩，为中国现当代文学创作增添了新的内容，并且参与造就了西南联大的第一批作者和新中国文化研究的多方面人才，所以，人们在论及西南联大文学的时候，总是要说到南湖诗社。

2005 年 8 月 1 日初稿于昆明文化巷 52 号

第二节　高原文艺社[3]

摘　要　高原文艺社是西南联大的第二个文学社团，由南湖诗社更名而成。高原文艺社活动于 1938 年 12 月至 1939 年 5 月之间，上承南湖诗社，下启南荒文艺社，是西南联大早期文学社团发展中

---

①　李光荣：《南湖诗社》，《新文学史料》1994 年第 3 期。

②　《刘兆吉诗文选》，西南师范大学出版社 2003 年版，第 62—63 页。

③　本文原载于《新文学史料》2007 年第 2 期，原题《高原文艺社始末及其意义》。

的重要一环。高原文艺社创作了一大批优秀作品，给《大公报·文艺》和《中央日报·平明》两大报纸副刊和《今日评论》杂志提供稿件。"开拓"是高原文艺社的精神特质，在西南联大的文学发展中，它开拓了南湖诗社铺垫的诗歌道路，开拓了西南联大学生文学创作的新品种，同时开拓了南湖诗社开始的文学人才培育，提升了西南联大学生文学创作的质量。

高原文艺社作为一个独立的社团，是西南联大的第二个文学社团。但以组织和活动而论，它是南湖诗社的延续——它的主要成员和基本骨干是南湖诗社的社员，社团的负责人仍是南湖诗社的负责人，它的组织与活动方式还是南湖诗社的基本方式。或许是居于此，西南联大的师生在谈到两个社团的关系时，使用的都是"改名"一词而不是"重组"。可是，在他们所有涉及高原文艺社的言论中，又都把它当作一个独立的社团。考虑到改变习惯有许多周折，这里还是从旧，把高原文艺社作为一个独立的社团来研究。

赵瑞蕻先生生前曾经多次谈到高原文艺社，而且每次谈到都充满感情，朱自清、林蒲、刘兆吉、许渊冲诸先生的文章也讲到过高原文艺社。高原文艺社的社员后来成为著名作家的有多人，高原文艺社的作品显示着它的文学实力，据此，可以肯定地说，高原文艺社是西南联大的一个重要的文学社团，即使在中国现代文学社团史上，也应书上"高原文艺社"这一笔。可是，对于这样一个有一定成就的文学社团，至今未见一篇专门的记录和完整的回忆文章。假若把当事人谈论高原文艺社的所有文字集中起来，恐怕不出五百字，而有用的信息只在一百字左右。当然，这不能说明高原文艺社不重要。历史上时人淡漠而后人看重的人和事很多。高原文艺社是否属于此，有待读者判断。庆幸的是，经过几年的调查与访问，搜集到了一些材料，终于能够写出高原文艺社的历史了。

1938 年 8 月 17 日，西南联大蒙自分校结束，文学院随分校迁回昆明。南湖诗社社员依依惜别南湖，去碧色寨登上了滇越线上的列车，挥手告别蒙自。

诗社离开了南湖，再叫"南湖诗社"，名不副实了，于是改名为"高原文艺社"。对于这个名称，周定一先生作了这样的解释："云南昆明当然是高原，尤其对北京、天津这些海拔较低的地方去的人，感受最为新鲜，所以大家同意这名称。"①

12月1日，新学期开始上课。不几日，大家便在学校租用的昆华农校的一间教室里举行了高原文艺社第一次社员大会。会上宣布了改"南湖诗社"为"高原文艺社"的决定，重申了南湖诗社已形成的几项原则，即以新文学创作为宗旨，以创作服务于抗战和反映现实的作品为主要方向，以崇高的艺术品位为追求，以壁报为发表作品的基本园地，积极开展各种活动，壮大组织。会议选举向长清和刘兆吉为本社负责人，要求社员积极写稿，并将稿件交给两位负责人，由他们组织出版壁报。出席会议的是南湖诗社除毕业离校之外的全体社员，有向长清、刘兆吉、赵瑞蕻、周定一、穆旦、林蒲（虽已毕业仍在昆明）、陈三苏、王佐良、杨周翰、陈士林、周贞一等，意即这些人是高原文艺社的骨干。后来，高原文艺社发展了一些社员，有何燕晖、于仅、邵森棣、陈登亿、周正仪、李延揆、张定华、杨苡等。

学校规定毕业生交毕业论文的最后期限为1939年6月15日。这学期升入大四的刘兆吉无暇顾及社团的领导工作，高原文艺社的负责人实际上只是向长清一人。刘兆吉生前给笔者的信说："从蒙自回昆明后我是毕业班，忙于写毕业论文，联大的文艺团体活动我都参加听讲，但无精力参与组织领导工作了。"②

高原文艺社与南湖诗社的最大区别是，南湖诗社只写诗歌，而高原文艺社不仅写韵文，还写散文，所以高原文艺社的创作比南湖诗社丰富。高原文艺社的集体活动主要是出版壁报和举办讲座，也组织过郊游。

《高原》是高原文艺社创办的壁报，每两周一期，内容丰富，版面考究，很吸引人。周定一回忆说："高原文艺社的壁报张贴在昆

---

① 李光荣访周定一笔记，2004年10月9日，北京周寓。
② 刘兆吉致李光荣信，2001年5月28日。

华农校教室外面的墙上，方法与《南湖诗刊》一样，先贴在牛皮纸上，再贴在墙上。"① 壁报上刊登过什么诗文，至今已无从详考。有的文章在壁报上刊登后，又发表在当时的报刊杂志上，有的作者保留了原稿，所以今天可以找到一些当时的作品。例如：穆旦的《合唱二章》《防空洞里的抒情诗》《1939年火炬行列在昆明》《劝友人》，林蒲的《湘江上》《下益阳》《桃园行》《寻梦》《陈金水》《二憨子》《天心阁》《古屋三章》《老舟子》，向长清的《横过湘黔滇的旅行》《许婆》《小客店》，刘兆吉的《木乃伊》《古董》《何懋勋之死》，周正仪的《告别》，等等。这些作品反映了高原文艺社文学创作的成就。《高原》每次刊出，都吸引了许多同学，其中还有老师观看。六十多年后，张定华回忆起当年读《高原》的情景，语气中还充满了钦佩："像赵瑞蕻，他们在农校教室外面墙上张贴的诗，特别长，我们简直佩服极了！他们才是大诗人。与他们相比，我给他们的作品就显得幼稚了。"② 周定一也说："许多社员都在上面发表作品，赵瑞蕻、穆旦等人的诗仍然是较引人注目的。"③ 可知《高原》在同学中产生的影响是巨大的。

关于《高原》壁报，当时的《朝报·副刊》发表了一篇名为《联大壁报》的文章，作者署名君竹，文中有一部分写到它，是十分难得的原始材料，现录于下：

> 为高原文艺社主编，每两星期出刊一次，内容多诗，亦间有散文，诗及散文中，也有相同（按，疑为"相当"）成熟的作品，惟内容太偏重为艺术而艺术，一群青年藏在象牙塔内，耳眼忘了注意遍地烽火的时代，总是不正确的。④

文章同时写了《腊月》，《大学论坛》《青年》等壁报。作者认为，《腊月》最好，《高原》次之，《大学论坛》又次之，《青年》最

---

① 李光荣访周定一笔记，2004年10月9日，北京周寓。
② 李光荣访张定华笔记，2004年10月3日，北京张寓。
③ 李光荣访周定一笔记，2004年10月9日，北京周寓。
④ 君竹：《联大壁报》，《朝报·副刊》，1939年11月9日。

差。作者的评判标准是时政。《腊月》能及时反映现实，针砭时弊，所以最好；《大学论坛》因文章内容不符实际，遭到同学反对，很快夭折；《青年》为三青团所办，思想落后，所以最差。这篇文章的作者情况不详，可以肯定是一个思想进步者。由于政治观念不能代替艺术水准，进步者也就不一定是最好的艺术鉴赏家。以作者的政治观点来衡量文学刊物并没有错，但以他那种直观显露的眼光来看文学作品就会出错。事实上，《高原》上的作品，虽然讲求艺术性，但不是"为艺术而艺术"的作品，这群青年不但没有"藏在象牙塔内，耳眼忘了注意遍地烽火的时代"，而且正在用艺术作品为抗战鼓与呼，只不过他们没有像这位作者所希望的那样直截了当地做宣传罢了。

高原文艺社社员还把作品投到香港《大公报》去发表。昆明办起了《中央日报》和《今日评论》等报刊杂志后，社员又将作品投去发表。由于稿件质量上乘，高原文艺社逐渐成为这三份报刊杂志文学稿件的主要支柱，上列作品大多发表在这三分报纸和杂志上。

高原文艺社主办过几次讲座，主讲人有本校教师，也有校外作家。例如，1939年1月8日，曾请朱自清先生讲"汉语中的隐喻与明喻问题"。朱自清是社员们的老师，常听他的课，平时接触也较多，所以社员对此次讲课记述不多。而请校外的作家讲演，大家感到新鲜，印象也特别深，后来的回忆也多一些。又如，5月7日，请旅居昆明的沈从文先生讲"文艺创作问题"。当时西南联大还没有聘沈从文任教，只能算他作校外作家。地点在昆华农校东楼二楼的一间教室。许渊冲先生记下了这次讲演的大意："文学青年要把人生当小说看，又要把小说当人生看：不要觉得别人平庸，自己就该平庸一点。伟大的人并不脱离人生，而是贴近人生的。文学青年从书本中得到的经验太多，从实际生活中得到的经验却太少了。"[1] 这次讲演影响很大，会上"有人提到，英国人说，英国能不能保留印度，是次要的，但英国人决不愿没有莎士比亚。而中国呢？日本占领中

---

[1] 许渊冲：《追忆逝水年华》，生活·读书·新知三联书店1996年版，第61页。

国大片土地。日本人错了，我们中国大后方，甚至沦陷区，始终有如沈从文先生一类明智之士，继续给我们指导。失地的收复，是迟早的事！"林蒲认为，"话说得对，说出了人人心上的话了。"① 再如，5月28日，请萧乾先生作"关于文学创作"的讲演，萧乾事先只同意开个座谈会，于是讲演在昆华农校东楼二楼的一间教室里举行。许渊冲说："谈到创作和模仿的关系，我记下了他的一句名言：'用典好比擦火柴，一擦冒光，再擦就不亮了。'谈到理论和实践的关系，他说：'理论充其量只不过是张地图，它代替不了旅行。我嘛，我要采访人生。'"② 那时，萧乾只有29岁，已是大名鼎鼎的作家和编辑：《梦之谷》刚出版，任《大公报·文艺》副刊的编辑。年轻的萧乾给那些大学生巨大的鼓舞。讲座开阔了社员的眼界，促进了大家的创作，作用不小。这样的讲座，尤其像后两次，由于南湖诗社地处偏僻，不可能有，因此它是高原文艺社利用特有条件的一个创举。

此外，高原文艺社还组织过郊游等活动。1939年初春，高原文艺社部分社员去西郊的海源寺踏青，其乐融融。这次活动留下了一张照片，是目前所见高原文艺社唯一的一张团体照，弥足珍贵。

关于高原文艺社的结束时间，由于有两份材料相左，要确定颇费周章。这两份材料，一份是南荒文艺社的成立，一份是《朝报》上的那篇文章。南荒文艺社是萧乾倡议成立的。他为了组织《大公报·文艺》版的稿件，建议以高原文艺社为主体，吸收外校和本校在《大公报·文艺》上发表过文章的其他同学，组成南荒文艺社，写出的稿子供他选用。这个时间在1939年5月下旬。可是，《朝报·副刊》上发表的《联大壁报》一文，介绍了高原文艺社的机关刊物《高原》，发表时间是同年11月9日。就是说，至少在作者写文章的时候《高原》存在，《高原》存在就意味着高原文艺社存在。这就可能出现几种情况，一种是高原文艺社并未变为南荒文艺社；一种是两个社团同时存在；一种是南荒文艺社成立的时间在这年11

① 林蒲：《沈从文先生散记》，《华风》[美国] 1996年第2期。

② 许渊冲：《萧乾和卞之琳》，《诗书人生》，白花文艺出版社2003年版，第94页。

月之后。实际是三种情况都不存在。先说第一种，所有涉及高原文艺社及南荒文艺社来龙去脉的材料，都无一例外地说高原文艺社变成了南荒文艺社。两位健在的南荒文艺社骨干，方龄贵先生说："南荒文艺社，前身是高原文艺社"；①周定一先生说："南荒文艺社仍以高原文艺社为骨干，而高原文艺社又以南湖诗社为骨干，'南湖'、'高原'、'南荒'就形成了先后继承的关系。"②文字材料和当事人都"异口同声"，我们不能不相信，南荒文艺社是高原文艺社变来的了。明确了这一点，第二种情况不可能存在也就顺理成章了。关于第三种，似乎《联大壁报》的发表时间是高原文艺社11月还存在的一个铁证，但是，在这篇文章发表前一个多月的10月4日，《大公报·文艺》上刊登了林蒲的小说《人》，文章后面标明"南荒社"三字，说明南荒文艺社早在10月前就存在了。以上三种情况都不存在，那么，问题出自哪里呢？就出自《联大壁报》一文。此文未标明写作时间，或许成文较早。刊登文章的版面是"副刊"，而副刊不讲时间性，文章在编辑部压了一段时间是可能的。此文不是新闻，不见得重视时效性，意即作者写的时候也许《高原》未出刊了。旁证是《大学论坛》，《联大壁报》说它"只出了两期，就停刊了"。《大学论坛》是历史系同学1938年创办的壁报，《国立西南联合大学校史》说1939年6月《大学论坛》参与对于时政问题的论争。③从1938年到1939年"只出了两期"，那么，作者写此文时已经停办无疑。此文在序言中说："本文的目的也就是谈谈一年多的各种壁报的动向。"《大学论坛》已停，还有什么"动向"呢？方知"一年多"几字的重要。文章是谈"一年多"以内的"各种壁报"包括已"停刊"的，而不是"当前的"壁报。所以，《联大壁报》一文的发表时间不能证明高原文艺社的存在。如果以《大学论坛》6月停刊作比照，《高原》在6月停刊是可能的。那么，高原文艺社结束的时间是

---

① 李光荣访方龄贵笔记，2004年5月21日，昆明方寓。

② 李光荣访周定一笔记，2004年10月9日，北京周寓。

③ 参见西南联合大学北京校友会编：《国立西南联合大学校史》，北京大学出版社1996年版，第499页。

5月还是6月呢？我们知道，萧乾参加了南荒文艺社的第一次会议。而萧乾此次离开昆明的时间是5月底，此后萧乾直到9月出国都没再来昆明。所以，南荒文艺社诞生、高原文艺社结束的时间是5月无疑。当然，高原文艺社不一定立即停止活动也是可能的，因为它还有一些工作需要收尾，例如一些稿件要继续刊出，6月还出过壁报也未可知，这样，说高原文艺社6月份结束也是可以的。不过，在没有直接的证据证明高原文艺社6月有过活动的情况下，还是把它的结束时间确定为5月为妥。

在西南联大文学社团的发展史上，高原文艺社的意义首先在于承上启下。它上承南湖诗社，下启南荒文艺社，是西南联大早期文学社团发展中的重要一环。以组织形式而论，它是南湖诗社在昆明的存在形式，其名称由南湖诗社改变而得，其骨干是南湖诗社的社员，其主持人与南湖诗社相同，同样，它的成员后来又成为南荒文艺社的骨干，它的主持人成为南荒文艺社的主持人，因此，高原文艺社是由南湖诗社到南荒文艺社的过渡者。以宗旨和追求而论，它继承了南湖诗社坚持新文学创作的宗旨，拒绝文言文创作，把西南联大的新文学创作推向一个新台阶；它继承南湖诗社坚持艺术性的追求，拒绝标语口号和浅薄的描写，发展了南湖诗社的文学创作；它坚持南湖诗社表现理想与反映现实相结合的思想，既表现了崇高的目的，又反映了师生的精神面貌、云南实际和全民抗战情绪，没有使文学成为象牙塔里的摆设。一句话，它继承并开创了西南联大学院派文学的传统，而这种传统又由它带入了南荒文艺社并在那里发扬光大。所以，高原文艺社在西南联大文学社团中的承启作用首先值得注意。

同时，还应看到，高原文艺社是一个独立的社团。它的组织虽然以南湖诗社社员为主干，但它又发展了一些新社员，已不是单纯的南湖诗社了。它以独立的名称开展活动和对外交流，它创办的壁报叫《高原》。《高原》上刊登的作品不再是南湖诗社或南荒文艺社等其他文学社的，社员此时投到校外刊物上发表的稿件也只属于高原文艺社。尤其值得注意的是高原文艺社继承并发展了南湖诗社的创作，虽然有的作品与南湖诗社保持着联系，但它们还是只能算作高原文艺社的作品，而不看作南湖诗社或者两个社团共同的成果。例如，有的作品南湖诗社时期已经构思，到高原文艺社才写出来；有的作品南湖诗社时期已经写出，到高原文艺社又作了进一步修改或者发表出来，这样的作品一般都看作高原文艺社的成果。另外，高原文艺社主办的讲座与南湖诗社没有任何关系，朱自清、沈从文、萧乾的演讲，是以高原文艺社的名义邀请去的，听众也是高原文艺社社员而不再是南湖诗社社员了。

高原文艺社的最大贡献在于文学创作，它创作了一大批文学作品，尤其在文学体裁的扩大上，对西南联大的文学发展做出了重要贡献。南湖诗社的性质决定了它只创作诗歌，高原文艺社打破了南湖诗社的局限，既创作诗歌，也创作其他体裁的作品。可以这么说，诗歌仍然是高原文艺社的主攻方向，尤其在《高原》壁报上，诗歌是最引人注目的文体。诗人之中，林蒲、穆旦和赵瑞蕻最受人欢迎的，他们引进了现代主义方法，创作的诗歌既不同于传统的，又不同于二三十年代的中国现代诗，表现了中国诗歌发展的新路向。林蒲这时创作了多种多样的现代诗，可以称为现代主义诗人了。穆旦和赵瑞蕻对于诗歌散文体的探索，虽然没有取得重大的成果，但其精神值得注意，因为两年后即有优秀的作品诞生。高原文艺社的散文与南湖诗社有着密切的关系，有的作品在蒙自就投了出去，有的作品在蒙自已开始了创作，但成果问世于高原文艺社时期，所以记在高原文艺社名下。这些散文尤以反映西南联大湘黔滇旅行团的生活最有价值，它们首次把世界教育史上的长征情形公诸于世，是后人研究西南联大旅行团以及湘黔滇社会的第一手资料。林蒲的作品手法多样，不拘一格，表现出作者很高的创作才能和良好的创作势头。小说是高原文艺社的新体裁创作。南湖诗社没有小说创作，高原文艺社的小说作家有好几位，创作成就显著的有向长清、刘兆吉和林蒲三位。他们都写出了代表自己本时期水平的作品，向长清的《许婆》、刘兆吉的《木乃伊》、林蒲的《二憨子》，即使放在中国现代优秀短篇小说中也不会逊色。虽然他们小说还没有形成共同的艺术追求，但各自的艺术水平都达到了"优秀"之列。这些小说的共同特点是直接描写了反抗日本侵略的内容，这不仅在西南联大的小说中是新鲜的，即使在西南联大全部文学中，也是较早的"抗日文学"。因此，高原文艺社的小说，从思想到艺术都值得我们重视。戏剧是高原文艺社的特殊贡献。南湖诗社自然没有戏剧创作，高原文艺社也没有专门提倡戏剧创作，但高原文艺社的社员写出了戏剧作品，这是西南联大的第一批戏剧文学。此前，只有陈铨教授根据一个法国剧本改编了多幕剧《祖国》，另有一个学生创作了一部独幕剧，此外就再没有其他作品了。周正仪的独幕剧《告别》和刘兆吉的两幕剧《何懋勋之死》就是西南联大较早的一批剧作。严格地说，这两个剧本在艺术上都还显粗糙，但作为起步的作品，有这样的成绩应该肯定。在它们之后，西南联大学生很少有剧本创作，直至"一二·一"运动期间，才爆发出一大批剧作，所以，周正仪和刘兆吉的戏剧开拓之功值得赞许。

高原文艺社是一个具有开拓精神的社团，在西南联大的文学发展中，它首先开拓了南湖诗社铺垫的诗歌道路，拓宽了诗体，丰富了诗歌的表现力，并且拓宽了现代主义诗歌的道路，使西南联大的现代诗出现了欣欣向荣的气象。其次，它开拓了西南联大学生文学创作的新品种，小说和戏剧是高原文艺社的新贡献，由于他们的努力，西南联大学生创作的主要文学体裁齐备了。第三，它进一步培育了文学创作人才，从南湖诗社到高原文艺社培养起来的文学人才，输送到南荒文艺社以及冬青社和文聚社后，显示出了卓越的创作才能，把西南联大的文学创作推向了高峰。第四，高原文艺社的作品，无论诗歌、散文，还是小说、戏剧，都显示出了优秀的资质，这是十分可喜的，以后西南联大文学社团的创作就沿着高原文艺社铺垫的道路顺利发展了。所以，高原文艺社在西南联大文学社团的历史上应当具有重要地位，不仅如此，在中国现代文学社团史上，也应为它记上一笔。

高原文艺社给《大公报·文艺》和《中央日报·平明》两大报纸副刊和《今日评论》杂志提供稿件的做法，也值得肯定。由于经济的原因，学生社团很难创办自己的报刊，而借他人的报刊发表自己的作品，实在是一个好办法。一方面，社员的作品有了发表的园地，另一方面，报刊杂志也有了依靠而不至于发生稿荒，这是双赢的事。正因为高原文艺社的稿件质量较高，才被《大公报·文艺》副刊编辑看重，将其组合发展为南荒文艺社，专为《大公报·文艺》提供稿件。也正是因为这个，高原文艺社才完成了历史使命。高原文艺社结束和南荒文艺社诞生这件事本身，就说明了高原文艺社的创作水平和历史地位。因为，《大公报·文艺》副刊是当时全国著名的文学大家发表作品的园地，与大家同刊发表作品的作者，其成就不能算低，为这个副刊提供稿件的社团，其地位也不能算低。

2005 年 8 月 17 日初稿于昆明文化巷 52 号

第三节　联大剧团 [①]

　　摘　要　"联大剧团"全称国立西南联合大学话剧团，是西南联大在昆明的第一个话剧社团。联大剧团 1938 年成立，以演出《祖国》成名，演《原野》登上高峰，后因内部分裂而实力削弱，此后虽有演出但未引起轰动，1942 年自行解散。联大剧团奠定了西南联大戏剧发展的基础，树立了云南乃至中国戏剧史上的演出里程碑，为抗日救亡运动贡献了力量。因此，联大剧团在西南联大社团中具有崇高地位，是云南现代实力最强的几个剧团之一，也是中国现代戏剧史上的一个重要社团。

　　1939 年初，略显沉闷的昆明戏剧舞台突然杀出一支劲旅，掀起

---

　　① 本文原载于《西南民族大学学报》2011 年第 1 期，原题《西南戏剧劲旅——论抗战时期的联大剧团》。

了一个个演出高潮。这支劲旅就是联大剧团，全称国立西南联合大学话剧团，是西南联大在昆明的第一个戏剧社团。

联大剧团在中国现代戏剧史上，创造了这样的功绩：书写了《原野》演出史上的第一次轰动历史，创造了云南话剧演出的第一座高峰；在推进话剧艺术发展的同时，普及了话剧艺术，与其他戏剧团体一道，把现代戏剧艺术根植在祖国边疆的红土高原上；以戏剧演出的方式宣传抗日，为鼓舞后方人民的抗敌情绪，坚定抗战必胜的信心做出了不可磨灭的贡献；以较高的水平奠定了西南联大戏剧社团及其活动的坚实基础，尤其是培养了一批戏剧人才；开创了戏剧社团走到校外，与其他团体合作的历史，并使之成为传统。因此，联大剧团在西南联大社团中具有崇高的地位，是云南现代演出实力最强的几个戏剧社团之一，也是中国现代戏剧史上一个重要的社团。

一、《祖国》的排演与联大剧团的组成

1938 年 12 月，西南联大新学期开学后，一些爱好戏剧的同学很快组织起一帮人马，酝酿排戏。有人推荐排演陈铨教授新近改写的剧本《祖国》，陈教授欣然同意并出任导演。同学去请闻一多教授，他全心支持并愿意承担舞台美术设计，又去请从日本研究过戏剧艺术归来不久的孙毓棠先生做舞台监督，他毫不推辞，还推荐夫人凤子出山。得到四位老师的大力支持，同学们排戏的热情极高。演员确定为：汪雨演教授吴伯藻，凤子演教授夫人佩玉，刘雷演教授的学生刘亚明，张定华演教授家的婢女小云，高小文演警察厅长潘有才，劳元干演敲钟老人老郭。排练借一户人家的客厅进行。排戏时，一般是孙先生帮助同学分析剧本，研究角色，给予示范，陈先生、闻先生、封先生（即凤子）在一旁观看，并提出改进意见。同学们白天上课，晚上排练，气氛紧张热烈而又感人。

同学们想，如果剧组发展成为一个社团，更有利于长期开展戏剧活动，有利于抗日宣传，于是大家分头串联同学，发起成立话剧团。1938 年底的一天，在昆华农校大楼的一间大教室里召开"国

立西南联合大学话剧团"（简称"联大剧团"）成立大会。闻一多、陈铨、孙毓棠、凤子四位老师和《祖国》剧组的成员早早到场，一些爱好戏剧的同学也前来参加，到会六十多人。会议首先由发起人说明成立话剧团的宗旨、报告筹备成立的经过，而后请老师和同学发言，最后选举团长和工作人员。选举结果是：张遵骧为团长，刘雷、汪雨、黄辉实、汤一雄、丁伯骙等被选为工作委员。笔者根据后来各方面的材料考订，联大剧团的成员先后有：王亚文、张遵骧、刘雷、汪雨、黄辉实、汤一雄、丁伯骙、高小文、劳元干、徐贤议、张定华、孙观华、李善甫、黄宣、徐萱、陈欧生、肖庆萱、侯肃华、罗宏孝、安美生、许令德、邹斯颐、孔令人、郝诒纯、陈福英、刘辉、霍来刚、邵儒、陈誉、张狂、刘长兰、邹德范、杨郁文、王松声等。导师是闻一多、陈铨、孙毓棠。凤子与剧团的关系在师友之间。后来剧团人员变动，另选领导，任团长的是高小文，副团长徐贤议。

联大剧团成立，《祖国》的排练有了切实的组织领导，排练因而更有成效。

1939年2月18日，《祖国》在昆明云瑞中学礼堂举行公演。剧作的抗日爱国内容和演员的成功表演，深深打动了观众。首场演出一炮打响。观众奔走相告，相约前来观看，出现了前所未有的盛况。

当时演出的情形，婢女小云的扮演者张定华女士回忆说："从第一天上演起，就出现了令人振奋的盛况。剧中人物的台词时常引起观众的笑声或慨叹。剧场不断响起掌声。当剧中人物英勇就义高呼'打倒日本帝国主义'、'中华民族万岁'时，观众随着高呼口号，台上台下喊成一片，洋溢着高涨的爱国热情。"[①] 张定华的回忆与当时报纸上的报道相符。1939年2月22日《朝报·副刊》发表署名"臻"的《观〈祖国〉后》可以证明。臻是一位从下江流亡到昆明的妇女，流亡生活使她对娱乐有所节制，但《祖国》"盛传一时"，她不能不慕名观看，看后大为赞美。"盛传一时"之语与张定华"一时

---

① 张定华：《回忆联大剧团》，西南联大校友会编：《笳吹弦诵在春城》，云南人民出版社、北京大学出版社1986年版，第344页。

成为人们谈话的中心议题，引起各界人士的关注"之语相吻合。

评论界虽然指出了《祖国》的一些不足，但总体上是肯定和赞许的。综合发表在当时报纸上的报道和评论文章中的论述，当时对《祖国》的看法主要有以下一些：

关于剧作——大家都肯定剧作的抗日题材及其思想意义，赞许教授吴伯藻和青年刘亚明等的国家民族意识，对这两个形象极为欣赏，有人称吴伯藻是"钢铁斗士"①，有人表示"我们应该学习刘亚明，他是我们民族解放运动中的模范战士"。②对于佩玉，有人引风子"佩玉这一角的性格是不真实的"之语，接着说"我想能做吴伯藻先生对象的佩玉，决不是一无知识一无理智的女人……一个略具理智的人，决不会爱令智昏至如此地步，将无数爱国同胞生命所系甚至国家民族存亡关键的情报，向万恶的仇敌去告密。"③戏剧家陈豫源分析说："她之于吴伯藻，仅仅是不满意，经伯藻发现了以后恼羞成怒，至多不过是加倍的不满意，聪慧的佩玉，可用激动的行为，仅可去情杀，自杀（剧中佩玉原有自杀的动意），私奔，离婚……她跟伯藻并无多大仇恨……不满与仇恨距离得很远，所以密告的行动叫人觉得可能性太少。"④剧本把故事发生的地点放在中国的城市，把外国风格的剧作改成了中国风味，把大段大段的人物内心独白改成人物对话，甚至淡化了许多罗曼蒂克的气氛等都是成功之处。陈豫源认为全剧以第二幕最好。而第二幕正是作者改动较大，较具中国作风的一幕。

关于导演——《祖国》的导演是其改编者陈铨，他留学回国后曾创作剧本。此次自编自导，更能发挥剧作家的意图。陈豫源从一个导演的眼光看《祖国》，对它的场面调度和舞台运用给予赞赏，同时也指出导演对群众场面没处理好，显得零乱。⑤这是专家之论。由此可以确信，《祖国》的导演效果瑕不掩瑜。虽然《祖国》的导

---

① 王一士：《联大剧团公演的〈祖国〉》，《云南日报》1939年2月18日。
② 俞志刚：《看了〈祖国〉以后》，《云南日报》1939年2月22日。
③ 臻：《观〈祖国〉后》，《朝报》1939年2月22日。
④ 豫源：《观〈祖国〉归来》，《朝报》1939年2月26日。
⑤ 豫源：《观〈祖国〉归来》，《朝报》1939年2月26日。

演之名是陈铨的，但其他几位老师也参与了指导。陈铨先生曾说："谈到导演，我们第一个要感谢的，就是中国艺术界的老将闻一多先生……以后几次重要的排演，闻先生都亲自参加，贡献许多最可宝贵的意见。假如这一次公演，能够有相当的成功，那么闻先生是我们第一个功臣……演员动作表情的导演，我们侥幸又得着富有表演天才经验训练的孙毓棠先生。"①联大剧团的丁伯骏说："演技方面，如果不是陈铨和孙毓棠两先生的指导，恐怕还得不到这样差强人意的收获。"②"第一个功臣"多赞誉，"差强人意"是谦辞，不过，没有挂名的导演闻一多和孙毓棠，与挂名导演陈铨三位老师的共同指导之功颇大。

关于演员——风子的演技得到大家一致的赞扬。夏江说："风子的演技是纯熟的，对佩玉这一灰色人物的个性有了充分表现。"③陈铨认为："这一本戏的女主人翁，是一个最难表演的角色，她有复杂的心情，她有矛盾的性格，她有灵魂的痛苦，她有希望的光明，这一次要不是风子小姐来担任，恐怕很难达到满意的地步。"④风子在演出之前曾直言不讳地说："佩玉这一角色的性格是不真实的。"⑤陈豫源在分析了佩玉的矛盾性格后赞美道："佩玉这种不可能的行动与性格，叫风子女士表演得那样逼真可能，那样的毫不牵强，这是《祖国》的绝大成功的最可宝贵处，这才是演戏的真功夫。"⑥其他的演员也得到了充分的肯定，例如："张定华女士的小云一角，第二幕开场全靠她散布满场的空气，来描写女主人翁内心的痛苦，看起来似很简单，演出来却不容易，然而张女士却能够做得非常美妙。其他如高小文的警察厅长，刘育才的刘亚明，汪公望的吴伯藻，劳元干的老郭，都达到了相当的高度。"⑦

---

① 陈铨：《联大剧团筹演〈祖国〉的经过》，《益世报》1939 年 2 月 18 日。
② 丁伯骏：《关于〈祖国〉的继演》，《云南日报》1939 年 2 月 24 日。
③ 夏江：《伟大的祖国》，《朝报》1939 年 2 月 19 日。
④ 陈铨：《联大剧团筹演〈祖国〉的经过》，《益世报》1939 年 2 月 18 日。
⑤ 风子：《我的话》，《益世报》1939 年 2 月 18 日。
⑥ 豫源：《观〈祖国〉归来》，《朝报》1939 年 2 月 26 日。
⑦ 陈铨：《联大剧团筹演〈祖国〉的经过》，《益世报》1939 年 2 月 18 日。

　　关于舞美——闻一多设计并制作的舞台布景，获得大家一致的好评。夏江说："舞台面的设计，简单而美丽，际此物质艰难的抗战期间，我们在后方能看到如此活泼的舞台装置，也着实颇不容易了。"①丁心赞美道："闻诗人设计的布景，电灯，使每个观众满意，特别是在色彩上，例如第一幕和第四幕，是同一地点，但是为了二幕是不同的场合，一是忠勇的场合用了黄色的灯光，一是悲惨的结果，用蓝色。同时两种不同的色彩，也分别了日夜。"②

　　一次演出能够得到观众和学术界如此高的评价，在此以前的云南演剧史上并不多见。

　　演出场次也能说明《祖国》演出的成功。话剧毕竟属于文化人的艺术，欣赏它须具有一定的条件，起码要有良好的语言感受力。而当时的昆明，文化人较少，观众不很踊跃，所以，话剧缺少群众基础，演出大多入不敷出。翟国瑾回忆1941年昆明的演出情形说："当时话剧观众有限，一次演出，为期5至7天，顶多头三天能卖七八成座，后三天能卖六成已经很不错了。"③而在两年前的1939年春，昆明人看话剧的热情比这还要低一些。因此，《祖国》的演出最初只定了5场：2月18日开始，22日结束，每晚上演。由于反响热烈，20日白天加演了一场，共计演了6场。但观众踊跃，要求强烈，又加演了3场，至25日晚结束。这样，一共演出了9场，而且"场场满座"，④甚至一些看过演出的观众，还希望再看一次，"好多观众，来询下次公演的日期"。⑤这在云南话剧演出史上前所未有。这种盛况说明，《祖国》的演出轰动了昆明。

　　《祖国》不仅得到了群众的热烈赞扬，而且得到了官方的肯定。1939年5月，国民党中央执委会海外部、国民政府侨务委员

---

① 夏江：《伟大的祖国》，《朝报》1939年2月19日。

② 丁心：《致联大剧团一封公开的信》，《云南日报》1939年2月20日。

③ 翟国瑾：《忆一次多灾多难的话剧演出》，云南省政协文史资料研究委员会等编：《云南文史资料选辑》第34辑，云南人民出版社1998年版，第484页。

④ 张定华：《回忆联大剧团》，西南联大校友会编：《笳吹弦诵在春城》，云南人民出版社、北京大学出版社1986年版，第344页。

⑤ 丁伯骏：《关于〈祖国〉的继演》，《云南日报》1939年2月24日。

会、军委会西南运输处在昆明联合举办"慰劳华侨机工回国服务团大会"，将《祖国》选为慰问节目，请联大剧团于 6 日和 7 日在新滇大戏院连演两场。上千华侨机工观看了演出，并给予一致好评。此次演出的意义不仅在于观众的满意程度，更主要的是提升了《祖国》一剧的身份和地位。它是国民党中央、国民政府和中央军委确定为代表国家水平对外演出的艺术剧目。获得这种殊荣的剧目在中国现代话剧史上恐怕不多。就当时的背景看，云南也有好几个剧团演出过多部话剧，而被政府选为代表国家水平的仅此《祖国》一剧。可见联大剧团虽为学生社团，其演出水平至少已居云南前列了。

二、《原野》的演出与联大剧团的鼎盛

《祖国》演出成功后，联大剧团成员个个摩拳擦掌，准备大干。但当时正值"剧本荒"，[①]可供上演的"抗战戏"少得可怜。闻一多、孙毓棠、凤子商量，并争取到国防剧社的同意，决定邀请曹禺来昆明导演《原野》。曹禺本来对《原野》问世后的索寞并不甘心，现在收到邀请，自是高兴。1939 年 7 月 13 日，曹禺自重庆飞抵昆明。第二天，国防剧社为曹禺接风洗尘，席间商定演出剧目为《原野》和《黑字二十八》（又名《全民总动员》）。

排演班子是由曹禺、凤子、孙毓棠、闻一多等研究决定的。《原野》由曹禺亲自导演，孙毓棠任舞台监督，闻一多和雷圭元负责舞台设计。《黑字二十八》人物众多，调度困难，成立了由曹禺、孙毓棠、凤子、陈豫源、王旦东五人组成的导演团，舞台设计由闻一多担任。《原野》主要从联大剧团中挑选演员，《黑字二十八》从联大剧团、云大剧团、国立艺专、省立艺师等单位挑选。最后《原野》的演员确定为：凤子扮金子、孙毓棠扮常五、汪雨扮仇虎、樊筠扮焦母、李文伟扮焦大星、黄实扮白傻子。可以说 1939 年《原野》在昆明的演出是曹禺和联大剧团的合作。

---

① 闻一多：《宣传与艺术》，昆明《益世报》1939 年 2 月 26 日。

曹禺的工作作风向来是一丝不苟。排练时，一个动作、一句台词的效果都不轻易放过，即使像凤子这样的老演员乃至曹禺本人也不例外。排练地点设在昆明城东南的长春路，联大师生居住在城西北角，每次排练都需穿过半座昆明城，十分辛苦，更兼实地排练时，借到的舞台要等到每晚十点钟京剧演出结束后才能使用，这样，许多时候的排练都到了午夜三四点钟，但每个演职员都毫无怨言。联大剧团的社员，除了主演《原野》和担任《黑字二十八》的演员外，几乎承担了所有的后勤工作，不少人身兼数职，日夜奔忙。上演前，有人为赶制服装或道具等，通夜不眠，有人为装台和照料演出用品，夜晚就睡在舞台上。①大约经过三个星期的苦练，举行了公演。

8月16日晚7时，大幕在新滇大戏院拉开，观众立刻被台上原始神秘的"大森林"吸引，随着剧情的展开，观众被深深吸引。演出立刻引起轰动！戏票很快抢空。按计划，《原野》共演八天，至23日结束；24日休息；25日换演《黑字二十八》十天，至9月3日结束。但观众纷纷要求加演两剧。不胜辛劳的剧组只好说服国防剧社，延长演出《黑字二十八》五天，至8日；9日起再换演《原野》七天，至15日结束。尽管如此，观众仍不满足，纷纷强烈要求续演。剧组只好再续演《原野》两天，至17日最终落幕。两剧共演32场。

如此盛况，在昆明演出史上是前所未有的。朱自清教授当即撰文写道："看这两个戏差不多成了昆明社会的时尚，不去看好象短了些什么似的。"接着他指出此次演出的地位和影响："确是昆明一件大事，怕也是中国话剧界一件大事罢。"②就《原野》的演出而言，《原野》1937年一问世，上海业余实验剧团就于8月7日在卡尔登大戏院举行了首演，但是不几日，"八·一三"战火就使演出终止了。之后，仅1939年5月在重庆江安，地方剧团用四川方言演出过

---

① 参见张定华：《回忆联大剧团》，西南联大校友会编：《笳吹弦诵在春城》，云南人民出版社、北京大学出版社1986年版，第349页。

② 朱自清：《〈原野〉与〈黑字二十八〉的演出》，《今日评论》第2卷第12期，1939年9月10日。

一次，未引起多大反响。昆明此次演出的轰动，是《原野》的第一次，也是 20 世纪 40 年代直至 80 年代中期中国唯一的一次盛况。以云南的演出而言，此次演出被戏剧史家公认为云南戏剧舞台上的三次高潮之一（另外两次是《清宫外史》和《孔雀胆》的演出），且《原野》居其首。① 如此巨大的收获，是《原野》的成功，是曹禺的成功，同时也是联大剧团的成功。

昆明的观众为何如此欣赏《原野》、赞美这次演出？当然是《原野》的艺术魅力所至，但细分起来，有以下一些原因：

首先是名人效应。曹禺亲自导演《原野》，这种机会对昆明的观众来说是不可多得的（事实上是唯一的）。凤子早先曾成功扮演四凤和陈白露，不久前在《祖国》中还展示过艺术风采，此次扮演金子，不知又会有何表现。闻一多的诗名早已响彻中国，而舞台艺术设计的才华似乎在昆明才显示出来，《祖国》的布景和灯光已让观众钦佩，《原野》的设计又会出什么新招？对于孙毓棠，人们对《祖国》的舞台表现还记忆犹新，欣赏他表演的机会又来了，当然要抓住。联大剧团的各位演员也是观众所赞赏的，对于他们的新表演，也想前往一观。这是当时人们的心理，并非今天的揣测推论。不信请看当时的一篇评论，文章开头就写道："《原野》是曹禺的杰作，这次能得作者亲自来导演，自然能把剧本的好处，表现无遗。且这次演员，又尽是昆明第一流名手，连布景的设计，灯光的管理，也请专家负责，我们很可放心地说，《原野》这次演出，是集各种专家的大成，无怪它的成就，也是空前的。"② 著名评论家朱自清分析两部大戏吸引人的原因时也说了同样意思的话："而曹禺先生的戏，出演的成绩是大家都知道的，再说这回是他自己导演，也给观众很大的盼望。还有，两个戏的演员，很多砑轮老手，足够引起观众的信心。"③

---

① 参见吴戈：《云南现代话剧运动史论稿》，中国文联出版社 2001 年版，第 114 页。

② 易：《看〈原野〉以后》，《朝报》1939 年 8 月 19 日。

③ 朱自清：《〈原野〉与〈黑字二十八〉的演出》，《今日评论》第 2 卷第 12 期，1939 年 9 月 10 日。

其次是艺术魅力。能够在前后一个月的演出里做到场场满座，恐怕不只是名家的吸引力，而更是艺术表现的强大魅力了。中国文学史家余冠英评论这部戏说："我以为曹禺君的三部名著中《雷雨》是最雅俗共赏的戏，《日出》稍不同，惟《原野》最为不俗"，"《原野》最值得称赏处是人物的创造。本剧重要人物的性格都很强，以焦大妈为最，其次金子，其次仇虎。这三个人物在中国文学里都是崭新的。"①《原野》的故事虽不复杂，但情节却紧张激烈，笔触犀利深入，让人看了心惊肉跳。而剧情的规定情景、场面和气氛又是那样特殊别致，很可能迷醉观众。这样艺术性高超的剧作，由一群才能超拔的艺术家把它呈现在舞台上，不可能不产生出强烈的艺术魅力。朱自清记录说："观众看了这两个戏，可以说是满意的……从演员的选择与分配，对话的节奏，表情的效果，舞台的设计等，可以看出导演以及各位演员都已尽了他们最善的努力。"②《朝报》也报道说："看完《原野》全剧，觉得置景是那么伟大，演技是那么精熟，灯光与效果都是那么适应"，因而赞叹"毕竟是成功之作"！③

再次是演员表演。这里引三条当时的文字记录：《今日评论》的文章说："此次演出的孙毓棠君之常五最无懈可击，次为樊筠女士之焦大妈"；④《益世报》上的报道文章说："凤子饰焦花氏，不但言语态度恰倒好处，而动作表情，亦可算得胆大难能。樊筠饰焦母，泼辣老妇活现舞台，观众莫不称绝，此外如孙毓棠饰常五，汪雨饰白傻子，李文伟饰焦大星等，均能抓住剧中要点，表现个人戏剧天才"；⑤《朝报》上的特写也全面肯定了各位演员："汪雨的仇虎，性格是显得那样粗暴，黄实的白傻子，也创造了一个独特的典型……樊筠饰焦母，十足表现了厉害泼辣的旧女性，凤子的金子，灵巧、尖刻而热情，孙毓棠的常五，是那么个糊涂人，李文伟之焦大星，

①　冠英：《谈谈〈原野〉》，《今日评论》第2卷第13期，1939年9月17日。
②　朱自清：《〈原野〉与〈黑字二十八〉的演出》，《今日评论》第2卷第12期，1939年9月10日。
③　江夏：《曹禺导演的〈原野〉昨晚开始公演》，《朝报》1939年8月17日。
④　冠英：《谈谈〈原野〉》，《今日评论》第2卷第13期，1939年9月17日。
⑤　《国防剧社公演〈原野〉》，《益世报》1939年8月17日。

一个懦弱无用的典型男人，在这部戏里，都有一个明朗的性格表现"。① 评论家和记者的态度如此，普通观众对演员的表演更是普遍的叫好。许多人就是为了看凤子、看孙毓棠、看联大剧团名角的表演而走进剧院的。

最后是舞台设计。闻一多根据《原野》的规定情景，对舞台进行了精心的设计。在仇虎逃跑一幕中，他用许多黑色长条木板于舞台后半部大小错落地排列起来，焦母提一盏小红灯笼在其间穿梭，台下看去，大森林幽暗深远，焦母的喊声发乎其间，神秘恐怖之极。曹禺对此亦称赞有加。布景多采用虚实结合甚至某些抽象技法，再配以幽暗的灯光，把荒原孤村和黑森林阴森恐怖的气氛表现了出来，显示出荒原的原始、野蛮，有力地配合了悲剧剧情。曹禺十分肯定地说："闻先生的美术设计增强了《原野》的悲剧气氛，是对《原野》主题的最好诠释。"② 演出效果证明了闻一多设计的极大成功——观众对《原野》的舞台美术好评如潮，有人甚至为了看舞美而去看《原野》。《朝报》上的文章说得更细致："第一幕，布景是那么美丽，一条铁路线的旁边，囚徒仇虎和白傻子的对话中，剧情是慢慢地展开了……第二幕在焦宅客室中，有焦阎王遗像，焦母佛台，十分布置得富丽堂皇……最后一幕，而且接连四场的换景，都是森林丛丛的原野，在黑夜的大森林里，我们除了看到舞台之美丽画面外，还实际感觉了一个人生的严重问题，那就是爱欲与仇恨的冲突。"③ 这样美丽的舞台设计前所未见，当然具有强烈的召唤力。

由于以上四个方面的原因，《原野》似有魔力一般把昆明城内外的人吸引到剧院，李乔说："在万人哄动中曹禺先生的《原野》已在新滇剧院上演了五六天"，并且"看过这剧的人，大概不会说不满意吧？"④ 这是历史的记录。《原野》造就了云南戏剧演出史上的第一座高峰。

---

① 江夏：《曹禺导演的〈原野〉昨晚开始公演》，《朝报》1939 年 8 月 17 日。

② 曹禺语，转引自王松声、李凌：《闻一多和戏剧》，赵慧编：《回忆纪念闻一多》，武汉出版社 1999 年版，第 315 页。

③ 江夏：《曹禺导演的〈原野〉昨晚开始公演》，《朝报》1939 年 8 月 17 日。

④ 李乔：《看了〈原野〉以后》，《云南日报》1939 年 8 月 23 日。

这座高峰的形成，是曹禺的辉煌，也是联大剧团的辉煌！

联大剧团从1939年2月《祖国》的出演，到9月演完《原野》，在短短半年多的时间内达到了顶峰。这说明联大剧团的起点相当的高，社员的艺术修养和对工作的投入都令人赞叹。考其原因，一方面有孙毓棠、凤子、闻一多、陈铨、曹禺等名师的贡献，另一方面联大剧团成员如汪雨、黄实、樊筠、李文伟、张定华等的艺术敏感也是相当出色的。随着这两部戏的演出，联大剧团之名已在昆明人心目中生了根，联大剧团被云南戏剧界公认为昆明最好的演出团体之一，甚至联大剧团已作为一个有名的剧团载入了史册，因为，《原野》的演出"也是中国话剧界一件大事"。

三、联大剧团的分化及其他演出

《祖国》《黑字二十八》演出的成功，尤其是《原野》引起的轰动，给联大剧团以巨大鼓舞，使社员增强了信心，大家希望能够演出更多更好的戏。但是，一些社员也错误地估计了剧团和自己的能量，认为联大剧团已具备了演大戏的能力，以后必须选演大戏，才能显示出剧团的本领，才能使剧团兴旺发达。这种观点忽视了剧团借助名家成功的因素，把几部戏的演出成绩全部归功于己，夸大了剧团在演出中的作用。因此，一些社员不同意这种高估自己的观点，在剧目的确定上，主张选一些难度较小、适应自己的"抗战戏"。两种观点发生了冲突，引出了社员的不满情绪。再加上联大剧团本身只是戏剧爱好者的自由组织，许多社员先前互相并不认识，高低年级之间、来自各地的同学之间存在文化差异，剧团又不可能制定严格的规约，大家只是排剧时才聚在一起，不排时各行其是，一句话，没有组织基础、思想基础和政治基础。在这种情况下，小团体思想、个人情绪都会产生。由以上观点的分歧引起，再加上固有的组织松散，又添上个人意气的爆发等原因，联大剧团出现分化势在必然。

1940年初，联大剧团组织领导任期已满一年，且团长张遵骧因车祸受伤不能主持工作，遂举行改选。有人早有预谋，想要夺取领导权，拉了一大帮本不是社员的人来参加投票，结果获胜。本已产生了思想分歧的部分社员，这时便拒绝参加活动，且另谋发展。2月，青年剧社成立，主要成员是从联大剧团分化出去的同学，社长汪雨。5月，戏剧研究社宣告成立，主要社员也是从联大剧团分化出去的同学，且多数是群社社员，社长贺蕴章。经过两次分化，联大剧团元气大伤，此后演出的剧目减少了。

联大剧团在改选领导和酝酿分化的过程中，正在排练《夜未央》。分化虽然严重影响了大家的情绪，但排练并未终止。1940 年 2 月 20 日，《夜未央》以"国立西南联大学生自治会筹募劳军礼金"的名义，在省党部礼堂举行公演。导演是外文系教授赵诏熊，舞台监督是高小文，演员是罗宏孝、汪雨、刘辉、刘雷、李文伟、黄实、刘长兰、邹德范、高小文等二十余人。演出按原计划演 7 场，到 26 日结束，演出成绩不错，但未见评论。

联大剧团分化后，直到 1940 年 10 月，才在大逸乐戏院公演《雷雨》。演员阵容是：许令德扮蘩漪，汪雨扮周朴园，张定华扮鲁妈，劳元干扮周萍，孔令仁扮四凤，邹斯颐扮周冲，刘雷扮鲁贵，高小文扮鲁大海，罗宏孝和安美生扮修女。戏剧研究社的萧荻、冯家楷应邀协助舞台工作。此前，昆明曾几次上演过《雷雨》，五个月前，北平八校校友还在昆明公演过，间隔这么短又演一次，而且没有了凤子、孙毓棠这样的"大腕"，虽然剧团的台柱汪雨、劳元干、高小文、刘雷、张定华等都出场，大家对成功与否没有把握。因此，只计划演 3 场。演出在低调中开始，在低调中结束。由于大家没有抱过高的期望，所以对于演出结果还较为满意。张定华几十年后的记忆是"场次还可以"[1]，《国立西南联合大学校史》则说"演出效果很好"。[2]

从此次《雷雨》的演出可以看到，虽然联大剧团分化不久，大家的意见仍然相左，情绪还存在对立，但对联大剧团的名誉，大家都是维护的。当联大剧团准备演戏，需要大家出力，无论青年剧社

---

[1] 李光荣访张定华记录，2004 年 10 月 3 日，北京张寓。
[2] 国立西南联合大学北京校友会编：《国立西南联合大学校史》，北京大学出版社 1996 年版，第 441 页。

还是戏剧研究社都给予了支持，所以，早期联大剧团的名演员，除黄实外，都聚首于《雷雨》了。这次老演员重新合作，也说明联大剧团这面旗帜的召唤力和留在联大剧团里的骨干演员所起的作用。其实这种团结还可以追溯到《夜未央》和《阿Q正传》的演出。激烈的分化发生在排演《夜未央》的过程中，但大家还是通力合作，完成了《夜未央》的演出。而《阿Q正传》的演出，人物众多，场面宏大，共有四十多个人物登场，剧团先后动员了二百多名同学参加了前后台的工作，虽然主持排演者是戏剧研究社，但它是西南联大全体戏剧爱好者的通力合作，因此才有演出的成功。在《夜未央》和《阿Q正传》两次协作的基础上，大家又共同协作演出了《雷雨》。

我们是否可以得出这样的结论：联大剧团早期的骨干演员，虽然因意气之争而另立门户，但在维护联大剧团的名誉上，在推进戏剧发展的追求上，在宣传抗日救国的大义上，还是一家。

"皖南事变"发生后，联大剧团暂时停止了活动。但后来，在西南联大首先开展文艺活动的仍然是联大剧团。1941年夏，联大剧团开始筹演易卜生的《玩偶之家》。剧团再次请凤子和孙毓棠两位大家出马，孙毓棠任导演，凤子演主角。其他演员是：沈长泰、姜桂侬、许令德、汪雨、劳元干、吴全、黄云、严仪、刘琦、贾平。排练后，于7月8日在昆明大戏院公演。演出后报纸上发表的文章，意见却颇为严厉。文章观点不一致甚至针锋相对，一方面笼统地肯定剧作演出成功，一方面则具体地挑剔演员的毛病，例如，"台上的对白有时候太快，坐在后面的人，不大听得清楚"[1]，"娜拉背场太久，方位没有变动，使舞台成了相当时间的不平衡"[2]，有的演员习惯性的背手站在台上等。不过，总的来说，大家对演员的表演还是比较满意，尤其称赞凤子，只是她得到的好评不及以前所演的几场多。也许鸣公的话具有代表性："至于演员方面：人才齐全，配搭允当，各有特长发挥，可嘉！特别我要在此说的，是饰娜拉主角之凤子女士，凤子全部台词之娴熟流利，真可说'如数家珍'，表情有声

---

[1] 先春：《〈娜拉〉观后》，《朝报》1941年7月22日。

[2] 家光：《参观〈玩偶家庭〉小感》，《朝报》1941年7月18日。

有色，确是中国话剧界第一流人才，综观凤子一贯作风之特长，是活泼生动，犀利俊逸，尤以偏激表态最为传神！只在沉郁方面稍缺刻画，但此不足为病，因凤子自有其成功之天才与造诣。"[①] 以上文章基本上是观感性的，几乎没有理论的概括分析。评论家基本上没有发言。对照《原野》演出的评论来分析，此次沉默大概与评论家所持的"抗战戏"理论有关：既然你们一定要演与抗战无关的戏，我们保持沉默！由于评论家的"缺席"，《玩偶家庭》的演出成就很难评定。不过，从演出的场次看，观众仍然较为踊跃，也可以说是满意于演出的。此次演出从7月8日开始，每天一场，到16日为止，共演9场，这在当时算是较好的成绩。原计划只演到14日，因观众要求强烈，又加演了两天。其实还可能再加演下去，只因戏院突然停电不得不停业，演出才戛然而止。这样的结局有些意外。

之后，联大剧团于1942年8月5—9日演出了阳翰笙的《塞上风云》。此剧虽然是"云南省、云南各大学、昆华中学校友会为募集前线将士医药"举行的公演，但打出的招牌是"联大话剧团演出"。演职人员是——顾问会主任顾问：杨立德、徐继祖；演出委员会主任委员：杨竹菴；副主任委员：保国强；舞台设计：高小文；舞台监督：陈誉；演员阵容：刘萍、苏澈、樊筠、李文伟、陈颂声、高小文、唐培源、马如龙、熊明、王肖宗、路云升、吴承幼、贺骥。从演职人员看，绝大多数是西南联大学生，虽然联大剧团的老演员只有高小文和陈誉两人，外加特别社员樊筠和李文伟，但高小文是联大剧团团长，他可以代表联大剧团行事，他也有号召和组织能力，因此，演员基本上是西南联大的学生。所以说，此剧是联大剧团的演出。此次演出后，以"联大剧团"名义公演的戏剧就没有了，亦即联大剧团从此自行消亡了。

四、联大剧团的贡献及其经验教训

国立西南联合大学话剧团从1938年底成立，至1942年8月演出最后

---

① 鸣公：《〈玩偶家庭〉观感》，《朝报》1941年7月18日。

一场戏，共存在近四年。这四年的历史显示，联大剧团是一个实力雄厚的话剧演出团体，在宣传抗日救国的同时，它为中国戏剧艺术的发展、为云南戏剧运动的开展、为西南联大演剧活动的兴盛做出了不可磨灭的贡献。归纳起来，其贡献大约有以下三个方面：

1. 树立了云南乃至中国戏剧史上的演出里程碑

云南的话剧演出开展不算迟，但云南毕竟地处偏僻，话剧的发展较为缓慢，到 1937 年初，还展开过一场关于舞台语言是"使用方言还是使用国语"的论争。[①] 那时，观众对话剧艺术的观赏活动还不太热心。当时，一出戏的演出，仅为 3—5 场。昆明最强的演出团体是昆华艺术师范戏剧电影科和金马剧社，但它们都未曾有过产生轰动效应的演出。在这种背景下，西南联大话剧团的出现无疑是异军突起。联大剧团首场演出《祖国》就创造了加演 3 场和连演 9 场的两个新记录，振兴了昆明的戏剧运动。后来还被国民政府选为慰劳归国服务的"华侨机工"的演出剧目，再演了 2 场，声名传播海外。《祖国》演出的意义在于说明：好的艺术是能够赢得观众的；同时也显示出联大剧团能演大戏、演好戏的实力，甚至能够代表国家演出。接着，联大剧团的导师出面，邀请曹禺到昆明导演《原野》和《黑字二十八》，虽然演出的名义单位是金马剧社，但实际是以联大剧团为主的。这次演出共计 32 场，"在云南话剧史上可算是破天荒的第一次"。[②] 这两出戏的演出使得昆明万人空巷，争相观看，因买不到票而懊恼，与票房争执或试图无票闯入而与检票员冲突的事时有发生。毫不夸张地说，这两部戏的演出轰动了昆明，震动了剧坛，创造了云南戏剧史上的演出高峰。《原野》和另外两部戏的演出被史家认为"昆明戏剧运动史上的里程碑"[③]。

此次《原野》的演出，不仅是云南剧运史上的里程碑，而且是《原野》演出史上的里程碑。《原野》诞生后，首先在上海演出，演出未完，因上海遭日本飞机的轰炸而停止；第二次演出在重庆江

---

① 见《云南日报》1937 年 1 月 15 日刊载的张子斋：《由艺师公演再谈语言问题》等文。

② 李济五语，转引自田本相：《曹禺传》，北京十月文艺出版社 1988 年版，第 258 页。

③ 蒙树宏：《云南抗战时期文学史》，云南教育出版社 1998 年版，第 218 页。

安，用的是方言，不可能产生巨大影响；这第三次演出则轰动城乡，引起社会广泛的关注，这是《原野》的第一次也是解放前唯一的一次演出高潮。此次演出后，《原野》沉寂了数十年。直到1987年，随着电影《原野》的放映，它的艺术魅力才又被人们重新认识，人们争看电影，有的剧团重新排演话剧，以至观者如潮，报刊杂志竞相发表评论文章——中国大地上掀起了一股"《原野》热"。反观历史，可以说，1939年昆明观众对《原野》的欢迎是80年代"《原野》热"的预演。如果说《原野》的演出已形成了两个里程碑的话，1939年的演出是第一个。

2. 为抗日救亡运动贡献力量

在国家民族生死存亡的紧要关头，一切文艺都在为抗日救亡服务。联大剧团一方面是演戏，追求艺术的品位，另一方面也是在做抗战工作，把戏剧作为"工具"为抗日救亡服务。联大剧团为抗战服务有以下三种形式：

1）征募演出

在联大剧团演出的剧目中，有以下一些是标明征募演出的：《祖国》，"为前线将士募鞋袜"公演；《夜未央》，"为筹募劳军礼金"公演；《玩偶家庭》，"战时公债劝募总队西南联大劝募分队公演"；《塞上风云》，"为募集前线将士医药公演"。这些演出所得的收入都直接用于抗战了。例如，《祖国》的演出是为前线将士募集戎衣，赢利款额如数汇给政府有关部门，请他们为前方将士购置鞋袜。

2）演出"抗战戏"

联大剧团第一次公演的《祖国》就是一部"抗战戏"，写的是爱国知识分子反抗侵略军的故事，广告上标明"爱国四幕剧"就是这个意思。其他在广告上标明"抗战（国防）戏"的有《夜未央》《塞上风云》以及参演的《雾重庆》《妙峰山》《刑》等。这些戏剧的演出，对于增强人们的抗敌信心，鼓舞人们的战斗意志起到了直接作用。

3）到工厂、农村宣传抗日救亡

1939年3月的一天，团长张遵骧和剧团同学带着行李，坐在卡车车厢里前往昆明以外的杨林镇，去演独幕剧《放下你的鞭子》《三江好》《最后一计》和一幕云南方言话剧。不意车子翻到田里，许多人受了伤。这是一次未完成的演出。之后，剧团又和群社一起组织节目，利用假日和星期天，到昆明郊区黑林铺、龙头街和工厂、部队演出了不少独幕剧。1940年去龙头街用昆明方言演出《放下你的鞭子》等剧目，情景感人，许多人终生不忘。

3. 奠定了西南联大戏剧发展的基础

联大剧团作为西南联大在昆明的第一个剧团，对西南联大戏剧的发展有着奠基的作用。这种奠基的作用可以概括为两个方面：

首先，良好的开端。联大剧团的演出，一举成名，再举登峰，产生了以下一些效果：一是传扬了西南联大的美名。西南联大初来乍到，人们对它一无了解，从戏剧这道门进入，人们可以知道西南联大是一所高质量的学校，这就为学校的发展做了铺垫。二是增强了师生对于戏剧的信心。师生看到戏剧那样受群众欢迎，开展戏剧运动的兴趣倍增，这就形成了推动戏剧在西南联大发展的力量。三是为后来的戏剧团体建立了良好的发展平台。联大剧团开拓了道路，其他剧团沿着这条道路前进，发展就较为顺当。例如，联大剧团在演出的剧目方面，多选名剧，这样容易吸引观众，产生巨大影响；在内容方面，多选宣传抗战且艺术水平较高的戏，这样容易发挥社会作用；在演技方面，精益求精，努力追求，用精湛的艺术去感染观众；在操作方面，注意与外界联合，借其他单位的基础发展自己。这些做法为后来的青年剧社、剧艺社等戏剧团体所沿用，它们共同创造了西南联大戏剧的辉煌。

其次，培养了人才。西南联大的戏剧人才来自两种渠道：一种是外来人才，他们原先就学习戏剧或从事过戏剧表演，后来考上了西南联大，继续演戏；另一种是西南联大自己培养起来的人才，培养的场所与方式主要是剧团及其演出，许多人凭着对戏剧的热情加入剧团或者因角色的需要被剧团拉入，在剧团的培养带动下，逐渐成长起来，直至成为名角。联大剧团作为西南联大在昆明的第一个戏剧社团，培养戏剧人才的任务很重，但成果显著，作用巨大。联大剧团培养出来的演员，有的成为青年剧社和戏剧研究社的骨干，有的继续留在联大剧团里发挥作用。这些人才在新的剧团里又培养出新的人才，例如，有的成为山海云剧社、怒潮剧社和再后来成立的剧艺社的发起人和演出骨干，这样良性循环、不断发展，西南联大的戏剧人才辈出，直到后来，北大、清华、南开的戏剧活动也依赖他们开展。

联大剧团的聚散兴衰也为后人提供了宝贵的经验和教训。总结起来，主要经验有两点，教训有一点：

经验一，借重戏剧名人声望。

纵观联大剧团的演出，凡是演出场次较多，影响巨大的几部剧作都与两个人的名字连在一起：孙毓棠和凤子。孙毓棠的本行是研究中国历史，但他的文艺造诣极高，他是诗人，在清华大学读书时曾和曹禺一起演过戏且受到好评，留学日本时曾研究戏剧。凤子来昆明前，曾几次担任曹禺剧作的主角和演过别的剧目，早已闻名遐迩，现在她送艺到家门，人们当然要一睹为快，因此，凤子出场本身就是巨大的召唤力。毕竟，戏剧是名角儿的艺术。联大剧团有他俩的参与自然是如虎添翼。

闻一多本是中国话剧界的老前辈。他早在20世纪初就读于清华学校时就热心于戏剧，以至"奔走剧务，昼夜不分，餐寝无暇"，[1] 是集编、导、演于一身的全才。1922年出国，又利用绘画之长，操起了舞台设计。不过，人们对他的戏剧才能恐怕并无多少了解，如雷贯耳的是他的诗名。这就够了，"新月派"的代表诗人兼理论家，唯美主义的艺术巨匠做舞台设计并亲手制作布景，已足够吸引人的了。

曹禺如一颗明星闪耀在戏剧的天空中，他亲自来西南边疆导演自己的作品则千载难逢。所以，人们更要一睹风采，领略其美了。所以，他到昆明亲自导演《原野》和《黑字二十八》，再配之以名演员和闻诗人等共同创造，掀起了云南戏剧运动的高潮，本是情理之中的事。

联大剧团得这些名人鸣锣开场，真是一大幸运！

---

[1] 《闻一多全集》第12卷，湖北人民出版社1994年版，第427页。

经验二，借助其他团体力量。

联大剧团演出的剧目，除《祖国》和《雷雨》为联大剧团独立公演外，其他所演各部戏都打出了其他团体的名义，举凡《原野》和《黑字二十八》为"国防剧社第二届公演"，《夜未央》为"国立西南联大学生自治会为筹募劳军礼金"公演，《玩偶家庭》为"战时公债劝募总队西南联大劝募分队公演"，《塞上风云》为"云南省、云南各大学、昆华中学校友会为募集前线将士医药公演"。之所以这样，是因为办理演出事务不是联大剧团之所长。这样做，既利用了他人的力量，又避免了演出入不敷出的风险。

联大剧团在演员方面也借助了他人力量。《黑字二十八》与云南大学话剧团和云南省艺术师范戏剧电影科共同演出是显著的例子。《玩偶家庭》《夜未央》《塞上风云》等剧更能体现出联大剧团的"借力"策略。这里不说仰仗风子这样的名演员，也不说邀请团外的其他同学合作，还不说依赖李文伟这样的特别社友，就是马金良、沈长泰这样的昆明名角儿也几次出现在联大剧团公演的剧目中。由于力量强大，提高了演出的水平层次就自不待言了。

教训是，分化必然削弱力量。

联大剧团在《原野》演出后便发生了裂痕，而在《夜未央》演出结束，分化便成了事实。由联大剧团分化出去了青年剧社和戏剧研究社两个剧团，联大剧团的实力必然遭到削弱。虽然大家识大体、顾大局，维护联大剧团的声誉，当需要时，大家能够不计前嫌，重新回到剧团中来担任角色，共同完成联大剧团的演出，但毕竟精力分散，重心他移，对联大剧团的贡献不如从前那样多了。

纵观联大剧团的演出，分化前《祖国》《原野》已创佳绩，分化中的《夜未央》居中，分化后的《雷雨》《塞上风云》则远不如前了。尽管《玩偶家庭》中兴了一下，还是不可能再创造出分化前的轰动效果，赢得观众一致的好评。虽然联大剧团衰落的原因不止一个，演出衰落的因素也不仅是分化，但力量不如从前是客观事实。

2005 年 6 月 24 日初稿于昆明文化巷 52 号

第四节　南荒文艺社 ①

摘　要　南荒文艺社是西南联大的一个重要文学社团，由萧乾倡导而组织，以高原文艺社为主体扩展而成。南荒文艺社创作了大量作品，是抗战时期昆明、重庆、香港地区一些报刊文学稿件的重要提供者，是香港《大公报·文艺》的主要支柱，从南荒文艺社走出了林蒲、穆旦、辛代、向意、祖文、王佐良、庄瑞源、曹卣等作家，其作品有许多为传世之作。因此，南荒文艺社是中国现代文学史上的一个重要但却被遗落了的社团。

如果说西南联大高原文艺社因刘兆吉、赵瑞蕻、林蒲等社员的回忆文章提及，还为文学界人士有所知晓的话，西南联大南荒文艺社则更不为人知晓了，以致《国立西南联合大学校史》《〈大公报〉百年史》等史书和《萧乾传》《〈大公报〉与中国现代文学》等专著都未提及：它已经被人们遗落在历史的尘埃中了。幸好，南荒文艺社的两位骨干——方龄贵先生和周定一先生还健在。经过他们的介绍，我们得以了解南荒文艺社的基本轮廓，再经过仔细调研考证，终于能写出关于南荒文艺社的文章了——

南荒文艺社由高原文艺社转化而成，是因萧乾倡导而组织起来的文学社团。

1939 年春天，身为香港《大公报》记者、"文艺"副刊编辑的萧乾赴滇缅公路采访，途经昆明。他从沈从文、杨振声、王树藏等处了解到西南联大高原文艺社的一些情况，知道半年多来在香港《大公报·文艺》上发表作品的西南联大学生大多数是高原文艺社的成员，于是产生了把昆明地区的学生作者组织在一起的想法。随后，他找了

---

① 本文原载于《中国现代文学研究丛刊》2008 年第 6 期，原题《南荒文艺社：一个被历史遗落的社团》，署名李光荣、宣淑君。

高原文艺社负责人，向他们介绍了社外作者，于是有了南荒文艺社的组建。

这里有必要介绍一下上述几人以及香港《大公报》和西南联大的关系。天津《大公报》的文艺副刊编辑原先是杨振声和沈从文，1935 年，沈从文推荐刚从大学毕业的萧乾去天津《大公报》文学副刊工作，萧乾完全依靠杨振声和沈从文进行编辑：编辑方针是杨振声和沈从文帮助确定的，基本作家队伍是杨振声和沈从文组织的，乃至副刊《文艺》也是他和沈从文共同策划并编辑的。后来他出任上海版《文艺》副刊编辑，一些稿件也经过杨振声和沈从文之手交给他。1937 年，"八一三"战起，上海版压缩版面，《文艺》在裁减之列，萧乾因之被遣散。他流亡到武汉，后又和赴任西南联大的杨振声、沈从文一起经过长途跋涉到达昆明。这时天津《大公报》搬到汉口，他应邀在昆明遥编汉口版副刊《文艺》，稿件主要靠杨振声和沈从文组织。编辑之余，萧乾常与西南联大教授杨振声和即将做西南联大教授的沈从文讨论战争形势和文学的抗战问题。不久，大公报社筹办香港版，请萧乾前去复职。接到召唤，萧乾犹豫不决：在交通阻隔，作家朋友四散的战争年代，远去香港创办一份文学副刊，谈何容易！又是杨振声和沈从文帮助他下定了决心。1938 年 7 月下旬，萧乾包里装着沈从文的作品，心里装着"稿件不用愁"的承诺，踌躇满志，从昆明启程赴香港就任。8 月 13 日，《文艺》副刊随《大公报》开版，开篇之作是沈从文的《湘西》。香港版《文艺》副刊大约每二至三天出一期。《湘西》连载 43 次，直到 11 月 17 日结束，为《文艺》支撑了三个多月。这给仓促创办的副刊编辑提供了充分的组稿活动时间。在这段时间里，萧乾联系上了许多老作家，同时结识了一些新作者，收到了数量不少的稿件，解决了编辑的材料问题。而在昆明一方，沈从文不负所言，不仅亲自撰写稿件，还发动身边的朋友和西南联大师生创作作品，组织了大量稿件输送到香港。西南联大的教师作家孙毓棠、卞之琳、李广田、朱自清等本与萧乾是故交，当然会赐稿支持，学生的文稿，则基本上是经过沈从文修改之后再转寄给萧乾的。校外学生的稿件也基本如此，如国立艺专学生李霖灿的长篇报告《湘黔道上》，每一次发表都倾注着沈从文的心血。汪曾祺、林蒲、赵瑞蕻、辛代、流金、杜运燮、李霖灿等作家后来成名后，在回忆中都说到沈从文先生为他们改稿、寄稿的事。对于萧乾而言，老师的稿子自是求之不得，学生的稿子一方面经过沈从文的润色和把关已达到了较高的水平；另一方面就《文艺》培养文学青年的传统而言也应该热情接纳并推出。这样，西南联大作者发表在香港《大公报·文艺》上的作品之多，如果按作者所在的单位来计，其数量高居第一，以至没有哪一个单位能够望其项背。试想，假若没有沈从文和西南联大师生的支持，萧乾在"准备几近于无"的情况下，"空手来负起这份编辑责任"，[①]几乎无能为力。正如他在总结半年来的《文艺》时说：要编好一份文学副刊，"即使一个神通多么广大的编者，在今日交通脉管时断时续的情形下，全凭自己也一筹莫展的。"[②] 由于萧乾深知这一点，在他编辑香港《大公报·文艺》的全过程中，表现出对于西南联大作者的倚重，即使在他以杰出的编辑才能，聚集了往日的作者并引来了文学新人的支持，获得了充足稿源的情况下，他仍然倚重于沈从文和西南联大。倡导成立南荒文艺社，就是萧乾倚重沈从文和西南联大的一个例证。除开在稿件上依靠沈从文、杨振声和西南联大外，萧乾和西南联大还有另一层私人关系：他的妻子王树藏是西南联大的学生，当时在西南联大地质地理气象学系读书。萧乾去香港后，杨振声和沈从文一直帮助照顾着王树藏，有一段时间，王树藏和萧珊还住在沈从文租住的青云街 217 号家里。

萧乾想把昆明的学生作者组织在一起，一方面是要为《大公报·文艺》组织牢固的作家队伍，另一方面是为了减少老师沈从文为《文艺》组稿、改稿以及寄稿的操劳。因为学生的稿件可以先交到社里，由社里作初步修改，然后直接寄给他，由他选编在《大公报·文艺》上发表。对于高原文艺社的一些作者，萧乾较熟悉，因

---

① 萧乾：《寻朋友——并为〈文艺〉索文》，香港《大公报》1938 年 8 月 13 日；汉口《大公报》1938 年 8 月 15 日。

② 编者：《新正预告：1939 年的文艺》，香港《大公报》1939 年 12 月 31 日。

曾发过他们的稿件，所以，他很快找到了向长清等高原文艺社负责人，并把在《大公报·文艺》上发表过作品的西南联大校内外学生作者介绍给他们，希望他们吸收为社员。高原文艺社的骨干从壮大社员队伍，团结校内外更多作者的角度考虑，接受了萧乾的建议。但是，高原文艺社作为西南联大内部的一个学生组织已成为事实，不便吸收外校人员，且"高原文艺社"之名，又为国立艺术专科学校的文艺团体所用，须得另起名称。经过认真讨论，他们决定另组一个文学社团。社团以西南联大高原文艺社为班底，吸收校内外学生作者参加。在考虑起用新的名称时，大家提出了不同意见，最后确定为"南荒"，意为"开发南方的荒地"，从文艺的角度说，就是"开发南方的文艺荒地"。萧乾对此极为赞成，并且主动报名参加，成为社团一员。

南湖诗社因离开南湖更名为高原文艺社，高原文艺社因组成南荒文艺社而自动解散。这样，南湖诗社、高原文艺社和南荒文艺社构成了一条发展链。若以组织情况和文学观念而论，可以把它们看作一个社团的三个发展阶段，但依西南联大学生的习惯，这里仍然把它们分作三个社团看待。

65 年后 2004 年，问起"高原文艺社"为什么变成"南荒文艺社"时，当年的骨干、后为中国社会科学院研究员的周定一先生解释道："主要是扩大了队伍，而且是吸收了校外的成员——社员变了；创作也不限于高原文艺社的诗歌、散文，增加了小说和报告——文体变了；而且作品发表形式也不再是壁报，而以报纸为主——载体变了，所以改名为南荒文艺社。"① 这位语言学家说话很讲究语句的顺序及其逻辑关系。而另一位当年南荒文艺社的骨干，后来是历史学家的方龄贵先生似乎更注重历史事实，他向我们提供了基本成员的名字及其基本情况。他说："南荒文艺社以高原文艺社为前身，所以成员以西南联大学生为主，同时吸收了校外的一些学生为成员。西南联大的学生中又以中文、外文、历史系的人为主，

---

① 李光荣访周定一记录，2004 年 10 月 9 日，北京周寓。

骨干是林蒲、陈三苏、穆旦、向长清、陈祖文、周定一、龚书炽、何燕晖、王佐良和我等。外校学生有中山大学、同济大学、同济附中的，骨干是同济大学的庄瑞源、陆吉宝，同济附中的曹卣，中山大学的方舒春等。萧乾也报名参加了南荒文艺社，当然是名誉社员。"① 关于成员，周定一还提供了陈士林、周正仪、邵森棣等。他们都是高原文艺社社员，方龄贵没有参加高原社，对他们不太熟悉。

1939 年 5 月底，南荒文艺社在翠湖公园里的海心亭举行成立大会。社员绝大多数到场，萧乾也出席了。成立会上，大家踊跃发言，纷纷表达要创作出反映抗战、鼓舞斗志的作品。萧乾讲话并希望大家深入生活，读懂"社会"这本书，写出表现人生的深刻作品，然后由社里寄给他，他负责在《大公报·文艺》副刊上一一推出，以产生更广泛的社会效果。南荒文艺社既没有确定宗旨，也没有制定章程，只是要求大家努力写作，争取多发作品，无愧于抗战的伟大时代。会上没有确立组织机构，选举领导人，社务工作仍由原高原文艺社的主持人向长清负责，靠几个热心的社员共同主持。② 会议提出全体社员每周集会一次，联络感情，商讨创作问题。关于社费，采取"以文代费"的办法，要求每个社员向社里交一篇作品，文末注明"南荒社"几字，社里推荐发表，稿费归社里。这就是后来香港《大公报·文艺》和别的报刊上一些作品后面出现"南荒社"或"南荒文艺社"字样的由来。南荒文艺社主要在校外活动，没有请导师，至于老师对个别学生的指导和帮助，如沈从文老师对林蒲、辛代等人的指导，属于个人交往。

南荒文艺社成立后开展的主要活动是每星期集会一次，地点在翠湖海心亭。大家一边喝茶，一边自由交谈，并非正式会议，像一个沙龙。主要内容是社员相互交流情况和传阅作品。例如：写了什

---

① 李光荣访方龄贵记录，2004 年 5 月 21 日，昆明方寓。

② 关于南荒社的主持人，2004 年 10 月 9 日李光荣访问周定一先生时，周先生肯定地说："向长清仍是南荒文艺社的主持人。也就是说，向长清主持了南湖、高原、南荒三个文艺社团。"但 2005 年 3 月 15 日李光荣在与方龄贵先生的电话中，方先生说："南荒文艺社的负责人不是向长清，而是林蒲。"事实是，林蒲 1939 年秋去贵阳工作，不可能主持南荒社的事务。而在此前，他参与主持过南荒社的工作。因此，此处仍然认定向长清是南荒社负责人。

么作品，是怎么构思、怎么写的；最近读了什么作品或书，有什么特点，是否愿意推荐给别人看；遇到了什么人和事，打算怎样反映生活等，当然对社里的工作也提出建议。传阅作品即各人将自己的作品带来给社友阅读，读后提出修改意见，一时读不完的则带回去读，下次带来交换。还有就是社员利用集会的机会将自己满意的作品交给主持人。由于中山大学设在澂江县，方舒春很少参加集会。南荒文艺社的另一项活动是修改并推荐稿件。稿子交到社里后，主持人自己阅读或请人审读，有的代为修改，有的提出意见转作者自己修改。比较好的稿子由社里寄给萧乾或其他报刊杂志。由于社员大部分发表过文章，与报刊编辑熟悉，许多时候是社员自行投稿。

　　关于投稿，方龄贵先生还讲述了这么一个故事："当时昆明《中央日报·平明》副刊的编辑是凤子，她前来约稿，南荒社答应了。可是有一次一个社员投去的稿子，她没发表，惹怒了作者，不知是谁提议对她封锁稿件，大家都不给她投稿，结果她闹了稿荒。"方先生接着说，"那时年轻，很调皮，干了这么一件事，后来想起，实在没有必要。"①查《中央日报》，"封稿事件"大约发生在南荒文艺社成立之初。1939 年 5 月南荒文艺社社员的作品频频出现在《平明》副刊上，6 月突然消失，仅见陆嘉的一篇散文。陆嘉即陆吉宝，同济大学学生，不住昆明。他的文章或许早就投去，或者他不知"封稿"之约而投去。7 月《平明》的期数减少，或许与稿件不足有些关系。《平明》为每周三版，7 月初突然中断，至中旬才见恢复。而中旬起，有南荒社社员的作品出现，到了 10 月，南荒社作品开始增多，不过数量已不如 5 月了。"封稿事件"虽为南荒社青年意气所为，但也从一个侧面说明了南荒社的地位和南荒社社员的自信——南荒社需要报刊，报刊也需要南荒社。

　　南荒文艺社充满了创作活力，其作品在香港《大公报·文艺》、重庆《大公报·战线》、昆明《中央日报·平明》和《今日评论》等报刊杂志上频频出现，以至于南荒文艺社成为抗战大后方文艺报刊

---

① 李光荣访方龄贵记录，2004 年 5 月 21 日，昆明方寓。

倚重的一支骨干力量：香港《大公报·文艺》离不开它；它封锁稿件，《中央日报·平明》就闹稿荒。仅以香港《大公报·文艺》为例，在一年多时间里，南荒文艺社社员在上面发表的作品，据不完全统计就有56题，分112次刊出，其中不包括名誉社员萧乾和老师的作品。如此巨大的发稿量，对于一个学生社团来说是十分可观的。并且作品几乎出自七八个骨干名下。我们看到，在香港《大公报·文艺》上，南荒社的作品有许多处于该版首篇位置，有时同一期上刊载了同一作者的两篇作品，有时全版皆是南荒社的作品，甚至第781、783、784相近的三期都是南荒社和西南联大老师的作品。《大公报》是当时最著名的报纸之一，《文艺》是最有吸引力的文学副刊，大多登载名家之作，一般作者则以在上面发文为荣。而南荒社作品一百多次出现在上面，足以说明这个社团的艺术水准。事实上，南荒社在《文艺》上发表的作品，有许多是传世之作，例如，林蒲的《湘西行》、穆旦的《从空虚到充实》、辛代的《野老》、祖文的《端午节》、王佐良的《老》、庄瑞源的《嚇》、曹卣的《一百一十户》等在当时即产生了较大的影响，今天来看仍具有艺术魅力。

1939年9月初，萧乾赴英国讲学，遂中断了与南荒文艺社的联系。但是，香港《大公报·文艺》与南荒社的联系始终保持着。萧乾离港之前，推荐杨刚继任。杨刚继承了萧乾的编辑思想以及人脉关系。据方龄贵先生说："萧乾走前给了杨刚一份名单，凡是给《大公报·文艺》写文章的人都在上面，其中包括南荒社及其社员。"[①]这样，南荒社与杨刚继续保持着良好的关系。事实上，南荒社在杨刚编辑《大公报》时期发表的作品比萧乾编辑时更多一些。这一方面是在南荒社的活动时期内，杨刚编辑《大公报·文艺》的时间比萧乾长，另一方面是南荒社成立后很快进入了学年考试复习准备阶段，社员无暇多写作品，再一方面也还有南荒社的组织与创作正处于发展阶段，越到后来越成熟的缘故。

南荒文艺社主要创作诗歌、小说、散文，有时也写报告文学和文艺评论，而以小说和散文的成就较高。小说的主要作者是辛

---

① 李光荣再访方龄贵记录，2004年6月14日，昆明方寓。

代、庄瑞源、林蒲、曹卣、向意、祖文、王佐良等。小说反映的生活面较为宽广，大后方、沦陷区、滇缅公路甚至抗日前线都写到，但基本上都没超出他们的生活经验范围，所以读来真切，这些青年作者善于学习、借鉴和创新，大胆想象并使用新方法，在艺术上多有突破。散文的作者更多，林蒲、辛代、向意、庄瑞源、曹卣、祖文、吴风、陆嘉、周定一等都发表过作品。他们的散文（包括报告文学）有四大内容：一是迁滇途中的见闻和艰辛，向意、辛代、陆嘉、林蒲、周定一应为这方面的代表作家，他们首次把湘、川、滇、黔、粤等地的山川景物、风土人情，旅行中所遇的奇险惊异公诸于世，成为人们认识这些地方的最初材料；二是云南的生活与见闻，云南山水的秀美，昆明文化的殊异，学生生活的艰苦等，这是他们散文描述的中心对象；三是有关战争，滇缅路、空军、射飞机、抓俘虏、跑警报等在他们的作品中都有反映；四是对故乡的怀念，家乡的人、家乡的事、家乡的景物、家乡的风俗，这些是游子不可忘怀的，因此常常在他们的笔下出现。诗歌作者主要是穆旦，他是南荒社除新诗和诗论以外，不写其他文体的唯一一人，他此时的诗歌创作正处在转变与突破之中；另一个致力于诗歌创作的是吴风，就是他的散文也多半是散文诗；林蒲和向意也偶有诗作。这些诗人的作品基本上是抒情诗，表达作者内心情感。文学评论是西南联大学生以往没有发表过的文体，此时出现在香港《大公报·文艺》上，是值得注意的。文学评论主要有穆旦论艾青和卞之琳的诗，王佐良论书评写作等，殊为可贵。

　　正当南荒文艺社处于良好发展势头的时候，一些骨干和社员因毕业、工作或学校搬迁等原因相继离开了昆明。1939 年 7 月，周定一、陈三苏、陈士林、周正仪等毕业离校，邵森棣、林蒲离开了昆明，1940 年 6 月，向长清、龚书炽、陈祖文也相继毕业。1940 年夏，中山大学搬回广州，是年冬，同济大学迁往四川李庄。至此，南荒社骨干已去大半，尤其是主持人向长清离开昆明，南荒社失去了核心人物，社团也就没再活动了。

　　南荒文艺社没有宣布解散。在团体停止活动后，作为个体的社员仍在继续创作和发表作品，这段时间刚好在暑假，正是个人进行创作的好时机，所以南荒社的实际活动时间还要长些，大约可以算到1940年暑假末。

综上所述，西南联大南荒文艺社成立于1939年5月，结束于1940年8月，是在萧乾的倡导下，由高原文艺社发展而成的，成员以西南联大学生为主体，吸收昆明地区外校的学生参加，另有特殊社员萧乾。南荒文艺社的组织意图是为香港《大公报·文艺》提供稿件，所以作品多在其上发表，同时也在昆明和重庆等地的报刊上发表。南荒文艺社不仅是西南联大早期文学社团中创作成就较高的社团，也是西南联大所有文学社团中成绩最为突出的社团之一，同时还是对中国现代文学做出了较大贡献的成熟社团。考其成功的原因，大致有三：

一，存在时间长。时间的长短是相对而言的。南荒文艺社活动前后共计15个月，与中国现代文学史上卓有成就的社团相比，存在时间实在太短了，但与其前身南湖诗社和高原文艺社相比，又是长的了。南湖诗社存在3个月，高原文艺社存在6个月，两个社团存在的时间相加，还不及南荒文艺社长。存在时间长，就意味着展示创作才能的时间长，排除其他条件，仅以时间而论，南荒文艺社取得比南湖诗社和高原文艺社更大的成就是情理之中的。

二，创作起点高。南荒文艺社的成熟品格并非平地飞升，而是建立在南湖诗社和高原文艺社基础之上的，这两个社团培养和锻炼出来的创作人才，如穆旦、林蒲、向意、王佐良等，到南荒文艺社更显出作用，取得的成绩更大一些；另一个原因是社团加入了生力军，原高原文艺社以外的新社员，如辛代、祖文等，入社前都在香港《大公报》以及其他报刊上发表过作品，具有较好的创作基础，他们进入南荒，不仅增添了南荒的实力，而且与南荒老社员（原高原文艺社）之间暗中形成了"比赛"，大家竞相创作和发表作品，从而增强了南荒社队伍的整体活力。

三，组织开放。学生社团一般是本校学生的内部组织，南湖诗社、高原文艺社都是这样，而南荒文艺社不仅吸收了外校学生，并且扩大到社会人员。庄瑞源、曹卣、陆嘉、吴风等外校学生为南荒社贡献了大量作品，记者加编辑的萧乾对南荒社的作用更不可低估，他不仅发起组织了南荒社，而且把南荒社的作品不断推出，激发了南荒社社员的创作热情。此其一。其二，学生社团的刊物一般是壁报，读者有限，难以流传，因而影响有限，南湖诗社、高原文艺社都办壁报，而南荒文艺社则与报纸副刊联手，不仅作品有了铅印的机会，而且读者面更为广泛，还可以传之后世，这样，南荒社的影响就更广泛更长久。由于萧乾把南荒社介绍给了继任的杨刚，杨刚在《大公报·文艺》上刊发了大量南荒社的作品，这对南荒社的创作激励甚为巨大。南荒社的成就与之大有关系。组织开放是南荒文艺社的一个创举，它对西南联大文学社团产生了重大影响，其经验为后来的文学社团所继承。

在中国现代文学史上，像南荒社这样的文学社团不少，但取得南荒社那样的文学成就的社团却不多——其作品成为当时最著名的全国性报纸副刊的主要支柱，一些作品在当时即产生了较大影响，今天看来仍为现代文学的佳作，它不仅联系着两位现代文学大家，而且培养出了多位文学人才，因此，南荒文艺社在中国现代文学史上应有一席地位。但是，这样一个贡献不小的文学社团，70 年来却被人们遗忘了，这是令人遗憾的。如此说来，发掘南荒文艺社也是对中国现代文学社团史的一个贡献。

2005 年 11 月 26 日初稿于昆明文化巷 52 号

第五节　冬青文艺社 [①]

　　摘　要　冬青文艺社是西南联大文学社团中历史最长，也是最具

---

　　① 本文原载于《中国现代文学丛刊》2007 年第 6 期，原题《冬青文艺社及其史事辨正》，署名李光荣、宣淑君。

有代表性的社团。冬青社创办了《革命军诗刊—冬青》《文聚》《中南报·中南文艺》三份文学刊物，发表了包括《赞美》《诗八首》《春》《滇缅公路》《夜莺曲》等优秀诗文在内的数百篇作品，造就了汪曾祺、穆旦、杜运燮、刘北汜、吴宏聪、林元、萧荻、萧珊、张定华、巫宁坤、卢静、辛代、于产等作家、编辑和文学研究家，为中国现当代文学做出了巨大贡献。虽然一些文章和中国现代文学史常谈到冬青社，但由于研究的不足，冬青社的历史面目模糊不清。为此，本节极尽所能，较为明确细致地阐述了冬青社的历史，并对一些史事进行了分析辨正。

随着西南联大的文学成就被人们认识和接受，冬青文艺社（简称"冬青社"）常常被有关文章、书籍和中国现代文学史提及。的确，冬青社是西南联大诸多文学社团中最具有代表性的一个。但是，冬青社的一些历史细节并不清晰。迄今为止，关于冬青社的专文只有杜运燮《白发飘霜忆"冬青"》和《忆冬青文艺社》两文（实为一文的两种表述）。作为冬青社的骨干，杜运燮的回忆文章当然是最具权威性的珍贵材料。但年代久远，一些问题记忆不清，一些地方谈得不够细致等，都是难免的。笔者积数年调研之功，著成小文，企图在描述冬青社历史的过程中，对一些不清楚和未确定的史事进行辨析考证。

一、冬青社的前期

冬青社是由综合性社团群社的文艺股独立而成的。成立会召开时，窗外一排冬青树在隆冬时节迎风斗寒、翠绿挺拔，大家一致同意以"冬青文社"命名，又称"冬青文艺社"。冬青社最初的成员有林元、杜运燮、刘北汜、汪曾祺、萧荻、马健武、刘博禹、萧珊、张定华、巫宁坤、穆旦、卢静、马尔俄、鲁马等。由林元、吴宏聪、辛代、吴燕晖等人组成的边风文艺社停止活动，集体加入冬青社。关于冬青社的领导人，只有杜运燮在一封信中说："当时林元和我作为公开的冬青社负责人"。[①]他们作为负责人似乎不是选举产生的，可知冬青社没有设立领导机构。在当时的活动中，出力最多，因此也可以称为核心人物的是林元、刘北汜、杜运燮等人。冬青社成立后，请闻一多、冯至、卞之琳先生为导师，后来增加了李广田先生。

关于冬青社的成立时间，《国立西南联合大学校史》第 357 页说"1940 年初"，第 387 页又说"1940 年 9 月"，出现了自相矛盾的情况；《闻一多年谱长编》作"1940 年 12 月"；另有《联大八年·记冬青社》云："有联大就有'冬青'"，显然有误，不过，此说在文章下文作了修正："在群社里，有一群爱好文艺的同学为着展开集体的文艺活动，就组织了冬青社"，但没有说出"组织"冬青社的具体时间。笔者根据群社的历史和杜运燮《白发飘霜忆"冬青"》一文，认定冬青社的成立时间是 1940 年初。

冬青社成立后，主要工作是出版《冬青》壁报。壁报的刊头是吴晓铃老师题写，刊出地点在新校舍进门右边的围墙上。由于社员创作力旺盛，各类作品越来越多，壁报容纳不下，社里决定编辑手抄本"杂志"。当时刘北汜、萧获、田堃（稍后加入）等社员住在新校舍学生宿舍第十八舍，遂把编辑部设在那里。编辑部收到稿件后，加以分类编辑，用统一稿纸抄写，加上封面，装订成册，就算"出版"。出版的"杂志"陈列在学校图书馆报刊阅览室的书架上，供人翻阅。先后出版的杂志有《冬青小说抄》《冬青诗抄》《冬青散文抄》《冬青文抄》四类。此后，《冬青》壁报便只登杂文，遂成"冬青杂文壁报"。《冬青杂文壁报》大约每两周一期，除"皖南事变"后停止过一段时间外，一直贯穿冬青社始终，是冬青社的"机关刊物"。冬青社的其他刊物是《街头诗页》，这是为了配合抗日宣传活动而创办的，张贴在文林街和其他街道的墙上，有时张贴在路旁的大树上，目的是为了宣传鼓舞群众。

---

① 闻黎明、侯菊坤编：《闻一多年谱长编》，湖北人民出版社 1994 年版，第 599 页。

"冬青的影响决不止于启蒙作用和教育街头的民众，它还从事深刻的研究工作用以提高写作的艺术水准。它不是为艺术而艺术，也不以为宣传即等于艺术，它抱定文艺并不超然于政治的观点，而唯有艺术水准愈高的作品愈有政治的作用。"[①]这一段写于1946年的话涉及冬青社的文艺观，说明冬青社在当时已经较好地处理了文艺与政治的关系。从冬青社的创作实际来看，冬青社确实是追求"艺术水准"，用高超的"艺术水准"发挥文学作品"政治作用"的。这种主张使冬青社的创作在抗战文学中保持着较高的艺术品位，而区别于一般流行的标语口号式的宣传作品。由于确定了这种主张，冬青社才能吸收"不同文艺思想倾向、学习不同写作风格的同学，也联系了不少教师和校外的作家及文艺爱好者"，[②]冯至后来也说："冬青社的成员的文艺思想并不一致，它却团结了大批联大同学中的文学爱好者。"[③]就是说，冬青社是以文学思想为基础的结合，而不是以政治态度为标准的组合。因为以文艺思想为组织基础，所以冬青社能够兼容不同文艺思想倾向和写作风格的同学。

除创作和出刊外，冬青社在这一时期还开展了多种活动，今天能够确定的有以下几项：

第一类是诗歌朗诵会。朗诵会节目的形式多有变化：一种是社员自己朗诵自己的作品，这多半具有切磋技巧的性质；一种是请校外诗作者参加朗诵，如有一次，邀请旅昆诗人雷石榆参加；再一种是用多种语言朗诵，有汉语、英语、法语、俄语等，也有用国语和方言的，如用广东话。这一次，导师冯至和外文系闻家驷、陈嘉教授等参加了，雷石榆也应邀参加了。

第二类是演讲会。杜运燮回忆说："第一次演讲会是闻一多先生主讲。当时闻先生住在城外龙头村，林元和我专程去邀请他。在那以前，闻先生在研究中国古典文学，为冬青社发表演讲，是他多

---

① 公唐：《记冬青社》，西南联大除夕副刊主编：《联大八年》，西南联大学生出版社1946年版，第133页。

② 杜运燮：《白发飘霜忆"冬青"》，西南联大校友会编：《笳吹弦诵在春城》，云南人民出版社、北京大学出版社1986年版，第323页。

③ 《冯至全集》，河北教育出版社1999年版，第357页。

年来第一次出来支持一个进步团体。"① 杜运燮在给闻黎明的信中又说："闻先生那天是专程来联大为冬青社作演讲的，我和林元到联大新校舍后门去接他。会场设在联大校门内靠右边的一间教室。听讲的除冬青社社员外，还有不少其他慕名而来的听众。"② 从这两段话可以看出冬青社第一次演讲的组织情况。《闻一多年谱长编》认为冬青社成立于 1940 年冬，因此把所引杜运燮的信放在是年 12 月，这值得商榷。上文说过，冬青社成立于 1940 年初，闻一多是 1940 年 8 月从晋宁搬回昆明的，这次演讲大约是 1940 年秋。冬青社此后还举办过多次演讲会，但无具体记载。

第三类是纪念会。例如，冯至《昆明日记》1940 年 10 月 19 日载："早上山，晚下山，应冬青文艺社鲁迅逝世四周年纪念会讲演"③ 关于此次纪念会的情况，目前只见到冯至《昆明往事》中的一段话："我记得那晚的讲演是在联大校舍南区的一个课室，我只谈了些我对鲁迅的认识，没有比较全面地阐述鲁迅的精神。"④

通过以上刊物与活动，冬青社在西南联大产生了较大影响，参加者多了起来，田堃、黄丽生、罗寄一、王恩治、张世富等人就是在这期间加入的。

1941 年初，"皖南事变"发生，国家政治走向黑暗，昆明和西南联大遭受高压，群社被迫停止活动，林元、萧荻等较为暴露的左派积极分子疏散出昆明，生气勃勃的校园顿时荒凉了下来。在这种形势下，冬青社停止了壁报和手抄本杂志的刊出，把活动转为校外。冬青社的前期于此结束。

冬青社从 1940 年初成立到 1941 年初停止校内公开活动，仅为一年，是冬青社三个时期中最短的。这时期冬青社开展的活动，在

---

① 杜运燮：《白发飘霜忆"冬青"》，西南联大校友会编：《笳吹弦诵在春城》，云南人民出版社、北京大学出版社 1986 年版，第 326 页。"龙头村"疑为"龙院村"之误。当时闻一多住在昆明西郊龙院村旁的陈家营，去陈家营需经过龙院村。闻一多第一次支持的团体是南湖诗社，如果说闻一多多年来为社团做专题演讲，这是第一次。

② 见闻黎明、侯菊坤编：《闻一多年谱长编》，湖北人民出版社 1994 年版，第 599 页。

③ 冯至：《昆明日记》，《新文学史料》2001 年第 4 期。

④ 《冯至全集》，河北教育出版社 1999 年版，第 357 页。

当时西南联大的社团中是有特色并成绩突出的。陈列于学校图书馆的《冬青小说抄》《冬青散文抄》《冬青诗抄》《冬青文抄》，是西南联大独有的手抄本文学杂志。《冬青》杂文壁报的内容和文风在校园林林总总的壁报中独标一格，在校内外享有盛誉。诗歌朗诵会别开生面，演讲会吸引了众多听者，作家纪念会校内独有。正是这一系列富有特色的活动，使冬青社成为西南联大早期的一个著名团体。另外，由于作品得到展示并产生一定影响，社员创作热情高昂，加上导师的指导和相互间的切磋，创作能力得到锻炼，水平得到提高，为下一个时期在报纸上开辟专栏和创办杂志打下了基础。因此，这个时期的成绩和作用不容忽视。

二、冬青社的中期

在 1941 年初，冬青文艺社把活动转向校外，与报纸联系办专刊。这结果首先是《贵州日报》上《冬青》诗刊的创办。

《贵州日报》原名《革命日报》，有综合性副刊《革命军》。冬青社联系时，《革命日报》已改名《贵州日报》，但《革命军》副刊仍然保留，所以，1941 年 3 月 17 日《冬青》诗刊发刊时，叫《革命军诗刊》。可能是由于《革命军》副刊诗稿的积累，《革命军诗刊》第 1 期上没有西南联大的作品。第 2 期于 6 月 9 日出刊，刊头上标明"昆明西南联大冬青文艺社集稿"，以后各期除第 4 期外均标明，但有时是"昆明西南联大冬青文社集稿"字样。这一期上西南联大的作品有冯至：《十四行一首》，卞之琳：《译奥登诗一首》，杜运燮：《风景》，穆旦：《在寒冷的腊月的夜里》。第 3 期于 7 月 21 日出刊，其上的西南联大作品有冯至的《十四行一首》，闻家驷的《错误的印象》（译魏伦诗一首），穆旦的《五月》，杜运燮的《我们打赢仗回来》，刘北汜的《消息》，这一期全是西南联大的作品。第 4 期于 9 月 12 日出刊，其上的西南联大作品仅有杜运燮的诗《十四行二首》，且未标明"冬青文艺社集稿"字样。第 5 期于 10 月 6 日出刊，其上属于西南联大的作品有冯至的《有加利树》，穆旦的《我向自己说》，辛代的《夜行的歌者》。第 6 期于 11 月 27 日出刊，刊登的西南联大作品是穆旦的《潮汐——给运燮》，杜运燮的《天空的说教》，闻家驷的《祭女诗》（译雨果诗一首）。第 7 期于 1942 年 1 月 26 日出刊，其上没有西南联大的作品。第 8 期于 2 月 27 日出刊，其上的西南联大作品有李广田的《光尘》，穆旦的《伤害》，杜运燮的《诗二首》，刘北汜的《幸福》，罗寄一的《角度之一》《黄昏》。第 9 期于 5 月 26 日出刊，属于西南联大的诗是罗寄一的《犯罪》，穆旦的《春》，杜运燮的《机械士——机场通讯一》，冯至、卞之琳译的《里尔克诗两首》。第 10 期于 7 月 13 日出刊，所登西南联大的作品有冯至的《译盖欧尔格诗一首》，穆旦的《黄昏》，刘北汜的《旷地》，罗寄一的《月·火车》，杜运燮的《在一个乡下的无线电台里》。第 11 期于 8 月 30 日出刊，其上的西南联大作品有黎地的《华伦先生》，刘北汜的《水边》，杜运燮的《向往》，这一期的刊头改为"冬青"。正是《冬青》刊名问世的这一期末尾，刊登了《联大冬青文社启事》："冬青文社诗刊出刊到这一期为止，已整整有了十期，我们很感激报馆方面给我们的帮助，同时也想在这里暂时做一个结束。我们有筹出《冬青诗刊》的意思……。"一亮出招牌就宣告"结束"，这或许是现代文学刊物中的一个特例，所以应算冬青社的一个奇异之处。

通过以上介绍，我们可以得出这样的认识：首先，《革命军诗刊—冬青》的负责人是刘北汜。他不仅是联系人，而且是"集稿"人。他负责组稿、选稿并初步编辑。当然，排版、校对是报馆的事。其次《革命军诗刊—冬青》是开放的。诗刊上除发表西南联大老师的诗作外，还发表了许多校外诗人如林庚、金克木、孙望、贾芝、雷石榆、蒲柳芳、张煌、上官柳、杨刚、谢文通、李白凤、黑子、令狐令德、腾刚、梁止舟、施蛰存、陈占元等人的诗。再次，《革命军诗刊—冬青》是一份高质量的刊物。上面发表的校外诗人的诗，如汪铭竹的《纪德与蝶》、金克木的《诗二首》、杨刚的《清道》，以及林咏泉的《我们在筑胜利台》等都是著名的诗歌。西南联大的诗歌作品，最引人注目的是冯至的《十四行》诗。这个诗刊还是冯至《十四行集》最初公诸于众的地方。社员的诗歌中较为成功的，有穆旦的《春》《五月》，杜运燮的《机械士》《我们打赢仗回来》，罗寄一的《角度之一》等。最后，《革命军诗刊—冬青》是冬青社首次向外公开的大型活动。诗刊首次向文学界打出了"冬青文艺社"的招牌，并随报纸传向更宽的范围。又由于诗刊上的作品质量上乘，显出了冬青社的创作实力，在文学界产生了良好的影响。

关于"筹出《冬青诗刊》"之事，杜运燮说："这个计划后来因为敌机对昆明的空袭加剧，在昆明印刷有困难，才未能实现。"①《冬青诗刊》没有办成，另外两份刊物却办成了，一份是《文聚》杂志，一份是《中南文艺》副刊。

1941 年 10 月，疏散到郊区的林元回校复学，与冬青社的一批骨干马尔俄、穆旦、杜运燮、刘北汜、田堃、汪曾祺等商量筹办杂志，大家积极支持。接着他又向一些老师约稿，得到应诺和鼓励。于是，1942 年 2 月，一本纯文学杂志《文聚》在昆明问世。创刊号上所登的作品全是冬青社社员和老师的创作。从第 2 期开始，作者逐步扩大到校外，但直至最后一期，每一期上冬青社及西南联大的作品都占多数。因此，说《文聚》是冬青社开辟的另一块阵地，不会有错。但冬青社和文聚社的关系颇为复杂，需另文论述。在此要强调的是，文聚社和冬青社是一脉相承的，至少应当把文聚社看作从冬青社分化出来的一个社团，且两者保持着密切联系。

1943 年 5 月，刘北汜接编《中南报》（三日刊）的副刊。《中南报》为四开小报，创刊于 1943 年 3 月，第四版为文艺副刊，名《火炬》，后改名《南风》，均与其他报纸副刊重名。刘北汜接编后，定名为《中南文艺》。5 月 7 日，《中南文艺》第 1 期问世，上登李广田的论文《论目前的文艺刊物》，刘北汜的散文《小花·光热》，《奥登随感诗五首》（佚名译）等。5 月 14 日，第 2 期刊出李广田的论文《论文章分类》，穆旦译泰戈尔的散文诗《献歌》，祖文的诗《那些日子》。5 月 21 日，第 3 期上有辛代的散文《旅人手记》，黄丽生

---

① 杜运燮：《白发飘霜忆"冬青"》，西南联大校友会编：《笳吹弦诵在春城》，云南人民出版社、北京大学出版社 1986 年版，第 325 页。

的散文《欲望》，魏荒弩译达耶夫斯基（捷克）的散文《逢》。5月28日，第4期面世，上有李广田的散文《青石》，杜运燮的诗《星子·金字塔》。这份报纸存世不多。从以上几期的文章作者看，它继承了《冬青》诗刊的方针，立足于冬青社及西南联大，也采用校外的稿子；从文章体裁看，它以散文和诗歌为主，值得注意的是它注重发表文学论文。《中南文艺》虽未标出"冬青文艺社"之名，但具有冬青社刊物之实。

　　除自己的刊物外，其他报刊如《大公报》《大国民报》《抗战文艺》《文学创作》《文艺杂志》《世界学生》《文哨》《希望》《中央日报》《扫荡报》《云南日报》《春秋导报》《生活导报》《国文月刊》《今日评论》等都发表过冬青社的作品，且数量不少。

　　冬青社的小型聚会时常举行，地点多在金鸡巷4号。1941年初，刘北汜、萧荻、萧珊等冬青社社员搬到金鸡巷4号住，"这个住所，也就成了一部分冬青文艺社社员经常碰头的地方"①，"'冬青'社的同学也常在这里集会。"②1941年7月，巴金到昆明，就住在那儿。刘北汜回忆说："听说巴金来了，不少朋友都到金鸡巷来看他。有的我不认识，或没遇到，我遇到的，记得的有沈从文夫妇、卞之琳、金克木、庄重、方敬、赵瑞蕻和杨苡夫妇以及开明书店的卢先生。联大冬青文艺社的杜运燮、马西林、田堃、巫宁坤等也都来过。"③通过这些文字，可以想见当时金鸡巷4号小楼上高朋满座，谈笑风生的景象。

　　冬青社还请巴金座谈过一次。杜运燮回忆："冬青社通过萧珊，请巴金和我们开过一次座谈会。为了尊重巴金的意见，参加座谈会的人不多。"④

　　在金鸡巷4号的座谈或小型集会情形，住者没有叙述，倒是汪曾祺在散文中有两处生动的"回放"："这小客厅常有熟同学来喝茶

　　① 刘北汜：《四十年间》，《百花洲》1983年第2期。
　　② 萧荻：《最初的黎明》，作者自印本2005年版，第12页。
　　③ 刘北汜：《四十年间》，《百花洲》1983年第2期。
　　④ 杜运燮：《白发飘霜忆"冬青"》，西南联大校友会编：《笳吹弦诵在春城》，云南人民出版社、北京大学出版社1986年版，第326页。

聊天，成了一个小小的沙龙。沈先生常来坐坐。有时还把他的朋友也拉来和大家谈谈。老舍先生从重庆过昆明时，沈先生曾拉他来谈过'小说和戏剧'"[①]；"金先生（按，金岳霖）有一次也被拉了去。他讲的题目是《小说和哲学》。题目是沈先生给他出的。大家以为金先生一定会讲出一番道理。不料金先生讲了半天，结论却是小说和哲学没有关系。有人问：那么《红楼梦》呢？金先生说：'红楼梦里的哲学不是哲学。'他讲着讲着，忽然停下来：'对不起，我这里有个小动物。'他把右手伸进后脖颈，捏出一个跳蚤，捏在手指里看看，甚为得意。"[②]小说家笔下的情景充满了生活气息。

从叙永分校回来的一些爱好写作的同学李金锡、唐振湘等这时加入了冬青社，老师李广田被聘为导师，所以，冬青社的刊物上有李广田的作品，集会上有李广田的演讲。经常和李广田联系的人是刘北汜。冬青社虽然不在学校举行大的活动，但力量更强大了。

1942年，大约可以称为西南联大的"学术讲座年"。而在"学术年"之前的1941年秋，冬青社曾请老舍作过一次演讲。老舍应罗常培之邀从重庆到昆明，同时也是为了促进云南抗战文艺工作，冬青社借机请他作了一次关于写作的演讲，地点在新校舍一间大教室里。像这样的学术演讲冬青社还举行过几次，朱自清、李广田、卞之琳等老师都讲过。关于卞之琳的演讲，杜运燮记得较清楚："他的讲题是《读书与写诗》，是由我记录的，发表在1942年2月20日香港《大公报》上。那次演讲会在昆中南院'南天一柱'大教室举行，听众很多，我介绍时特别指出，卞之琳不仅是知名的诗人，而且大家都知道他前不久刚从解放区回来，并发表过在那里写的新作《慰劳信集》。"[③]

不过，冬青社在校内公开举办的学术讲座并不多。这时期冬

① 《汪曾祺全集》第3卷，北京师范大学出版社1998年版，第470页。

② 《汪曾祺全集》第4卷，北京师范大学出版社1998年版，第146页。

③ 杜运燮：《白发飘霜忆"冬青"》，西南联大校友会编：《箫吹弦诵在春城》，云南人民出版社、北京大学出版社1986年版，第327页。

青社的主要活动是创作和办刊，并且取得了巨大的成就。可以说，这时期冬青社的创作是各期中最为丰富和优秀的，创办专刊更是本时期独有的。社员埋头写作，专心经营专刊，以多发作品为追求，所以成绩显著，例如穆旦、杜运燮的诗，刘北汜、田堃的散文，卢静、汪曾祺的小说，都是较为突出的。历史证明，在西南联大遭受政治高压的时期，冬青社采取"在内收敛，向外发展"的活动方针是正确的。对于西南联大来说，冬青社这一时期的活动，不仅保持了西南联大学生的文学力量，而且保持了西南联大学生的进步力量。所以，冬青社的中期活动及成就，无论对于西南联大文学社团的发展，还是对于西南联大的历史构成，都是很重要的。

三、冬青社的后期

1944年初，冬青社恢复在校内的组织与活动。据何扬回忆："1942、（19）43年，西南联大的政治气氛浓厚了，新的西南联大地下党想组织一支'左派'文艺队伍，考虑到冬青社在学校影响较大，决定以冬青社名义组织文艺团体，党派袁成源与我商量恢复冬青社。"[①] 他们经过筹备，主要是取得一些文学爱好者的支持，便以冬青文艺社的名义张贴通知，内容是举行冬青文艺社社员大会，并征求新社员。过了几天，在一间教室里召开大会，出席者约30人。冬青社老社员没人出席。会议召开了两次。在第二次会上，大家推选于产为社长，何扬为副社长，决定恢复《冬青》壁报的出版。会后，于产还没有来得及做任何工作，就被迫离开了昆明。冬青社社长由何扬继任。所以，去训导处登记并在《冬青》壁报标出的社长是何扬，副社长是袁成源。导师仍然是闻一多、冯至、卞之琳，李广田。

新的冬青社由三方面人员组成：原布谷社和星原社社员，以及此时新加入的社员。这里有必要介绍一下布谷社和星原社。布谷社是1941年春成立于叙永分校的文学社团，由何扬、秦泥、赵景伦、

---

① 李光荣访何扬先生记录，2004年10月14日，北京何寓。

彭国涛、贺祥麟、韩明谟和穆旦等人组成，导师李广田，出版《布谷》壁报。壁报每半月一期，内容有小说、诗歌、散文、评论。同年8月布谷社随分校回到昆明，继续在新校舍刊出《布谷》壁报，但受冷遇，出版二、三期后遂停止。而后像冬青社那样，在《柳州日报》上创办了《布谷》副刊。此时，大多数成员以个人名义加入冬青社。星原社大约成立于1942年，是一个以文艺为掩护的政治团体，由陈盛年、黄平、刘波、卢华泽和于产组成，他们在茶馆公开举行"社会主义现实主义与社会主义浪漫主义"的讨论、写文学作品，实际是在学习政治理论，搞政治活动。他们全体以个人名义加入冬青社，动机也是为了在冬青社的旗帜掩护下进行星原社的政治活动。可惜入社不久，星原社全体成员被列入特务的"黑名单"，他们不得不迅速撤到乡下。

关于冬青社恢复的时间，一般说"'倒孔运动'之后"，①《国立西南联合大学校史》说"1944年夏"。"'倒孔运动'之后"只是一个概说，"1944年夏"不知依据什么，前一说不确切，后一说不正确。实际上，冬青社召开恢复大会的时间是1944年1月上旬。于产曾有《"星原文社"》一文，讲到冬青社的恢复情况和自己被选为社长而后匆匆离开，由何扬继任的事。笔者认为于产的回忆是可靠的。一个人对于被选为社长的记忆是深刻的，况且作者是理直气壮地弥补"竟被遗忘"的史书缺漏。此文是于产的遗墨，笔者见到它时尚未整理成正式文章，后来其家属又征求了西南联大其他知情校友的意见，刊登在《西南联大北京校友会简讯》上了。文中仍然用了"'倒孔运动'之后"的说法，而于产等从昆明出发到达滇南磨黑的时间是1944年1月，可见"'倒孔运动'之后"实在是西南联大师生的概说之言。于产被选为冬青社社长而又匆匆离开，那么他离开西南联大的日期对于确定冬青社恢复的时间至关重要。关于于产

---

① "倒孔运动"："孔"为孔祥熙，时任国民政府行政院副院长兼财政部长。1941年12月日军攻占香港，包括西南联大陈寅恪教授在内的许多著名人士都因没有交通工具无法撤离，孔家却用飞机运输财物甚至洋狗，引起国人愤慨。消息传来，西南联大学生于1942年1月6日自发集队上街游行抗议。

等离开学校并到达磨黑的这段时间在 1944 年 1 月的说法，除于产的这篇文章外，还可举陈盛年的《怀念刘波同志》，秦泥的《你好吗？于士奇》（于士奇即于产）、《从"老黄校"到"滇西王"》以及萧荻的《吴显钺同志逝世十周年祭》等文为证。陈盛年是和于产一起去磨黑的，秦泥稍后到磨黑，与于产同在一所学校任教，萧荻早于于产去磨黑，吴显钺是磨黑中学的校长，于产等此去磨黑，就是接替磨黑中学的工作，让萧荻、吴显钺等回西南联大复学的。这么多"当事人"的文章都说于产等离校并到达磨黑的这段时间在 1944 年 1 月，这个时间绝不会有错。以当时的交通条件，从昆明到磨黑需要十天左右时间。所以，推断冬青社的恢复时间是 1944 年 1 月上旬。

　　1944 年 1 月上旬在"倒孔运动"之后，符合冬青社恢复组织的时间是"'倒孔运动'之后"的概说。但离 1942 年 1 月的"倒孔运动"整整两年，是否太"后"了一点？冬青社会不会在 1942 或 1943 年恢复组织呢？可能性不大。因为当时的政治环境不允许。1942 年虽然爆发了"倒孔运动"，但游行后"此次行动即告结束"，"不久，康泽再次来昆明，追查倒孔游行主使人"。[①] 可见，形势仍然十分险恶。在这种形势下，1942 年西南联大的活动是文史讲座，讲座持续到 1943 年暑假。大约在 1943 年秋《耕耘》壁报出现以前，新校舍的墙上没有壁报。张源潜回忆《耕耘》壁报创刊时的校园景象说："1943 年秋季开学后不久，新校舍北区的围墙上出现了一种名叫《耕耘》的壁报，它在'招领'、'寻物'、'征求'、'出让'一类启事的海洋里，显得十分突出，也给沉默了两年多的校园稍稍增添一些生气，因此吸引了不少的同学驻足观看。"[②] 张源潜是西南联大史专家，写文章很慎重，且载有上引一段话的文章，"初稿曾请程法伋、王楫、王景山、赵少伟、刘治中等看过，作了修改和补充"，[③] 可

————————

① 西南联大北京校友会编：《国立西南联合大学校史》，北京大学出版社 2006 年版，第 341 页。

② 张源潜：《回忆联大文艺社》，西南联大校友会编：《笳吹弦诵在春城》，云南人民出版社、北京大学出版社 1986 年版，第 365 页。

③ 张源潜：《回忆联大文艺社》，西南联大校友会编：《笳吹弦诵在春城》，云南人民出版社、北京大学出版社 1986 年版，第 380 页"附记"。

见文章不是一个人的记忆。所以，冬青社恢复组织与活动的时间，不可能在1942年至1943年。况且，至今没有发现在1944年春以前关于冬青社在校内的活动材料。这就无法证明冬青社恢复于1944年之前。

冬青社重组后，主要工作是复刊了《冬青》杂文壁报，并使之保持原先的风格，产生了较大影响，稿件越来越多，甚至出现积压。于是创办了南院《冬青》版、师院《冬青》版和工学院《冬青》版。一报四版，这在西南联大壁报史上独一无二。南院是女生宿舍区，位于文林街南面，由女生冯只苍负责编辑；师院在龙翔街，由赵家康负责编辑；工学院在拓东路，负责人不祥，新校舍《冬青》壁报的实际负责人则是袁成源和高彤生。壁报是新组冬青社最主要的文学活动，老社员几乎无人参与。

这时期老冬青社的情况比较复杂，有的已经毕业，有的即将毕业,，有少数仍在读。离校工作的仍关心冬青社，如林元、刘北汜、萧珊帮助刊发了许多冬青社的作品，即将毕业的也关心冬青社，但无心为《冬青》壁报写稿和参加冬青社的活动，在读的或者为弥补离校期间（从军或疏散）耽误的学习，或者参加了别的社团，而更多的是出于对新社员的信任，很少参加冬青社的活动。老社员凭着厚重的创作积累，不停地写稿，他们仍然坚持前一时期向外发展的路线，在昆明内外的报刊杂志上发表了许多作品，继续保持着冬青社的良好创作势头。

也就是说，后期冬青社行走在两条道路上：一条是新社员在校内开展活动，出版《冬青》壁报；一条是老社员在校外办报刊和搞创作，发表作品。两条道路并行发展，共同构成了丰富多彩的冬青社后期。

不过，新老社员并不是在各自的道路上比赛速度而互不闻问，有时他们在一起交流、联欢、集会。例如，1945年夏，在英国花园举办游园活动，有新社员二十多人到场，刘北汜接到通知，从20里外赶来参加，还一起照了像。同样是1945年夏，在《民主周刊》编辑部院子里集会，大多数新社员和杜运燮参加，导师闻一多和李广田也参加了。

后期冬青社还和其他团体联合开展过一些大型活动。如 1944 年 10 月 19 日，与"文协"昆明分会、云大学生会、文艺社、新诗社等，在云大至公堂举行鲁迅逝世八周年纪念晚会，昆明文化界人士徐嘉瑞、楚图南、尚钺、李何林、姜亮夫、朱自清、闻一多等出席并演讲，他们从各个角度肯定了鲁迅。正是在这次会上，闻一多向鲁迅画像鞠躬并表示"深深忏悔"，体现出伟大的人格。1945 年 4 月 22 日，与西南联大文艺社联合举办罗曼·罗兰和阿·托尔斯泰追悼会，楚图南、闻家骃等到会演讲。同年 5 月 5 日，与"文协"昆明分会、云大文史学会、中法大学文史学会、西南联大国文学会、外国语文学会和文艺社联合，在西南联大"民主草坪"举行文艺晚会，徐嘉瑞、楚图南、尚钺、罗庸、李何林、闻家骃、朱自清、闻一多、冯至、李广田、卞之琳等出席并演讲，纪念"五四"运动。会上，闻一多发表了《艾青与田间》的著名演讲。

上文说过，冬青社在校内恢复组织与活动，本是西南联大党组织建立左派文艺队伍，利用文艺进行政治活动的方式，所以，后期冬青社除文艺活动外，还举行过一些政治活动，表现出较浓厚的政治色彩。其中最突出的是被选为西南联大壁报联合会常委，代表学校壁报团体对外联系，接着，"报联"与一些级会、系会倡议并推动校本部学生自治会改选并取得成功。

1946 年 5 月，西南联大结束，冬青社随之结束。回到北平后，北大、清华的冬青社员还有过一些活动，但已属强弩之末，未形成大的气候。

数十年来，冬青社的社员虽然在不同的岗位上工作，却有十几位成了著名作家和编辑。

总之，冬青社从 1940 年初建立到 1946 年 5 月停止活动，跨越了 7 个年头，是西南联大存在时间最长的社团。由于其间西南联大遭受政治高压，在校内沉默了 3 年，从校园活动情况看，其历史明显地呈现出活跃——沉默——活跃的面貌。这与西南联大的学生活动史相一致，也就是说，冬青社是最能代表西南联大学生活动历史的社团，弄清了冬青社也就弄清了西南联大学生活动的某些方面。

但冬青社的成就却不能以"活跃"或"沉默"来衡定。由于采取向外发展的策略，冬青社在"沉默期"取得的成就是三个时期中最大的，创办《革命军诗刊—冬青》《文聚》《中南报·中南文艺》几个刊物，显示了冬青社的实力，其上发表的大量作品，是冬青社对西南联大文学的重要贡献，其中有的作品可以列入中国现代最优秀的作品行列，如穆旦的《春》《赞美》《诗八首》。此外，冬青社还在昆明和国统区的多家报刊杂志上发表了许多作品，成为西南联大社团中发表作品面最广的社团。无论在刊物的创办、作品的数量和质量方面，冬青社都是西南联大文学社团中最突出的社团之一，这也是冬青社得以进入中国现代文学史的原因。

冬青社的另一个重大贡献是培养了一批作家和编辑。虽然作家或编辑的成长因素是多方面的，但文学社团对作家或编辑的影响也是巨大的。在冬青社时期就著名而且在后来继续写作的作家有汪曾祺、穆旦、杜运燮、刘北汜、卢静、李金锡、萧珊、秦泥、田堃、黄丽生、林元、张定华、于产等，后来成为著名编辑的社员有林元、刘北汜、杜运燮、萧荻、萧珊、秦泥、巫宁坤、唐振湘、卢静等，他们为20世纪中国文学和文化刊物做出了不可估量的贡献。因此，冬青社培养人才的功绩不可忽视。

在西南联大的政治和文学史上，冬青社还有另一方面的功绩，那就是坚持了左派思想和文艺。群社解体后，西南联大的进步力量按照共产党"长期埋伏，隐蔽精干，积蓄力量，等待时机"的方针沉入"地下"，左派思想势力顿时消失。是冬青社，从群社生长出来的冬青社继续保持进步文艺思想，同时以文学活动的方式保持了左派势力。所以，当西南联大左派力量上升，民主、自由思想抬头之时，共产党首先考虑到恢复冬青社。在校内恢复组织后，冬青社代表着左派力量活动，体现了共产党的思想主张，起到了共产党不能起的一些作用。虽然冬青社的后期，在校内活动的一支政治色彩较浓，文学成就不大，但其政治性是从前期一直延续并坚守下来的。

这是冬青社对西南联大左派思想势力的一个特殊贡献。

2007 年 5 月 26 日初稿于成都一环路南四段 16 号

第六节　文聚社①

　　摘　要　文聚社拥有西南联大文学创作的人才优势和社团经验，并且享有朱自清、沈从文、冯至、卞之琳、李广田、孙毓棠等文学名师的指导和支持，文聚社培养出了穆旦、汪曾祺等 20 世纪中国文学的代表作家和郑敏、杜运燮、刘北汜等著名作家，其会刊《文聚》刊发了《赞美》《诗八首》《滇缅公路》《十四行六首》《一棵老树》《王嫂》等堪称中国现代文学经典的作品，出版了《长河》《探险队》和将出版《伍子胥》等文学巨著，对中国现代文学做出了巨大贡献。文聚社是西南联大文学成就最高的社团，同时也是中国现代的一个优秀文学社团。

　　文聚社活跃于 20 世纪 40 年代昆明的国立西南联合大学。在中国现代文学史上，文聚社做出了这样的贡献：集合了西南联大的文学精英，创办了一份具有独特价值的《文聚》杂志，发表了许多优秀文学作品，较为广阔地反映了抗战时期大后方和前线的生活，创造了一些能够代表一个作家乃至一个时代的文学经典，推出了几位中国现代文学的代表作家，尤其是推进了中国现代主义文学的发展。那么，文聚社的活动始末、作家队伍和文学追求怎样？这是研究一个文学社团首先要明确的问题。

　　西南联大的早期，民间社团较为活跃。其中社员最多，影响最

---

　　①　本文原载于《中国现代文学研究丛刊》2011 年第 3 期，原题《中国现代文学的劲旅——文聚社》。

大的是带有政治色彩的进步社团群社。1941 年"皖南事变"后，西南联大遭受政治高压，党组织考虑到群社也处于危险之中，便秘密通知较为暴露的社团骨干撤离昆明。群社机关刊物《群声》的主编林元接到通知："形势相当紧张，出完最后一期《群声》，你利用你的社会关系撤退隐蔽吧！"[①] 一个星期一的清晨，一期崭新的《群声》壁报出现在校园墙壁上，这是一期《"皖南事变"剪报特辑》。当天下午，林元离开了学校。接着，校园里《冬青》《腊月》《热风》等琳琅满目的壁报消失了，读书会、时事会、辩论会等没有了，嘹亮的歌声停歇了，进步师生面部表情僵滞了……但昆明毕竟不是重庆，蒋介石的政令不能通行无阻。三青团中央组织处处长康泽受命到昆明逮捕进步学生，遭到云南省主席龙云和地方知名人士的抵制，未能得逞。夏天开始，气氛渐趋缓和。秋季开学，疏散出去的同学陆续回校上课。林元也回到了学校。他对此时校园的荒凉、寂寞极不满意，又不可能恢复群社和冬青社的活动，便想利用昆明较为宽松的政治氛围办一份刊物。他后来在《一枝四十年代文学之花——回忆昆明〈文聚〉杂志》一文里回忆说：

> 我是读中文系的，平时爱学习写点散文、小说，不甘寂寞，便在十月间和马尔俄（蔡汉荣）、李典（李流丹）、马蹄（马杏垣）等商量办一个文学刊物。穆旦（查良铮）、杜运燮、刘北汜、田堃（王铁臣、王凝）、汪曾祺、辛代（方龄贵）、罗寄一（江瑞熙）、陈时（陈良时）等同学不但自己积极写稿支持，还出主意和帮助组织稿件，这就也成为文聚社的一分子了。这些人中，多数是群社社员，或参加过群社的活动，有的是冬青文艺社社员。马杏垣、王铁臣是地下党员。冬青社是群社的一个文学小组扩展成的，原属于群社。马杏垣、王铁臣都是地下党员在群社或冬青社里的积极分子。文聚社与冬青社、群社，可以说是一脉相通的。李

---

① 林元：《记群声壁报》，西南联大校友会编：《笳吹弦诵在春城》，云南人民出版社、北京大学出版社 1986 年版，第 322 页。

流丹和马杏垣喜爱美术，学习版画，创刊号上就有他们的木刻创作。封面也是他们参加设计的。马尔俄是我的广东同乡，读的是经济系，但爱文学、音乐，写些散文，英文也不错，对西方文艺很感兴趣。他不问政治，但有是非感。办刊物要钱，当时有很多广东人在昆明做生意，有些我们认识，马尔俄还在昌生园当会计，他认识的生意人就更多，我们就通过这些人的关系，为《文聚》杂志拉广告。有广告费，刊物才得以办成。

经费问题解决后，我们便向一些搞文学的老师请求支持。他们满口答应，都说昆明文坛太沉寂了，应该有一个刊物。《文聚》便以"昆明西南联大文聚社"的名义出版，于1942年2月16日问世。①

林元的这篇文章写于1986年，是迄今为止唯一的一篇关于文聚社的专文，弥足珍贵。此外，笔者在采访过程中，记录下文聚社骨干成员辛代先生的介绍，可以和文聚社创始人林元的文章相互参照：

文聚社的主要负责人是林元，我也是发起人之一。当时西南联大写文章的人都跟沈从文先生熟悉。我记得"文聚"之名就是沈从文先生起的。当时以"文"为名的刊物较多，如《文学》《文丛》《文摘》《文献》《文林》《文艺》《文笔》《文苑》等，沈先生仿照这些名称，为我们的刊物起名《文聚》，社团相应叫"文聚社"。大力帮助林元的是他的广东老乡蔡汉荣。办刊物很不容易。当时昆明金碧路的商人，十之八九是广东人。他们向广东的生意人请求赞助，经费靠广东生意人的支持。这样，《文聚》才能出版。②

辛代与林元交往很深，他俩曾同时考入西南联大，同住在昆中北院，同办《边风》壁报，同人冬青文艺社，又一同发起文聚社并

---

① 林元：《一枝四十年代文学之花——回忆昆明〈文聚〉杂志》，《碎布集》，文化艺术出版社1991年版，第383—384页。

② 李光荣访辛代记录，2004年5月21日，昆明方寓。

扶持《文聚》杂志，因此方先生的回忆较为可靠。笔者访问方先生时，他是著名历史学家，记忆清楚，提供的东西至为可贵。

通过上引两段话，我们可以知道文聚社的缘起、发起人、主要成员、名称来源，起名者、社团性质、支持者、刊物经费来源、出版时间等基本情况了。在此无需再做重复叙述，需要阐释的是文聚社与冬青社的关系。

有论者在说到两个社团时，把它们当作彼此无关的社团了。林元在上引一段话之中明确地说：文聚社的最初社员，"多数是群社社员，或参加过群社的活动，有的是冬青文艺社社员……文聚社与冬青社、群社，可以说是一脉相通的。"请注意林元的语言顺序：前一句话从群社说到冬青，后一句话从冬青说到群社。就是说，从发展关系看，是先有群社，再有冬青，而后有文聚，从关系密切程度说，是先冬青后群社。这种关系居于冬青社由群社发展出来，文聚社由冬青社发展出来的历史事实。虽然文聚社是在西南联大遭受政治高压的环境中，在借鉴冬青社"向外发展"方针的思考中，开创生存领地的新军，但从最初的成员看，除李典和马蹄外，全都是冬青社社员，而且都是冬青社的优秀作者。在学校公开活动已不可能，与《贵州日报》的合作不尽人意的情况下，[①] 创办一份新的文学杂志，无疑是冬青社的最佳选择，所以，才会有以林元为首的几位冬青社骨干成立文聚社，出版《文聚》杂志的举动。李典和马蹄搞美术，不写文学作品，所以没有参加冬青社。冬青社负责人之一杜运燮在《白发飘霜忆"冬青"》一文中说："冬青社社员林元毕业后，还在昆明编辑出版了文艺杂志《文聚》月刊"。[②] 杜运燮 1942 年初从军去了前线，不了解学校的具体情况，所以把林元的毕业时间记错了。林元毕业于 1942 年夏，《文聚》出刊时并未毕业。由于时间记错，影响了他对文聚社从冬青社生发出来的判断，但他强

---

① 有关这方面的情况，请参看拙作《冬青文艺社及其史事辨证》,《中国现代文学研究丛刊》2007 年第 6 期。

② 杜运燮：《白发飘霜忆"冬青"》，西南联大校友会编：《笳吹弦诵在春城》，云南人民出版社、北京大学出版社 1986 年版，第 325 页。

调"冬青社社员林元"，并在该文中把《文聚》和冬青社的《中南文艺》副刊放在一起讲述，可见他认为《文聚》杂志是冬青社的一块园地，冬青社与文聚社关系密切。一句话，无论是文聚社的发起人林元还是冬青社的骨干杜运燮，都没有把文聚社看作独立于冬青社之外的社团。姚丹看到了这个事实，说西南联大的文学社团，在"人员的组成中，又的确有一定的延续性，其中冬青社和文聚社人员有交叉"，[①]此为有识之言。但文聚社与冬青社的人员不是一般的"交叉"，他们本来就是同一群人。

《文聚》杂志问世于1942年2月，而文聚社的形成时间则更早，林元说是1941年10月。西南联大这学期9月21日开始上课，10月间发起组成社团，符合实情。因此，文聚社形成于1941年10月。

和西南联大的大多数文学社团一样，文聚社一开始没有提出明确的纲领和组织原则，只是聚集一些文学作者，踏踏实实地办刊物。林元的话或许可以看作文聚社的"宗旨"：

> 《文聚》创刊，我们就宣称是一个"纯文学"的刊物，意思是说不是政治性的。所以这么说，是由于当时革命正处在低潮，白色恐怖还隐藏在社会的阴暗角落，联大的三青团分子正在趾高气扬；还有一个原因，是当时的有些文学作品艺术性不强，特别是有些诗歌，就只有"冲呀"，"杀呀"的口号。这在抗战初期，是起过动员民众的历史作用的，到了抗战中后期，光是口号就不行了。我们认为应有艺术性较强的文学，再说人们的精神生活也需要艺术滋养，于是《文聚》便比较注意艺术性。由于作者队伍中大多数人都生活在民主堡垒里，而联大校外的作者，又大多数是进步或革命的作家，就当然离不开政治，于是政治性与艺术性的统一，则是我们追求的目标。
>
> ……《文聚》上的文章，像每个人的脸孔一样虽然各自不同：各有各的艺术观，各有各的生活体验，各有各的思

---

① 姚丹：《西南联大历史情景中的文学活动》，广西大学出版社2000年版，第227页。

想感情，各有各的创作方法，各有各的表现形式……但在这些文章中，却有一个共同点，都心有灵犀共同追求着一种东西，一种美，一种理想和艺术统一的美，一种生活的美，一种美的生活。①

这是林元四十多年后对文聚社的主张和追求的回忆与总结。其实，《文聚》杂志既无"发刊辞"，也无"编后记"，所谓"宣称"，只是在《投稿简约》中说："欢迎各种纯文艺稿件"，"追求的目标"并未表明。不过，考查《文聚》杂志及后来的《文聚丛书》和《文聚》副刊的内容，林元的话大体符合实际。这两段话有几个重要的意思：一、《文聚》是"纯文学"刊物，二、"注意艺术性"，三、"政治性与艺术性的统一"或"思想和艺术统一"，四、追求一种美。这四点可以看作文聚社的主张和追求。

关于《文聚》杂志是"纯文学"刊物，应从两方面理解：首先，刊物性质是文学的，《文聚》自始至终只刊登文学作品，没登其他文章；其次，当然也有在白色恐怖下做自我保护的意思，以免引起官方的过分关注。关于"注意艺术性"，一方面为了对抗社会上流行的标语口号式的文学作品，向读者提供具有美感的文学读本，另一方面也是学院派作家的艺术素养使然，在那些满腹艺术经纶的作家笔下，必然有艺术性的表现。关于"政治性与艺术性的统一"，"思想与艺术统一"等，应该是延安文艺座谈会之后的语言，但《文聚》上的作品确实具有进步的思想倾向性，"由于作者队伍中大多数人都生活在民主堡垒里，而联大校外的作者，又大多数是进步或革命的作家"，写出的作品就具有进步或革命的倾向。关于追求一种美，这种美就是艺术美，无论"生活的美"还是"美的生活"，通过文学作品表现出来的就是艺术美，这是艺术的本质决定的：真正的艺术品都是美的，从形势到内容都美。文聚社的作者，无论校内外的都有较高的艺术修养，他们创作的作品，或者说经编者挑选而后

---

① 林元：《一枝四十年代文学之花——回忆昆明〈文聚〉杂志》，《碎布集》，文化艺术出版社1991年版，第386、391页。

发表的作品，都是具有较高审美价值的艺术品。

　　文聚社的上述主张与追求和冬青社是一致的。公唐在《记冬青社》一文中说：冬青社"还从事深刻的研究工作，用以提高写作的艺术水准。它不是为艺术而艺术，也不认为宣传即等于艺术，它抱定文艺并不超然于政治的观点，而唯有艺术水准愈高的作品愈有政治的作用。"①公唐的话和林元的话何其相似乃尔！可是，公唐和林元的文章，前后相隔整整40年。这一方面可以从侧面证明林元所言的可靠性，另一方面也让人相信文聚社和冬青社是一脉相承的。

　　对于艺术性和美感的不懈追求，是文聚社最为突出的特点。《文聚》上的大量作品是政治性不明显，艺术性较高妙的。这些作品当然有进步的思想倾向，但它们把思想倾向融合在艺术表现中，让人在审美的过程中受到思想的感染和启发。《文聚》的开篇之作《赞美》便是这样的作品。此诗"赞美"老农在政治上的觉醒，情感如瀑布倾泻，感同身受地诉说古老的农人所遭受的灾难、贫穷和耻辱，作者要以"带血的手和你们一一拥抱"。那些看似迟缓、麻木、冷淡、疲惫的老农，已经在苦难中慢慢地抬起头来，诗人兴奋地欢呼："一个民族已经起来"！诗歌思想明确，感情强烈，老农形象和艺术表现激动了不少读者，当时即受到大家的好评，今天则誉满文坛，是中国现代文学的代表诗作之一。像这样"注意艺术性"的诗在《文聚》上还较多。如穆旦的《诗》（《诗八首》）、《合唱二章》，杜运燮的《滇缅公路》《恒河》《欢迎雨季》，汪曾祺的《待车》《花园》，罗寄一的《诗八首》，刘北汜的《青色的雾》，辛代的《红豆》；老师的作品如沈从文的《王嫂》《秋》《新废邮存底》《芸庐纪事》，冯至的《十四行六首》《一个消逝了的山村》《一棵老树》《爱与死》，李广田的《青城枝叶》《日边随笔》《雾季》《悔》，孙毓棠的《失眠歌》等，还有校外作家何其芳、袁水拍、金克木、魏荒弩、程鹤西、曹卣、姚可崑等的作品。这些都是有强烈的美感，以艺术性打动人心，向人们提供优美的精神享受的作品。

---

　　①　公唐：《记冬青社》，西南联大除夕副刊主编：《联大八年》，西南联大学生出版社1946年版，第133页。

还可以举一个反面例子来证明文聚社对艺术品位的追求。"一二·一"惨案发生后，昆明成了诗的海洋："愤怒使昆明的学生、市民、工人，喷射出成千上万首燃烧着的诗篇。满城是诗的控诉、诗的呼唤、诗的咆哮。"① 文聚社社员同大家一样愤怒，把《文聚》副刊办成"'一二·一'运动特辑"，发表诗文，表明态度，参与抗议斗争，但其副刊上没有刊登一首只宣泄愤怒，或者缺少艺术表现力的诗，其后也很少发表所谓"一二·一"群众诗歌式的作品。

以上足以说明文聚社是一个坚持进步性，保持艺术性，追求审美性，达到思想性与艺术性统一的文学社团，并且，文聚社把这种主张与追求坚持到底了。这在抗日战争时期，可谓独标一格，难能可贵。文聚社能够对20世纪中国文学做出独特贡献，根本原因恐怕就在于坚持对艺术美的追求，保证了文学作品的艺术品位。

文聚社能够在战争的氛围里前进在艺术美的道路上，又与它的另一个追求目标——走向全国相关联。

文聚社一开始就树立了"走向社会，面向全国"的雄心壮志。林元说："《文聚》虽然是'西南联大文聚社'出版的，虽然作者队伍是以联大师生为主，但它是一个走向社会，面向全国的刊物，有联大校外的作者，有昆明以外的国统区的作者，还有解放区的作者。"② 林元在这里不仅指明了《文聚》"走向社会，面向全国"的办刊目标，而且肯定了《文聚》的开放气度，并把作者的广泛度作为走向全国的标志。的确，办刊物，办一份好刊物，办一份走向全国的刊物，作者队伍强大与否是一个决定性的条件。

这里按作者的结构情况看看《文聚》追求目标的实现。云南地处祖国西南边缘，文化、经济、交通等相对落后。要在昆明办一份走向全国的刊物，相对于中心城市北京、上海或当时的重庆，困难大得多，如果把从中心城市辐射全国比做顺水行船的话，从边缘走向中心就像逆水行

① 王笠耘：《诗的花环（代跋）》，《"一二·一"诗选》，人民文学出版社1983年版，第265页。
② 林元：《一枝四十年代文学之花——回忆昆明〈文聚〉杂志》，《碎布集》，文化艺术出版社1991年版，第386页。

舟。好在昆明有几所著名大学联系着中心和内地的许多城市。文聚社有效地利用了这一优势条件而实现了自己的追求目标。首先，文聚社立足于西南联大，以西南联大作者为基本队伍。西南联大教师中有许多著名的新文学作家：杨振声、朱自清、闻一多、冯至、沈从文、李广田、卞之琳、陈梦家、孙毓棠、钱锺书、陈铨等，实力相当强大。文聚社成立时，杨振声、闻一多、陈梦家较少搞文学创作，钱锺书离开了西南联大，陈铨与进步文艺团体少有联系，其他老师兼作家则在不同程度上对文聚社给予了支持，尤其是沈从文、冯至、李广田，他们不但为文聚社出谋划策，撰写稿件，还约外地著名作家撰稿支持以壮大《文聚》的作者队伍。学生创作队伍中，林元、穆旦、汪曾祺、刘北汜、杜运燮、陈时、马尔俄、罗寄一、杨周翰、田堃、方敬、祖文、佐良、辛代、郑敏、李金锡、流金、马逢华、许若摩等都是经过西南联大的文学训练，有的是经过南湖、高原、南荒、冬青等社团培养，居于西南联大学生文学人才一流水平的作者。所以说，《文聚》集中了西南联大最为强大的作者队伍。其次，团结了西南联大校外的许多著名作家。楚图南、赵令仪、曹卣、江篱、李慧中、李锡念等是活跃在当时报刊上的昆明作家，其中楚图南是云南的文化名人，曹卣曾在全国多种报刊上发表过若干作品，出过《一百一十户》等文学著作。著名作家和翻译家赵萝蕤、姚可崑、魏荒弩、程鹤西旅居昆明，从事文艺活动。外地著名作家有桂林的杨刚，重庆的靳以、袁水拍、姚奔，延安的何其芳等。这么多社会名家汇集在一起，《文聚》焉能无名？

一个刊物要走向全国，第二个条件是刊登一些优秀作品。著名作家固然是优秀作品成就的，但著名作家写出的不一定全是优秀作品，而普通作者写出的不一定全是一般稿件。因此，办刊物还要有优秀的编辑，靠编辑的敏锐眼光去识别稿件的优劣，甚至帮助修改完善一篇稿件，使其具备优秀的素质，而后有足够的勇气发表它。林元就有这种眼光和勇气。《文聚》创刊号上有多位著名作家甚至老师的优秀稿件，可头篇作品是穆旦的诗歌《赞美》。要知道，《赞美》问世前的穆旦，还没有太大的名气。编者慧眼独具，看出了这首诗的思想和艺术光芒，把它放在多篇优秀作品之前发表出去。果然，诗歌一出，立即"受到不少读者赞美"。《文聚》上发表的作品，受到读者赞美的还有沈从文的小说、冯至的诗歌、李广田的散文、朱自清的诗论、罗常培的散文，以及杜运燮、穆旦、罗寄一、许若摩的诗，汪曾祺、刘北汜、祖文、林元的小说，陈时、马尔俄、佐良、辛代的散文，还有赵萝蕤、曹卣、赵令仪、姚奔、何其芳、程鹤西、李慧中等的作品。穆旦的《诗》(《诗八首》)、杜运燮的《滇缅公路》、罗寄一的《诗六首》中的两首、赵令仪的《马上吟——去国草之二》发表不久即被闻一多选入《现代诗钞》一书，沈从文的小说、李广田的散文、冯至、穆旦、杜运燮的诗则是当今中国现代文学史上常提到的作品，而冯至的十四行、穆旦的《赞美》《诗八首》、杜运燮的《滇缅公路》已被列为 20 世纪中国新诗的代表作品。一份出版期数不多的刊物发表了如此众多的优秀作品，走向全国的风姿绰约可见。①

艺术美和走向全国的追求成就了文聚社的文学业绩。而"走向社会，面向全国"的目标与艺术性的追求又是协调一致的。追求艺术性是《文聚》杂志在抗战时期的许多刊物中独标一格的风格与个性，走向全国的追求目标正是靠了这种独特风格与个性实现的。最终，文聚社通过追求艺术性的"文艺目标"实现了走向全国的"政治目标"。

我们还应看到，文聚社能够取得如此巨大的成就，是西南联大文学发展的必然结果。一方面，文聚社享有多位文学名师的指导和支持，另一方面，文聚社拥有西南联大文学创作的人才优势和社团经验。南湖、高原、南荒、冬青诸社团培养出来的成熟作家，到文聚社时期走向了创作高峰，诸社团的经验又为文聚社经营社团，创造佳绩提供了参考，一句话，文聚社是后来居上。既然后来居上，文聚社成为西南联大取得最高文学成就的社团，就是顺理成章的了。

《文聚》杂志共出六期，至抗战胜利而终止。之后，林元和马尔俄办《独立周报》，《文聚》便作为该报副刊继续活动。其间，文聚社还出版了《文聚丛书》，计划十种，已出卞之琳的《〈亨利第三〉与〈旗手〉》、穆旦的《探险队》、沈从文的《长河》三种，即将出

---

① 关于文聚社的文学创作及其成就，请见笔者和宣淑君合作发表于《西南民族大学学报》2008 年第 6 期、2009 年第 9 期等的专论系列文章。

冯至《楚国的亡臣》（即《伍子胥》）一种。1946年5月，西南联大宣告结束并准备北返，文聚社随之停止了活动。

《文聚》是西南联大面向全国发行的唯一一份文学期刊，在当时的昆明可算一份大型文学刊物，即使在全国范围内，也可以列为抗战时期出版时间较长的文学刊物之一。《文聚》杂志上刊登的作品，许多是中国现代文学的优秀之作，有的可称为该作家的代表作乃至20世纪中国文学的代表作，再加上《文聚丛书》的硕果，文聚社对中国现代文学的贡献蔚为大观。在文聚社社员中，走出了穆旦、汪曾祺等20世纪中国文学的代表作家，杜运燮、郑敏、刘北汜等著名作家，颇具特色的罗寄一、辛代、马尔俄、陈时、王佐良、流金、李金锡、田堃、祖文、许若摩、杨周翰等优秀作家，以及林元等著名文艺书刊编辑，文聚社培养中国现代文学人才的功绩不可磨灭。如果说推出了众多卓越作品的刊物是优秀刊物，走出了多位杰出作家的社团是优秀社团的话，那么，《文聚》杂志就是中国现代优秀的文学杂志，文聚社就是中国现代优秀的文学社团。所以，《文聚》杂志和文聚社在20世纪中国文学史上应有重要地位。

2007年7月9日初稿于成都一环路南四段16号

第七节　文艺社[①]

摘　要　文艺社诞生在西南联大后期，社员发展到六十余人，是一个朝气蓬勃、奋勇前进的社团。文艺社创办了《文艺》壁报和《文艺新报》两份报纸作为社刊，发表了不少文学作品，还出版

---

① 本文原载于《成都大学学报》2007年第2期，原题《西南联大文艺社的组成及其活动》，署名宣淑君、李光荣。

了《缪弘遗诗》，为抗日烈士留存了诗作。由文艺社发起而举办的十教授文艺演讲晚会在校内外产生了巨大影响。文艺社秉承现实主义文艺观，保持文艺与现实生活的密切联系。在"一·二一"民主运动中，文艺社积极投入斗争，负责编辑《"罢委会"通讯》，为"一·二一"斗争做出了独特贡献。"一·二一"运动后，文艺社恢复了活动，直至西南联大结束而随校离开昆明。

文艺社是西南联大后期"在册"人数最多的文学社团。它创始于西南联大自由空气的复兴期，活跃在民主斗争最激烈的"运动期"，行进在学校去留波动的结束期，是最能代表西南联大后期文学发展历程的一个社团。在西南联大后期高昂激荡的政治热情中，它表现出了一种战斗的姿态，积极主动地参与争民主反内战的斗争。它注重文艺理论的学习和探讨，以期指导创作实践，可惜，由于学校形势的发展和社团存在时间的短暂，它未能走向成熟，又由于政治运动、理论选择和学校北返等原因，创作没有得到充分展开，因此，与其他文学社团相比，它的创作成绩显得单薄一些。但我们看到，它书就了何等努力奋进的历史啊！可以说，它是一个朝气蓬勃、奋勇前进的社团。它走过的历史道路，为我们提供了可资借鉴的经验和值得深思的教训，所以，今天研究西南联大文艺社具有特别的意义。

文艺社成立的时间是 1945 年 3 月 26 日。而它的"社庆"时间是 10 月 1 日。这是为什么呢？

话得从"皖南事变"说起。1941 年"皖南事变"后，国民党大肆清查共产党。秉承自由民主精神的西南联大，同样遭到了政治高压，进步势力受到沉重打击，具有政治色彩的老牌社团群社悄然解散，骨干社员被迫离校，冬青文艺社的活动转向校外，往日积极活跃的社团纷纷停止了活动，原先挂贴壁报的墙面成了广告墙，各种"寻物"、"征求"、"招领"、"出让"的启示贴满了墙壁，校园呈现出沉寂萧索的景象。过了一段时间，高压渐渐减弱，文学的种子也在孕育着萌芽。1943 年秋季开学后，一份名为《耕耘》的壁报出现在各种启事之中，十分新鲜突出，同学们无不驻足观看。这给正在考虑活动方式的几个文学青年以极大的启示。几天后，一份名为《文艺》的壁报挂在了《耕耘》的旁边。它们犹如两朵金灿灿的秋菊，引来了众多观者。这一天，正是 10 月 1 日。所以，文艺社的"社庆日"定在了这一天。

发起《文艺》壁报的是张源潜、程法伋、杨淑嘉、陈彰远、王汉斌、何孝达、林清泉等同学。他们都是外文系和历史系二年级的学生。首倡者是张源潜。他先找了程法伋商量，认为可以一试，接着他俩分头邀约其他人参与发起壁报组织。求得大家的同意后，大家约定在一家茶馆里聚会，讨论创办壁报之事，会上决定把壁报名起为"文艺"，作品由大家共同提供。好在第一期作品都是现成的：他们都上过学校的《大一国文》课，都有得到过老师夸奖的文章，因此创刊号很快编成。刊名字样套用《大公报》的"文艺"二字。他们听说赫赫有名的《大公报·文艺》副刊之名是大作家沈从文先生题写的，而沈从文就是西南联大的老师。怀着崇敬的心情，他们把"文艺"两字按比例放大，作为刊头。为了打响第一炮，他们还注意了版面的编排和字体，做到美观、醒目，与《耕耘》的朴素大方形成了鲜明的对照。果然，《文艺》一挂出，就得到了赞赏。

西南联大规定，成立社团（包括壁报的出版）必须到训导处去登记，在登记表上写出两个负责人和一位导师的名字。1944 年 5 月，壁报多了起来，学校重申壁报管理制度，要求各壁报团体去登记。文艺社登记在表上的负责人是：发起人张源潜和程法伋，导师是李广田。李广田先生是程法伋去请的，他教过程法伋的《大一国文》，并介绍他的文章发表过，对他印象不错，两人的关系也较密切，因此，程法伋一提出，李先生就欣然应诺，并鼓励他们要好好办下去。

《文艺》刊出，大家心里说不出的高兴，尤其见壁报前挤满了人，并投以满意目光和由衷赞许，更加信心倍增，大家互相勉励：一定听李先生的话，好好办下去。为此，社员再次开会，讨论下一步工作，大家同意制定一些规定，依规出刊。会议决定，壁报每半个月出一期，每期两万字左右，分小说、散文、杂文、诗歌、文艺评论等文体。社员也做了分工：张源潜写小说和散文，杨淑嘉写散文，何孝达写诗，王汉斌提供杂文。不久，王楫由重庆考入西南联大，立即参加了《文艺》壁报的工作，参与写小说和散文，他还写得一手好字，自愿担当起了壁报的抄写任务。从此，《文艺》壁报的内容、形式以及社员的分工都有了规定，也就是说，文艺社从一开始就构建了较为完整的组织机构和出版机制，是一个有规约的社团。这一良好的开头，不仅保证了社团工作的顺利开展，也形成了它的良好传统，在以后的发展进程中，文艺社都相当注意组织的健全和有序的开展工作。文艺社的这一特点在西南联大文学社团中是突出的。

文艺社虽然组织健全，但没有明确的宗旨和章程，也没有明确的文艺思想，社员们平时多读了一些鲁迅的著作，头脑里装着文艺为人生的观点，认为文学作品要切实表现社会人生。而当时，《耕耘》壁报上刊载的作品多表达作者内心的苦闷和向往，对现实的描写不那么直接，表达上具有抽象倾向，又比较追求形式的完美，显示出唯美主义的色彩，体现了"为艺术而艺术"的倾向。这与文艺社社员的文艺观念不相符合。文艺社于是决定向《耕耘》壁报发起一场关于文艺观念的论争。社员经过几次讨论，明确了文艺思想，于是推举程法伋与何孝达执笔，针对《耕耘》壁报上发表的现代派诗歌写出评论，批评那种"唯美主义、象征手法和颓废情绪"[①]的倾向。文章在《文艺》壁报上一经刊出，就引来众多读者，同时引出耕耘社的回应。《耕耘》壁报上立即刊登文章指出，《文艺》壁报上的诗歌是"标语口号式"的，根本算不上诗。文艺社再作申辩。就这样，双方你来我往，展开了一场文艺"为人生"还是"为艺术"的讨论。耕耘社社员中写现代主义诗歌的主要是外文系的袁可嘉。据同学回忆："可嘉在同学中是出类拔萃的，有自己的独立见解，不随声附和。当时他反对'为人生而文学'，反对'文以载道'，主

---

① 张源潜：《回忆联大文艺社》，西南联大校友会编：《笳吹弦诵在春城》，云南人民出版社、北京大学出版社 1986 年版，第 367 页。

张为艺术而艺术，主张文学不能急功近利，为政治服务，而是应当写'永恒的主题'。"①袁可嘉和耕耘社同仁的文艺观念与文艺社针锋相对，不可调和。双方各执己见，论争颇为激烈。前后大约持续了三、四期的讨论，自然难有结果，分不出"胜负"。但在抗日战争的岁月里，现实主义观念一直是文艺的主潮。在这样的时代背景下，文艺社的主张得到了更多同学的支持。再往远一点说，"为人生"还是"为艺术"是一场从文学研究会和创造社论争开始就一直"悬而未决"的诉讼，文艺社和耕耘社的论争没有结论并不奇怪，也无需强求。这场论争的意义在于推动双方去进一步学习文艺理论，各自明确了写作的方向。

与耕耘社的论争扩大了文艺社的影响，文艺社更加自信了。1944年5月，文艺社决定举办一场参加人数众多的文艺晚会。晚会的发起与"五四"青年节有关。"五四"是公认的青年节，每年这一天，北大、清华和南开以及各地青年都举行纪念活动。1939年，国民党三民主义青年团和延安西北青年救国会分别定5月4日为青年节。西南联大对"五四"的纪念更早一些，自学校诞生的第二年1938年开始，每年都像北大、清华、南开一样举行"五四"纪念活动。可是这一年，国民政府宣布改3月29日革命先烈纪念日为青年节，号召举行纪念活动。继承"五四"青年传统的西南联大学生对改动非常反感，坚决不予理睬，并纷纷酝酿纪念"五四"青年节的活动。在这一思潮中，文艺社准备举行文艺晚会以纪念。经与李广田商量，确定晚会的中心议题为《"五四"以来新文艺成就的回顾》，并拟出了邀请演讲的先生：请朱自清、闻一多、杨振声、沈从文和李广田讲散文、诗歌、小说，请罗常培讲"五四"新文学运动的意义和影响。社员去请闻一多时，他提议诗歌可请冯至和卞之琳讲，自己讲"五四"新文艺与文学遗产的问题。这样，主讲人确定为八位。更令文艺社高兴的是，八位先生均乐意承担。于是，拟定了题目，每人预备讲半个小时，地点定在学校南区十号大教室。海报贴出，全校轰动。聚这么

---

① 杨天堂：《西南联大时期的袁可嘉》，北京大学校友联络处编：《箫吹弦诵情弥切》，中国文史出版社1988年版，第141页。

多著名作家于一堂演讲新文艺，不仅在"皖南事变"以后是第一次，而且在西南联大历史上未曾有过。同学们欢呼雀跃，届时纷纷提前涌去听讲，十号大教室被挤得水泄不通，以致后来的先生无法挤进会场去。文艺社主持筹办者只好临时决定把会场更换到图书馆大阅览室。通知一出，听众又蜂拥而去。这时又增加了一些同学，一些同学仍然挤不进去听讲。由于准备不足，又遭坏人拉闸断电，主持人李广田被迫宣布改期举行。晚会就这样终止了。文艺社社员缺乏经验，没有估计到会发生意外，文艺晚会遭致流产而受到了沉重打击，不知如何是好。但学生要求重开的呼声甚高。后经中文系国文学会马千禾与齐亮的奔走，晚会遂于 5 月 8 日在图书馆前大草坪重新举行，且新增了孙毓棠和闻家驷两先生演讲，晚会内容更加完满。十位先生的讲题是——罗常培：《"五四"前后新旧文体的辩争》，冯至：《新文艺中诗歌的收获》，朱自清：《新文艺中散文的收获》，孙毓棠：《谈谈现代中国戏剧》，沈从文：《"五四"以来小说的发展及其与社会的关系》，卞之琳：《新文艺与西洋文艺学的关系》，闻家驷：《中国的新诗与法国文学》，李广田：《新文艺中杂文的收获》，闻一多：《新文艺与文学遗产》，杨振声：《新文艺的前途》[①]。晚会分前后半场进行，前半场由罗常培主持，后半场由闻一多主持。听众除西南联大学生外，还有云大和其他大中学校的学生，三千余人席地而坐，自始至终秩序并然。先生们的演讲精彩异常，晚会开得十分成功！

"五四"文艺晚会进一步扩大了文艺社的声誉。虽然重开的晚会主办单位易主国文学会，但其思路是文艺社的，因此，有文艺社的一份功劳，同学们也予以认可。5 月中旬，西南联大各壁报负责人召开联席会议，通过成立西南联大壁报协会之议案，并推举文艺、生活、耕耘三家壁报社为常委。

《文艺》壁报每月 1 日和 15 日按期出版，在读者中信誉较高，投稿者逐渐增多。经常写稿的除老社员外，还有李明、邱从乙、叶传华、杨凤仪、马如瑛、刘晶雯、刘治中、尹洛、刘海梁等。王景山和赵少

---

① 参见西南联合大学北京校友会编：《国立西南联合大学校史》，北京大学出版社 1996 年版，第 451—452 页。

伟甚至停止了自己主办的《新苗》壁报，加入《文艺》。这都是一场讨论和一场晚会以及《文艺》壁报对同学吸引的结果。人员增多，力量加强，为了深入开展学习和研究，大家觉得有必要正式成立社团。

经过认真筹备，1945 年 3 月 26 日晚，举行了由《文艺》壁报发起人和写稿者共同参加的茶话会，宣布文艺社正式成立。至此，文艺社完成了由同人组织向群众组织，由壁报社向研究社的过渡。组成文艺社的社员以上面列出的同学为主干，共 23 人。会上大家相继发言，纷纷表示要在团体的生活中加强学习、充实自己、提高研究能力。会议决定把 10 月 1 日《文艺》壁报创刊的日子作为"社庆日"。还选举产生了新的领导。程法伋、张源潜和王楫为总干事，程法伋抓总，张源潜负责研究，王楫负责编辑出版壁报。另举许宛乐为总务干事，何孝达、叶传华为研究干事，王景山、赵少伟、廖文仲为出版干事。这个组织机构保证了文艺社各项工作的顺利进行。

由于领导工作得力，文艺社的工作便按照"研究"和"出版"两个方面有序展开。

在研究方面，文艺社首先举行了 A·纪德讨论会。A·纪德是法国作家，那一两年，A·纪德的作品《窄门》《田园交响乐》《赝币制造者》《地粮》等相继在中国翻译出版，在文艺界产生了较大影响，有人称 1944 年为"纪德年"。文艺社适时举行讨论，意在以这位作家为例，解决生活、写作与世界观的关系问题。讨论会纪录刊登在 5 月 15 日《文艺》壁报第 28 期上。这一年暑假之中文艺社举行了鲁迅和斯坦贝克讨论会。鲁迅讨论会于 8 月 12 日晚举行，请鲁迅研究家李何林出席指导，由谭作人、杜定远、李维翰等社员作中心发言。李何林以独到的见解讲鲁迅小说，给与会者很大启发。斯坦贝克讨论会于 8 月 26 日晚举行，斯坦贝克是美国作家，他的《愤怒的葡萄》在中国很流行。讨论会由赵少伟作中心发言，他讲关于《愤怒的葡萄》的读书报告，而后社员自由发言，最后由何孝达作会议小结。此外，文艺社还和中华全国文艺界抗敌协会昆明分会联合举办过讲座，和"文协"昆明分会、冬青文艺社联合举办过法国作家罗曼·罗兰和俄国作家阿·托尔斯泰追悼大会。

　　研究的另一个重要方面是讨论社员的作品。文艺社根据个人的文学兴趣，设立了小说、散文杂文、诗歌、论文书评四个组，社员自由参加一至两个组。各组每月召开一次会议，交换阅读习作，提出修改意见，有时重点讨论某一两篇作品，好的作品则推荐给壁报社刊登。这样做既让作者获得思想认识的提高和技巧的改进，又保证了《文艺》壁报的质量，还增强了社员学习研究和写作的兴趣。

　　1945 年 8 月，从军抗日的文艺社社员缪弘壮烈牺牲的噩耗传来，全体社员极为悲痛。为了表达对这位社员的纪念，文艺社从缪弘的诗稿中选出一部分，把《文艺》壁报第 31 期办为"缪弘专号"，于 8 月 18 日出版。次日又与西南联大学生自治会、外文系 1943 级级会、南开中学校友会西南联大分会联合举行追悼会，悼念这位年轻的诗人英烈。文艺社还请导师李广田挑选了缪弘的部分诗作编为《缪弘遗诗》，由同学们捐资出版，成为永久的纪念。

　　同年 9 月新学期开学后，文艺社贴出启事，公开征求新社员。一批同学报名参加，文艺社人数达六十余人，成为西南联大当时的文学社团中有登记的社员人数最多的社团。彭佩云、孙霭芬、于文烈、武运昌等就是这时加入文艺社的。

　　1945 年 10 月 1 日是文艺社的重要日子，这一天，文艺社诞生两周年了。社员为社庆做了许多准备。9 月 30 日清晨，一期大号《文艺》壁报挂在"民主墙"上，篇幅达四万多字。当晚，举行高尔基讨论会，导师李广田出席并讲了话，参加者四十余人，何孝达主持会议，许多社员发言。10 月 1 日晚，举行文艺晚会，中心议题是"抗战八年来的文艺总检讨"，到会者一百多人，包括文艺社、新诗社和剧艺社的社员，并邀请了许多文化名人出席。会议开始后，先由田汉先生讲抗战期间的戏剧运动，再由孟超讲杂文，闻一多讲诗歌，李广田讲小说，李何林讲文艺理论，尚钺、黄药眠等自由发言。其中李何林主要阐述了毛泽东《在延安文艺座谈会上的讲话》的基本精神。在昆明的公开场合介绍毛泽东文艺思想，这大概是第一次。"社庆"办得很成功。第二天，昆明《观察报》对会议情况作了报道。这是文艺社在昆明的第一次同时也是最后一次社庆。

社庆后一个月即 11 月 1 日，文艺社的另一件大事告成——《文艺新报》创刊。前面说过，文艺社的工作分"研究"和"出版"两个方面展开。出版方面的主要工作是编辑张挂《文艺》壁报，每半月一期，从不间断，是为常规工作。现在又增加了《文艺新报》的出版。两份出版物同时并举，为文艺社的两份社刊。

《文艺新报》的诞生，不仅在文艺社是第一次，而且在西南联大文学社团的历史上也是第一次 ①，它结束了西南联大文学社团在校内没有社报的历史，因此它在西南联大文学社团的发展史上具有创新意义。文学社团有了自己的报纸，刊登的作品不再从墙壁上随风飘落，而是随着报纸广为传播，留存后世了。

但是，《文艺新报》生逢云南政治形势急转直下、阴霾密布之时，才出了两期，"一二·一"运动就爆发了，文艺社社员全体投入声势浩大的政治斗争，工作和创作发生了大转向。11 月 26 日起，为抗议反动军警头晚对几所大学共同举办的"时事晚会"的枪炮威胁，西南联大率先罢课，程法伋被选为西南联大罢课委员会常委。28 日，昆明市 31 所大中学校罢课，昆明市学生联合会成立昆明市罢课联合委员会，西南联大被推为常委。为了有效地进行斗争，"罢联"决定创办报纸《罢委会通讯》。《文艺新报》的编辑班子被选为《罢委会通讯》的编辑班底，王楫任主编，王景山、赵少伟、刘治中为辅，文艺社全体社员都是宣传报道的组织者和撰稿人。就在"一二·一"惨案发生的当天，《罢委会通讯》创刊，为四开小报，最初每日一期，后为不定期，至 12 月 27 日学生复课，共出 15 期，外加 2 期增刊，计 17 期。在如此严峻的政治局势和繁重的编辑压力下，文艺社不得不停止学习和研究活动，甚至常规出版物《文艺》壁报都中断了刊出，《文艺新报》也当然暂时停止刊出了。

《罢委会通讯》停刊后，《文艺》壁报和《文艺新报》复刊。《文艺》壁报仍然坚持半月一期，至 1946 年 5 月出最后一期，内容为纪念"五四"运动。这一天为 5 月 4 日，是西南联大宣布结束的日子。

---

① 此前马千禾、张光琛、吴国珩等办过一份《大路周刊》，但一方面此报不以社团名义问世，另一方面此报非文艺性质，再一方面，此报今不存，无法了解其详。

在西南联大壁报史上,《文艺》无缘"开创于前",却是"坚持到最后的"。《文艺新报》却未能坚持半月一期,到 1946 年 3 月 22 日出版第 7 期后停刊。

《文艺》壁报从 1943 年 10 月 1 日创刊,至 1946 年 5 月 4 日终刊,共出 36 期。这对于一个学生社团来说,是一个不小的数字。文艺社从一开始,就将刊登过后的《文艺》壁报小心揭下,裁开,装订成 16 开小册子,每期一册,总计 36 册。这是研究文艺社和西南联大历史最为宝贵的一份资料。西南联大复员北返时,文艺社委托一位留在昆明的社员保存这份资料。世事沧桑,数十年后,36 册《文艺》壁报装订本早已不知下落。实在可惜!

西南联大北返前,文艺社全体社员举行最后一次集会。会上,导师李广田先生作了语重心长的讲话,勉励大家要注重社会改造,从事实际斗争。这次会议并未宣布文艺社结束,而是动员大家去到北平后继续开展工作。

回到北平后,文艺社社员分属北京大学和清华大学。他们在各自的学校成立了北大文艺社和清华文艺社,仍旧组织学习和研究,出版壁报等,继续开展活动。北大文艺社先后由赵少伟、徐承晏、朱谷怀、王景山等负责,清华文艺社则由张源潜、郭良夫、刘海粱等负责。这两个社团是西南联大文艺社的延续,直到解放前夕才停止活动。

2006 年 1 月 16 日初稿于昆明文化巷 52 号

第八节 新诗社 [①]

摘 要 新诗社成立于西南联大的后期,是在闻一多的指导下成立并开展活动的社团。新诗社致力于朗诵诗的创作和开展诗朗

---

① 本文原载于《抗战文化研究》2013 年第 7 辑,原题《新诗社及其朗诵诗目标的确立》。

诵的活动，创作了一些著名的朗诵诗，涌现出了何达、闻山等著名诗人，开创了西南联大的诗朗诵活动，推动了昆明地区诗朗诵活动的发展，使朗诵诗成为西南联大和昆明文学活动的一时之显，对中国朗诵诗的创新和发展做出了应有的贡献。新诗社追求做"新"的人，写"新"的诗，并且走群众路线，为大众写诗，其特质集中体现在一个"新"字上。新诗社的历史及其朗诵诗观念的确立是本节论述的重点。

新诗社是西南联大后期一个重要的文学社团。在两年多的历史里，新诗社以勇于创新的姿态和生气勃勃的精神面貌，开创了西南联大文学史上的新局面，成为西南联大文学中的一个重要派别。"新"是新诗社的主要追求和精神特质，做全"新"的人，写全"新"的诗成为新诗社的宗旨。因此，新诗社的价值和特点集中体现在一个"新"字上。

朗诵诗是新诗社的创作中心。新诗社致力于朗诵诗的创作和诗朗诵的效果探索，创作了一些可以跻身于中国朗诵诗代表行列的作品，培养出何达、闻山等有影响的诗人；并且开创了西南联大的诗朗诵活动，推动了昆明地区诗朗诵活动的发展，使朗诵诗成为西南联大和昆明文学活动的一时之显。

开放式是新诗社的组织特点。虽然在西南联大的文学社团中开放的组织前已有之，但新诗社把"开放"推进了一大步，成为真正意义上的开放。新诗社到底有多少社员，不得而知。新诗社举办的朗诵会，动辄上千人。这在西南联大的历史上没有，恐怕在昆明也不多见。朗诵会是新诗社的诗作发表的重要方式。

新诗社的诗不是为自己创作，也不是为少数惯听"弦外之音"的学院派欣赏者创作的。所以，为大众写诗，走群众路线可以看作新诗社的另一个"新"。在西南联大，从来没有哪个诗人的作品一发表就拥有那么多的受众。新诗社是西南联大最注重接受美学运用的文学社团。

而新诗社的诞生、发展、观念和成就都与新月社宿将闻一多紧密相连。因此我们必须从闻一多说起。

一、新诗社的成立

汪曾祺说："能够像闻先生那样讲唐诗的，并世无第二人。"[①]1943 年秋季开学，闻一多仍然讲"唐诗"课，同学们前呼后拥挤进教室，去晚了的同学只好站在门、窗之外。闻一多站在讲台旁，打开布包，左手取出一个本子，右手轻轻地拍着那本子说："有一天，佩弦先生递给我一本诗，说，你看，新诗已经写得这样进步了"，然后，转身在黑板上写下"田间"两个字，他接着说："他的诗，我一看，有点吃惊，我想，这是诗么？再看，噫，我说，这不是鼓的声音么？"[②]闻一多越讲越兴奋，把这堂"唐诗"课变成了"田间课"——

"鼓——这种韵律的乐器，是一切乐器的祖宗，也是一切乐器中之王。……提起鼓，我们便想到了一连串形容词：整肃，庄严，雄壮，刚毅，和粗暴，急躁，阴郁，深沉……鼓是男性的，原始男性的，它蕴藏着整个原始男性的神秘。它是最原始的乐器，也是最原始的生命情调的喘息。"讲完了鼓，闻一多接着朗诵了田间的两首诗。他称赞说："这里便不只鼓的声律，还有鼓的情绪。这是鞍之战中晋解张用他那流着鲜血的手，抢过主帅手中的槌来擂出的鼓声，是弥衡那喷着怒火的'渔阳掺挝'，甚至是，如诗人 Robert lindsey 在《刚果》中，剧作家 Eugene O'Neil 在《琼斯皇帝》中所描写的，那非洲土人的原始的鼓，疯狂，野蛮，爆炸着生命的热与力。"[③]

闻一多只顾讲下去，同学们则感耳目一新，眼界大开，精神振奋，原来诗还有这样的写法，原来还有这么好的诗，使得多年来沉醉在古诗境界中的大学教授都对它刮目相看，大加推崇！也许连闻一多都没有想到这堂课给予同学们的震动有多大。下课后，同学们

---

① 《汪曾祺全集》第 6 卷，北京师范大学出版社 1998 年版，第 300 页。
② 闻一多语，转引自何达：《闻一多·新诗社·西南联大》，赵慧编：《回忆纪念闻一多》，武汉出版社 1999 年版，第 265 页。
③ 《闻一多全集》第 2 卷，湖北人民出版社 1993 年版，第 197、201 页。

在餍足感之外，还有一种饥渴感，一方面仍陶醉在课堂的情景中，另一方面又如饥似渴地寻找田间和解放区的诗来读。这堂课引起的是西南联大部分学子审美观念的改变，另一种诗风的酝酿，它在学子们心目中埋下了一个诗的新品种——朗诵诗的种子。

1943 年的西南联大，"皖南事变"后的阴霾还没有完全消退。也是在秋季开学后，几个耐不住寂寞的青年开始喊出了自己的声音，在满目萧索中，出现了《耕耘》《文艺》等壁报。而闻一多这位埋头于古籍的"老教授"也在这时，心灵被田间诗歌的"鼓点"震动，并立即将震动传达到学生的心弦上，大家似乎看到了乌云边的一片青天，开始步出门户朝那里张望，从而使寂静的校园出现了躁动。换句话说，闻一多的"田间课"适时地出现在西南联大民主自由空气开始萌动之时，并为这种空气的复苏注入了催化剂——这恐怕也是闻一多没有想到的。

在这场躁动中一个最典型的人是何孝达（何达）。作为历史系1942 级学生的何孝达，当时站在窗外旁听闻一多的课，田间那擂鼓的声音和闻一多听鼓的感受使他大为惊异，心灵震荡。他凭借记忆把闻一多的讲课内容整理成文发表于壁报，以让更多的人共享，同时，一头扎进图书馆急迫地翻阅那些新的诗歌，吮吸新的养分。和他一样饥渴地阅读诗歌的还有另一些人。终于有一天，在图书馆里，一段巧遇发生了：

1944 年春的一个上午，何孝达坐在图书馆的阅览室里读新诗，从会心的愉快中偶然抬起头来，看到斜对面一个浓眉大眼的青年也在读诗，他的神情专注而真诚，十分可爱。何孝达写了一张字条"朋友，你爱诗吗？"递过去。对方立即投来热情的目光，报以灿烂的笑容。这个人叫沈叔平，是 1942 级政治系的学生。两个人相约走出阅览室，在图书馆前面的大草坪进行交谈，两颗诗心越谈越投机，越谈越靠近，大有相见恨晚之憾。他们想到：爱诗的人，绝不止两个，为什么不把大家火热的心连在一起呢？于是，他们分头探问，寻找爱诗的朋友。

　　爱诗的人很快寻找到 12 个。大家希望组织起来，但不知怎样操作为好。大家不约而同地想到一个人，希望得到他的指导。这个人就是上年秋天大谈田间，把新诗的魅力注入学生心灵的闻一多。闻一多那么忙，愿意指导几个初生牛犊似的青年吗，大家心里没底。于是，公推与闻一多比较接近的中文系同学康伲去探询闻一多的意见。没想到，闻一多满口应承，并说：就在这个星期天，你们到我家里来，我们可以多谈谈。大家内心说不出的高兴，盼望着星期天的到来。

　　那个金色的星期天，1944 年 4 月 9 日在大家的盼望中到来了。这天早晨，何孝达、沈叔平、施载宣、康伲、赵宝煦、黄福海、周纪荣、赵明洁、段彩媚、施巩秋、王永良、万绳枬在学校集合出发，去昆明十多公里以外的龙头街司家营拜访闻一多先生。闻一多带同学到村边几棵尤加利树下的草地上，围成一圈坐下，同学们各自朗诵自己的作品，六七岁的小妹闻翻也朗诵了她的诗作《金色的太阳》。这是同学们初次体验集会朗诵。闻一多认真听完大家的朗诵，又点评了每个人带去的习作，接着开始了谈话。他首先表示非常支持大家组织诗社，然后谈了他对诗的看法：

　　　　他首先就批判中国传统的"诗教"，说："温柔敦厚，要不得。"

　　　　他说，一向旧社会的诗人，把诗当作媚人娱己的玩意儿。他说，"我们不要这样的诗。"

　　　　他说，不一定要把诗写好，好不好没关系。甚至于写不写诗都没有关系，要紧的是做一个"人"，真正的人，不做奴隶。

　　　　他说，今天的诗人不应该对现实冷淡旁观，应该站在人民的前面，喊出人民所要喊的，领导人民向前走。

　　　　他说，要写诗，也不一定用文字写，最好是用血写，用整个生命来写。[①]

---

　　① 何达：《闻一多·新诗社·西南联大》，赵慧编：《回忆纪念闻一多》，武汉出版社 1999 年版，第 271—272 页。

　　闻一多的话成了后来成立的新诗社的纲领性文献，它决定了新诗社的方向，贯穿在新诗社的全部活动中。

　　这一次 12 人与闻一多座谈，在新诗社的历史上具有奠基的意义：思想道路的奠基，诗歌形式的奠基，活动方式的奠基。

　　在司家营座谈后一个星期里，同学们多次聚会，商讨诗社的事，最终确定了以下几方面的意见：关于诗社的名称，突出一个"新"字，取义于闻一多那天所谈的一段话："我们的诗社，应该是'新'的诗社，全新的诗社。不仅要写新诗，更要做新的诗人。"[①]关于诗社的发起人，就是那天司家营拜访闻一多的 12 人。关于导师，自然是闻一多先生。关于成立日期，就定为司家营访谈的日子，即 1944 年 4 月 9 日。关于诗社的宗旨和方向，大家把那天闻一多坐在草地上的谈话内容归结起来，得出四条纲领：一、我们把诗当作生命，不是玩物；当作工作，不是享受；当作献礼，不是商品。二、我们反对一切颓废的晦涩的自私的诗，追求健康的爽朗的集体的诗。三、我们认为生活的道路，就是创作的道路；民主的前途，就是诗歌的前途。四、我们之间是坦白的直率的团结的友爱的。关于诗社的组织，采取开放的方式，以发起人为骨干，团结众多社友，把社员扩大到整个校园。大家选举施载宣和何孝达为社长。40年后，新诗社的主要成员对其组织作了这样的总结："新诗社的'大门永远开着'。当年参加新诗社活动的朋友，不必履行什么手续，愿意来的可以随时来参加活动，不想再参加的，随时可以不告而别……新诗社也没有什么组织机构……具体的活动则常由大家轮换主持的。"[②]关于活动和出版物，以"新诗"为中心举行各种活动，如读诗、写诗、评诗、组织诗歌朗诵等，出版壁报《诗与画》。

　　一切准备停当，于 1944 年 4 月中旬的一天，在西南联大南区学生服务处的小礼堂，举行了新诗社成立大会。出席大会的除发起人即骨干 12 人之外，还有好多同学，其中有叶传华、秦光荣、沈季平、曹思义、陈柏生、郭良夫、伍骅、温功智、缪弘等。

────────

① 闻一多语，转引自史集：《闻一多先生和新诗社》，《云南师范大学学报》1987 年第 2 期。
② 史集：《闻一多先生和新诗社》，《云南师范大学学报》1987 年第 2 期。

经常参加新诗社活动和写诗的老师和同学，据新诗社骨干回忆，除发起人和上面提到的一些人外，还有吴征镒、张源潜、王景山、赵少伟、缪祥烈、尹洛、李复业、李建武、李恢君、马士豪、李维翰、叶世豪、因蓁等人，校外人士，今天所知的有杨明、彭桂蕊、王明、张家兴、董康等人。这些人，应该说是新诗社的基本成员。有许多人参加过新诗社的朗诵会或者写过诗歌，便自称新诗社的成员，这不仅反映出新诗社的组织特点，而且也说明了新诗社的巨大影响力。

新诗社的成立，为西南联大的文学活动组织了一支生力军。新诗社成立后开展的一系列活动，尤其是朗诵诗的创作和大型诗歌朗诵会的举办，无论在文艺方面还是政治方面，都赢得了自己在西南联大历史上的稳定地位。

二、新诗社的活动

新诗社成立后，最经常的活动是朗诵和讨论社员的习作。开初，每周或间周举行一次朗诵讨论会。社员们拿出诗作，朗诵或传阅，大家提出各自的意见，帮助作者修改。这实际是司家营草地朗诵并讨论的继续。

闻一多经常参加集会。他"总是叼着烟斗和大家坐在一起倾听着，在最后才发表他中肯的评语。"[1] 秦泥记述了闻一多作朗诵示范的情况："谈兴正浓时，他往往会随手拿起一首诗高声地朗诵起来，作出示范。"[2] 朗诵社员的习作，是闻一多言传身教的一种方法。闻山这样写道：闻一多的朗诵是那样富有表现力和吸引力，"像要把诗的全部思想、音韵、作者的感情，都融化在他的声音里似的；他在体味着，欣赏着，同时也在重新表现着。"[3]

冯至有时也来参加朗诵会。他在《从前和现在》一文中回忆到："在昆明时，我曾经被约请参加过几次新诗社的聚会，聚会的地

---

① 史集：《闻一多先生和新诗社》，《云南师范大学学报》1987年第2期。

② 秦泥：《如坐春风，如沐朝阳》，赵慧编：《回忆纪念闻一多》，武汉出版社1999年版，第223页。

③ 闻山：《教我学步的人》，赵慧编：《回忆纪念闻一多》，武汉出版社1999年版，第175页。

点有时在西南联大简陋的课室，有时在学校附近的一所小楼上，每次开会回来，心里都感到兴奋，情感好像得到一些解放。灯光下听着社员们各自朗诵他们的作品，彼此毫不客气地批评，我至今还没有忘记一些诗在诵读时所给我的印象，虽然原文我记不清了。"①

参加聚会的人多了，大家便走出小屋，在教室里进行。教室里再坐不下，就到室外旷地。这是一种别有情致的朗诵会，像新诗社初始的司家营朗诵会那样，几棵小树，一快草地，一阵轻风，充满了诗情画意。闻一多和冯至经常出席这样的朗诵会。40年后，冯至仍保持了这样的记忆："每逢春秋佳日，在近郊的小树林，在某家花园，在课堂里，或在月光下，大家热烈讨论，纵情朗读，细心聆听闻一多的名言谠论，我从中也得到不少启发。"②这种"在某家花园"，"在月光下"举行的朗诵会，可以举1944年10月1日为例。这一天是中秋节，新诗社在英国花园举行赏月诗歌朗诵会，邀请闻一多和冯至参加，到会社员45人。大家坐在草地上，周围是高大的柏树，明月当空，环境幽美，大家朗诵诗歌，谈论感想，欢声笑语阵阵，闻一多和冯至就新诗创作问题讲了话。

有了以上的朗诵经验和理论提高，新诗社便试图组织大型诗歌朗诵会。机会很快到来。1944年10月9日，是新诗社成立半周年的日子，新诗社决定在这一天举行纪念晚会。骨干们齐心协力积极筹办，晚会如期在学校南区学生服务处小礼堂举行，到会的有教授14人和文化界人士、大中学生二百多人，闻一多、冯至、楚图南、光未然、李广田、闻家驷、吕剑、沈有鼎、李何林、尚钺等先生均出席。诗朗诵开始，首先是社员叶传华朗诵自己的作品《心脏的粮食》，其次是楚图南朗诵惠特曼的《大路之歌》和尼古拉索夫的《在俄罗斯谁能欢乐与自由》，接着是闻家驷朗诵法文诗，冯至朗诵德文诗，再下来是孙晓桐朗诵《阿拉伯人和他的战马》，光未然朗诵《我们是老百姓的女儿》，最后是闻一多朗诵欧外鸥的《第二次世界大战的讣闻》和《被开垦的处女地》。发言开始。多位先生谈了对于新诗

①《冯至全集》第4卷，河北教育出版社1999年版，第129页。

②《冯至全集》第5卷，河北教育出版社1999年版，第156—157页。

的看法。时间过得真快，电灯熄灭了，点燃的一排排蜡烛也矮下去了，于是请闻一多作了总结。

成立半周年就举行如此盛大的纪念会，在西南联大社团史上确是第一次。纪念会的成功给新诗社极大的鼓舞，他们看到了朗诵诗的美好前景和诗朗诵的巨大力量，更加坚定了对于朗诵诗的信心。

大约在这个时候，闻一多介绍校外的学生参加新诗社的活动。校外人士的加入，改变了新诗社为西南联大内部组织的性质，使其逐渐发展成为一个昆明的诗歌社团了。随着诗歌朗诵会由内到外、由小型到大型，新诗社的名声越来越响，队伍越来越壮大，很快发展到几百人。不过，这是一支没有"登记"的队伍，所以无人知道人员的具体数字。

此后，新诗社的朗诵活动在内部和外部两个层面展开。内部仍然以学习、交流、探讨为主，目的在于帮助作者提高写作和朗诵水平。外部层面是举办大型诗歌朗诵会，目的在于发挥朗诵诗的宣传鼓动作用——这才是朗诵诗的大用场，是闻一多提倡的那种朗诵诗。

内部层面和外部层面的朗诵除主题的散与专，朗诵人数的多少，出席者的身份，场面的大小及氛围等不同外，被朗诵的诗歌也不同。内部层面朗诵的多是社员自己的创作，外部层面则社内外的诗歌都朗诵，又以中外名诗为主。在外部层面集会上经常被朗诵的有冯至、艾青、田间、臧克家、绿原、SM、马亚可夫斯基、普希金、尼古拉索夫、惠特曼等诗人的作品。这说明新诗社并不局限在"自我"的圈子里，他们的目光是开阔的，是具有世界性的。

这里列举主要的几次外部朗诵会：

1945年4月21日，与文协昆明分会在学校南区十号教室联合举办马亚可夫斯基逝世15周年纪念会，田汉、闻家驷、李何林、光未然、常任侠、吕剑和社友二百余人出席，何达、郭良夫、李实中、光未然等朗诵。

5月2日，举办诗歌朗诵晚会，地点在学校东食堂，一千多人出席，闻一多、何达、刘振邦、何兆斌、李实中、朱自清、胡庆燕、张光年、吕剑、郭良夫、许健冰、金德濂、常任侠等朗诵。

6月14日，与文协昆明分会、西南联大、云南大学、中法大学、新中国剧社等16团体，在云南大学至公堂举办诗人节纪念晚会，出席者一千余人，光未然、韩北屏、李实中、何达及云大文艺研究社等朗诵。

9月3日，在学校东食堂举办为胜利、民主、和平、团结而歌朗诵会，闻一多、光未然、李公朴、黄药眠、孟超等出席，到会者一千多人，闻一多、光未然、吴征镒、李公朴、郭良夫、萧荻等及一些中学生朗诵。

10月29日，与文艺社、冬青社等团体联合举办西南联大成立八周年庆祝朗诵会，地点在学校东食堂，一千多人出席，朗诵者无记载。

这里重点介绍一下1945年5月2日举办的诗歌朗诵会。这是一次相当著名的朗诵会，三年后朱自清仍把会议情形写入论文，数十年后还被西南联大学生每每提起。这次朗诵会是昆明四所大学联合举办的"'五四'纪念周"的活动之一，由新诗社主办。朗诵会开始，首先由闻一多致辞，他简要地介绍了用诗歌朗诵来纪念"五四"的意义和新诗的发展道路，论说了朗诵诗的价值和前途，提高了听众对朗诵诗的认识。随即开始诗歌朗诵，气氛热烈，"戏剧界、文化界的朋友们在台上朗诵，中学生、排字工人也对着（扩）音机演说。"①这是诗歌爱好者的狂欢！朗诵节目最精彩的要数闻一多朗诵艾青的《大堰河》，朱自清"从他的抑扬顿挫里体会了那深刻的情调，一种对于母性的不幸的人的爱。会场上千的听众也都体会到这种情调"，"觉得是闻先生有效的戏剧化了这首诗，他的演剧才能给这首诗增加了些新东西，它是在他的朗诵里才完整起来的。"此后，《大堰河》几乎成了闻一多的保留节目，又在多次会上朗诵过。光未然朗诵自创的《民主在欧洲旅行》深深打动了听众，博得热烈的掌声，在听众的要求下，他又朗诵了艾青的《火把》。李实中朗诵讽刺诗《我的实业计划》，他的朗诵"抓得住一些大关目，又严肃而不轻浮"，"听那洪钟般的朗诵，更有沉着痛

---

① 《三十四年"五四"在联大》，西南联大除夕副刊主编：《联大八年》，西南联大学生出版社1946年版，第25页。

快之感。"①

新诗社的其他活动中，最为出色的是为贫病作家募捐。"文协"昆明分会积极响应中华"文协"总会的号召，在昆明发起募捐活动。在这场活动中，新诗社采取了行之有效的方法，获得了好成绩。首先，在闻一多的建议和支持下，新诗社选出了部分诗作，在《扫荡报·副刊》上出了一期专页（内容另文介绍）。专页除随报纸发行外，还印成单张，上面加盖了闻一多"为响应文协援助贫病作家基金运动义卖"的字样，由新诗社社员去市内义卖。义卖所得收入全部作为捐款。其次，通过诗歌朗诵会募捐。1944 年 10 月 9 日举行的新诗社成立半周年纪念诗朗诵会，实际也是募捐会。事先，新诗社草拟了《给贫病作家的慰问信》，朗诵会开始前，闻一多、楚图南、尚钺、冯至、李广田等 123 人在《慰问信》上签名，壮大了新诗社的声威，增强了募捐的召唤力，当晚便获得了较大数目。之后，新诗社继续努力，到 1945 年 2 月，共募得 36 万元捐款。此数占西南联大募集总数 62 万元的一半多，占"文协"昆明分会 200 余万元的 1/6，占全国后方各大城市 300 多万元的 1/10 强，成绩相当可观。新诗社得到了"文协"昆明分会和"文协"总会的感谢。

"一二·一"运动的爆发改变了新诗社的方向，他们不得不投入政治斗争，朗诵会的形式也由群众大集会变成了小集会。在运动中，新诗社写了大量的诗歌。那些诗，有的保留了下来，绝大多数则随时光流逝了。

"一二·一"运动后，西南联大出现了较为平静的"喘息期"，新诗社没再举行大的活动。1946 年 4 月 9 日，是新诗社成立两周年的日子。新诗社在这一天举行纪念晚会。这天晚上，闻一多、李广田、李何林等先生莅会并做了演讲，新诗社社员朗诵了诗歌。

西南联大于 1946 年 5 月 4 日宣告结束。结束后不久，新诗社在一家"青年公社"的茶馆楼上，举行话别会。这时，新诗社的社员有的毕业了，有的留在昆明做事，有的跟着学校回北平，

---

① 《朱自清全集》第 3 卷，江苏教育出版社 1996 年版，第 255 页。

大家不光是告别昆明，还是互相告别，因此，每个人都有些话要说。第一个站起来发言的是闻一多，他的第一句话就说："这两年多，我跟新诗社，是血肉不可分的。"[①]接着，每个社员都表达了自己的感想和心情，大家相约到了北方继续开展活动。夜深了，大家依依不舍地告别。

告别只是暂时的。不久，新诗社又在平津地区重聚了，而且，"这把火已经烧遍了华北"，"许多许多的新诗社都起来了"——北大新诗社、清华新诗社、南开新诗社、中法新诗社、师院新诗社、北洋新诗社、朝阳新诗社、燕大新诗社……他们继续着西南联大新诗社的精神，创造着新的朗诵诗。只是，导师闻一多永远留在了昆明。1948 年 4 月 9 日，新诗社成立四周年时，何达写了一首题为《新诗社》的诗，抒写了新诗社和闻一多的血肉联系："新诗社举起一只大旗 / 上面写着三个大字：/ '闻一多'！""新诗社是闻一多的纪念碑 / 新诗社是闻一多的铜像"。[②]有这样一些传人，闻一多可以笑卧昆明了！

闻一多生命的后期与西南联大新诗社在一起，因此，谈论新诗社也就是在谈论闻一多。

三、朗诵诗目标的确立

诗朗诵作为中国诗歌的一个传统，是古已有之的，但朗诵诗作为一个诗歌品种，却是 20 世纪 30 年代才兴起的。殷夫的一些诗适合朗诵，光未然在延安时已写出很好的朗诵诗，国统区的高兰，朗诵诗名很大。但奇怪的是，新诗社似乎对他们的朗诵诗"一无所知"。新诗社当时无人提到早已著名的一些朗诵诗人的作品，在后来的回忆文章中也没露出蛛丝马迹。而且光未然就在昆明，还多次参加新诗社的活动并朗诵诗作。出现这种现象，并不是新诗社的"无知"，而是他们的"无视"。因为，西南联大图书馆的一些报刊上登载着朗

---

① 闻一多语，转引自何达《闻一多·新诗社·西南联大》，赵慧编：《回忆纪念闻一多》，武汉出版社 1999 年版，第 274 页。

② 何达：《新诗社》，《我们开会》，中兴出版社 1949 年版，第 207—210 页。

诵诗。昆明的报刊上也有标明"朗诵诗"字样的作品。生活在这种环境中的"爱诗者"不可能不知。新诗社这种只字不提的现象不能说明他们不了解，而是他们不把那些朗诵诗看作自己效法的对象。换句话说，新诗社创作的朗诵诗并不是当时流行的那种朗诵诗。

新诗社对于朗诵诗的关注可以追溯到闻一多的"田间课"。在那次课上，闻一多满怀深情地朗诵了田间的《多一些》和《人民底舞》，田间的诗经过闻一多的朗诵创造，那鼓点般的诗句强烈地震动着听者的神经，一种新的诗美观念开始进入他们的意识。实际上，在文学史家那里，田间的诗并不是朗诵诗，文学史家更愿意给它一个新名词："战斗诗"。但由于倾倒于闻一多那美妙绝伦的朗诵，新诗社的同人便把它"误读"为朗诵诗了。历史上有许多的发明创造是因"误读"而引出的。新诗社同人由于"误读"了田间的"战斗诗"，认为朗诵诗应该是田间那样的，因而导致了西南联大朗诵诗"异类"的产生。遗憾的是，我们无法知道从"田间课"到司家营草地谈诗这半年间新诗社同人做了什么样的探索，甚至无从知道在司家营草地上他们朗诵的是些什么诗，也就不可能了解他们走向田间诗的历程。

新诗社成立后，开展的一系列朗诵活动，是对朗诵诗意识的加强。他们的活动，是对朗诵诗创作和诗朗诵艺术的双重探讨。由于史料缺乏，我们无从知道新诗社每次活动的情况，不知道社员创作了哪些诗歌，在会上朗诵的有哪些诗，社员对诗艺有什么认识和提高，但从当时的一篇文章看，社员对朗诵诗有过争论。在 1944 年 7 月 9 日举行的朗诵会上，有人提出"诗是否可以分为朗诵诗和非朗诵诗两种"的问题，便出现了两种意见："一部分说根据语言和文字应是一致的这一原则，所有的诗应该都可以朗诵。目前还有一些人写诗很难懂。但是，假如写甚么诗的时候都准备被朗诵，那么渐渐便把难懂的字都丢掉了。因此提倡朗诵诗还可以改进文字。另一部分人则以为诗除了音乐美之外，还应有图画之美，有些诗却不必一定都能被朗诵。而且诗如果只有音乐之美那就编乐谱好了，何必要诗？而且文字无疑是比语言更持久些更典型些，就是因为能使人更深远地欣赏了解，不是一下子就过去了。诗就是这样。"两种观点相持不下。"这争辩还涉及到诗的内容和形式，诗的对象，诗和歌的起源和它们的关系"等问题，最后还是由导师闻一多作了总结。① 这段引文说明，新诗社推崇朗诵诗，已经确定了向朗诵诗发展的方向，但是大家对朗诵诗的理论并不很明确。有的人认为所有的诗都应该是朗诵诗，其用意在于为朗诵诗争地位，但失之偏颇了。

当时新诗社关于朗诵诗理论的材料，目前仅找到这一份。虽然据此（当然还有诗歌作品）可以得出新诗社在1944年7月明确了朗诵诗的追求方向的结论，但对具体的发展情形仍难以推测。不过，我们对新诗社导师闻一多的诗歌观念的发展脉络还是大致清楚的。由于闻一多对新诗社进行了有效的指导，通过考察闻一多的诗歌观念的变化来佐证新诗社的朗诵诗观念也是行得通的。

闻一多对于新诗社的活动有请必到，而且每次都要发言，或者阐释理论，或者点评诗作，或者做朗诵示范。而重要的讲话和典型的示范会被人记录发表或在后来回忆出来。这是探寻闻一多诗歌观念的重要线索。众所周知，闻一多是"新格律诗"的主要提倡者和创造者，后来，他专攻古代文学。1943年秋，他在与白英选编《中国新诗选译》的过程中，读到田间的诗集，闻一多便情不可遏地把那"鼓的声音"介绍给听"唐诗"课的同学，从而唤起一群青年人写诗的自觉意识。此时，闻一多似乎还没有思考朗诵诗问题。1944年4月9日在司家营草地上与同学的谈话，他强调写"新"诗，做"新"人，用生命写诗等，新诗社根据他的谈话精神归结的"四条纲领"中没有"朗诵诗"一词，说明闻一多还没有提出朗诵诗理论。新诗社成立后，闻一多经常参加社员的聚会，在此过程中，闻一多才对朗诵诗进行了不断的思考。闻山的一段回忆说明闻一多在此过程中的变化——有一天晚上，新诗社在一座小楼上聚会，闻一多来了，和大家一起朗诵诗、谈诗，他突然问："你们以为我到你们中间是干甚么来的？"接着自答：

---

① 王志华：《一个诗歌朗诵会》，《扫荡报》1944年7月19日。

"我是到你们中间来取暖的! 其实，哪里是我领着你们，那是你们推着我走!"①"推着我走"指包括文学观念在内的思想意识。在新诗社朗诵活动的推动下，闻一多对诗歌的道路和朗诵诗理论进行了思考，得出了他的见解。在上述 7 月 9 日晚新诗社的聚会上，社员对朗诵诗问题发生了争论后，闻一多发表了他的见解："朗诵诗的对象，是大家，是许多人在一起，这样就能互相认识和团结，单是这一点已经应提倡朗诵诗了，而且朗诵诗尤其应该朗诵给人民大众听，应该是他们的今天，尤其要强调这一点，所以更该强调朗诵诗。但是，度过了这个难关以后，今天需要热情呼喊需要简单有力的诗句的人们，到了那个时候，他们的水准将被提高了，他们的生活较优裕些了，应该为今日所唾弃的图画美的诗，那时将会兴盛起来。而且为了争取今天那些知识分子（因为他们总是偏执着'诗应该是玄妙的'，他们看轻朗诵诗），所以为了改变他们，就应该采取他们的方式去说服。故此一直在今天图画美的诗也不可完全丢掉!"②这是我们今天所见的闻一多关于朗诵诗的最早的言论。闻一多的话有五个突出观点：第一，朗诵诗应该"朗诵给人民大众听"，这是"强调朗诵诗"的理由；第二，诗朗诵时"许多人在一起"，"能互相认识和团结"，这是"提倡朗诵诗"的另一个理由；第三，朗诵诗的提倡是时代的要求，因为朗诵诗面对的是"今天需要热情呼喊需要简单有力的诗句的人们"；第四，将来人们的文化水准提高，生活优裕后，供人看的图画美的诗将会兴盛；第五，在今天的情形下，供人听的朗诵诗和供人看的图画诗应该并行。闻一多的这些观点是从时代的特点出发，从人民群众的需要角度，从诗歌的社会作用立论的。

　　但是，当王志华的文章发表时，闻一多却不愿文中出现自己的名字，于是文中只用"导师"代之。这是为什么? 如果不是闻一多对文章中记述自己言论的文字不满意的话，只能解释为闻一多对自己的观点还不十分确定。的确，此次讲话仍然是即兴发言，它是在同学发生了

---

①　闻山:《教我学步的人》，赵慧编:《回忆纪念闻一多》，武汉出版社 1999 年版，第 177 页。

②　闻一多语，转引自王志华:《一个诗歌朗诵会》，《扫荡报》1944 年 7 月 19 日。文中"应该是他们的今天"应理解为:"今天是人民的今天"。

争辩而又分不出对错的情况下，导师表明自己态度时的言论。它说明闻一多此前对朗诵诗理论有了研究和思考，但还没有"定型"，他不愿发表自己不完全成熟的观点。

把 1944 年 7 月 9 日的即兴讲话作为闻一多朗诵诗的基本观念初次表述，还因为闻一多此时正处于政治思想转变的起步期，他的思想逐步由个人转向大众，由个体转向群体，由于重视群体和人民的力量而重视朗诵诗的宣传鼓动作用，顺理成章。

新诗社在闻一多朗诵诗观念的指引下，更加坚定了推行朗诵诗的态度。经过三个月的训练，于 10 月 9 日开始，新诗社走出社内圈子，对外举行诗歌朗诵会了。自此，新诗社开始向成熟迈进。之后，新诗社频繁地举行诗歌朗诵会乃至上千人的朗诵大会，就是把诗"朗诵给人民大众听"的实践，在组织上抱定愿意来的都欢迎的态度，就是发挥诗歌的"认识和团结"作用。新诗社是按照闻一多指引的路子走的。新诗社的成绩证明，闻一多的朗诵诗观念是正确的。

正是鉴于闻一多的朗诵诗观念和新诗社的成绩，我们把新诗社朗诵诗观念的确立时间定在 1944 年 7 月，并把 7 月 9 日作为标志性的日子。

2006 年 7 月 30 日初稿于成都一环路南四段 16 号

第九节　剧艺社①

摘　要　剧艺社在西南联大社团中成立较晚，虽然活动时间不长，却以突出的业绩在西南联大社团中显示出独特的价值和地位。剧艺社由壁报社变为演剧社，从小剧场走向大舞台，演出艺术性戏剧，发展势头正

---

① 本文原载于《抗战文化研究》2007 年第 1 辑，原题《西南联大剧艺社史事——兼及与新中国剧社的关系》，署名李光荣、宣淑君。

盛之时，却被突如其来的"一二·一"运动改变了方向而利用街头剧、活报剧进行斗争，运动结束后才回到正轨，再演多幕剧显示出艺术水平，可惜这已是西南联大的尾声，接着剧艺社随校离开昆明复员了。剧艺社创作并演出了多部反内战、争民主的戏剧，是西南联大戏剧团体中唯一一个能够自编、自导、自演的剧团。剧艺社的剧作《凯旋》由多个剧团演出于大江南北，影响广泛。剧艺社还参与发起了一台民族民间原生态歌舞的演出，和新中国剧社结下了深厚的友谊。西南联大北返后，剧艺社开拓了北大、清华、南开的戏剧新篇章。

剧艺社是西南联大最后一个戏剧团体。它继承了联大剧团开创的戏剧传统，面对现实，演出抗战戏和反内战、争民主的戏剧，追求艺术品位，用高超的艺术为现实斗争服务，以突出的"艺术"特质，推进了学院派戏剧艺术的发展。在西南联大诸多剧团中，剧艺社是唯一能够自编、自导、自演的剧团。其成功的剧作可以和抗战时期著名的戏剧《放下你的鞭子》相提并论。[①] 在抗日战争的艰难岁月里，剧艺社和新中国剧社相互扶持，结下了深厚的友谊。剧艺社还发起并参与筹划组织了一台彝族民间歌舞的演出，开创了原生态民族歌舞登上城市大舞台的历史。此外，西南联大北返后，剧艺社分化为北大、清华、南开剧艺社，推进了三校戏剧活动的新进程。在我国校园戏剧史上，剧艺社不仅是西南联大戏剧活动的有力收束，而且是承上启下，开拓北大、清华、南开戏剧新篇的剧团。

但是，这个有着独特价值和地位的社团的历史，却有一些不明了处。本文在介绍其历史的同时，试图对其诞生和业绩中几个不甚明确的问题作重点论述。

关于西南联大剧艺社的诞生时间，剧艺社内部没有统一认识，

---

① 王蒙：《再说文艺效果》："活报剧《放下你的鞭子》动员抗日、《凯旋》反对内战，演完后观众边哭边喊口号……，这都是直接的眼前的正面的效果"；崔国良《名家十日谈：王松声和街头剧》："《凯旋》在中国话剧史上同抗日战争中《放下你的鞭子》一样，在动员人民反对内战中发挥了重大作用。"

有人认为诞生于 1945 年春，其标志是《草木皆兵》的演出 ①，有人认为诞生于 1945 年秋，其标志是干事会的产生，② 被视为剧艺社"社史"的《为人民大众呐喊的校园戏剧——回忆西南联大剧艺社》则采取中和的态度："两次《草木皆兵》的演出（按，指 1945 年寒假前和寒假中的演出，演出情况见下文），准确地说，不能算作剧艺社的演出，因为那时剧艺社尚未作为演剧团体出现，而只是一个壁报团体。但参加两次演出的许多人都是后来的剧艺社主要成员，剧艺社就是在这两次演出的基础上发展起来的。从这个意义上说，把《草木皆兵》看作剧艺社演出的开端，也是可以的。"③ 这种态度模棱两可，实际只是史家的存疑方式。剧艺社到底从何时算起，迄无定论。笔者不揣冒昧地提出：剧艺社的诞生时间应为 1944 年秋，标志是《剧艺》壁报的诞生。其理由有五：一、办壁报的目的是为了吸引人才，壮大队伍，组织演出；二、壁报首次打出了"剧艺社"的名称；三、壁报的主要人员正是后来演出团体的骨干；四、壁报的刊头徽记成为剧艺社的社徽；五、剧艺社的导师一直是闻一多。而外在的根据是，西南联大训导处的社团登记表中只有一个剧艺社，没有两个，也就是说，学校从没有把"剧艺壁报社"和"剧艺演出社"分开来看。

现在就从《剧艺》壁报谈起。1944 年"五四"以后，西南联大校园里的壁报纷纷亮相。但在数十种壁报中，还没有一种是关于戏剧的。暑假中，基督教青年会学生服务处组织一批同学到部队去劳军，由于从西南联大征集到的女同学不够，便从昆华女中挑选，这样，劳军队员便由西南联大和昆华女中同学组成，辛志超为领队，萧获任队长，何达任副队长。劳军活动的一个内容是演出文艺

---

① 此观点鬼斗的《剧艺社》最早提出，后为张源潜等坚持。鬼斗文见西南联大除夕副刊主编：《联大八年》，西南联大学生出版社 1946 年版。

② 萧获：《承前启后的战斗集体——忆西南联大剧艺社》，西南联大校友会编：《箫吹弦诵在春城》，云南人民出版社、北京大学出版社 1986 年版。另，2005 年 5 月萧获给笔者信，专门强调了这一点。

③ 程法伋、孙同丰：《为人民大众呐喊的校园戏剧——回忆联大剧艺社》，清华校友通讯丛书《校友文稿资料选编》第 6 辑，清华大学出版社 2000 年版，第 180 页。

节目，剧本选定独幕剧《锁着的箱子》，再由张源潜改编润色，由萧荻任导演，罗长友管后勤，程法侃、游继善和昆华女中的张琴仙（张进）任演员。多数人是初次涉足戏剧，演出水平可想而知。尽管如此，士兵还是较为满意。这给参加演出工作的同学很大鼓舞。秋季开学后，这些同学便想在学校里演戏。但演戏光他们几个人远远不够，其他条件也不具备。于是他们便想先办一份壁报，以壁报的形式宣传戏剧，扩大影响，吸引人才，以期将来能够组织演出。这时，又有王松声、温功智等同学参与谋划。张源潜根据"孤岛"时期的上海剧艺社和重庆的中华剧艺社之名，提出用"剧艺"命名壁报，得到大家的赞同。大家推举张源潜主持壁报的组稿和出版工作。经过简单筹备，一份面目全新的《剧艺》壁报出现在校园中。这份壁报立即吸引了师生的目光，尤其是它那喜剧形象的刊头，新鲜别致。这个刊头是张源潜设计的。他后来说："所谓'设计'，我只是在一本《戏剧月报》封面上看到两种希腊戏剧的面具，一个是悲剧的，长方形，瘦瘦的一副苦相；另一个是喜剧的，脸圆圆扁扁的，嘴巴张得大大的，很讨人喜欢，便描下来，放大了，给几位老朋友（松声、萧荻、硕文，法侃）看，在嘴巴里安上'剧艺'二字，作为壁报的刊头，他们认同了，就用剪纸方式（比用色笔描画色调均匀）贴了出去"，[①] 这幅希腊喜剧形象面目十分显眼，轻松活泼，引人发笑，于是受到广泛好评。《剧艺》壁报每期都随着这副夸张的笑脸面具亮相校园，读者老远望见刊头，就知道它是什么壁报，渐渐地，大家便把它作为《剧艺》壁报的象征，后来也就做了剧艺社的社徽。由于学生社团大增，壁报繁多，学校于1944年秋季开始执行当年5月份出台的《本大学学生壁报管理办法》，要求各社团严格登记。《剧艺》壁报刊出后，按照学校的通令，需到训导处去补办登记手续，萧荻委托王松声和另一人（迄今不知其名）去办理。训导处的老师曾问：你们未演过戏，为何称"剧艺社"？王松声答：我们是出版《剧艺》壁报的那个社，不是演戏的剧团。于

---

① 张源潜：《关于本刊头徽记的史话》，《剧艺社社友通讯》2005年第29期。

是作为壁报团体登记了。他们在登记表的相应栏目，填上负责人王松声、施载宣（即萧荻），导师闻一多。至于成员，表上没有要求登记，当然是《剧艺》壁报的最初参与谋划者何达、张源潜、程法伋、游继善、罗长友、温功智等人了。《剧艺》壁报不定期出版，共出几期没人记住，大概只出了二三期。因为剧艺社的主要兴趣不在戏剧理论研究，而在于戏剧演出实践上，所以办壁报不像一些社团那样积极，它主要是打出"剧艺社"的招牌，宣传剧艺社的主张，以期引凤来巢，目的达到，就改弦更张，转为演出戏剧。《剧艺》壁报上的文章，据剧艺社社员回忆，有王松声的《戏剧之成为艺术的理论与实践》，温功智关于舞台灯光的文章，程法伋《清宫外史》观后感（按，《清宫外史》1944 年 9 月在昆明上演），张源潜的几篇"读剧随笔"等。壁报不等于演戏，但壁报为演戏张了目。《剧艺》壁报完成使命后，剧艺社便转入演戏了。

1944 年秋，日本大举进攻我西南后方，抗日战争进入极为艰难的时期，蒋介石发表告青年书，动员十万知识青年从军。云南省组织知识青年从军征集委员会，龙云任主席，梅贻琦、熊庆来等为委员。11 月 29 日，西南联大在东食堂举行集会，由教授多人向学生演讲，勉励青年从军。至 12 月 9 日，西南联大报名从军者达 340人。为欢送同学参军，学校举办多种活动，其中一项是演出话剧。据萧荻回忆："由于大家知道我曾演过戏，训导长查良钊便要我负责邀集一些同学筹备演出。我便找了原戏剧研究社的张定华等，和曾在校内演过戏的王松声、温功智、丛硕文等同学，串联一些同学排了夏衍同志的三幕喜剧《草木皆兵》，借用昆华女中礼堂演出了三场。"[1] 这段话包涵了丰富的信息：第一，这次演出是学校交给的任务，不是剧艺社的计划内容，因而未打剧艺社的牌子；第二，找萧荻负责，是因为他"曾演过戏"，并不是因为他是剧艺社负责人；第三，萧荻"邀集"同学时并不局限于剧艺社成员，而是在全校范围

---

① 萧荻：《承前启后的战斗集体——忆西南联大剧艺社》，西南联大校友会编：《笳吹弦诵在春城》，云南人民出版社、北京大学出版社 1986 年版，第 394 页。按，《草木皆兵》为宋之的、夏衍、于伶合著。

内挑选。所以,这一次《草木皆兵》不能算剧艺社的演出。不过查先生在考虑找萧荻时是否有他是剧艺社负责人的因素呢?因为"演过戏"并且名声很响的还有其他同学。再以西南联大的剧团而论,"皖南事变"前后,剧团较为兴盛,演剧颇多,到了1944年底,各剧团的演出活动消歇,以剧团名义的演出几乎没有,剧艺社是唯一以戏剧团体开展活动的组织,尽管此时它不演戏,但它的性质属于戏剧团体,这样,找这个团体的负责人组织演出最为恰当。因此,学校把这个任务交给萧荻与壁报团体剧艺社是有关系的。萧荻组织的人马主要是两部分人,一部分是原联大剧团成员;另一部分是剧艺社社员。原联大剧团成员有张定华、黄辉实、黄伯申、杨郁文等,张定华和黄辉实是联大剧团的元老,黄伯申和杨郁文后来参加了戏剧研究社的活动,但同时仍是联大剧团社员;剧艺社的社员有张源潜、温功智、丛硕文等,丛硕文是山海云剧社的骨干,后来亦成为剧艺社的中坚。从这个阵容看,说《草木皆兵》为原联大剧团和剧艺社的合作演出更为恰当。张定华曾在回忆联大剧团的文章中说:"我们在学校里还演出了陈白尘同志的剧作《草木皆兵》。"[1]如果要把这次演出挂在剧艺社的名下,就无法说服原联大剧团的成员,换句话说,两家将有打不完的历史"官司"。笔者的观点是:1945年1月19—21日在昆华女中礼堂演出的《草木皆兵》是原联大剧团和剧艺社的合演,同时,在戏剧的组织演出方面,学校充分考虑了作为学术团体的剧艺社的功能,它是剧艺社由学术团体转向演出团体的转折点。

紧接着,基督教青年会学生服务处又组织西南联大学生去建水劳军,便把《草木皆兵》搬去演出。此次的演员有温功智、王松声、齐亮、李明、李凌、马如瑛、裴毓荪等。劳军队伍于1月29日出发,整个寒假都在建水度过,演出了多场《草木皆兵》。此次还是不能算作剧艺社的独立演出,因为一方面它是上次演出的承袭,

① 张定华:《回忆联大剧团》,西南联大校友会编:《笳吹弦诵在春城》,云南人民出版社、北京大学出版社1986年版,第351页。按,《草木皆兵》非陈白尘的作品,而是宋之的、夏衍、于伶合著的。

另一方面演出没有打剧艺社之名。它的意义是再一次发现了戏剧人才，为剧艺社以后开展活动和壮大队伍做了进一步准备。

正式以"西南联大剧艺社"的名义进行演出的是 1945 年 3 月开始的小剧场活动。春季开学后，大家演戏的愿望更为迫切。一天，萧荻、王松声、温功智、郭良夫、程法仮等同学在一起商量演戏之事，大家觉得困难很大，于是想起了中文系老师郑婴介绍过的小剧场。郑先生在日本留学期间，曾参加过"筑地小剧场"的演出，大家觉得，何不从小搞起，开展小剧场活动，准备条件，再考虑演大戏，便决定找基督教青年会学生服务处的负责人李储文商量，想借服务部的小礼堂开展小剧场活动。由于两次劳军工作中都演出了戏剧，剧艺社的人和李储文彼此熟悉，萧荻还当过李储文的助理干事，所以李储文给予了热情支持，并愿意将外国友人捐赠的幕布、化妆品和服装提供使用。场地解决后，大家热情更高，劲头更足，齐心合力，参与小剧场的建设。服务处小礼堂在新校舍南区，整所房子是木板结构，长方形，东头有一个小舞台，座位可以容纳一二百人。剧艺社在舞台的后壁开了一道小门，把后台设在屋外；萧荻又设计了一堂可以拆拼的活动布景框架，请黄辉实制作（按，此时黄辉实已在一家工厂工作）；大家再把服务处的幕布挑选改造后悬挂起来，小剧场的舞台便制作成功了。演员方面，主要是剧艺壁报社的社员和《草木皆兵》在建水演出的队伍，再加上大家约请来的本校同学。王松声和温功智还把留在昆明的原国立剧专的同学凌琯如、陈健、胡庆燕等请来参加。这时，演员的实力已较为雄厚了。

剧团首先选定排演陈白尘的《禁止小便》和《未婚夫妻》两出剧。这两出剧都是抗战时期优秀的独幕喜剧。《禁止小便》"抓住国民党官僚行政机构的一些本质特征，辛辣地讽刺了衙门作风的腐朽和丑恶，高度发挥了讽刺艺术的现实主义精神，是现代喜剧史上一出脍炙人口的喜剧佳作。"①《未婚夫妻》是后来《结婚进行曲》的初本，"通过一对未婚夫妻在租房、求职和婚姻自由的矛盾中遇到的种

---

① 陈白尘、董健：《中国戏剧史稿》，中国戏剧出版社 1989 年版，第 529 页。

种叫人啼笑皆非的尴尬事，暴露了国民党统治下扼杀人民基本权利的黑暗现实，也表现了对青年人争取自由、幸福的斗争的赞扬。"[①]剧艺社选演这两个剧本，表现出对国民党的腐败和黑暗的不满。《禁止小便》由温功智、丛硕文和王松声三人合演，温功智演主角老文书。《未婚夫妻》由张天珉（张添）和施巩秋主演。演出前，以"西南联大剧艺社"的名义贴出海报，日期是周末和周日，出售座票。"演出场场满座，气氛十分热烈。"[②]演出成功，大家倍受鼓舞，接着再演第二次。这一次选定剧本《镀金》。《镀金》是曹禺根据法国剧作家拉比什《迷眼的沙子》改编的。原剧为两幕，曹禺把它改为独幕，目的是供南京国立戏剧学校的学生教学用。这出戏通过对以金钱作为唯一标准衡量一切的资本主义社会中人与人的独特关系的描写，揭露了社会的众生相，"有风度、有幽默、有趣味。"[③]这出剧由萧荻、张天珉、傅素斐、陈柏生、张源潜等人演出，效果很好。演出日期为1945年4月。此剧演出前，由陈健和胡庆燕演出独幕喜剧《诗人与警察》。他俩是国立剧专的高才生，演技精湛，全场为之倾倒。这两次小剧场演出是剧艺社树起招牌、独立演出的开始。

这年"五四"，西南联大举办纪念周，学生自治会计划由剧艺社演出曹禺的《日出》。虽然因时间仓促，未能演成，但说明剧艺社此时已是全校认可的能独立演出的戏剧团体了。的确，1945年剧艺社的地位有如1939年联大剧团的地位，是西南联大唯一能够演出大戏的剧团。

1945年9月3日，新学期开学。剧艺社为了组织力量，壮大队伍，进行大规模的戏剧演出，乃以广告的形式征求新社员。广告贴出，应者踊跃，几天内有三四十人报名。人多了，就需要成立领导班子。按照西南联大的传统，组织领导必须实行民主选举。再说，新加入的社员互不认识，影响交流，有必要聚在一起作些介绍。于

---

① 陈白尘、董健：《中国戏剧史稿》，中国戏剧出版社1989年版，第530—531页。

② 程法伋、孙同丰：《为人民大众呐喊的校园戏剧——回忆联大剧艺社》，清华校友通讯丛书《校友文稿资料选编》第6辑，清华大学出版社2000年版，181页。

③ 《曹禺全集》第5卷，花山文艺出版社1996年版，第109页。

是大约在9月下旬，剧艺社在一家茶馆里举行了迎新会并选举领导。大家边喝茶边开会，气氛热烈轻松。举行选举时，先由主持人宣布选举要求，再经过自由提名，然后举手表决，结果萧获当选社长，王松声、程法伋、温功智、罗长友、孙同丰、王××（按，王××是国民党党员，没有人记住他的名字，在剧艺社的所有材料里都用"××"代替，现只好原样使用）当选干事。接着干事会作了分工，把六名干事分为总务、研究、联络三个组。剧艺社的社员有哪些，因当时没有登记，剧艺社的组织原则又是开放式的，愿意来的都可以参加，不愿意的可以离开，所以没人记得住。连剧艺社同仁近年所写的"社史"都说："联大剧艺社的社员究竟有多少，谁也说不清楚，有的是早期筹划的元老，有的是演出时自愿或邀请来帮忙的同学，还有的是在公开贴布告招收新社员时自动报名参加的。"[①] 当事人都弄不清，后人恐怕更困难了。笔者根据各种材料和走访所得，认为这时的社员除上述当选为干事会的成员和离校的张源潜、卢坤瑞等人外，主要有丛硕文、裴毓荪、李凌、马如瑛、黄钟英、游继善、过冉、张天珉、施巩秋、傅素斐、陈柏生、郭良夫、阎昌麟、聂运华、刘薇、彭珮云、吴学淑、杨凤仪、汪仁霖、冯建天、李志的、许健冰、张魁堂、张燕俦、闻立鹤、徐树元、程远洛、童璞、张祖道、吴征镒、王恳、胡小吉、汪兆悌、刘海梁、万文伟、伍骅、萧明、沈叔平、吴岱法、刘瑞歧、虞锡麟、钱惠濂、江景彬、傅姬、郑一标、周锦荪、常正伟等。[②] 从这个阵容可知，这时的剧艺社不仅人数众多，而且具备了各个方面的戏剧人才，是一支较为成熟的演出队伍了。

剧艺社从1944年秋诞生到1945年选举产生组织领导，正好一年时间。在这一年里，剧艺社由几个人发展到几十人，由少数戏剧专长者组成的团体扩展为戏剧爱好者济济的队伍。在此间的诸多活

---

①　程法伋、孙同丰：《为人民大众呐喊的校园戏剧——回忆联大剧艺社》（未刊稿）附录。该文在发表时略去了附录部分。

②　此名单根据各种材料汇集整理，并参照了《为人民大众呐喊的校园戏剧》（未刊稿）附录"社员名单"。错漏不免，祈望读者指正补充。

动中，小剧场演出的效果最为显著，它是剧艺社由学术团体转为演出团体、由幼稚走向成熟的转折。剧艺社不像联大剧团，借助了名人的力量一举成功，而是靠自己的力量稳步走向成熟。具备这样一支队伍的戏剧团体，当然要在戏剧领域一展才华了。

剧艺社演出的第一出大戏吴祖光创作的《风雪夜归人》，是为西南联大八周年校庆而演出的。演出受到普遍赞扬。正当剧艺社准备大显身手的时候，突如其来的"一二·一"运动改变了剧艺社的方向和道路。在"一二·一"斗争中，剧艺社自编、自导、自演了《匪警》《凯旋》《审判前夕》《告地状》《民主使徒》（即《潘琰传》）等戏。在1946年5月4日，又演出夏衍创作的《芳草天涯》，庆祝西南联大完满结束。关于剧艺社的创作和演出情况，将在下文论述。

在剧艺社的历史上，值得书写的还有与新中国剧社的亲密关系和组织彝族歌舞到昆明演出两件事。

桂林战事吃紧，新中国剧社撤出，于1945年春到达昆明。初来乍到，工作开展困难重重。这时，西南联大剧艺社伸出援助之手，帮助新中国剧社完成了许多演出，彼此建立了深厚的友谊。剧艺社和新中国剧社本来有许多老关系：孙同丰曾参加过新中国剧社在湘潭的演出，和蒋柯夫、严恭、岳勋烈是故友；王松声和严恭的弟弟是延安鲁艺的同学；萧荻与社长瞿白音是旧交等。因此，两个剧团很快建立了联系并结成了亲密的伙伴，在以后的戏剧活动中，两剧团携手合作，几乎联成了一体。

新中国剧社是一支深入民间，了解民情，创作力旺盛的队伍。到昆明后，他们很快创作出了深受人民群众欢迎的作品。在1945年5月18日西南联大文艺社举行的高尔基逝世九周年纪念晚会上，新中国剧社应邀参加，并首次演唱了樊赓鍒作词、费克作曲的歌曲《茶馆小调》。很快，《茶馆小调》就成为昆明的"流行歌曲"，并一直唱到解放战争时期，传遍了全国。闻一多有感于新中国剧社"能把握人民现实生活"[1]的优长，撰写了《"新中国"给昆明一个耳光

---

① 《闻一多全集》第2卷，湖北人民出版社1993年版，第234页。

罢！》一文，加以褒扬。

“一二·一”运动中，剧艺社编演三幕剧《民主使徒》，“正在新中国剧社养病的演剧四队著名导演张客抱病担任导演，新中国剧社无保留地供应了演出需要的布景、灯光等舞台器材”。[①] 新中国剧社的李鸣回忆说：“联大剧艺社自编自演的《潘琰传》，舞台工作、舞台器材、群众演员由我们去支援。在那时的白色恐怖下，我们越干越起劲。我和王劲、黄国伦都是从头到尾参加演出的，也等于是他们中间的一员。可以说，在昆明当时的话剧运动中，新中国剧社和西南联大剧艺社是联成一体的。”[②]

新中国剧社在昆明学生“停灵复课”后，排演俄国奥斯特洛夫斯基的《大雷雨》，剧艺社参加了布景制作、装台和其他舞台工作。此时已是新中国剧社的凌琯如对此有深刻的记忆：“《大雷雨》是白音导演的，让我演卡琳娜一角，我们的制作费极少，有些东西都是自己凑合借来的。人手缺，是西南联大剧艺社组织了同学大力支援我们，热情帮助了我们。”[③]1946 年初，洪深到昆明为新中国剧社导演阳翰笙的《草莽英雄》和他自己的《鸡鸣早看天》，演员不够，剧艺社即使在期末大考之时也立即派人参加工作，萧荻、徐树元、聂运华、张天珉在《草莽英雄》中当演员，汪仁霖在《鸡鸣早看天》中饰演重要角色。正如田汉所说：《草莽英雄》“演出规模是很大的。台上演员有七十，后台工作者有三十余人。也亏着联大剧艺社和其他学校剧团同人来帮忙，所以不感竭蹶。”[④] 后来新中国剧社排演吴祖光的《牛郎织女》，剧艺社也出过大力。可以说，新中国剧社在昆明所演的各个戏中，都渗透着剧艺社的辛劳。特别值得记起的是剧艺社和新中国剧社的舞台工作人员制作布景以至发明创造的

---

① 萧荻：《承先启后的战斗集体——忆联大剧艺社》，西南联大校友会编：《笳吹弦诵在春城》，云南人民出版社、北京大学出版社 1986 年版，第 403 页。

② 李鸣：《倥偬年代》，转引自清华大学校友通讯丛书《校友文稿资料选集》第 6 辑，清华大学出版社 2000 年版，第 190 页。

③ 凌琯如：《难忘的两次演出》，转引自清华大学校友通讯丛书《校友文稿资料选集》第 6 辑，清华大学出版社 2000 年版，第 190 页。

④《田汉文集》第 15 卷，中国戏剧出版社 1986 年版，第 530—531 页。

功绩。例如，他们用旧布或麻布片缝成所需的布，裱上纸，再涂上颜色，做出各种布景。用完后放在水中清洗过后，又可以使用。如此，节约了许多经费。再如，牛郎织女鹊桥相会的场景，是他们制作成伸缩架搭在空中，让演员在"星空"中实现的。这些创造有力地支持了戏剧的演出，是可以载入史册的。

剧艺社帮助新中国剧社完成了许多演出，同时，业余的剧艺社社员也向专业的新中国剧社社员学到了许多东西，更为重要的是，他们结下了深厚的友谊。1946年元旦和春节，剧艺社和新中国剧社共同联欢，导师闻一多和吴晗、田汉、安娥、洪深、孟超、蓝马、尚钺、夏康农、楚图南等社内外文化名人出席。在元旦联欢会上，剧艺社演出京剧《鸿鸾喜》，两社合演滑稽文明戏《唐伯虎点秋香》，由熊伟、孟超、汪巩、萧荻、费克、严恭、蓝马、奚蒙共同完成，蓝马还表演了滑稽走钢丝等。在春节之日，两社按云南习俗，在天井里铺上青松毛，席地而坐，共进年夜饭，饭后演出节目。这一天，两社还为萧荻举行了婚礼。这时萧荻已加入新中国剧社，拥有剧艺社和新中国剧社双重身份了。田汉在一块红绸子上写了贺词，大家均在上面签名留念。两次联欢进一步加深了社员彼此间的情谊。50余年后，西南联大剧艺社授予严恭名誉社员，新中国剧社授予郭良夫、王松声、孙同丰名誉社员，2006年，新中国剧社又为郭良夫举办90岁寿庆，可见两个社团友谊的深厚与长久。

如果说彼此的合作与交往两社社员记忆深刻，在各自的"社史"中都有记载的话，组织彝族民间歌舞演出一事却被两社"社史"疏漏了。

1946年5月，一台原汁原味的彝族原生态民间歌舞演出在昆明举行，演出轰动全城，引得万人空巷，争相观看。这台演出是闻一多主持策划，王松声、毕恒光等发起并组织实施的，也是在西南联大学生自治会的支持和西南联大剧艺社、新中国剧社的帮助下，在昆明艺术界各团体和名人的配合下，以"圭山彝族旅省学会"的名义主办的。准确地说，功劳属于大家，这里把它归在剧艺社名下，不仅因为剧艺社为演出做了大量工作，更主要是因为两个关键人物：剧艺社导师闻一多、剧艺社负责人之一王松声所起的关键作用。演出的筹备经过是这样的——

1945年暑假，云南的地下党通过基督教青年会学生服务处从西南联大、云南大学和一些中学挑选15名进步同学，组成"暑期服务队"，去石林县圭山一带宣传抗日。服务队由王松声、侯澄、杨邦祺、陈月开、吴大年、李美全、陈彰远、陈端芬、杜精南和毕恒光等同学组成。侯澄任队长，他是云南大学学生。毕恒光是金江中学学生，又是当地彝族同胞，所以他还兼有向导的职责。服务队到圭山后，住在海邑天主教堂，面向周围十几个村子开展工作。由于民族隔阂和语言不通，群众一时难以接受。服务队白天和群众一起干农活，晚上办班教青年识字，工余帮助群众搞卫生、做家务，王松声编了一个剧本《彝汉一家》排练演出，这样，很快打开了工作局面。服务队员们看到，彝族人民的生活极其简陋，但歌舞却非常优美。每到晚上，男女青年便聚在麦场上唱歌跳舞，快乐无比。服务队员在艰苦的劳动和奔放的乐舞中感受着彝族人民丰富的内心世界。艺术敏感力和鉴赏力很强的王松声，意识到这些歌舞中潜藏着巨大的艺术魅力，联想到都市舞台上的颓靡之风，便产生了把它们搬到昆明去演出的想法。他把想法告诉毕恒光，原来毕恒光也有此意。他俩不谋而合，大为高兴。之后，他俩进一步商讨了计划，并和队长侯澄等作了商量，他们决定各自再作一些考虑，等服务队完成任务回昆明后再作计议。

回到昆明后，抗战已经胜利，形式发生了变化，大家忙于其他事，此事便搁置了下来。一天，毕恒光去找王松声，他俩又谈起此事，谋划了方案，最后决定去找德高望重，号召大家"向人民学习"[①]的剧艺社导师闻一多指导。1946年春的一天，王松声领着毕恒光去拜访闻一多。闻一多静静地听了他们的谈话，非常高兴。因为闻一多对彝族歌舞已有观感。那是1945年2月中旬，西南联大悠悠

---

① 闻一多为酝酿筹备的西南联大"艺联"的题词，见王景山：《闻一多先生的题词》，《北京大学校刊》1986年7月5日。

体育会组织去石林县（路南）旅游，闻一多应邀参加，一天晚上，旅游团与彝族青年联欢，彝族青年表演"跳月"舞蹈，节目演出过后，大家手拉手围着篝火跳舞。50 年后，当年还是小女孩的同游者宗璞仍记得："学生们在尾则小学的操场上围成大圈子，学跳阿细舞、唱歌、朗诵诗，闻先生还站在操场的石埂上讲了话。"①旅游团回到昆明后，曾在一次周末晚会上专门介绍路南，《云南晚报》载："明晚周末晚会举行'路南介绍'，由闻一多教授讲'夷胞生活'，并由男女同学八人表演夷胞歌舞。"②由于闻一多对彝族舞蹈早有认识，听完王松声和毕恒光的计划后大为赞同，并说要把准备工作做得充分些。接着，王松声和毕恒光又去找音乐家赵沨和舞蹈家梁伦商量，"他们都说：好！"③闻一多建议先赴石林组织节目，由梁伦和王松声、毕恒光前往，挑选演员，确定演出内容并作初步排练，把解说词写好，而后带演出队到昆明来。他自己则在昆明征求文化界人士的意见，联络各方，争取得到广泛支持。王松声等三人骑马在石林和弥勒两县的村子里转了十来天，挑选了四五十个演员，于4 月中旬集中于石林县城，在梁伦指导下进行初步排练并做些技术处理，王松声执笔写出了介绍彝族生活、历史和演出节目的音乐、舞蹈的解说词。闻一多则通过西南联大学生自治会，解决了垫付彝族演员来昆明的路费和住处等问题；得到了剧艺社和新中国剧社提供演出所需的全部设备的承诺；获得了昆明文艺界前辈的支持。正如昆明《学生报》所说：这次演出实际上是"集全昆明艺术界于一堂"了。④

1946 年 5 月 17 日，演出队到达昆明，借宿于西南联大师范学院。在编导团的指导下，进一步排练，剧艺社和新中国剧社给予他们多方帮助。19 日晚，举行招待演出，新闻、教育、文化、艺术各界人士三千多人出席，演出引起强烈反响。演出完后即举行编导

---

① 先燕云：《三千里地九霄云——宗璞与云南》，云南教育出版社 2000 年版，第 31 页。

②《周末晚会介绍路南》，《云南晚报》1945 年 3 月 1 日。

③ 王松声同志谈话记录：《关于西南联大剧艺社的一些情况》，"一二·一"运动史编写组编：《"一二·一"运动史料选编》（下），云南人民出版社 1980 年版，第 283 页。

④ 昆明《学生报》1946 年 5 月 26 日。

团会议，闻一多等先生提出了许多宝贵意见，会上还给编导团分了工：闻一多、费孝通、查良钊、楚图南、尚钺诸先生为顾问，赵沨、梁伦和剧艺社的王松声、温功智、徐树元、聂运华、郭良夫、萧荻等为编导、音乐、舞蹈、朗诵、舞台等小组负责人。根据大家的意见，在编导团的具体指导下，对节目再做了进一步整理提炼，定于 5 月 24 日起在国民党云南省党部礼堂公演。消息传开，座券提前销售一空，团体定票接连不断。

5 月 24 日晚，闻一多异常兴奋，带领全家前往观看。表现战争的"跳鼓"、"跳叉"、"跳鳞甲"勇武豪迈，气势雄壮；表现爱情的"阿细跳月"、"大箫"、"一窝蜂"、优美热烈，纯洁健康；记述历史的"阿细的先基"深厚悠远，充满幻想；反映娱乐生活的"架子骡"、"拜堂乐"、"三串花"、"猴子掰包谷"、"鸽子盗食"生动幽默，趣味盎然……那木叶，那口弦，那大三弦的乐音各具特色，富有表现力。二十多个节目组合成一个艺术整体，真切地表现了彝族人民的生活与感情，深深地征服了观众。演出大获成功，昆明又一次轰动。但演出仅两天，省党部便以"演出受共产党利用"为借口下令禁演。大家很着急，王松声、侯澄、毕恒光又去找闻一多。闻一多出了一个绝妙的主意：找张冲。张冲是彝族将军、滇军元老、台儿庄大战名将，威望极高。张冲听后，立即找省党部书记长交涉，得以重演。此后，观众越来越多，不得不将每晚演一场改为日夜各演一场。本应多演一段时间以满足观众的愿望，但演员们要回去收麦插秧，不得不于 6 月 3 日结束。

6 月 3 日晚，昆明文化界在西南联大师范学院举行欢送圭山彝族演出队联欢会，出席的文化界人士和学生达三千多人。剧艺社、新中国剧社、云大剧社、昆华女中合唱团、中华小学舞蹈队等文艺团体表演了精彩的节目，彝族青年情不自禁地唱起了情歌、跳起了"阿细跳月"，大家欢声笑语，热闹非常，但内心却充满了依依惜别的深情。快十二点了，主席不得不宣布联欢结束。

演出期间，昆明各家报刊纷纷报道演出情况，刊登评论文章。演出结束后，《时代评论》出了《彝族音乐舞蹈会专号》，刊登了费孝通《让艺术成长在人民里》、梁伦《山城看彝舞》、尚钺《论保存中国民族艺术与彝胞舞蹈》、高寒《劳动民族的健壮的乐歌和舞蹈》、徐嘉瑞《圭山区的彝族歌舞》等。闻一多则为专号题词："从这些艺术形象中，我们认识了这民族的无限丰富的生命力。为什么要用生活来折磨来消耗它？为什么不让它给我们的文化增加更多样的光辉？"[①]

此次演出是彝族民间歌舞登上城市现代舞台的开始。它不仅在昆明史无前例，而且在中国艺术史上也是第一次。它开创了把彝族原生态民间文艺搬上大雅之堂的历史。它也是"五四"以来所倡导的文艺民族化和民间化的一次光辉实践。因此它应当被载入史册。

发动并组织彝族民间歌舞演出是剧艺社一项开创性的历史贡献，也有新中国剧社的一份功劳，而其首功，应当归于闻一多和王松声。

彝族歌舞的演出激活了闻一多的创作灵感，他在极短的时间内完成了《〈九歌〉古歌舞剧悬解》，把两千年前的《九歌》还原成歌舞剧，"实现了""多年的愿望"。[②]编写脱稿后，他立即策划排演。他让闻铭复写了四份剧本，而后请赵沨、梁伦和剧艺社的郭良夫、萧荻和王松声到家里，把稿子分发给他们，请他们分别负责音乐创作、舞蹈编排、舞美设计、排练演出、演出脚本等工作，还向他们谈了自己的创作构想。等他们熟悉了剧本之后，闻一多又请他们去昆明《民主周刊》社讨论过一次。可这时，西南联大已陆续北返复员，《〈九歌〉古歌舞剧悬解》已不可能在昆明演出。不过，闻一多把演出工作交给剧艺社是确定了的，他打算回到北京后，请中国民主同盟主持演出事宜，由西南联大剧艺社排练演出。可是，闻一多未能回到北京，剧艺社回北京后组织有了变化，且面临新的形势，没有实现演出《〈九歌〉古歌舞剧悬解》的愿望，成为历史的遗憾！

国立西南联合大学 1946 年 5 月 4 日完成其历史使命，接着分批

---

① 《闻一多全集》第 2 卷，湖北人民出版社 1993 年版，第 346 页。

② 闻一多语，转引自萧荻：《我们应当写闻一多颂》，三联书店编辑部编：《闻一多纪念文集》，生活·读书·新知三联书店 1980 年版，第 324 页。

北返复校，7月11日，最后一批车队开离昆明，剧艺社的社员也由此一分为三，分别进入北大、清华、南开了。但它们在一段时期内仍以西南联大剧艺社的名义开展活动，后来才分别成立了北大、清华、南开剧艺社，延续着西南联大剧艺社的生命。

2005年7月4日初稿于昆明文化巷52号

第二章　西南联大文学社团的创作

第一节　南湖诗社的诗作 ①

　　摘　要　南湖诗社是西南联大的第一个文学社团，在老诗人朱自清和闻一多的指导下开展诗歌活动，以三个月的短暂历史做出了可喜的诗歌成绩，在西南联大文学社团发展史上具有突出的地位。南湖诗社的诗歌成就主要表现在新诗创作和民歌收集两个方面。新诗创作约百首，其中穆旦的《我看》《园》、周定一的《南湖短歌》，刘重德的《太平在咖啡馆里》等可以列入中国现代优秀诗歌之列。民歌收集以刘兆吉收集蒙自民歌近百首为主要成就，并编定了《西南采风录》一书。

　　南湖诗社与西南联大蒙自分校相始终，1938 年 5 月诞生，8 月结束。作为一个独立的文学社团，南湖诗社仅有三个多月的历史。三个多月，实在太短暂了。社员的创作尚未从容展开，才华还没充分显示，就嘎然而止了，它给历史留下一个感叹。由于存在时间短，许多理论问题未及深入，譬如新诗的种类与形式问题，继承与创新问题；创作也未形成风格，社员只是凭着个人的兴趣与爱好进行创作，没有形成团体的优势。虽然迁到昆明仍以"高原文艺社"的名字继续着南湖诗社的文学活动，但它们毕竟是两个社团。

　　在三个多月的时间里，由二十多人组成的南湖诗社写出了百首

---

　　①　本文原载于《抗战文化研究》2011 年第 5 辑，原题《试论南湖诗社的创作成就》，署名宣淑君。

诗歌，其数量并不算大，而其质量却令我们刮目相看。穆旦的《我看》《园》，赵瑞蕻的《永嘉籀园之梦》，林蒲的《怀远（二章）》《忘题》，刘重德的《太平在咖啡馆里》，周定一的《南湖短歌》都各具特点，称得上中国新诗的上乘之作。其中，《我看》《园》《忘题》《太平在咖啡馆里》《南湖短歌》等，把它们放在中国 20 世纪的优秀诗歌行列里也不为逊色。因此，高水平的诗歌作品是南湖诗社对历史的基本贡献。下面将对其创作成就作具体论析。

　　穆旦写于蒙自的诗，现在留存并可以确认的有两首：《我看》和《园》。这两首诗，照我们的考察和分析，前一首写的是南湖及其周边的景象，而且作者是在南湖公园里写成的；后一首写的是海关大院即西南联大蒙自分校的景象，是穆旦向分校的告别诗。

　　著名诗人赵瑞蕻在《南岳山中，蒙自湖畔》一文中说："有多少次，在课余，在南湖边堤岸上，穆旦独自漫步，或者与同学们一起走走，边走边愉快地聊天，时不时地发出笑声；或者一天早晨，某个傍晚，他拿着一本英文书——惠特曼《草叶集》或者欧文《见闻录》，或别的什么书到湖上静静地朗读"，他说，这些就是穆旦写作《我看》一诗的背景，他认为这首诗"那么巧妙地描绘了南湖景色"。① 这是知情者的解释，目击者的"证词"。赵瑞蕻当年曾跟穆旦一起在南湖散步、读书、写诗，熟悉南湖的景象，这些话与其说是回忆，毋宁说是记录。就是在二十多年前的 20 世纪 80 年代，笔者所见的南湖景象还和穆旦描绘的几乎一样：

　　　　我看一阵向晚的春风
　　　　悄悄揉过丰润的青草，
　　　　我看它们低首又低首，
　　　　也许远水荡起了一片绿潮。

　　　　我看飞鸟平展着翅翼

①　赵瑞蕻：《南岳山中，蒙自湖畔》，《离乱弦歌忆旧游》，文汇出版社 2000 年版，第130页。

　　　　静静吸入深远的晴空里，

　　　　我看流云慢慢地红晕

　　　　无意沉醉了凝望它的大地。

　　这是诗的前两节，写的全是"看"。"看"的地点应该在湖中的三山。南湖是一个雨水湖，天干时，多数地方露出湖底，春雨过后，湖底长出青草。穆旦写这首诗的6月初，湖水尚未积满，第一节"看湖景"所见的正是这种情况。不过，"春风"、"青草"、"远水"那样温馨多情，自在舒适，则是诗人的特殊感受。我们从中可以感受到南湖给予这些枪炮声仍响在耳际的远方游子的心灵慰藉。第二节"看天空"。蒙自的晴天，永远是那么湛蓝幽深，空中彩云多变，飞鸟悠闲。诗中把"飞鸟"、"晴空"、"流云"、"大地"表现得那样和谐优美，富有感情，让人陶醉。面对这样的景致，诗人抑制不住向往之情，高声喊道：

　　　　去吧，去吧，O生命的飞奔，

　　　　叫天风挽你坦荡地漫游，

　　　　像鸟的歌唱，云的流盼，树的摇曳；

　　　　O，让我的呼吸与自然合流！

　　　　让欢笑和哀愁洒向我心里，

　　　　像季节燃起花朵又把它吹熄。

　　在这里，诗人融入自然，和自然同悲共喜了。联想到诗人离乡背井，流转数千里的苦难生活，这种感情是自然而又深沉的。整首诗的写景绘意，感情流变，结构起伏，语言运用乃至压韵技巧等，都达到了较完美的程度，尤其是情景交融和妙语达意，可谓技艺高超。诗人赵瑞蕻称这首诗为"'五四'以来中国新诗中的精品"，①殊为恰当。

----

① 赵瑞蕻：《南岳山中，蒙自湖畔》，《离乱弦歌忆旧游》，文汇出版社2000年版，第131页。

　　《园》写于 1938 年 8 月，时蒙自分校已准备迁往昆明。穆旦怀着依依不舍的感情写下这首诗以为纪念。蒙自分校租用的海关大院，是一座美丽的花园。教授浦薛凤记道："一进大门，松柏夹道，殊有些微清华园工字厅一带情景。"[1] 作家宗璞的印象是："园中林木幽深，植物品种繁多，都长得极茂盛而热烈，使我们这些北方孩子瞠目结舌。记得有一断路全为蔷薇花遮蔽，大学生坐在花丛里看书。花丛暂时隔开了战火。"[2] 穆旦在这座"隔开了战火"的花园里获取知识，度过了初次远离家乡，心灵痛苦的三个月，并且得到了慰藉与收获。现在要离开而去，确实有些难舍难分，于是诗人把花园的美丽留在文字之中：

　　　　　　从温馨的泥土里伸出来的，
　　　　　　以嫩枝举在高空中的树丛，
　　　　　　沐浴着移转的金色的阳光。

　　　　　　水彩未干的深蓝的天穹，
　　　　　　紧接着蔓绿的低矮的石墙，
　　　　　　静静兜住了一个凉夏的清晨。

　　多美的景致和多美的诗句！如今，海关大院变了模样，可它原先的景象被穆旦画了下来。全诗共五节，这是前两节，在诗的末尾，诗人写道：

　　　　　　当我踏出这芜杂的门径，
　　　　　　关在里面的是过去的日子，
　　　　　　青草样的忧郁，红花样的青春。

---

　　① 《浦薛凤回忆录》中卷，黄山书社 2009 年版，第 85 页。
　　② 宗璞：《梦回蒙自》，先燕云：《三千里地九霄云——宗璞与云南》，云南教育出版社 2000 年版，第 129 页。

多么准确的概括，多么恰当的比喻，多么精美的语言！在海关的三个多月，正是诗人的青春岁月，美丽中充斥着青春期的忧郁与战乱的忧伤，诗人把它们全都"关在里面"，希望将来过上与此不同的新生活。这节诗精彩无比，意味深长。由此诗可以看出，穆旦写景状物，抒情表意的工夫已相当高妙了。

赵瑞蕻在南湖诗社时期的代表作是《永嘉籀园之梦》。这是一首长诗，约一二百行，也是南湖诗社的一首最长的诗。诗歌是诗人"思念亲人、怀念故乡之作，凝结着爱国救亡的感触"，[①]是在一种特殊的背景和强烈的感情中写成的。"怀念故乡"的缘由自然与南湖有关，南湖使他想起了故乡的籀园。面对南湖，诗人触景生情，思乡心切，而此时硝烟弥漫的故乡又激发了诗人对旧时风景的深切怀念，于是，思绪泉涌，下笔成章。作者对此诗较为满意，可谓得意之作。诗的中间两节是这样写的：

> 永远不会忘记，啊，落霞塘！
> 踏过石桥，在秋天某个傍晚，
> 松台山上丛丛树木掩映，
> 倒影潭中，描绘了美丽的梦幻；
> 还有那雪白的芦苇丛中，
> 一群野鸭游荡，那样安闲；
> 忽然，从潭中跳出几条鱼儿，
> 金闪闪的，又钻入水里边……
> 故乡啊，山光水色活在心中，
> 我怎能忘记，我的爱恋？
>
> 当夕阳在雪山寺后渐渐消隐，
> 晚风吹拂过城头的衰草，
> 满天彩霞把明净的潭水

---

① 赵瑞蕻：《梅雨潭的新绿——怀念朱自清先生》，蒙自师范高等专科学校等编：《西南联大在蒙自》，云南民族出版社 1994 年版，第 160 页。

渲染成一片灿烂的仙境，

水波轻轻荡漾，那么宁静；

我靠着桥上石栏沉思，

天色慢慢儿暗淡，抬头忽见

西天闪烁着一颗明亮的星……

　　诗歌描绘落霞潭的"仙境"，细腻生动，美丽迷人。上一节写水中之景，下一节写空中之象，层次分明，色彩艳丽，动静有致，活脱有灵，难怪诗人会反复咏叹："我怎能遗忘，我的爱恋"。诗歌写成后曾请朱自清指正。朱自清 1923 年曾在温州十中任教，籀园一带的风光他熟悉，所以对此诗有较深体会。一天，南湖诗社在一间教室里开会，朱自清前来参加。开会前，朱自清把诗稿发还赵瑞蕻，并向大家夸赞道："这是一首力作。"著名诗人、评论家朱自清都如此赞扬，可见这首诗具有相当的水平了。青年学生得到老师这样的褒奖，激动不已，对自己的才能更加充满了信心。可惜长诗稿子遗失，只保存着开头描写温州落霞潭的二三十句，因此改名为《温州落霞潭之梦》，后又改为《梦回落霞潭》。由此诗可以见出诗人踏实的步伐，诗人的艺术才华将在昆明时期充分显示出来。

　　林蒲，原名林振述，后用笔名艾山，时为外文系毕业班学生。他在南湖诗社时期的诗应该有多首，但林蒲的诗很少标明写作日期，1956 年香港出版的《暗草集》中收了他许多三四十年代的作品，但未按写作时间排列，所以，没法判断哪些诗歌写于蒙自。在《暗草集》中，只有最后一首《怀远（二章）》标明"一九三八年冬，蒙自"。1994 年澳门出版的《艾山诗选》选了这首诗，并在诗末标明了同样的时间地点。但我怀疑这个"冬"有误，因为没有材料表明林蒲是年冬天在蒙自。"冬"应为"春"或"夏"，也就是说，这首诗应该写于蒙自分校的南湖诗社时期。这首诗题下有序言："寄北平心舟兼赠海外人李宁"，可知，这首诗有明确的读者对象，写作内容自然也是作者和具体读者之间的事了。由于不知他们之间的"事"的秘密，读来有些费解，但大意还是清楚的。诗歌紧扣一个"怀"字着笔。第一章起于一个故事，因"长城缺了口"，北方的骆驼队来了，胡沙来了，白雪来了，北平没有了春天，没有了蓝天的鸽铃声。这是用了象征和暗示的写法，那个年代的人一看就知其意，今人若了解战争背景，也就知道"骆驼队"、"胡沙"、"白雪"象征什么，"春天"、"鸽铃"又意味什么。这诗在表现方法上是现代的，值得称赞。第二章头一句是"晨起，接来书"下面的诗行全在引号里，说明诗歌是引述"来书"的内容。"来书"从梦写起，梦中两人在一起逛西长安街，"来书"说从他处知道你跨越了祖国南方的河山，令人敬佩，并预知必有"丰收"。这首诗的表达极为新鲜，也许作者真的收到了友人的来书，也许只是假托来书的形式告诉友人自己的近况，这样的表达的确新鲜别致，十分简练，不同于传统诗歌，所以是现代的。二章诗都有一些共同的特点，除上言现代性而外，还有构思的特别，表达的新颖，文词的简练，感情的隐藏等特点，而诗句的散文化亦值得注意，总之，这些特点都可以归结到现代派诗歌中来。如此，林蒲的诗就值得我们格外注意了。

历史学家张寄谦的《中国教育史上的一次创举——西南联合大学湘黔滇旅行团记实》选录了林蒲的一首诗《忘题》，这诗首先收录在1960年台湾出版的《埋沙集》中，没有注明写作日期，张寄谦也没考证写作日期，但把它放在反映湘黔滇旅行的文章中，所以在这里谈一谈。诗歌写旅行的实际和感想，下笔以换草鞋表明旅途长远，但旅人的步履是轻快的，他们"朝随烟霞，暮从归鸦"，征服了一重重山水；后一部分以一个奇妙的比喻收束："旅行人已是一颗 / 离枝果实"。你尽可由此想到春天的花香或者秋天的成熟，但这样的分辨似乎没有意义，旅人只相信现实，因为旅行认可的是行走的力量，就像"足底已习惯途路的沉默"一样。这首诗前一部分表现旅行者的艰辛与豪情，后一部分表达对于旅行的理解，虽然带有一些浪漫主义的色彩，但总体上是现代主义的：

总共换上第几只草鞋了

沉着的行脚仍然

和云彩一样轻快

眼底是几重山水

无从问朝随烟霞

暮从归鸦

旅行人已是一颗

离枝果实

管它曾否有花香

蜜蜂细脚的蠕动

成熟的意义代表

春天呢或是秋天

足底已习惯途路的沉默

林蒲在《从我学习写诗说起》一文中说："……后随学校组织的'湘黔滇三千里徒步旅行团'，徒步抵昆明，费时七十余日，辗转迂回西南天地间，习作诗篇有'天心阁'、'古屋三章'、'老舟子'、'天马图'、'石榴篇'等"①，但未说明写于旅途、蒙自、还是昆明，从上下文也无从判断，只好留待论述高原文艺社的文字中去谈。这里只想说明，林蒲写于南湖诗社的诗歌具有浓厚的现代主义色彩，开启了西南联大诗歌现代主义的先河。

刘重德写于蒙自的诗有七首流传下来，是南湖诗社社员中能够确认的蒙自诗存留最多的一位。这些诗名为《理想》《毕业生的群相》《萤》《家乡的怀念》《灯蛾》《题赠林蒲》和《太平在咖啡馆里》等。这些诗基本上是速写性质的，是刹那间的思想的记录，例如《题赠林蒲》写的是生活，表达了诗人对于生活的理解，是在毕业分别之际赠与林蒲的。诗歌把生活说成"幻想"，又将幻想比作"草"，荣枯交替，不绝于大地，而诗歌的重心也就落在了"希望"

---

① 艾山：《从我学习写诗说起》，《华风》[美国] 1996 年第 2 期。

上："生活 / 是成串的幻想 / 希望联着希望"。诗人希望学友满怀"希望"地生活，像青草一样生生不息。在抗战的艰苦年代，这种生活态度尤其可贵。这首诗的思想和艺术都是清新的。而《太平在咖啡馆里》则是流行一时的诗歌。诗歌针对"一些纨绔子弟、浪荡青年，不知发奋读书，终日嬉戏，把宝贵光阴消磨在有安南少女做招待的咖啡馆里"[①]的现象而作。由于现实针对性强，又有深刻的讽刺意味，音调铿锵，易于记诵，在《南湖诗刊》上一发表，很快就流传开了。由于此诗不易查找，兹录于下：

太平在咖啡馆里

谁说
中国充满了炮声？
充满了呻吟？
充满了血腥？

看——
南湖鸬鹚鸟
正在痛饮，
徐徐清风
在平静的水面上
划起无数
悠闲的纹。

看——
世外咖啡馆
正在宴会
谈笑风生，

---

① 刘重德：《跋山涉水赴联大　读书写诗为中华》，蒙自师范高等专科学校等编：《西南联大在蒙自》，云南民族出版社 1994 年版，第 38 页。

在酸涩的柠檬里

浸透无数

空白的心。

谁说

中国失去了太平？

失去了舒服？

失去了欢欣？

太平在咖啡馆里！

诗歌就地取材，却又字字得当，因此对现实的讽刺透彻惊人。对比手法的运用很好地表现了主题，一边是"炮声"、"呻吟"、"血腥"，一边是"太平"、"舒服"、"欢欣"，然而，"宴会"、"谈笑"显示出的是"空白的心"，这种"心"只能引"另类"的鸬鹚、清风、波纹为同调，而不能有益社会人生。这首诗无论在思想和艺术上都堪称中国现代诗歌的上乘。作者说："《南湖诗社》虽系手写壁报，但不乏脍炙人口的佳作……我曾以笔名刘一士在壁报上写了一首讽刺诗，也受到不少同学的欣赏，传诵一时"[①]，信然。

周定一写于蒙自的诗，保存下来的有《南湖短歌》《雨》《赠林蒲（并序）》等几首。后来作者对每一首都作了"说明"，副在其后。《雨》的说明是："1938年5月某日，独坐蒙自海关屋檐下，大雨滂沱，写此。是时与友人组南湖诗社初成，出《南湖壁报》第一期，乃刊出。"[②]这首诗取眼前之景而写之，像一篇速写，生动地描绘了作者当时所见所闻的情景，很是生活化。《赠林蒲（并序）》，注

---

① 刘重德：《跋山涉水赴联大　读书写诗为中华》，蒙自师范高等专科学校等编：《西南联大在蒙自》，云南民族出版社1994年版，第37页。

② 周定一：《雨》，蒙自师范高等专科学校等编：《西南联大在蒙自》，云南民族出版社1994年版，第238页。

明："1938 年 7 月写在将离蒙自的林蒲纪念册上。"[1] 这首诗重点写林蒲步行三千里的壮举及文学创作成果，表达深厚的友情。《南湖短歌》尾注："1938 年 6 月作于蒙自南湖。曾在南湖诗社所办的《南湖壁报》上刊载过，大约是在第二期。"[2] 这是一首非常优美的诗，赵瑞蕻回忆当时的情况说："《南湖短歌》大家很夸奖，实在是难得的创作。"[3]《南湖短歌》全诗如下：

> 我远来是为的这一园花。
> 你问我的家吗？
> 我的家在辽远的蓝天下。
>
> 我远来是为的这一湖水。
> 我走得有点累，
> 让我枕着湖水睡一睡。
>
> 让湖风吹散我的梦，
> 让落花堆满我的胸，
> 让梦里听一声故国的钟。
>
> 我梦里沿着湖堤走，
> 影子伴着湖堤柳，
> 向晚霞挥动我的手。
>
> 我梦见江南的三月天，
> 我梦见塞上的风如剪，
> 我梦见旅途听雨眠。

---

① 周定一：《赠林蒲（并序）》，杜运燮、张同道编：《西南联大现代诗钞》，中国文学出版社 1997 年版，第 282 页。

② 周定一：《南湖短歌》，蒙自师范高等专科学校等编：《西南联大在蒙自》，云南民族出版社 1994 年版，第 239 页。

③ 赵瑞蕻：《南岳山中，蒙自湖畔》，《离乱弦歌忆旧游》，文汇出版社 2000 年版，第 132 页。

我爱梦里的牛铃响，
隐隐地响过小城旁，
带走我梦里多少惆怅！

我爱远山的野火，
烧赤暮色里一湖波，
在暮色里我放声高歌。

我唱出远山的一段愁，
我唱出满天星斗，
我月下傍着小城走。

我在小城里学着异乡话，
你问我的家吗？
我的家在辽远的蓝天下。

　　诗歌名曰"南湖短歌"，实为"南湖颂歌"。面对南湖美景，诗人产生了错觉："我"远来为的似乎不是读书，而是为的"这一园花"，"这一湖水"。因此，"我"要好好的享受这花、这水的赐予：诗人"枕着"湖水睡，湖风吹散落花，堆满诗人的胸，诗人的感觉似真似梦，在湖堤上，影子和柳枝一块儿舞动，情不自禁地挥手作别晚霞，还有牛铃声，还有山火，还有满天星斗……诗人激动得放声高歌。但是，"我"却总不能尽兴徜徉，故国的钟声，江南、塞上的景象不时跳跃在"梦里"，幸好有牛铃声把惆怅带走，"我"才能高歌，但无奈的是唱出的歌声也是"一段愁"，因为，"我的家在辽远的战云下"。这首诗的第一层意思是描绘出优美的意境：蓝天下的一园花，一堤柳，一湖水，湖水的柔波映照着晚霞、野火、星斗、月光，还有音乐般隐隐约约的牛铃声，这样的景象真令人陶醉！诗歌的第二层意思是表达诗人的陶醉与享受，如梦似幻，以致放声高歌。但诗歌却一而再，再而三地表达出另一层意思：挥不去的战争愁绪。所以，这首诗非常准确而深刻地表达了从战云下远道而来的西南联大师生置身南湖美景中的心情。这首诗一共九节，每节三行，每行六至十字，基本上是一、三句长，第二句短，具有"建筑的美"；这首诗所写的蓝天、落花、湖水、堤柳、晚霞、野火、暮色、星斗、月光等都是有颜色的，而且颜色丰富，美丽如画，诗歌用词讲究，语言精练，表情达意准确，具有"绘画的美"；这首诗每句3至4顿，节奏鲜明，每节一韵，句句同韵，读起来朗朗上口，具有"音乐的美"。所以，这首诗在艺术上深得新月诗歌之精髓。笔者曾问周定一先生："《雨》和《南湖短歌》艺术上不是一路，是有意为之，还是偶然形成？"他答道："初学写诗，尚未定型，无所谓艺术追求。读过一些诗，脑子里有印象，知道诗怎么写，但写时并没想去模仿，根据当时的心情，自然地写出来，以能充分地表达思想和感情为宜。"①也许确实是这样，这首诗并不是刻意雕琢的一类，自然流畅，行止自如。总之，这首诗融情于景，具有中国古诗的意境美，又具备新月派诗歌的"三美"特点，所以，它进入中国现代优秀诗歌之列是当之无愧的。

以上分析了南湖诗社的代表作。写诗固然是诗社的主要任务，但南湖诗社的工作不仅是诗歌创作，还有其他，如散文创作和民歌收集。由于散文的形式离诗较远，南湖诗社并未提倡，在此不作论述。收集民歌则是南湖诗社的工作内容，虽然收集工作只是少数社员进行，但作为口头创作之诗的民歌，曾在《南湖诗刊》上登载过，所以在此要作评介。

南湖诗社的发起人之一刘兆吉当时沉浸在民歌的收集与整理之中。西南联大迁徙开始，闻一多先生指导他进行采风。一路上，他克服长途跋涉的艰辛和遭遇强盗土匪的危险，独自走村串寨，访老问幼，收集民歌。到蒙自后，他主要做了两方面的工作：编辑所得民歌为书，继续收集蒙自民歌。他从两千多首民歌中选出771首，编成《西南采风录》一书。在《西南采风录》中，有蒙自民歌17首，其中情歌

---

① 李光荣访周定一记录，2004年10月9日，北京周寓。

12首，儿歌5首。这些民歌反映了人民群众真实的感情和朴素的愿望。
如：

> 隔河看见甘蔗黄，
> 可怜甘蔗可怜郎；
> 可怜甘蔗空长大，
> 可怜小郎未成双。
>
> ——《情歌》第619首

> 洋烟开花口朝天，
> 我劝小郎莫吹烟；
> 吹上洋烟非小事，
> 黄皮瘦脸在人间。
>
> ——《情歌》第628首

> 豌豆菜，绿茵茵，
> 隔河隔水来说亲。
> 爹爹哭声路遥远，
> 妈妈哭声水又深，
> 哥哥哭声亲妹妹，
> 嫂嫂哭声小妖精。
>
> ——《儿童歌谣》第25首

　　这几首民歌极富"蒙自意味"：甘蔗是蒙自最普遍的经济作物，"吹烟"即抽鸦片，边疆一带有许多人由于无知抽上了鸦片，豌豆是云南较为普遍的农作物。民歌就地取材，取喻成譬，十分得体又具有地方特色。比兴手法是中国民歌的传统艺术，这几首民歌中运用自如。在内容上，第一首传达爱情信息，第二首劝戒恶习，第三首巧妙地用哭诉的内容刻画出家人的心理。《南湖诗刊》曾刊登刘兆吉采集的蒙自民歌，可见诗社对民歌的重视。收集并保留了蒙自民歌和编辑民歌集《西南采风录》是刘兆吉和南湖诗社对文学史的一个独特贡献。

2005 年 7 月 28 日初稿于昆明文化巷 52 号

第二节　高原文艺社的创作 ①

摘　要　高原文艺社是南湖诗社的继续，因此在诗歌方面有进一步发展，但高原文艺社毕竟改变了南湖诗社以诗歌创作为中心的性质，把单纯的诗社变成了文艺综合社团，致力于散文、小说和戏剧等多种文体创作并取得了突出的成绩，尤其是戏剧创作，开创了西南联大戏剧文学的先河，地位较高。后来，南荒文艺社继续了高原文艺社的道路，并且发展了高原文艺社的创作。因此，从创作上也可以看出高原文艺社在西南联大文学社团中的承前启后作用。

离开了南湖到昆明高原，南湖诗社更名为高原文艺社。其创作也有明显变化。与南湖诗社相比，高原文艺社的创作不仅品种更为丰富，而且数量也更为众多。诗歌仍然是高原文艺社的主要创作文种。此外，不仅散文、小说有了显著成绩，戏剧创作也有了新的成果。所以，高原文艺社虽然只存在半年多，但其创作收获是巨大而可喜的。下面将分文体进行论述。

一、诗歌

高原文艺社的诗人中，最引人注目的是赵瑞蕻、穆旦和林蒲。

赵瑞蕻在西南联大诗名很大，那时，"他对诗的爱的确是热烈

---

① 本文原载于《现代中国文化与文学》2013 年第 12 辑，原题《高原文艺社的文学创作初论》。

的"，^① 同学给他起了一个雅号——"Young Poet"，他写了很多诗，而且很有吸引力，同学很崇拜他。可惜他在高原文艺社的诗几乎没有留存下来。南荒文艺社成立时，由于他即将进行毕业论文写作，没有参加活动，但诗情总来扣他的心扉，倒有几首诗保留了下来，特在此作一些介绍。

　　一首是《遗忘了的歌曲——赠 L.Y.》，写于 1939 年初，发表于 1940 年 3 月 17 日出版的《今日评论》第 3 卷第 11 期，原题是《Arlettes Oublie'es ——赠 L.Y.》，改为现题，诗句也作了改动，其中改动最大的是删去了末尾的两行："倚枕遥听邻鸡的长鸣，我知道将是黎明的时分了。"诗歌是写给一位少年伙伴的，那往日的情景，少年的幻想，很是美丽迷人。开头结尾都问对方是否还有"水样的心情"？扣人心扉。被删去的两句既是写实，又是暗示，预示着诗人的期望。这是一首优美的抒情诗。诗人说，是沈从文先生推荐到《今日评论》杂志上去的。另一首仍然发表在后一期的《今日评论》上，时间是 3 月 24 日，同样也是沈从文推荐去的。作品题为《诗》，较长，写想象，甚至是幻想，古今中外，天上地下，高山流水，动物植物，文化创造等无所不包，诗歌繁丽丰富，跳跃着迷人的色彩和景象，一些诗句很优美，如：

　　　　春日黄昏茜色的云华
　　　　沾染上香草味，摇曳着金铃

　　有的比喻新鲜奇特，如"学会了沉默，像条冬蛰的蛇"。但诗歌的弱点也在这里，似乎诗人在展示自己写景抒情的才华，任凭思绪的流动，而缺乏剪裁与节制。

　　这种"无节制"在《昆明底一个画像——赠新诗人穆旦》中仍继续表现着。这首诗写于 1940 年 1 月 8 日，发表于 5 月 29 日昆明《中

---

①　周班侯：《我们年轻的诗人——给赵瑞蕻》，李光荣编：《西南联大文学作品选》，人民文学出版社 2011 年版，第 147 页。

央日报·平明》第225期，[1]写昆明"跑警报"的生活，不按时间顺序叙事，把古代和现代许多人和事交织在一起，造成一种"混乱"和丰富，通过躲避空袭时人们画画，下象棋，谈天，遐想等现象的叙写，表现出人们对于战争生活"接受"的"平常心"，末节的"愤怒"、"抗争"、"高唱"，反映出人们对于战争的态度。姚丹说："对于个人日常生活的'庸常性'的关注，在联大诗人中王佐良处理得最好，但开风气之先的却是赵瑞蕻的这一首'画像'。"[2]以缓慢冗长的散文句式表达繁丽丰富的内容是诗人当时的一种探索，从此诗的副标题看，再联系到穆旦的《一九三九年火炬行列在昆明》，可以推断这两个睡在上下床的"兄弟"正在做着一种诗歌的语言实验。

这几首诗发表的时间都在高原文艺社结束之后，严格说来已不是高原文艺社时期的作品，但赵瑞蕻是高原文艺社的代表诗人，由于文学社团结束后还有一段延续时间的特点，把它们看作高原文艺社的作品也不为错。从这些诗看来，赵瑞蕻的诗属于浪漫主义派，感情浓烈，意境清新，色彩鲜明，上口易读。以散文入诗亦是他的特点，不过这种实验没有成功，他不像艾青，达到了"散文化"的程度，另一点值得注意的是，大量使用括号里的诗句，这可以增加诗歌的容量，表达诗人的多维思索，有时还可以造成表达上的多角度和多层次，它与散文诗句的运用相连。

穆旦写于高原文艺社时期而又留存于今天的诗有《合唱二章》《防空洞里的抒情诗》《一九三九年火炬行列在昆明》等几首。这几首诗显示诗人正在进行多种诗歌的探索，其诗风也在探索中发生着变化。

《合唱二章》原题《Chorus二章》，写于1939年2月，10月27日发表于香港《大公报·文艺》第724期，收入《穆旦诗集（1939—1945）》时改此题。这首诗大气磅礴，诗人似乎在"指挥"人类历史和山川自然一起"合唱"。我们无法知道是什么事件给予诗人这样的感兴，使他写出这样一首具有浪漫气息的诗歌。

---

① 此诗后来作者从标题到内容都作了多次改动，此依据原本。

② 姚丹：《西南联大历史情景中的文学活动》，广西师范大学出版社2000年版，第232页。

第一章写人文："看怎样的勇敢，虔诚，坚忍，/ 辟出了华夏辽阔的神州"，在巨变中，"埃及，雅典，罗马从这里陨落"，唯一存在的文明古国神州，这时也"在崖壁上抖索"，因为"一只魔手堵塞你们（按，指'黄帝的子孙'）的胸膛"，诗人决心"以鲜血祭扫""庄严的圣殿"——

> 一只魔手闭塞你们的胸膛，
> 万万精灵已踱出了模糊的
> 碑石，在守候、渴望里彷徨。
> 一阵暴风，波涛，急雨——潜伏，
> 等待强烈的一鞭投向深谷，
> 埃及，雅典，罗马，从这里陨落，
> O 这一刻你们在岩壁上抖索！
> 说不，说不，这不是古国的居处，
> O 庄严的圣殿，以鲜血祭扫，
> 亮些，更亮些，如果你倾倒……

显然，这里有战争的阴影，古国遇到的挑战以及"你们"的"合唱"，都是为了战争。

第二章写自然：帕米尔高原，昆仑、喜马拉雅、天山，"迸涌出坚强的骨干"，"向远方的山谷，森林，荒漠里消融"——

> 当我呼吸，在山河的交铸里，
> 无数个晨曦，黄昏，彩色的光，
> 从昆仑，喜马，天山的傲视，
> 流下了干燥的，卑湿的草原，
> 当黄河，扬子，珠江终于憩息，
> 多少欢欣，忧郁，澎湃的乐声，
> 随着红的，绿的，天蓝色的水，
> 向远方的山谷，森林，荒漠里消融。

于是，"人们""睡进你们的胸怀"，"化入无穷的年代"……这一切都是"我""用它峰顶的静穆的声音"的"歌唱"。这一章颂扬自然的伟大和人们对于祖国山川的热爱。在收入集子时，作者对这首诗作了改动，第二章的改动尤大。

《防空洞里的抒情诗》采用反讽手法写人们在躲避空袭时的种种表现，诗歌还把古人和今人交叉在一起，表达了诗人对于死的看法，最后诗人发现楼被炸毁了，过去的"自己"也死了。读完诗，会发现，诗里没什么情好抒，有的是现代诗的一些气息——反叛传统。

《一九三九年火炬行列在昆明》是一首近百行的长诗。不仅诗篇长，诗行也长，有的一行长达五十多字，琐碎、冗长、缓慢，读来不像诗。这首诗写于 1939 年 5 月，和写于 4 月的《防空洞里的抒情诗》在使用句子上很接近，是以文为诗的典型，说明诗人这时正在进行一种诗体试验。半年后，赵瑞蕻写了《昆明底一个画像》以"赠新诗人穆旦"，考其内容，赵瑞蕻的诗与"赠"毫无关系，而且特别点明"新诗人"，说明作者把穆旦引为同调，赞赏穆旦的试验，才用这种"穆旦体"写诗相赠。这种探索在穆旦后来的诗里仍继续着，如《蛇的诱惑》《玫瑰之歌》等，而最成功的作品就是《赞美》。

如果说穆旦在南湖诗社时期，浪漫主义还占优势的话，那么高原文艺社时期浪漫主义开始退位了，这几首诗正是反映出穆旦由浪漫主义向现代主义的转变。姚丹分析《一九三九年火炬行列在昆明》和《昆明底一个画像》后说："穆旦和赵瑞蕻的诗歌都非常明显地带有从'浪漫主义'向'现代主义'转变的艰涩乃至混乱的痕迹。"[①]这种"艰涩""混乱"表现在诗意和诗句的提炼上，作者把诗歌当作散文来写了。几个月后，穆旦发表文章批评"自然风景加牧歌情绪"的"旧的抒情"，显然也是在清算自己的过去。不过，赵瑞蕻没走多远又回到了浪漫主义的道路上，穆旦则在现代主义的道路

----

① 姚丹：《西南联大历史情景中的文学活动》，广西师范大学出版社 2000 年版，第 231 页。

上坚定地走了下去。总之，对于穆旦来说，高原文艺社的意义在于标志了他的诗风的转变。

林蒲在谈到自己写诗经历的时候说："后随学校组织的'湘黔滇三千里徒步旅行团'徒步抵昆明，费时七十余日，辗转迂回西南天地间，习作诗篇有《天心阁》《古屋三章》《老舟子》《天马图》《石榴篇》等，收集在《暗草集》中，这些习作，像在《印诗小记》所说，都是'聊备一格'的。"[1] 林蒲这时对新诗特别有兴趣，创作的诗歌当然不止这些，但无法肯定哪些诗写于此时，就连这几首，也无从确认是写于旅行途中，或者南湖诗社时期，还是高原文艺社时期，但肯定不会在此后，所以只能在这里谈。

林蒲的诗，思路开阔，概括力强，往往思接千载，视通万里，"笼天地于形内，挫万物于笔端"，[2] 不限于一时一地一事，显出了作者博大的心胸和气度。如《天心阁》，既描写了岳麓山上天心阁的现实美景，又写了岳麓山的沧桑历史，诗歌把眼前的实景和观念中的历史各截成数段，交叉组合在一起，远近错落，虚实相生，有着生动的现实感和纵深的历史感，表达出深厚的爱国情怀，是深刻的"抗战文学"。在诗歌形式上，自然与历史的交叉错落犹如双声部合唱，再用分散于各处的括号里的诗句表达诗人的各种思想感情，又增加了一个声部（或者说"朗诵"），整首诗就像多声部合唱，丰富多彩。这正是"聊备一格"的典型。

的确，《天心阁》《古屋三章》《老舟子》《天马图》《石榴篇》等几首的体式各不相同。又如《石榴篇》，由古代而现实，又由现实而古代，写石榴的"相思"意蕴，把古代和现实融为一体，甚至难分古今了。开头和结尾都有"千万年"之语，即形成了首尾照应的格式，有如戏剧的闭锁式结构，又表达出石榴所包含的"千万年"不变的"相思"意蕴。这些诗歌说明，林蒲此时正在进行诗体探索，且是富有成效的，因此才一首与一首不同。不过，无论如何变化多

---

① 艾山：《从我学习写诗说起》，《华风》[美国] 1996 年第 2 期。

② 陆机：《文赋》，郭绍虞主编：《中国历代文论选》第一册，上海古籍出版社 1979 年版，第 171 页。

端，有几点是相同的，如把感情掩藏在叙述描写之中，如在一首诗中采用多角度叙述，如打乱时空顺序，引语的运用，诗前引，诗中引，有的诗尾还引，如形式上的括号诗句等。

联系穆旦和赵瑞蕻以文为诗的试验，可以认为高原文艺社这时正在积极地进行诗体探索。林蒲曾描述过这种探索："新写成的诗，交换阅读，批评诗该怎样读，批评诗该怎样写，用哪种文字和技巧，这些基本问题，讨论起来有时很融洽，有时各抒己见，有时折中取义……那时，我们虽身在昆明、蒙自，不太容易得到外界的消息，然何者为现代诗与现代诗人也颇闻火药味。"[①]可见，现代诗是高原文艺社社员追求的一个方向。其中一些东西，如以文为诗，打乱时空，括号诗句等还是他们的一些共同点，而且对诗句提炼不够也是他们诗作的共同缺点。在诸多诗人的探索中，相比起来，林蒲更为多样化一些，对现代诗的试验也更自觉些，因而他的诗歌多透露出现代主义的因素。可以说，林蒲是西南联大第一个较成功地迈进现代诗歌行列的诗人。

二、散文

散文是高原文艺社创作的一个亮点，其中又以反映"湘黔滇旅行"的作品最为成功，代表作者是向长清和林蒲。他俩是南湖诗社的中坚分子，写作的兴趣首先在诗歌，但他俩留存下来，可以确认为南湖诗社和高原文艺社的诗歌却不多。尤其是向长清，他是南湖诗社的发起人、组织者和领导者，也是高原文艺社的领导者，但他南湖诗社时期的诗几乎没有留下来，高原文艺社时期只见一首《吊捷克》。从现存作品看，他俩散文和小说的成就更大一些。

向长清的《横过湘黔滇的旅行》写于南湖诗社时期，由于南湖诗社不注重散文创作，在此介绍。《横过湘黔滇的旅行》是第一篇发表于报刊，向人们介绍西南联大湘黔滇旅行团旅行经历的文章，1938年10月刊登在巴金主编的《烽火》杂志第20期上。文章采用

---

① 艾山：《从我学习写诗说起》，《华风》[美国]1996年第2期。

综合报道的方法，报告人们所关心的旅行生活。文章既没有采取日记体写法，也没有采取分类写法，而是围绕"旅行"二字，点线结合，串珠成文。

一群文弱书生，怎样走过 3500 里河山，创造世界教育史上的奇迹的？这是人们第一个要问的问题。文章"回答"说：每天雄鸡初唱之后，三百多人就起床了，睡眼惺忪地卷起被盖，送到行李车旁，然后开始了一天的生活——

> 行军开始，的确我们都曾感到旅行的困难。腿的酸痛，脚板上磨起的一个个水泡，诸如此类，实在令人有'远莫致之'的感觉。……奇怪的是到了第十天之后，哪怕是最差劲的人，也能丝毫不费力气地走四、五十里。

每天，宿营在学校、客栈、古庙、农家，"有时候你的床边也许会陈列得有一口褐色的棺材；有时候也许有猪陪着你睡，发出一阵阵难闻的腥臭气；然而过惯了，却也就都并不在乎。不论白天怎样感觉到那地方的肮脏，一到晚上稻草铺平之后，你就会觉得这是天堂，放倒头去做你那甜蜜的幻梦。"

湘黔滇山高路险，文弱书生是怎么征服的呢？这是人们的第二个问题。文章"回答"："虽说走惯了，我们对于山却仍然没有好感"，"一路上我们爬够了无数险峻的山峦，假如你看到五里山、雄镇关、关索岭之类的地方，你会觉得南口、居庸关也不过是那么平淡无奇"，"夹路的山从湘西直送我们倒贵州的平坝，濛濛的潆沱大雨直送我们过贵州的境界。"

那时侯，湘西、贵州兵匪横行，强梁出没，这群文弱书生又是怎样对付的？这是人们的第三个问题。文章简捷"回答"："我们一路上没有遇到什么不幸的遭遇"。关于土匪，文章揭露了官逼民反的事实。茶馆掌柜说："几个月里头就抽了几次壮丁，五个丁要抽四个，抽的抽走了，逃的逃上山啦。"官场黑暗，欺压百姓，百姓才不得不做匪为生！另一个地方的老掌柜说："出了钱就是匪也可以保出来，没有钱你就千真万确地是匪。要砍头！""一有军队过路，就挨家挨户地派粮食"，区长"是得了大笔钱了的"。

文章还报告了贵州被鸦片烟毒害的严重情形和一些地方的习俗。的确，从湖南到云南有不同国度之感，作者最后感慨道：

> 三千多里是走完了，在我的心头留下了一些美丽或者惨痛的印象。恐怖的山谷，罂粟花，苗族的同胞和瘦弱的人们，使我觉得如同经历了几个国度。

在这篇文章里，作者大约只想作旅行的表层报道，没有写出细致的情况和深入的感受，更兼文章组织上的无规则，影响了它的传播。

林蒲在湘黔滇旅行中写有日记，后来他把日记整理成文，在香港《大公报·文艺》上连续发表。由这些作品可以看出作者在旅行途中的用心——观察、谛听、采访、笔记，获得并保存了多么丰富的材料！第一篇《湘江上》刊登于1939年3月22、23日《大公报·文艺》的第559、560期，讲旅行团出发夜宿船上、沿江而行、到达清水潭的经历。第二篇《下益阳》载于4月4日第710期，讲从清水潭到益阳，而后开始步行。第三篇《滨湖的城市》发表于《今日评论》第2卷第11期，时间是9月3日，讲旅行团从益阳到常德的经历，分《雾的人》《军山铺》《太子庙》《石门桥》《善卷村》《春申墓》《五倍子商》《滨江之城》八节，采用倒叙手法，先写常德，而后从益阳一路写来，最后又回到常德。第四篇《桃园行》载于6月7、8日《大公报·文艺》第634、635期，讲从常德到桃园，在桃园逗留的日子，分《船上谈兵》《在浔阳》《茶店之夜》《桃花园》四节。作者本要继续写出发表，却因别的原因停止了。这四篇作品（前两篇称为"旅行日记"），均未采取日记（记叙文）的写法，而是散文，作品内容多样，手法不一，是优美的散文。在这些作品中，"旅行"只是写作的线索，见闻才是作品的内容，而主题是抗战。作品围绕着抗战的"民气"来写，写人们对抗战的认识，参战的勇气，对胜利的信心，是鼓舞读者的"抗战文学"。

文中写了一些奇人奇事，如常德的"雾的人"——一个英勇作战丢了四肢的残疾人，他非常自信而乐观，他有学问，"跟穿长衫的读书人，讲四书五经，物理，化学；和拉车的论股劲臂力"，而骂"吃粮家""胆怯丢人"。只几百字，活脱脱一个奇人被写了出来。

林蒲的散文，文笔活泼生动，读来饶有兴味，几篇之中，一篇与一篇各不相同，一篇之中，一节与一节各不相同。譬如结尾，《湘江上》写艄公许诺带大学生们去看洞庭湖的"湖蛮子"，但因甘溪港水浅，船退歇清水滩，去不成了。作品写道：

> 我们舍舟登陆的时候，像丢下东西在他的船上忘了拿走似的，艄公訇然响亮的话语，赶着我们的脚跟来了："没看那湖蛮子，没可惜呀？下次来？"
>
> "下次？——"

"丢下"的"东西"送回来了，却是一个空愿，真是意犹未尽，余音缭绕。这类文字在文中随处可见。

此外，林蒲还在 1939 年 6 月 18 日的《今日评论》第 1 卷第 25 期上发表了《寻梦——还乡杂记》，讲家乡人去马寺"寻梦"的风俗，记述地方文化和风土人情。《今日评论》在《本期撰者》中介绍作者说："林蒲先生厦门人，毕业于北京大学英文系，作品多发表于香港《大公报》，文字清新朴实，尤长于组织故事，为西南青年作家中最有创造性之作家。"[①] 此言是符合实际的。

三、小说

高原文艺社的小说是西南联大学生小说创作的起步，多数描写抗战内容，是传统意义上的"抗战文学"，但在我国抗战文学中又有其特点，值得注意。代表作者是向长清、刘兆吉、林蒲等。

向长清的《许婆》或许是西南联大学生发表的第一篇小说，1939 年 3 月 28 日刊登于香港《大公报·文艺》第 565 期，署名向

---

① 《本期撰者》，《今日评论》第 1 卷第 25 期，1939 年 6 月 18 日。

薏。这是一篇现实性很强的小说，故事发生的地点应在昆明，大约是根据日本飞机轰炸昆明的事实而创作的。主人公许婆是一个普通的市民，过着平静而自足的生活，"鱼呀肉呀的吃不了"，可是，战争来了，她的生活被打乱了。大儿子被征去当兵，二儿子在外来的一所大学里找到一份工作，他时常拿些衣服回来让自己帮着洗洗，后来，她也在一家外省来的年轻夫妇家当上了保姆，日子也还好过。但有一天，日本飞机来了，扔下一枚枚炸弹，从此，人们疯了似的跑警报，有一次，许多飞机对大学区狂轰烂炸，她的二儿子被炸死了，她赶到现场，见到儿子的惨状，哭不出声。她走到街上，"一颗心简直和午前的市街一样冷清和阒寂，也许压根儿她就忘了世界上有一个自己。"此后，人们叫她"疯子"，都怕她，躲她。她失业了。十月深秋的一天，她不知不觉地走进自己做保姆的人家的大门，那家人惊慌失措，她退了出来。走在街上，她想到大儿子正和伙伴做厮杀前的准备，想到一具冰冷的血淋淋的尸体，想到飞机，最终想到死，这时——

　　她像是寻到了一线真理，望着那辽远的蓝天下的陌生的世界，像一个老年的和尚一旦彻悟了金光大道。

　　作者以全知全能的主观叙述法讲述故事，以十分冷静的笔调描写人物心理。许婆孤独、空虚但怀有希望地死去了。她的寂寞让人想起鲁迅笔下的祥林嫂，想起契诃夫笔下的姚纳。作品受十九世纪欧洲小说的影响较深，开头有长长的环境描写，而后有细致沉静的心理描写。许婆的"现在"行动仅仅是从凳子上起身走向青年夫妇家而后"回到那条冷清的路上"，其他全是作者的描述。作品创设了凄凉冷清的气氛，让人感到"契诃夫味"。这篇小说以刻画人物心理见长，环境气氛协调，只是人物的行动和冲突较少，给人压抑，但这样的处理又符合了作品的情调。

　　向长清接着于1939年6月12、13日在《大公报·文艺》第639、640期上连载了《小客店》，写一位十几年没回家的北平大学生于抗战中回湘西老家，可老家小城被叛军占领，他只好投宿小店，在与三位客人的交谈中知道了小城情况。第二天，叛军离去，他得以回家。作品写出了湘西的社会面貌和民众的抗日情绪，现实意义浓厚。小说故事简单，人物不多，笔力集中，追求人物心理刻画，多用侧面手法，笔调细腻。但把《许婆》表现出的沉静和细致发展到了行文沉闷不畅的程度，读来费劲。

刘兆吉这时的兴趣转移到了小说上，虽然毕业在即，功课甚紧，他还是没有放下创作之笔，在昆明《中央日报·平明》上连续发表了《木乃伊》《古董》等小说。这两篇作品的发表时间虽然在高原文艺社改为南荒文艺社之后，但作者1939年夏毕业去了重庆，其创作时间仍在高原文艺社时期，而且作者没有参加南荒文艺社，所以在这里论述。

《木乃伊》载于1939年6月23日《中央日报·平明》第26期。作品写一个大学生的变化，很有现实性。"木乃伊"本名居静，"木乃伊"是半年前同学给他起的绰号。抗战爆发后，同学们整天忙于宣传抗战，居静由于不会唱歌、演讲、写标语，只能当一名听众和旁观者，他又不轻易表露自己的态度和感情，同学便给他起名"木乃伊"。他认为，获得这个绰号，"是由于他的性格太好静了，因之也联想到居静这名字太不吉祥"，遂起别号"战鼓"。他的性格也随着别号而改变了。他摘抄新闻，编写壁报，宣传抗战。但不知者仍然叫他"木乃伊"。为了"雪耻"，在一次集会上，他发表慷慨激昂的讲话，获得了成功。接着他在《新生》文艺壁报上发表"由惊人的时髦字句""炸弹、头颅、血花、死呀、冲锋呀、民族观念呀、国家意识呀"组成的诗文，遂被别人充分认识了他——"战鼓"。不久，《新生》推荐他为总编辑，他干脆把壁报名称改为《战鼓半月刊》。这时，他写的诗文都用惊叹号，而且总是3个惊叹号连用，"他有一篇十行的新诗，竟用了28个惊叹号。"接着，他被选为学生自治会主席，进而被委任为救国会干事。他成天忙于开会、写文章，喜欢得到别人的安慰（夸赞）。但是他很少上课，月考交了白卷。他进而鼓动同学罢课，以反对学校的"奴性教育"。不过，同学似乎不买他的账，照样上课。他于是转而痛恨这帮大学生"没有国家观念，民族意识，都是一群书呆子"，气愤地说："我再不愿意和这些'木乃伊'为伍了。"作品最后写道：

> 在学期终了，举行考试的前一个星期，他因为救国工作繁忙呈请休学了，从此以后同学们很少再看到他了。

居静的转变实在太快了。但又不是没有根据的。所谓时世造英雄嘛。只要人肯改变自己，在风云变幻之际，是很可能发生突变的。居静由于想改变自己的性格和形象，积极适应时代的要求，而环境接受他，社会认可他，潮流推动他，即主客观相适应，他就能实现转变，成为潮头人物。但作为一个大学生（当时大学生很少），变成一个在后方呼呼口号的"职业"救亡工作者，是好是坏？这很难说。不过，作者是持否定态度的。有两点可以预见：一、为适应环境而迅速变化的人，难保今后环境变了不会发生别的变化；二、国家需要文化人才，所以易地办学，停学救亡，不符合"抗战建国"之国策。《左传》有言："不有居者，谁守社稷？不有行者，谁捍牧圉？"[①]前方和后方是相互联系、相互支持的。我们相信，"木乃伊"这个形象的塑造是有现实依据的，且这个形象一直"活"在中国社会，在各个历史时期都能看到，可以说，这是一个独特的、不朽的形象。

《古董》刊登于1939年9月6日《中央日报·平明》第74期，署名兆吉，写一个聪明人制造了一个假古董，再进行炒作，使其价钱越来越高，名声越来越大，以至"三位学者的降临"，其中一位外国汉学家抢购了它。作者通过这个以假乱真"哄老外"的故事，揭露世相，刻画人物心理，具有喜剧意味。小说表面讽刺那些迷古者，实际意味深长：由于人们的古董投机心理趋向，为造假者提供了生存空间，假冒伪劣的人和事由之产生。

刘兆吉生于山东，从小听惯了各种各样的故事，受古代小说的影响很深。他的作品故事性很强，人和事件的来龙去脉讲得清清楚楚，即使作品的笔调也是故事性的；作品全知全能的叙述方式是古

---

① 《左传·僖公二十八年》，李索：《〈左传〉正宗》，华夏出版社2011年版，第155页。

代文学的常用方法，作者完全继承；作品语言干练，描写简洁，不作铺张扬厉，环境描写、人物描写、心理描写都简洁明了，大有古代小说的韵味；就连起绰号的方法也保留了中国古代小说的传统，两篇小说的主人公都有绰号，《木乃伊》甚至以绰号和名字的变化结构小说，贯穿全文，深得古代小说艺术之妙。

林蒲在写作诗歌和散文的同时，开始了小说的试作。这时的小说主要有《陈金水》和《二憨子》等，作品显示出林蒲小说的创造才能。从艺术上看，这些作品受中国古代小说的影响较大，讲故事，写性格，结构完整，语言简练，同时，也吸收了外国小说的一些特点，注意环境描写和情调渲染。在思想上，它们写的都是宣传抗战，打击侵略者的，属于"正统的"抗战文学作品，有强烈的现实意义。

《陈金水》1939年5月20、22日连载于《中央日报·平明》第4、6期。台湾临近日本，因此较早遭受日本的荼毒。1937年日本全面侵华开始，曾大量征调台湾青年充当日本军人，替日本进攻中国。《陈金水》写的就是一个在"八·一三"上海战争中负了伤，回家养病的台湾老兵陈金水。回到台湾后，陈金水整天躺在竹林下乘凉，衣食无忧，悠然自得。忽然有一天，来了一个人，通知他立即到村边去集合，他上了车，被拉到皇军的驻所，一个军官和他谈话，原来是他沪战中的上司。上司交给他一份新的工作：到厦门、漳州一带执行一项特殊任务。他和一个日本人、一个中国人上了船。日本人武井是头，在船上，武井任意鄙视、污蔑中国人，说中国人像猪一样，甚至直接称他俩"笨猪"。陈金水忍受着侮辱，思想产生了激烈的斗争。他们在鼓浪屿下船，呆了六个月，而后以南洋华侨的身份来厦门。在集美码头，被警察盘问，假称星洲华侨武井的日本人，准备的知识用完，露出马脚。陈金水乘机揭露，另一个中国人证明，警察抓捕了武井。接着在泉州一带冒充染料房的屋里，抄出了几十捆以"万事大吉"红色布条为暗号的东西，进而粉碎了敌人的一次军事计划。陈金水和另一个中国人立了大功。作品歌颂了陈金水的民族意识和爱国精神，是典型的"抗战文学"，在当时具有社会意义。但作品精练不够，故事有些散漫，人物性格不太明显，在艺术上显得不够老练。

发表于 1939 年 7 月 30 日《今日评论》第 2 卷第 6 期的《二憨子》，克服了《陈金水》中的毛病，这篇作品是林蒲和一帆合写的。小说写一个名叫二憨子的农民兵，临时受命，带领小分队执行任务，打了一场漂亮的伏击战的故事。故事写得相当简洁：在 11 人的队伍中，有大学生、公务员、小学教员，还有一个穷苦出身，性格直笨的二憨子。在一次巡查阁子岭（穆夫关）的任务中，大队长偏偏把队长的职务交给这位没有文化且笨直的二憨子。大家不服，不大听他的指挥。他们到了当年穆桂英显威风的地方时，来了二三十个日本兵。二憨子当机立断，要大家隐蔽，来一次"套黄狼"。当敌人走近，有人要开枪射击，他坚决不允，果敢地以军令从事。待敌人到了面前，他一声令下，手榴弹猛投，敌人还没有反应过来，就被炸翻在地，二三十人，只剩三个滚落山底。老吴要追，被他阻止。他带领队伍迅速撤离。到了岭上，只见敌人的炮火集中轰炸刚才的战场，连石头树根都被炸开了。大家始信二憨子判断的正确。这时，二憨子让大家坐着听炮声、看战场，自己则飞快离开，去找游击队司令，"要来第二次的'套黄狼'！"那些知识分子不得不佩服这个没文化的憨笨之人的指挥才能了。二憨子形象塑造得相当成功。他平时老实憨厚，可打仗却异常聪明，是一个优秀的军人。小说一开始集中笔墨写他的"憨"——憨厚、老实、嘴笨、朴素、节约、惜物、贫苦，而他带领队伍执行任务时，则显得沉着机智、胸有成竹、指挥得当，他地形熟、历史熟、战法熟，时机把握得恰倒好处，所以能打出漂亮的伏击战，他还当机立断，要搬兵来打更大的胜仗。小说把写人物性格作为主要任务，让故事为人物性格服务，做到了性格鲜明、故事集中、篇幅简短，实是短篇小说的作法。读这篇小说，让人想到《荷花淀》，其人物、故事、格调尽可与《荷花淀》媲美，只是作品还缺少《荷花淀》的诗情画意，少一点匠心安排。尽管如此，它还是算得上中国现代的优秀短篇小说之一。

四、戏剧

戏剧文学是高原文艺社新的开拓，由于南湖诗社没有戏剧创作，高原文艺社的剧作即是西南联大的第一批戏剧作品。高原社之后，很少见学生社团的剧作，直到剧艺社，才有了戏剧作品，其间相隔约六年。因此，高原文艺社的戏剧作品，无论成就高低都值得我们珍视。留下戏剧作品的高原文艺社社员是周正仪和刘兆吉。他们的作品成就虽然不很高，但开创之功不可磨灭。

周正仪是高原文艺社的新社员，他这时的作品，仅见独幕剧《告别》。作品发表于1939年4月9日《今日评论》第1卷第15期，写一个年轻医生"告别"亲人到前方医院去工作的事，反映了青年的抗战热情。故事梗概是：为抗战的情绪驱动，外科医生张志济主动报名去前方医院服务，上船前，带着行李来跟女友黄绯霞告别。他希望女友和他一起去。可是，女友不愿意去，也不希望他去。她假意同意，说是出去收拾行装，实际是去给张母打电话。而后她回来稳住张志济。张母带着小儿子立即赶来。在母亲面前，张志济推说自己哪儿都不去，并问母亲听谁说自己要走，张母掩饰。十岁的弟弟说出是黄绯霞打的电话。事已至此，张志济转而做母亲的工作，说自己是国家的技术人员，去当医生，不上前线，没什么危险；说请母亲替受伤的将士想想，他们多痛苦；说自己若是做工或种田的，早已被征走了；说母亲都疼爱儿子，"把您疼爱儿子的心，放开去疼爱别人，让您的儿子去救别人的儿子！"张母听后，擦干眼泪，同意儿子去，并要亲自送儿子上船。临行，张志济对黄绯霞说："没想到你是这样一个人！"留下黄绯霞一个人失神地立在台中。

此剧篇幅短，场景小，故事简单，难以出大效果。但故事有变化，有起伏，因而有"戏"。作品意在歌颂青年抗战爱国的决心和行动，也清楚地表达出了主旨。唯其"清楚"，艺术上显得不丰富、不细腻，思想上有些"直白"，有借人物之口说"动员词"的弊病，细节挖掘不够，语言直露，人物感情不细致。此剧表现出了一般初期抗战文学的缺点。

虽然如此，黄绯霞的心理刻画还是较为突出的。她是一个很有心计的青年，暗自做着自己的事却不露声色。她听到张志济要走，并不惊讶，还责备"你为什么不早同我说？"明白张志济想要自己一同走，先答应下来，还说父母那里没问题，了解到张母不知儿子走的情况，就借收拾行李为由出去悄悄打电话给张母，借他人之力以达到自己的目的。听到张母的汽车声，还假装不知，说是过路的汽车响。张母询问儿子，她又装给张志济看，先替他藏药箱，后帮助掩饰说："他是到我这儿来玩的。"张志济追问出消息来源，她"扭头旁视"，不得不面对时，她才说："志济，对不住你。"最后，她又解释成"完全为了爱你。"这个两面人，"表演"很到位，但最后还是落得失败、孤立。而主人公张志济则写得简单了些：要女友同走，却临时告知；说服母亲只用了十几句话；对黄绯霞的心理毫无认识等。他有强烈的民族意识和国家观念，具有崇高的职业道德，主动要求去前方医院，是一个有作为的好青年，但他为什么一定要采取"出走"的方式呢？作品解释为担心母亲不让走，可是后来他轻易地就说服了母亲——他识人不深啊。该告的不告，不该告的告了，把亲人的态度判断反了，其昏昧不明可知。因此，这个形象的塑造没达到作者的意图。

刘兆吉 1939 年在《再生》杂志第 27 期上发表了两幕剧《何懋勋之死》，署名刘晓铎。剧本写西南联大投笔从戎的学生何懋勋英勇抗战，壮烈牺牲的故事。何懋勋，又名何方，江苏扬州人，1935年考入南开大学经济系，抗战爆发后随学校进国立长沙临时大学学习。1938 年赴鲁西抗日根据地参加抗日救亡工作，任山东省第六区游击司令部青年抗日挺进大队参谋长。1938 年 8 月在齐河县县城外战场英勇牺牲，时年 21 岁。刘兆吉也是南开大学哲学系的学生，与何懋勋同级，又一起经历国难，到长沙学习，感情深厚。何懋勋牺牲后，刘兆吉怀着十分崇敬的心情，写这个剧本，纪念老同学。

剧本根据何懋勋的事迹编写，实际是何懋勋的"文学传记"。在何懋勋 21 岁（剧中 23 岁）的生命中，选取哪些事件来写，反映出作者的态度。此剧没有选择他的出身，没有选择他的少年事迹，也没有选取他们的同学情谊，而是集中写他牺牲前两个晚上的活动，这是要突出他的抗日英雄特色。剧本分两幕，第一幕写何参谋长在抗日队伍中处理军务，深夜伏案工作，并主动要求参加挺进队冲锋陷阵，受命任队长；第二幕写何队长带领挺进队到达目的地，准备攻城，不幸被汉奸出卖，遭敌袭击，为国捐躯。

作者这样选择和处理题材，意在刻画一个能文能武、智勇双全、很有前途的军事人才。作品基本上实现了这个目的。我们看到的是一个夜以继日，刻苦工作，起草檄文的"笔杆子"，并从侧面知道了他能出高招，克敌制胜，他虽然体弱有病，但能带领部队日行一百三十多里，布置战术，准备战斗，对于可能出现的情况和汉奸的行为，已有预料，只是估计不足和防范不力才遭出卖，最后在敌人袭击中身负重伤，又遭毒刑，但英勇无畏，壮烈牺牲。一个抗日英雄的形象傲然屹立在读者眼前。

范素娟形象的刻画尤见成功。范素娟的性格特点是淘气、爱哭、深明大义和智勇兼备。她喜欢使气，说话常常"反弹琵琶"，打打闹闹，嘻嘻哈哈，似很幼稚，但其内心却很有主见；她易动感情，随便一点事就哭，但更多的是为关心他人而哭，可见她心地很善良；她有强烈的爱国心，支持爱人上战场，自己也英勇地上战场，这时俨然不像一个爱哭的女孩；她担任侦探任务，完成得很出色，巧妙的化妆，哄得过所有的人，当挺进队员全部牺牲了的时候，是她用仅有的子弹，一枪一个消灭敌人，报了大仇，自己也杀身成仁。这个形象在现代文学中是光彩而又独特的。

情节的丰富性是此剧的特点。剧本不仅仅表现主人公何懋勖的作战牺牲，而且表现了他的其他方面。例如，他是"一个英勇多谋的领袖人才"。剧本写他作战勇敢，能出谋划策而获得胜利，深夜批阅文件，起草宣言，带兵打头阵等。剧本还写了他的爱情纠葛。他和司令员的女儿范素娟建立了恋爱关系。由于范素娟性格特别，他们相处充满了悲喜意味。但是，坚持抗日，英勇无畏，敢打头阵是他们共同的思想基础。最后，他们双双英勇牺牲。读罢作品，油然而生崇高感。

作品的结局是悲剧，但这不是性格的悲剧，而是战争的悲剧、故事的悲剧。主要人物全都牺牲了，读后深感郁闷。虽然范素娟杀死了日军头目和汉奸，给读者心理带去了一些平衡，但以我精锐易敌小弱，总觉不值。更有甚者，先头兵挺进队员全都牺牲了，大部队如何攻城？作品没有暗示出胜利的希望，给人一片黑暗。况且，何懋勋和他所带挺进队的精兵强将不是死于战斗，而是死于战前，让人有"出师未捷身先死"之慨。而其根本原因又在于何懋勋未有效地防范汉奸的疏忽，这是有损于"英勇多谋的领袖人才"形象的。作品这样写，也许战争本身就是这样，也许是1939年作者看不到胜利的前途而如此表现。但无论如何，作者把战斗描写得简单了些。例如，假若何懋勋悉心布阵，顽强战斗而最后牺牲，艺术效果就会好得多。如果说写何懋勋的牺牲情形有失误的话，写他体弱多病则是败笔。病弱与他的智勇没有关系，与他的牺牲也没有关系，至多只能表现他工作的忘我，以及对于表现爱情和范素娟的性格有作用，作品却把它放在开头大肆渲染，给人把一切苦难都安在歌颂对象身上的感觉，在艺术上起到了相反的作用。

通过以上介绍和分析，可以得出这样的认识：高原文艺社在诗歌、散文、小说、戏剧方面都取得了创作成果，其中的一些优秀篇章，散文如林蒲的《湘西旅行系列》，小说如向长清的《许婆》、林蒲的《二憨子》、刘兆吉的《木乃伊》等可以视为西南联大文学的代表作品，即使放在中国现代优秀短篇小说之列也不会逊色，诗歌如穆旦的《防空洞里的抒情诗》、赵瑞蕻《昆明的一个画像》的探索精神及其留给后人的讨论也值得注意；经过高原文艺社的培育，成长为著名作家的有穆旦、赵瑞蕻、林蒲等。一个存在时间仅有半年的文学社团，能够取得这样的成绩，实在可喜！这些成绩决定了高原文艺社在西南联大文学社团中的重要地位，同时也说明，高原文学社的名字可以写入中国现代文学社团史。

2005 年 8 月 15 日初稿于昆明文化巷 52 号

第三节　冬青文艺社的小说创作①

摘　要　冬青文艺社是一个多种文体齐头并进共同创作的社团，以杂文创作最为出色，其他文种各有成就。冬青社的小说作者不少，作品量较大，作品以现实主义居多，现代主义次之，浪漫主义极少。小说创作的佼佼者是汪曾祺、卢静、李金锡、林元、刘北汜、黄丽生、田堃、顾回、白炼、马尔俄、辛代、王佐良等，他们的创作风格各有千秋，本节选择几位并以汪曾祺和刘北汜的作品为重点作评论。

大学生初登文坛，还不知道自己的长项是什么，各种文体都试验一下，各种样式都涉足一番，于是，冬青社尝试小说创作的社员不少，举凡汪曾祺、卢静、李金锡、林元、刘北汜、黄丽生、田堃、顾回、白炼、马尔俄、辛代、王佐良等都写过。不过，后来坚持小说创作，成为小说名家的社员却不多。冬青社的小说创作量大面广，风格各异，以现实主义居多，现代主义次之，浪漫主义极少。

一、汪曾祺的小说创作

汪曾祺是冬青社进行小说探索，并取得重大成就，后成为小说大家的社员。了解汪曾祺的人都知道，他从江苏千里赴云南投考西南联大中文系，路上感染了疟疾，在发高烧，头脑昏昏的情况下走进考场，竟然考上了的故事。从那时，即1939年起，汪曾祺开始了漫长的文学之旅。汪曾祺参与发起组织冬青社，犹如建立一座实验室，他在其中进行多种小说文体试验，"试验品"经沈从文"鉴定"后，一篇连一篇问世。笔者所见汪曾祺写于冬青社时期的小说二十

---

① 本文原载于《现代中国文化与文学》2008年第5辑，原题《冬青社的小说创作》。

余篇，1998 年北师大出版社出版《汪曾祺全集》收入 8 篇，仅占三分之一，尤其是 1943 年以前汪曾祺的小说，笔者所见 10 篇，《全集》仅收入 2 篇。鉴于人们对汪曾祺早期小说知之不多的情况，本处所论多以 1943 年以前的作品为主。

《钓》写于 1940 年 4 月 12 日，发表于 1940 年 6 月 22 日，是目前所知汪曾祺最早的作品。小说写"我"在闲极无聊的时候，做钓竿去钓鱼以打发时光，由于心不在焉，钓无所得的事。作品对"我"的心理过程描写较为细腻准确，是一篇心理探析作品。作品在表达上既像小说又像散文，界限不很明确。这些都在他后来的小说中体现着，《钓》是汪曾祺小说创作的开端。

《翠子》，写于 1940 年 11 月，发表于 1941 年 1 月，是一篇 5000 字的短篇小说。小说写翠子和父亲的心事。翠子是"我"的保姆，对"我"很好，可是她要回家结婚去了。父亲这几天表现异常，天天去母亲坟上，很晚才回来。这天晚上，父亲回来后，"我"向他提出"不要让翠子走"，父亲却果断地说："我要翠子回家"。夜里，三人的心情都不平静。第二天，日子照常进行。小说以一个七八岁的小孩"我"的眼光观察翠子和父亲的心理活动，透露出一种朦胧感。小说写的是家中一段平常生活，发生的事件不构成前因后果。和《钓》一样，《翠子》没有情节，没有矛盾，用心在叙写生活的细节，笔调细腻，多白描技法。与《钓》不同的是，《翠子》人物较多，事件头绪复杂，现代派技法的运用更为明显。从汪曾祺后来的作品看，《翠子》也是汪曾祺小说的奠基之作。

之后，汪曾祺接连发表了《悒郁》《寒夜》《复仇》《春天》《猎猎》《灯下》《待车》《谁是错的？》《结婚》《除岁》等短篇小说，形成一个创作的小高潮。

《悒郁》篇幅短小，人物形象鲜明，风格清丽，大有沈从文《边城》的神韵。小说集中描写一个少女情窦初开时的心理表现，贴切而又传神。秋天，银子沿着恬静的溪流漫不经心地走着，一会儿自己叫自己的名字，一会儿自己跟自己说话。她忽然希望见到一匹马，可事与愿违，偏偏看见了牛。想象总比现实美，她真的做起了

"骑着马"奔跑的游戏，还到河边去"饮马"。由于跑得有点急，她感到胸跳剧烈，伸手一摸，脸无端地热了起来。她走到平地，很害羞地往草地上一伏，想心事。她似乎听到妈妈在叫她。这时，隔山有人吹芦管，她唱了首山歌，对方回唱，是情歌，她不答。回到家，饭已摆到桌上了。吃饭时，爸对妈说："银子长成人了"，还默默地笑。她不能忍受，把筷子一放，飞跑出门，向树林跑去，想哭一会儿。小说至此收住。通过以上情节，作品准确细致地刻画了银子那颗"少女的心"。秋天，银子感到"地面一切都在成熟"，她无目的地往外走，发呆，看天，看自己的脚尖走路，看草有没被马啃过，见牛也要说上几句，对一切都有兴趣，幻想着骑马、飞、高兴地唱歌，她感到母亲呼唤的温暖，觉得父亲的话和笑都在刺激自己。她莫名的烦恼、忧郁、敏感，情绪变幻不定。小说通过人物自言自语、唱歌、幻想和心理、行动、景物描写等刻画人物形象，大得中国古代小说的神韵，同时小说又用西方意识流方法写人物心理："时近黄昏"，"银子像是刚醒来，醒在重露的四更的枕上"，还在追忆梦，其时她已在外面边走路边想心事了。小说的语言极为考究，绘声绘色，明朗传神。

《寒夜》写一群人在村口车棚里守夜的场面，《灯下》写一群人在店铺里的活动，两篇作品有如老师布置的场面描写训练，具有浓重的散文笔调。《春天》写几个人的童年情事，写法上有些独特。《猎猎》写一个瞎子夜间坐船航行的经历，辞句优美。《结婚》写一对大学生的恋爱婚姻，表现人性的崇高。《除岁》叙述一个凄清的年夜，是汪曾祺作品中极少涉及政治的小说。收账人回报时摇头叹气，远处传来低郁的炮声，父亲算完账说："还好，亏不了多少，够开销的。"他接着说，今年生意很难，恐怕只有材板铺子有点赚头。并说："为了抗战，商人吃点苦是应该的"。然后让"我"写春联"频忧启端，多福兴邦。"写完，爷儿俩喝一盅。有人敲门，是"公会"主席，他说前线战况很好，抓到了替敌人收米的汉奸，"市面要紧"，你们得支持。父亲和"我"干杯后，眼睛全飘在春联上：一片希望的颜色。小说从容不迫地叙述，把战争灾难平淡化、生活化，抗战思想坚实，无提炼痕迹。

《谁是错的？》刻画"我"的一段心理，小说采用倒叙手法，写"我"怀着忐忑不安的心情去路先生家向他道歉，他却全然无事，根本没把"我"上午所说的错话放在心上。小说开篇写道："我想，我必须去找一找路先生，向他详细地解释清楚……我被自己不小心的几句话，带到倒霉里来了。"是几句什么话，如此重大？接下去写"我"一直在自责，把自责表现得痛苦难受。读者更想知道原委。可小说转而介绍路先生的外貌："他一切都好，只是左耳下有一个樱桃大的小瘤，好象和生命或身份不大调和，悬缀在那地方。"这里再次埋下伏笔。"我"坐立不安，实在难受，终于鼓起勇气去向路先生道歉。路上准备买樱桃作为礼物，才道出原委：上午，"我"和路先生谈话时，他关切地问"我"的父亲近来怎样，我却挖苦讽刺了他，而后飘然离去。然而是几句怎样的话仍然没说。接下去又有一段"买樱桃"的心理描写。最后再鼓勇气才走进路先生家，"路先生见我来，一把就握住我的手……，只觉他的手更较往日柔滑，也较往日温暖。""我"羞怯地解释道：由于梦见父亲打我，所以厌恶你问我父亲，以致说您左耳下的那个肉瘤是多余的。路先生却说："本来是多余的！"然后要我明天陪他去割掉。"我"大为惊讶，心事尽释。读者这才明白，原来是这么几句不得体的话，弄得"我"一个上午苦痛不堪。小说的题目就是一个"问题"。题下有题记："生命的距离：因为这点距离，一个人会成为疯子，另一个人呢，永远是好人。"题记可以帮助读者理解这篇小说的主旨是探讨"生命的距离"这个哲学问题。小说虽为探讨哲学问题，但却集中于人物心理刻画，通过人物心理形象完成哲学探讨，因此，这篇小说既可以称为"哲理小说"，又可以称为"心理小说"，还可以称为"问题小说"。小说中塑造的路先生形象宽厚、大度、实事求是，"我"冲动、紧张，谨小慎微，却能勇于承认错误。小说结构十分讲究，伏笔运用很好，主线、副线交错，故事却讲得若断若续，情节几次断开，几次续上，而起贯穿作用的是"我"的心理活动。小说的人物形象和结构说明，作者既能准确细致地把握人物心理与性格，又善于完成精巧的小说的结构，艺术功力显而易见。

之后，汪曾祺又发表了《序雨》《小学校的钟声》《复仇》（第二篇）、《老鲁》《膝行的人》《磨灭》《庙与僧》《醒来》等多篇小说。其中，《序雨》可能是一部中篇小说，但只发表了"引子"和"第一章"，没见下文，十分可惜。它应该是汪曾祺早期作品中唯一的一部中篇，要是能找到下文该多好！写这些小说时，汪曾祺已经肄业于西南联大，在昆明做中学老师了，但这些作品仍延续他大学时的文学观念和艺术风格，说明他在大学时的小说创作已经基本定型。

汪曾祺在冬青社时期的小说基本上是写"我"的，写"我"的家，"我"的儿童时代，"我"的故乡，"我"的生活，"我"的朋友，"我"的熟人，较少超出"我"的生活经验范围，而完全靠虚构形成。

由于作品中有"我"参与，决定了汪曾祺的小说具有主观性和抒情性的特点。他的小说往往从"我"的角度选材、取景、写人、叙事，较少从"他者"的立场观察并描写人和事物。从汪曾祺的小说中不难感觉出"情"来。只不过，他很懂得艺术的融合与节制，往往把感情融合在具体的对象中去描写，很少作独立的或者抽象的抒情，也不歌哭不止，任情恣肆，大段大段地抒情。许多时候他淡淡地叙述，平静地描写，客观地介绍，但语句间却包蕴了深厚的感情。主观性和抒情性不是浪漫主义的"专利"。汪曾祺也绝不是浪漫主义作家。

但是，主观性和抒情性与"淡"是矛盾的。汪曾祺小说的总体风格特征是淡，这是大家公认的。汪曾祺的早期小说已表现出淡的特点了。或曰，既言主观抒情，又说淡，不是自相矛盾吗？不一定。笔者认为，淡不是平淡，不是乏味，也不是没有感情；淡是看透一切的态度，冷峻睿智的目光，平和冲淡的心情，老辣独到的笔调；淡是除却毛躁，摒弃火爆，过滤浮躁，冷凝热情。所以，淡里边可能折射出主观态度，会隐含着热烈的感情。要做到淡是相当困难的，可这位二十来岁的青年却做到了。这里不想调书袋去论证汪曾祺早期小说的淡，只要读一读上面所举的几篇小说，就会赞同笔者的观点了。

和谐是汪曾祺小说的美学追求和总体特征。在汪曾祺的小说中，少有深刻的矛盾、剧烈的斗争，更多的是人与人的和谐、人与景物的和谐。从这里，我们可以看出汪曾祺对沈从文先生的继承。在汪曾祺的小说中，即便有矛盾冲突，都淡化处理了，或者不渲染悲情，或者双方和解。在《谁是错的？》中，"我"讥讽了路先生的生理缺陷，犯下了不道德的错误，后悔不迭，忐忑不安，去向路先生道歉，可路先生正视事实，毫不介意——双方本来就没有冲突嘛。《复仇》中，复仇者谨记"这剑必须饮我仇人的血"的父亲遗嘱，寻找仇人多年，但当他认识到仇人的负罪心理和伟大壮举后，放回宝剑，和仇人一起干起了凿岩开路的事业。

汪曾祺的小说艺术取中外并举，古今兼容的态势，一开始就走在继承、借鉴与创新的道路上。他不像穆旦等现代主义作家，有过较长一段学习、借鉴甚至模仿的过程，他一来就表现出了中国化的特色。这大约与沈从文先生的引导分不开。沈从文教学采用从创作实际学创作的方法，跳过了从"理论到实践"的模式，不依"主义"或"派"，听者要能自"悟"艺术真谛。汪曾祺小说淡化故事情节甚至淡化主题意义，着重刻画人物心理的做法，深得语言艺术之圭臬，但这有可能是从沈从文"要贴到人物来写"的话里悟出来的。总之，汪曾祺师从沈从文有别于穆旦等师从燕卜荪，所得必然不同。我们看到，汪曾祺小说通过神态、动作、语言暗示人物心理的写法，注意色彩和传神的语言功力，写心理而不作大段单独描写等做法都是中国特色，而意识流方法、散点透视法、"蒙太奇"借用法、抒情性与戏剧性等又是从外国作品中学习来的。而这两个方面则统一于汪曾祺的和谐与淡的美学风格之中。可知，汪曾祺是中外文学艺术精华的集成者，同时又是现代小说的独创者。

多种手法的运用是汪曾祺小说的一个突出表现。叙事、描写、抒情、议论并用，心理描写、景物描写、场面描写、外貌描写兼具，白描、含蓄、留白、意识流、散点透视、蒙太奇、戏剧性等方法同举，构成了汪曾祺小说艺术手法的多样性。再加上结构多种多样，开头和结尾各不相同，语言手段丰富，造成了汪曾祺小说的另一个特点：体式多样。我们发现，汪曾祺写在冬青社时期的二十几篇小说，一篇与一篇不同，即使是由《复仇》改写的《复仇》（二），写法上亦有很大的不同。这与老师沈从文的培养有关。沈从文当年曾被称为"文体作家"，他曾进行过各种小说文体的探索，汪曾祺继承老师的精神，继续探索各种小说体式，呈现出多样不同的文体格式，这种精神是值得肯定的。

二、刘北汜的小说创作

刘北汜的小说在当时都是有地位的。《文聚丛书》计划中有一本刘北汜的短篇小说集《阴湿》，没有出成，但后来他的小说编成集子，收入巴金主编的"文学丛刊"，于1946年5月出版了，1981年又重印为《山谷》。在《山谷》所收小说之外，刘北汜还发表过《期待》《暗夜》《青色的雾》等，颇受好评。

《山谷》里的四篇小说，可以看作刘北汜的代表作。第一篇《雨》，写小知识分子的生活。主人公李子魁在一家茶馆里以代人写书信、呈文等为生，无事时义务为人读报。次要人物姓江，靠说书为生，也在这家小茶馆里。老板靠他们招徕茶客，愿意为他们提供方便。李文魁是一个正直、有民族感的知识分子，他听不惯"飞龙传"、"彭公案"一类评书，那是在旧梦中寻找精神寄托，因此有意无意地跟说书人作对，但茶客却爱听彭公案，不愿听新闻，把他赶出了茶馆，老板也说他是"说谎大王"，叫他以后少来。原来，报纸比彭公案还假！这个短篇让人想起阿Q和小D的"龙虎斗"。李文魁和说书人都处于困顿之中，却为争夺生存空间而互相倾轧。他们的出路在哪里呢？作品让人深思。

第二篇《暑热》把一个知识分子放在一群庸众中去观察，揭示出知识分子的生存困境。小说的出场人物可多了：房东和房东太太及其儿女，老太婆和丈夫及其女儿，司机、木匠、挑夫及其女人等，而居于中心地位的是家庭教师，一个小知识分子。傍晚天气热，院里人都坐在大柏树下乘凉闲谈，家庭教师却总是与大家谈不到一块儿，房东给他下了一个结论："黑与白当然不能交朋友，一交就是灰了，连本性也交掉了。"可这个家庭教师却愿意多管闲事，帮助或安慰别人，可总不被别人接受甚至遭误解，他在人们心目中的地位极低，连房东小孩都欺负他，最后，被房东家扫地出门。家庭教师是一位正直、善良、高尚、富有同情心的知识分子，但他的思想性格、生活习惯、行为作风与大杂院里的人无法融合，所以演成了悲剧。作者把这位从外省迁徙来的人放在一群庸俗不堪的小市民之中去研究，表现了两种文化的冲突，自然也有"惺惺惜惺惺"的感情。

第三篇《山谷》写普通老百姓对于抗战的支持和贡献，批判的矛头直指日本侵略军。由于日本飞机猛烈轰炸昆明，政府实施机场修筑，居住在山谷附近的农民被征为民工。伢子的爸爸做了民工，一天，他与大伙进山炸石头，被炸起的石块打死了，妈妈又接着去机场工地当了碎石工。小说通过小孩和爷爷的对话揭示主题。伢子不知道父亲已死，要爷爷领他去工地看爸爸妈妈如何做工，路上碰到二叔和三叔，谈话中伢子才知道爸爸死了，如何死的。作品没有政治套话，没有豪言壮语，通过朴实的叙述讲述了工地的紧张、修筑的忙碌、民工的精神、老百姓的牺牲，从而控诉了日本侵略的罪恶。

第四篇《机场上》反映机场建设者的生存状况。这些建设者，从全国各地聚集在一起，住在简陋阴暗的工棚里，生活条件极其艰苦。这且不算，他们还受到工头的剥削与欺骗。他们干完一天的活之后，酗酒、打架、争斗、玩女人，讲着粗鲁的丑话，打发时光，耗费生命。他们有时拿不到工钱，甚至生命不保，不寻求刺激难以度日。而那个工头，为了独吞工人工钱，卷款逃走，竟把仇人和心腹好友一齐推下了山谷。他跑后，愤怒的工人又把他的另一个心腹扔下了山谷。小说如一出闹剧，混合着忙碌、繁乱、吵闹和嘈杂的声响，构成一种情调。这种情调是那种环境生发出来的，因而是恰当的。

刘北汜采用现实主义的方法进行创作，取材现实，注意反映实际生活，描写普通人的生存状况。他的小说多以小知识分子和农民工为主人公，取批判的态度对待作品中的人和事，极少正面歌颂的形象，每个人都挣扎在艰难的境遇之中，极少高大崇高的思想境界，他们奋斗、争夺的只是人类生活中最低层次的生存问题。这与刘北汜在昆明的生活经历有关，他说："我熟悉他们，我就生活在他们身边。他们的生活环境，也正是我所经历、或耳闻目睹的。"① 所以，刘北汜的小说有强烈的现实性。

社会生活的实际决定了刘北汜作品的悲剧色彩。他小说中的人物基本上是悲剧人物。李子魁的饭碗被说书人抢夺了，家庭教师丧失了租住的房屋，伢子没有了年轻的爸爸，"机场上"的民工，死的死了，活着的拿不到工钱，都在生存线上挣扎，而且几乎是生存无路。这些悲剧从各个方面警示读者：这个社会不改变不行了。

刘北汜的小说都采用作者全知全能的叙述方式，所有的事件都是作者讲述，所有的人物都由作者调度，景物虽然有的是作品中人物所见，但都掌控在作者笔下，这就使小说的客观效果受损。当然，全知全能有其好处，那就是叙述清楚流畅，行止自如，作者可以较主观地调度人物事件乃至景物用具。但毕竟有其"视觉盲点"存在。全知全能方式长于叙述，因此刘北汜的小说都用讲故事的形式写成，《雨》讲李子魁的故事，他除了与说书人争斗外，还与一个女人相好，用谎话欺骗着她，他倒了霉，比他倒霉的人还有，《山谷》讲伢子和他父亲，把伢子父亲的死作为一个谜底放在幕后，步步紧逼、步步深入，最后谜底亮出，小说收场，这些都是吸引人的。小说还注意人物心理的刻画和环境描写，如对

---

① 刘北汜：《重印题记》，《山谷》，江西人民出版社 1981 年版，第 1 页。

李子魁和伢子爷爷的心理有较深入的刻画，环境如《雨》中的道路和破屋，《暑热》中的大杂院和柏树下，《山谷》中黄昏时的山色都较著名。

若要选一篇刘北汜的代表作，笔者认为是《山谷》。

三、卢静、马尔俄的小说创作

卢静 1939 年入外文系，酷爱文学，创作了许多诗歌、散文、小说，是西南联大较为著名的作家之一。

小说《沧桑》的主人公余太婆有个观念："只要子孙好，有出息，兴兴衰衰，全在人为。"她身世很苦，丈夫是个赌鬼，打她、抢她的钱，后来还不出赌债被人弄死了。那时她才 20 岁，在亲戚的帮助下，她摆个竹货摊，渐渐发迹，还建了一所五开间的大房子。现在她老了，孤苦伶仃，可她很硬气。一天，鬼子来了，她被弄死，房子被东洋兵烧了。听到这个结局，"我"耳畔又响起她的话："兴兴衰衰，全在人为"。"沧桑"指世态变化。作品对于身处抗战艰难岁月中的人，是一种巨大的勉励。作者还有《期待》，反映汉奸的家庭及暗杀汉奸的事，《骑士录》批判大学生的消极思想与生活。

西南联大应征去美国空军"飞虎队"做翻译的学生不少，但写飞虎队的作品却不多，因此，卢静的短篇《夜莺曲》十分难得。小说以空军战士奈尔为主人公，选取他生活中的几个片段，叙写他的心灵。小说没有连贯的故事，没有矛盾冲突，以散文笔调，铺张描写。构成小说核心内容的是"美"，作品按美的原则选材并进行描写。第一节写奈尔从宿舍开汽车去机场执行起飞任务。一路上，展开了他小时候有关中国的联想和初次驾飞机到昆明的回忆。他被鸡足山、苍山、洱海迷住，他早就打听到昆明有西山、龙门、昆明湖，心向往之。第二节奈尔和女友丝蒂娜在咖啡室约会。他们谈昆明的感受，对昆明的风物景色、人及文化他们都喜欢，尤其喜欢夜莺每天晚上在窗外唱歌。第三节写奈尔参战并牺牲。奈尔已有击落敌机 14 架的战绩。这天，奈尔奉命去轰炸敌人阵地，飞机不幸被高射炮击中，"为了这新生的古国，也为了人类"，"他的灵魂却已随着那美丽的夜莺歌声升上天，进了天国的大门"。小说的格调是平静的，没有波浪起伏的情节，而是对山川、人物、文化、生活的美的颂歌，奈尔参加战斗、消灭敌人、英勇献身都被写得很美。读该小说是一次美的航行，诗的陶冶。《夜莺曲》1942 年发表，受到读者一致好评，作者大受鼓舞，又把它扩充为中篇小说，由巴金编入"文学丛刊"出版。《夜莺曲》是一篇优美之作。

和卢静一样写空军战士的还有马尔俄，他有短篇《飓风》写英、美空军联合作战的故事，充满强烈的英雄主义色彩。蒙树宏评价说："《飓风》则重视刻画人物性格的复杂性及其变化发展，写得真实可信。"①《飓风》发表在《文聚》上，后来，作者以《飓风》作为短篇小说集的书名，列入《文聚丛书》出版计划，可见这篇小说在当时的影响和作者对它的看重。

另一篇小说《逃去的厨夫》也是一篇优美之作。小说写一个怕枪者精神变化的故事。主人公厨夫的父亲曾做过贼头，杀过很多人，后来放下屠刀，带着妻儿到远处种田为生。一天他验枪走火而死。因此厨夫对枪极度恐惧。他被征到部队，神经紧张得难以忍受。敌人从大鹏湾登陆，"我"和他所在的部队被调往广州增援前线。一天早上，发现他不在了，找回来后被看守。夜里，敌炮乱想，他吓得像疯子一样怪叫。有一天抓回两个日本兵，让他做饭给俘虏吃，他不肯，有人用枪吓唬他，没想到他宁死不做饭。有一天，"我"问厨夫："你还想逃吗？"不意问出一个秘密：昨晚逃过，过河时发现一具女尸，胸上有枪眼，又跑回来了。从此部队不再看守他。可是厨夫又逃了，且没再回来。部队奉命撤退，"我"被调到江东一个民团做领导，不意厨夫在民团里打鬼子。他讲述了自己后来的经历：逃回家，家园一片瓦砾，全村人都被鬼子杀了，仇

---

① 蒙树宏：《云南抗战时期文学史》，云南教育出版社 1998 年版，第 129 页。

恨燃胸，进了民团，再也不怕枪了。"我"问他还记不记得父亲的故事，他说"记得"，但"以后不要再提"。小说对厨夫的性格描写十分真切。他开初极端怕枪，中间有所转变，后为复仇，竟不怕枪。枪在他心目中是一个情结，深仇大恨解开了他的情结。他虽然怕枪，以致临阵逃跑，听到炮声会疯叫，但他明白是非，懂得民族大义，先是不给日本俘虏做饭，后来自愿参加民团，常破坏敌人的交通线。他热爱亲人，逃跑的另一个原因是"我还有一个妻和一个儿子在家"。他在脱逃途中看到一具女尸，"想到我的女人，也许就是她"，又悄悄回到前线部队。最终他逃走也是想看看家人。当"家早已变成瓦砾，再看不见一个人"，他参加了抗日组织。这一切的发展变化顺理成章，厨夫的形象也就刻画得栩栩如生。这篇小说不像他的《炉边的故事》《网》等作品的散文笔调或者交代故事，而是集中写人，所以人物形象刻画成功。小说叙事简洁，过渡巧妙，语言简练。除开头写父亲的惨死，即交代厨夫怕枪情结的形成稍嫌长外，其他文字都恰倒好处。小说的结构也很巧妙，以厨夫怕枪的心理为中心内容，结尾落到"父亲的故事"上，照应开头。

马尔俄作品的中心内容是写抗战，写人民的灾难、觉醒、反抗、战斗，从多方面反映了中国人民的抗战精神。所以，每不忘抗战是马尔俄作品的内容特色。

四、李金锡、白炼、田堃的小说创作

李金锡 1940 年考入经济系，和白炼同班。他俩较早参加冬青社活动，发表了不少诗歌、散文和小说，成为西南联大较为著名的作者。

李金锡较早的小说《晚安，年青的女工们》，写昆明纺织厂的四个女工的生活。年轻人总是充满生机的，她们白天各自上班，晚上在宿舍里说说笑笑，打闹取乐，气氛活跃。一天夜里，小秀回宿舍时，路上看到几个人正在打一个女子，走近看看，是文英。原来，文英被引诱，当了娼妓，因没有伺候好客人，惨遭毒打。宿舍中轻松活泼的气氛从此消失，"咱们这号人，反正命坏，不当女工，就当

鳖"，大家沉浸在惨淡的命运忧戚中。小说紧扣性格落笔，主要人物小秀聪慧、开朗、活泼的形象跃然纸上。作品的思想稍嫌表层，但写法上却有优长，以小秀起，以小秀结，既使故事集中，又能首尾照应。这篇小说是西南联大文学作品中极少的以工人生活为题材的作品。之后，李金锡又写了《纺织温暖的姑娘》，塑造纺织女工的形象。这两篇小说确定了李金锡是西南联大作者中写纺织女工的唯一一人的地位。

《赶马车的》写一个汽车驾驶员的人生经历。当时的汽车驾驶员很稀奇，可如今，英雄落难，赶起了马车。赶马车不挣钱，生活日益窘迫，老婆跑了，他心里很苦。但他自有信念："日头不会整天挂在天正当中"，"日头不会永远不落"。小说以"我"夜里乘马车回城为线索，用马车师傅讲述的方式写出，故事中包涵着一些人生哲理，并有一种悲凉的情调，笔调有似契诃夫。作者还有《腊月的村镇》反映农民的困苦和农村人际关系的复杂。

李金锡瞩目校外，关心普通人的生活，以题材的广泛体现出知识分子的社会情怀，尤其是反映纺织工人的生活命运，形成了独特性。但他的小说大多浮于表面，不能深入地挖掘人物的内心和性格，较少虚构与开掘，艺术魅力稍差。

白炼的小说集中写日军侵略下中国人民的苦难生活。《恨》描写日本侵略军造成一家人的悲惨遭遇："我"去找同学，遇到一个聪明伶俐的九岁小女孩。她本是镇江人，父母开粮店，生意很好。两年前，日寇入侵，父母带着一家人逃难。路上，哥哥病死了，父亲和姐姐被日本飞机炸死了，妹妹下落不明，妈妈带着她逃到昆明，把她送进儿童教养院，自己开起了米线摊。母亲听说女孩生病，一急就疯了。后来病好了，但米线生意很差。昨天，她又疯了。"我"看着聪明的小女孩，酸从中来，"我"仿佛又听到她先前所唱的清脆歌声。小说以集中的笔墨反映出战争中人民的苦难，语言明快，故事真实感人。

另一篇小说《卖水汉》仍然以"我"为叙述者，讲卖水汉的故事，笔力集中，人物形象突出。当时，昆明的自来水覆盖面很小，市民饮用井水，一些有钱的人或无力挑水者便卖水为生，于是市里出现了挑水工这个职业。挑水工全是力气活，挣钱很少，又得不到尊重，很苦的。小说里的卖水汉性格刚强，极少说话。他本是人力车夫，两年前，日本飞机炸死了他一家人，炸毁了房屋和车，他无路可走，当了卖水汉。小说笔力集中，故事引人，形象突出，语言流畅，是一篇优秀作品。

白炼长于讲故事，作品往往以"我"为叙述者，增加了故事的可信度。作品在故事中刻画人物性格，表达思想感情，有一定深度。作品语言老辣，有表现力。照此发展，作者的小说创作是有前途的。可惜作者后来没再创作，一颗希望之星消失了。

同样揭露日军罪恶的是老社员田堃。田堃发表的第一篇小说《虚惊》反映日本侵略者使许多人失去了家园和生存资源，逼民为盗，社会治安不良的现象。西南联大建在城外，不时遭土匪威胁。《虚惊》写一天夜里，听说土匪将来，同学们的紧张心情。另一篇《盐》揭露日本侵略造成老百姓连盐都吃不上的苦难生活。小说主题鲜明，人物心理清晰，形象逼真，且笔法简练，与《虚惊》相比，有很大的进步。

《这就回到家了——纪念春妹》是一篇力作，讲述一家人逃难外地后，思家心切，又千辛万苦奔回老家，路上损失了财物、丢失了爱女的悲惨故事。主人公住在黄河北面，日本军队打来，他带着家人逃到安徽，"可是苏州的退却，南京的失守，战争像一把顺风的野火，即刻扑到他做事的安徽来"，他又带着全家逃到四川边界的小城。敌人的践踏下的老家，还有哥哥一家，有房子，有财产，他们日夜思念，寝食不安。三年后，带着妻子、九岁的春妹和三岁的皖生回家，一路劳顿不说，到了黄河边，贵重东西被负责检查的日本兵抢走，过河去城里投亲，亲戚被逼死了，转车回家，车上日本兵争座位，打了他的妻子。快到家时，车外突然出现了日本兵，前面的车厢"轰"的一声被炸了，火势袭来，车厢里一片混乱，他们挤到车下，却不见了春妹！他复奔上车，什么也看不见，喊春妹，春妹不应。他倒下了。醒来时，躺在医院，哥哥站在他床前，可春妹，再也见不到了。这是一个令人撕心裂肺的故事！日本侵略者造成了中国人民惨重的灾难：城市被烧，火车被炸，生产停顿，景象萧条，人民生命不保，文化创造被毁坏一空！逃难悲惨，回家更遭殃。小说采用逃难者回家这一巧妙情节，揭露了日本侵略军作恶，反映了敌占区人民的痛苦，构思独到，主题深刻。

田堃落笔不忘抗战，作品从多个方面反映了日本侵略下中国人的痛苦生活，把日本侵略军打出去，这是他作品的总主题。他不仅用作品宣传抗日，而且亲自上前线抗击侵略者。后来，军队生活和缅甸人情风光就成了他散文作品的主要内容。

2007 年 7 月 24 日初稿于成都一环路南四段 16 号

第四节　文聚社的诗歌创作①

摘　要　诗歌是文聚社创作中成就最高的文种。在文聚社刊物上发表诗歌的作者有冯至、卞之琳、李广田、程鹤西、杨刚、姚奔、李慧中、赵令仪、穆旦、杜运燮、罗寄一、陈时、许若摩等，在他们的作品中，可以称为 20 世纪中国文学代表作的有《十四行六首》《诗八首》《赞美》《滇缅公路》等。本节选取文聚社社员的代表作品《赞美》《诗八首》《滇缅公路》《诗六首》等进行分析评说，所得观点多为新论，有的观点则深化了此前对于该作品的理解和认识。

由于文聚社社员和冬青文艺社社员交叉，无法区分两社同一时期的作品，只好以不甚科学的外在条件为依据，认定文聚社的刊物上发表的作品为文聚社所有，而把文聚社刊物以外的作品划归冬青

---

① 本文原载于《西南民族大学学报》2009 年第 8 期，原题《文聚社的诗歌创作初论》。

社名下。情知这种方法对文聚社不公，也只好如此。

诗歌是年轻人最喜欢的文学体裁。在文聚社刊物上发表诗歌的西南联大学生是穆旦、杜运燮、罗寄一、陈时、许若摩等，老师有冯至、卞之琳、李广田等几位，校外作者为赵令仪、姚奔、李慧中、程鹤西、杨刚等。诗歌形式还包括了散文诗。由于本专著以校园文学为研究对象，主要关注文学社团及其社员的作品，对老师和校外作者的作品只好割爱不论，尽管这些作品的成就较高。

一、《赞美》

《赞美》是文聚社及其刊物《文聚》的开篇之作。

在西南联大文学发展史上，《赞美》是一篇特出的作品，它宣告了一种新的美学观念的诞生，并把一种新的艺术风格推向成熟，因此，此诗在西南联大文学史上具有重要地位。

《赞美》抒写了民族的深重苦难：贫瘠的土地，干燥的风，忧郁的森林，荒凉的沙漠，坎坷的小路，阴雨的天气；说不尽的灾难，道不完的悲哀，难忍耐的饥饿，不可知的恐惧，绵绵不绝的呻吟，无边无际的等待；数千年历史的重压，若干代祖先的耻辱，希望和失望的交替，犁头和锄头的轮番，粗糙而佝偻的身躯，看着自己溶进死亡……农民的也是民族的痛苦实在是太多了！从鲁迅笔下的闰土到茅盾笔下的老通宝再到叶紫笔下的云普叔，我们可以从他们的形象中看到以上的部分或者主要内容，但没有一个形象承载着如此广博的历史和民族的内涵。穆旦不仅看到了民族的痛苦，而且看到了民族的觉醒，这才是《赞美》的思想光芒和时代意义所在。我们的民族没有被深重的灾难压垮，并且在极度的忍辱负重中蕴蓄着巨大的力量，他们在苦难中、在耻辱里、在忧患下抬起头来了！诗歌以"一个民族已经起来"作为每一节的结尾，形成音乐主旋律的回旋效果，产生出强烈的艺术力量。这声音不是绵绵不绝的潇潇春雨，而是雄浑的具有震撼力的轰隆隆的春雷。穆旦曾经从长沙步行3000里到达昆明，又在蒙自的田边住过数月，再在昆明城外读书、教书，见过许许多多农民，懂得他们的挣扎与繁衍，了解"那曾在无数代祖先心中燃烧着的希望"，而且深知"这不可测知的希望是多么固执而悠久"[①]，才能写出这样深刻的作品，才能迸发出"一个民族已经起来"的欢呼。

这首诗让我们感觉到作者思想感情的移位。这些高居文化殿堂的大学生，被战争推到社会底层，了解到民间的生活、认识了民族的苦难与伟大，思想感情逐步从上层社会转向民生底层。这是一个了不起的变化，是抗战文学的坚实根基。刘兆吉湘黔滇步行一路采集民歌，林蒲写《湘西行》，闻一多从"愚鲁、迟钝、萎缩"的外表下，看出乡下人"每颗心里都有一段骄傲"[②]，都是思想认识转变的证据。但此前没有一个人像穆旦这样以江河奔流般的感情，用急雨般的语言倾吐出对于那些粗糙肮脏、痛苦干瘪的农民的大海一样的深爱：

> 我要以一切拥抱你，你，
> 我到处看见的人民阿，
> 在耻辱里生活的人民，佝偻的人民，
> 我要以带血的手和你们一一拥抱。

如果说，此前穆旦的诗以描写生命个体心灵的紧张剧烈著称的话，这之后穆旦的创作道路更宽广了。在南荒文艺社时期，穆旦和赵瑞蕻等探索一种散文体的诗歌，穆旦的《防空洞里的抒情诗》《一九三九年火炬行列在昆明》，赵瑞蕻的《昆明底一个画像——赠新诗人穆旦》等即是探索的结晶，但在这些诗中，诗人的技法还较生涩。再经过《从空虚到充实》《玫瑰之歌》《在寒冷的腊月的夜里》《华参先生的疲倦》《小镇一日》等的试验，到了《赞美》，穆旦笔下的这种诗体和艺术风格成熟了。我们还注意到，1940 年穆旦发

---

① 穆旦：《原野上走路——三千里步行之二》，李方编：《穆旦诗全集》，中国文学出版社1996 年版，第 84 页。

② 《闻一多全集》，湖北人民出版社 1993 年版，第 194 页。

表评论《他死在第二次》，肯定了艾青"诗的散文美"主张，并且认为"我们终于在枯涩呆板的标语口号和贫血的堆砌的词藻当中，看到了第三条路创试的成功"。[①] 可见，穆旦的散文体诗歌探索不仅有创作实践，而且有理论思考，他获得成功也就不奇怪了。

《赞美》是文聚社冲锋陷阵的先锋，是文聚社和穆旦前进的旗帜，同时也应该是 20 世纪中国文学的一面旗帜。

二、《诗八首》

穆旦的贡献在于不断的创造，不断为中国文学推出新的精品。

他发表在《文聚》的《诗》（即《诗八首》）和《赞美》一样，被学术界推为 20 世纪中国文学的代表作品。但《诗八首》和《赞美》完全不是一路诗歌，它们表现出截然不同的思想和艺术风格。《赞美》的思想感情外露热烈，读来易懂，《诗八首》则内敛深沉，不易理解。因此，许多解诗者包括一些著名学者都为《诗八首》作过解读。

穆旦自己说：《诗八首》是一组爱情诗，"那是写在我二十三四岁的时候，那里也充满了爱情的绝望之感"。他曾在奥登的《太亲热，太含糊了》一诗旁作了这样的注解："爱情的关系，生于两个性格的交锋，死于'太亲热、太含糊的'俯顺。这是一种辩证关系，太近则疏远，应该在两个性格的相同与不同之间找到不断的平衡，这才能维持有活力的爱情。"[②] 这是我们理解这一组爱情诗的钥匙。我们看到，在这一组爱情诗里，通常的感情的缠绵与热烈、顾恋与相思的描写全然不见，表现在诗中的是理性的思考，哲理的分析和深刻而又剧烈的矛盾冲突。这里引几位诗评家的话对这组爱情诗加以理解并表达笔者的认识——

蓝棣之说："《诗八首》所写的，是爱情生活不可克服的深刻

---

① 穆旦：《他死在第二次》，中国现代文学馆编：《穆旦代表作》，华夏出版社 1999 年版，第 160 页。

② 穆旦语，转引自郭保卫：《书信今犹在，诗人何处寻》，杜运燮、袁可嘉、周与良编：《一个民族已经起来——怀念诗人翻译家穆旦》，江苏人民出版社 1987 年版，第 177—178 页。

矛盾和把爱情作为一个短暂生命阶段来看待的爱情观念……仿佛他写诗是为了提醒自己：爱情中充满了克服不了的烦恼，而且是短暂并且最终是虚无的，以使自己从中摆脱出来。"①的确，照这样的理解，《诗八首》"太冷漠"了。但这组诗所表达的爱情，有灾难、有恐怖、也有矛盾、有冲突，还有惊喜、有沉迷，更有安憩、有平静。在诗人看来，爱情是极其复杂，极其丰富的心灵和生命的过程，是上帝"给我们丰富，和丰富的痛苦"的一种方式。是的，"丰富，和丰富的痛苦"之语以紧接着《诗八首》创作的《出发》中写出，有助于理解《诗八首》。孙玉石和郑敏都把《诗八首》看作一个有机的整体。孙玉石认为：第一首写爱情初恋的时候，一方爱的热烈与另一方的冷静之间所形成的矛盾；第二首写"你""我"的爱逐渐变得成熟起来，由摆脱理性的控制而开始进入热烈的阶段；第三首写已经达到"丰富而且危险"的境界，"你我"完全超越了理性的自我控制之后，爱情热恋的时刻到来，"你我"之间才获得了爱的狂热与惊喜；第四首进一步讲两个人进入真正的热恋之后，在一片宁静的爱的氛围中，所产生的种种复杂的情感的表现；第五首是爱情的交响乐章，在这里进入了转折之前的宁静部分的抒情；第六首继续上一首的热烈后产生的宁静的思绪，进入了一种更深入的哲学的思考；第七首写经过爱的热烈，也经过爱的冷却后的生命的爱情，才能够变得如此的成熟而坚强，使它成为独立生长的生命，成为相爱者的"你我"战胜一切恐惧与寂寞的力量的精神支点；第八首奏出人类生命的真正的爱情，也是诗人"你我"自己的"我们的爱"的"巨树永青"的赞歌。②显然孙玉石是把《诗八首》看作描写爱情不断发展攀升的过程的交响诗，是爱情由初恋到成功，最后走向"平静"的赞歌。这种观点与穆旦"那里也充满了爱情的绝望之感"的话显然不相符。郑敏更注重这组诗所表现的几种爱情的力量的矛

① 蓝棣之：《论穆旦诗的演变轨迹及其特征》，杜运燮、袁可嘉、周与良编：《一个民族已经起来——怀念诗人翻译家穆旦》，江苏人民出版社1987年版，第62页。

② 见孙玉石：《穆旦的〈诗八首〉解读》，《中国现代主义诗潮史论》，北京大学出版社1999年版。

盾斗争与情感的起伏变化。她认为：《诗八首》"是一次痛苦不幸的感情经历"的描述，"全组诗贯穿着三股力量的矛盾斗争。这三股力量'你''我'和代表命运和客观世界的'上帝'。上帝在这里是冷酷无情的，他捉弄着这对情人，而就是在'你'和'我'之间，也是既相吸引又相排斥的，他们之间有着不可逾越的距离，而又有着强烈的吸引力。"组诗的"主题是既相矛盾又并存的生和死的力，幸福的允诺和接踵而至的幻灭的力。"[①] 我以为，郑敏的分析更切合组诗的实际一些。组诗所写的爱情经历并不是线性发展的过程，而是充满了性格的交锋并在他种力量的"玩弄"中寻求平衡的过程，其中所写的矛盾、痛苦、斗争、拥抱、背离、生长、定型、飘落，读来令人心灵震颤。

关于这组诗的独特性，王佐良肯定了它的哲理化，"使爱情从一种欲望转变为思想"，"把现代青年知识分子的爱情特点……突出出来"，且评价说："这样的情诗在中国的漫长诗史上也是从未见过"。[②] 袁可嘉则通过比较突出了穆旦情诗及其《诗八首》的特点："新诗史上有过许多优秀的情诗，但似乎还没有过像穆旦这样用唯物主义态度对待多少世纪以来被无数诗人浪漫化了的爱情的。徐志摩的情诗是浪漫派的，热烈而缠绵；卞之琳的情诗是象征派的，感情冲淡而外化，可意会而不可言传；穆旦的情诗是现代派的，它热情中多思辨，抽象中有肉感，有时还有冷酷的自嘲。"[③] 这些评价都较为恰当。

《诗八首》在形式上不同于《赞美》，是一组较为整齐的诗歌，体现出穆旦诗的另一种风格特色。

对于《诗八首》的思想和艺术的阐释远没有结束，如同历史上最优秀的文学作品那样，《诗八首》将会被一代又一代人阐释下去。《诗

---

① 郑敏：《诗人与矛盾》，杜运燮、袁可嘉、周与良编：《一个民族已经起来——怀念诗人翻译家穆旦》，江苏人民出版社1987年版，第34、38页。

② 王佐良：《穆旦：由来与归宿》，云南省政协文史资料研究委员会等编：《云南文史资料选辑》第34辑，云南人民出版社1988年版，第330—331页。

③ 袁可嘉：《诗人穆旦的位置》，杜运燮、袁可嘉、周与良编：《一个民族已经起来——怀念诗人翻译家穆旦》，江苏人民出版社1987年版，第14页。

八首》的魅力没有穷尽之日。

穆旦除《赞美》和《诗八首》外，在文聚社的刊物上还发表了《春的降临》《合唱二章》《线上》和《通货膨胀》等。这几首诗也是经常被论者谈起，为新诗提供了多种经验，经得起多方分析的优秀作品。

三、《滇缅公路》

《滇缅公路》也是文聚社及其刊物《文聚》中的诗歌杰作。

滇缅公路修筑于1938年，穿梭在滇西高原的崇山峻岭中，像一条巨龙，抬头时与蓝天亲吻，俯身时到江流戏水。太平洋战争后，海上交通被截断，它成了中国唯一的一条国际大通道，欧美援华物资由它输入，它"送鲜美的海风，送热烈的鼓励，送血，送一切"，支持了中国的抗战。要知道，这条巨龙是滇西人民（主体是农民）在没有机器利用的条件下，凭一双肉手挥动镐锄，在悬崖峭壁和沟涧河谷中抠出来的通衢大道！面对如此伟大的工程及它的巨大贡献，杜运燮倾其热情写作这首诗进行了歌颂：

> 这是不平凡的路，更不平凡的人：
> 就是他们，冒着饥寒与疟蚊的袭击，
> （营养不足，半裸体，挣扎在死亡的边沿）
> 每天不让太阳占先，从匆促搭盖的
> 土穴草窠里出来，挥动起原始的
> 锹镐，不惜仅有的血汗，一厘一分地
> 为民族争取平坦，争取自由的呼吸。
> ……
> 看，那就是，那就是他们不朽的化身：
> 穿过高寿的森林，经过万千年风霜
> 与期待的山岭，蛮横如野兽的激流，
> 神秘如地狱的疟蚊大本营……
> 就用勇敢而善良的血汗与忍耐

> 踩过一切阻碍，走出来，走出来，
> 给战斗疲倦的中国送鲜美的海风，
> 送热烈的鼓励，送血，送一切，……
>
> 而它，就引着成群各种形状的影子，
> 在荒废多年的森林草丛间飞奔：
> 一切在飞奔，不准许任何人停留，
> 远方的星球被转下地平线，
> 拥挤着房屋的城市已到面前，
> 可是它，不许停，这是光荣的时代，
> 整个民族在等待，需要它的负载。

　　诗人对于滇缅公路和修路人纵情礼赞，其思想感情与穆旦及其《赞美》相一致，《赞美》从苦难而沉默的老农身上看到"一个民族已经起来"，《滇缅公路》则歌颂"他们""给我们明朗的信念，光明闪烁在眼前"；《赞美》预示着民族解放与兴旺的伟大力量，《滇缅公路》则感到"一种声音在响，一个新世界在到来"，号召"放声歌唱吧，接近胜利的人民"。这样说来，《滇缅公路》比《赞美》更有思想亮度。两首诗一同发表在《文聚》创刊号上，诗歌的写作时间也相差不远，都在抗日战争极其艰难的时期，作者能从人民群众之中看到胜利的力量和希望，已表现出深远的思想眼光。我在这里要特别肯定的是作者的思想立场，他们把视线移出庙堂，转向民间，自觉而深情地向农民行礼，是由对个人主义的信仰移就人民大众的表现。诗人这种思想观念的坚实，从两位诗人在写作了各自的诗歌不久，都参军上前线，抗击日本侵略军的行动中也可以得到确认。

　　《滇缅公路》发表不久，朱自清即在课堂上评价介绍，后又在《诗与建国》一文中把它作为"现代诗"的例子加以分析；闻一多编《现代诗钞》把它选入其中。这两位大家的肯定和鼓励，一方面缘于诗的思想感情倾向，另一方面缘于诗的艺术表现。

　　这首诗把滇缅公路写动了，写活了。一条默然无言、没有生命、不会做动作的公路，被作者赋予了活力：

> 滇缅公路得到万物朝气的鼓励，
> 狂欢地运载着远方来的物资，
> 上峰顶看雾，看山坡上的日出，
> 修路工人在草露上打欠伸，"好早啊！"

滇缅公路"倾听村落里 / 安息前欢愉的匆促，轻烟的朦胧中 / 洋溢着亲密的呼唤，家庭的温暖，/ 然后懒散地，沿着水流缓缓走向城市。"这是拟人。诗歌赋予它的主要动作是"负载"和"走"："踩过一切阻碍，走出来，走出来"，"在荒废多年的森林草丛间飞奔"，"走向城市"。在"走"，在"飞奔"的路，绝无呆板死沉之感。诗歌还用一连串繁密意象写滇缅公路的多面形象：

> 看它，风一样有力，航过绿色的原野，
> 蛇一样轻灵，从茂密的草木间
> 盘上高山的背脊，飘行在云流中，
> 俨然在飞机座舱里，发现新的世界，
> 而又鹰一般敏捷，画几个优美的圆弧
> 降落到箕形的溪谷……

这样的"公路"自然不会让读者看而乏味了。可见，作者的艺术手法是高妙的。

《滇缅公路》同样被列为20世纪中国文学的优秀作品之一。

除《滇缅公路》外，杜运燮在文聚社的刊物上发表的诗歌还有《马来亚》《恒河》《欢迎雨季》《一个有名字的兵》等。这几首诗都各有特点，体现了作者的多方面贡献，一同构成了杜运燮的代表作品。其中的前三首写的都是外国，可以称为国际题材作品。国际题材在西南联大文学中不多见，它是继向意之后杜运燮的又一个独特贡献。

四、《诗六首》

文聚社的另一首优秀诗歌是罗寄一的《诗六首》。

罗寄一在西南联大写了不少诗，颇有诗名，但他后来写诗不多，故不为人们注意。闻一多1945年编《现代诗钞》，选入罗寄一的三首诗，其中两首就是《诗六首》中的第一首和第四首。

发表在《文聚》创刊号上的《一月一日》和《角度》慨叹现代人生存的艰难，前一首因除旧换新而引出，"无组织的年月就这样流"，"多少次艰难而笨拙地／描画圆圈，却总是开头到结尾／那一个点，羁押所有的眼泪和嗟叹"，新年总该有新的希望，但生命的列车总是穿梭在痛苦的山洞里。后一首从一个角度、普通人的角度观察生存状况："理智也终于是囚徒，／感情早腐烂了"，"有炸弹使血肉开花，也有／赤裸的贫穷在冰冷里咽气，／人类幸福地摆脱／彼此间的眼泪，听候／死亡低低地传递信息。"两首诗的调子是暗淡的，反映了知识分子在战争的灾难岁月里对于人生的独特感受，充满了现代意识。

《诗六首》发表时，末尾有注："Msr. Miniver 影片观后，三月廿五"，说明这组诗属于"观后感"一类文章。但作者用诗的形式表现，就不是一般的观感议论，而是另有所托了。"Msr. Miniver"是二战期间最优秀的战争片之一，通常译为《忠勇之家》。不过，诗里既没有出现影片的主人公，又没有写出故事发生的地点，甚至没有留下可以追寻的痕迹，可以断定，影片只是一个诱因，组诗要表达的是早已存在于作者心中的东西。我认为这组诗是一个有联系的由低级到高级的发展过程，其主题是爱情。正如穆旦的《诗八首》没把爱情表现为缠绵、幸福、迷醉、顾盼一样，这组诗也没有这样的感情，但它不像《诗八首》那样紧张、矛盾、冲突、背离，它基本上是直线发展的，从"面对"到"莽撞"、到"赞美"、到"拥抱"、到"承受"，步步发展完成。《诗八首》和《诗六首》两组诗相同的是，不同于传统的爱情诗一往情深或失恋悲痛，而是用理智控制情感，写出了爱情中的隐晦，表达了清醒的意识和痛苦的感受，只是，《诗六首》没有《诗八首》的痛苦程度深。在《诗六首》中，大

量使用了沉默、眼泪、悲哀、叹息、静寂、哀愁、焦灼、暗淡、绝
望、严酷、寂寞、寒冷、耻辱、厌倦、阴暗、哀痛、悲痛、怔忡、
消逝等表达非幸福的情感的词语，但它没写出爱人之间心灵的剧烈
交锋，因此它不像《诗八首》那样震撼人心。在哲理的升华与表达
方面，《诗六首》亦有《诗八首》的睿智："我将更领悟血与肉的意
义"、"幸福与哀痛在永久的意义里激荡"。《诗六首》的最大思想价
值在于揭示爱情的"承担"：

> 上帝庄严地说："你要承担"
> ……
> 让我们时时承受人类的尊严
> 我们底生命将是它不息的喷泉

《诗六首》中的一些句子是相当机智深刻的，例如：

> 底眼睛将为我设榻安卧
> 监护我梦中陨落的怔忡

> 你底风姿绰约的形影
> 直趋我燃烧而弥漫的灵魂

从以上分析可知，罗寄一接受了西方现代主义诗歌的影响，他
的诗歌具有浓重的现代派因素。

尽管与穆旦的《诗八首》相比，《诗六首》有些黯然，但《诗
六首》仍不失为一组好诗。它与《诗八首》特点不同，自有突出之
处。因此，《诗六首》在西南联大的诗歌中应为上乘。

五、《商籁》和《悲剧的金座》

文聚社推出的西南联大学生诗人还有许若摩和陈时。

许若摩在《文聚》上发表了两首十四行诗，题名《商籁》，诗歌

的前两节各四句，后两节各三句，每句均为十一字，看上去整齐匀称，相当规整。十四行是西南联大较为通行的诗体，许多师生都运用过，这两首诗可为成功的例子。诗歌吟咏宇宙人生，写得奇幻迷离，例如第一首开头一节：

> 跨上无形的翅翼飞入静朗，
> 是一声两声清脆的笛音吧？
> 来自轻妙清莹缱恋的羽间，
> 让欢悦突然浮映上了脸颊。

第二首末一节：

> 对着水面底漪涟于是哀沉，
> 哀沉于自身底缱绻的病魂，
> 但愿自身也随同光影而灭。

诗中所写多为心灵的感受，多为幻想奇景。

陈时以诗歌创作为主，他发表在《文聚》上的是两首散文诗。

第一首《悲剧的金座》感叹人间的悲剧。作者产生了对于人类命运的悲悯和对不良社会的愤怒。由于"我往往是愤怒的瞪大眼睛看着现实的世界"，平日里"给我快乐、美丽的梦幻和灵感"的古希腊雕像变成了"人生的悲剧的金座"，因为此刻"我看见古城Ponpey 的毁灭，我看见古罗马灭亡，我看见巴黎的陷落，北平的陷落……"作者"愤怒得颤栗"，"要打碎这社会的黑暗"。但是，"每当我想冲出去的时候，我往往陷在自己的悲剧中"。这"自己的悲剧"就是只有思想而无行动，每次想冲出去时都迷恋书斋生活，只能看着"悲剧的金座"流泪。

第二首《地球仪》表达的也是这种痛苦情怀："我的眼泪滴在地球仪上，浸流过好几个城市。"陈时感染了现代青年的深沉痛苦，以致不能自拔。其作品对我们认识长于思想、短于行动的现代知识分子有作用。

诗歌是文聚社文学成就的主要方面，作品较多。虽然以上只讨论了文聚社刊物上学生的部分诗作，但我们可以看出，以上诗作表明，文聚社创作了20世纪中国诗坛上的一些优秀作品，《诗八首》《赞美》《滇缅公路》等即为代表。这些诗不仅从一个方面表明文聚社是西南联大的一个优秀社团，而且奠定了文聚社在中国现代文学史上的地位。

2007年6月28日初稿于成都一环路南四段16号

第五节　新诗社的诗作①

摘　要　新诗社是西南联大以"诗社"命名的第二个学生社团。在闻一多的指导下，新诗社致力于朗诵诗的创作，在西南联大文学中独标一格，成为抗战及其以后中国朗诵诗的新生一派。其代表诗作是闻山的《山，滚动了》，何达的《舞》《我们开会》《图书馆》等，何达是新诗社最成功、最著名的诗人。俞铭传及其诗作的存在，证明新诗社也是多元的。新诗社的创作表明，在西南联大和中国现代文学史上，新诗社是一个独具创作实力和特色的社团。

新诗社的诗基本上是朗诵诗（包括歌词），诗的选材是大家所关心的社会或政治问题，诗的艺术表现有一些共同的特点，即浅显通俗、节奏强烈、情绪激昂，不乏直陈呼告，因此，他们走的是大众化的诗歌道路，他们重视诗歌的兴、观、群、怨，用诗歌去鼓动群众，激发力量，并使之化为行动。这在西南联大文学中是独标一格

---

① 本文原载于《成都大学学报》2013年第1期，原题《新诗社三诗人初论》，发表时有删节。

的。新诗社的作者较多，成就较高的有以下几位：

闻山，原名沈季平，因写了一首关于山的诗得到闻一多的赞赏而以"闻山"作笔名。他于 1943 年考入外文系，曾参加中国青年军赴印缅作战，后随校复员入清华大学。闻山的诗保存下来的仅有《山，滚动了》一首：

  山，拉着山
  山，排着山
  山，追着山
  山，滚动了！
  霜雪为它们披上银铠
  山群，奔驰向战场啊！

  奔驰啊！
  你强大的巨人的行列
  向鸭绿 黄河 扬子 怒江
   奔流的方向，
  和你们在苦斗中的弟兄
   长白 太行 大别 野人山
  拉手啊！

好大的气魄、好大的力量！山，愤怒了，"巨人的行列"出发了，无数的山戮力向前，谁能挡得住呢？于是，这位 17 岁的诗人，在抗日战争最艰难的岁月，宣告了中国胜利的消息：

  当你们面前的太平洋掀起了胜利的狂涛
  山啊！
  我愿化一道流星
  为你们飞传捷报

有这样的山，诗人怎能不满怀信心，准备充当胜利的信使呢？

这首诗给人的最初印象是拟人的成功运用。诗把山当作人来写，赋予山人的感情，面对凶暴残忍的侵略者，以巨人的身躯"拉着"、"排着"、"追着"、"滚动着"，"奔驰向战场"，它还与"弟兄""拉手"前进，静止的山在诗人笔下变成了行动的山。诗的效果再通过排比推进，山的形象更为鲜明。开头四个"山"句的排列，写出了山的四种动作，动的山一下出现在读者眼前。排比还使笔墨俭省，诗味突出。再仔细品味，这首诗还有两点很突出：一是想象奇特，山本是静止的无感情的物体，诗人把它想象成出征的英雄，"披上银铠"，"奔驰向战场"，而且想象山能够排成"巨人的行列"，"拉"起"弟兄"的手前进；二是气势雄伟，在祖国辽阔的国土上，从东到西，山以整齐的行列，"滚动""向战场"，这是多么宏伟壮观的景象啊，任何敌人在这样的气势面前都会魂飞魄丧。面对此景，太平洋也兴奋得"掀起胜利的狂涛"——又一番雄大壮观的景象。这首诗可以称为抗战诗的杰作。闻一多把它选入《现代诗抄》后，又被收入《中国新文学大系》等书，成为中国现代诗歌的代表作之一。

白鹄，原名赵宝煦，1943 年从西安一路写诗到昆明，考入化工系，后转政治系，是新诗社的发起之一。《夜歌》是一首 40 行的写景抒情诗，以"夜色是美丽的呀／夜色的世界是美丽的呀"为主旋律歌唱夜色，立意新颖，受到关注。夜在中国人的审美观念中向来是不美好的，《夜歌》一反"向来"，赞美夜的美好，具有"反叛性"。诗人选取在昆明常见的景物尤加利树、仙人掌、睡美人为意象进行描述，抒写出它们在"朦胧的夜色里"的美：

> 夜色
> 在周身遍订着针刺的仙人掌上
> 在伸着长臂的尤加利树上
> 聪明地镀一层朦胧
> 于是一切都迷着眼睛

　　在朦胧里

　　多情地笑了

　　那座"古希腊雕塑卧像"应该是滇池边的西山"睡美人"。睡美人是大自然雕塑在昆明的最美的杰作，每一个到昆明的人都会为之击节赞叹。睡美人被朦胧的夜色涂饰，更加迷人，诗歌用整整三节大加赞赏。作者赋予夜色的主体感情是温柔，高高的尤加利树是温柔的，浑身长刺的仙人掌也是温柔的，西山睡美人更其温柔。温柔的感情基调在朦胧中才倍加突出，因此作者非常喜爱这朦胧的夜色，希望它能保持下去，并在朦胧中尽情地欣赏夜的温柔，诗歌结尾说："而太阳升起的时候／还远哪！"作者不是不喜欢太阳，而是怕太阳会破坏夜色的美。美丽的事物需要美的心灵去发现。诗人从习以为常的事物中，从传统的"丑"中发现了美，这就是创造。

　　如果说闻山和赵宝煦的诗歌朗诵出来，知识分子能够听懂的话，俞铭传的诗则不能朗诵。他虽然是新诗社的一员，但他所走的诗歌道路与新诗社大相径庭，是现代派的道路。俞铭传诗歌的取材不是朗诵诗人喜爱的政治，而是能够体现现代文明和时代色彩的机械化和商业化。《夜航机》和《压路机》是两首较著名的诗，一咏天上的机械，一咏地上的机械，表现的不是什么"诗意"和感情，而是诗人的观感和思考。《金子店》和《拍卖行》也是名诗，写商业的情况和买卖的行情。《金子店》写金价的暴涨和"拜金"者的心理，十分生动。《拍卖行》写店里的物品——"失宠的尤物"的命运，讽刺深刻。《拍卖行》虽然作为新诗社的代表作发表在《诗叶之七》上，但它仍然不是为朗诵而作的，这说明新诗社的早期，风格多种多样。

　　俞铭传的诗歌属于收不到朗诵效果的现代诗，诗歌不仅听不懂，有的甚至不易看懂，诗中那些名词、术语、典故（而且多为外国的）、外文、意象、隐喻、暗示、言外之意等，必须经过思考才能弄懂。俞铭传虽然是新诗社的代表诗人之一，但他没有沿着新诗社的朗诵诗道路前进，而是停留在新诗社的前期，并且发展成西南联大后期现代主义诗歌的代表诗人。

与俞铭传的道路不同，尹洛则由抒情诗逐步转向了朗诵诗的创作。尹洛，原名尹落，笔名还有伊洛、沙珍等。1944年，尹洛从重庆到昆明，也是一路写诗进入历史系，随后参加新诗社活动的。西南联大的新鲜和明朗使他兴奋不已，在《新的呼吸》一诗里，他情不自禁地喊道：

> 这新天地
> 这新天地呀
> 我将是你中间的一个人

不几天，他又信笔写出了《朝阳花》，诗歌把小孩、鲜花、太阳三种形象叠印在一起，构成一幅美不胜收的画面：小孩仰望着朝阳花的金花环，朝阳花仰望着温暖的太阳；朝阳花得到了太阳的恩惠，又把光明的种子撒向小孩的心田。不过，诗人的心情很快就不那么"单纯"了。《给诗人》努力写出"这时代"对于一个"真正的诗人"的要求：是一个农人、工人、兵士或学生，是鼓手或号兵，写诗也不再是编织"桂冠"，诗歌是"烟火"、"炸药"、"枪刺"、"蒺藜"，诗人要以诗歌为武器，去和群众一起开辟"将来的世界"。这首诗已体现出人民性的思想，重视诗歌改造社会的作用，同时也流露出"非艺术"的思想迹象。这首诗可以看作诗人文艺思想的转折。其后，尹洛致力于朗诵诗的创作。"一二·一"惨案发生，尹洛连续写了一些朗诵诗作为"烟火"、"炸药"、"枪刺"、"蒺藜"投向战场。在许许多多的悼诗中，《血的种子是不会死亡的》具有代表性，诗歌既歌颂死者永生，又告慰死者：生者将继承遗志，表达了大家的心里话，因此，诗歌被节录镌刻在"四烈士"纪念碑的《悼诗录》上，激励后人。

本为冬青社的骨干，又参与发起新诗社的萧荻，也是由"阅读诗"转向朗诵诗的。萧荻原名施载宣，1939年进西南联大，初读化学，后攻历史，1946年毕业。他经历丰富且多才多艺，是文艺活跃分子。1943年，盟军抗击日本侵略军的印缅大反攻开始，作者异常兴奋，作《云的问讯》，借印度上空的云表达欢快的感情。这时的萧荻走着现实主义道路，风格朴实，浅显易懂。这样的诗风容易迈向朗诵诗。他确实把这时的诗带进了新诗社：《诗叶之七》上刊登的《最初的黎明》写于1941年，《祝》写于1943年，并非新诗社时期的创作。到了1945年6月，萧荻写出了较为成熟的朗诵诗《保证——给屈原》，歌颂屈原的人格和坚持真理、敢于反抗的精神，歌颂他的死和诗作的意义，并向这位"歌者的先锋""提出保证"。诗歌把"我们"和屈原对比，突出了屈原的伟大，但也不轻视"我们"的作用。诗歌力求通俗明白，节奏有力。受到"一二·一"运动的激发，他的诗成为大众思想的承载体和传播器，实现了诗歌大众化，《不仅是为了哀悼》和《绕棺》就是这方面的代表作。

萧荻走着一条由"个性化"现实主义到"大众化"现实主义的道路。大约被大众"化"了，1945年以后他没有写出好诗，1948年他在整理旧稿时痛苦地发现："这黑鸦鸦的一片／是谎言，是呓语，带着病菌／没有价值，全不是诗"，[①] 于是他放弃了诗歌创作。萧荻的道路值得我们深思。但他毕竟当过诗人，他的一些好诗，如《寄别》《往事——忆萧珊》《云的问讯》《树与池水》等还是值得一读的。

"一二·一"的确是朗诵诗的催生素。面对恶魔的残暴和同学的鲜血，哀悼、控诉、战斗之情猛然爆发，而诗歌正是表达这种感情的最好载体，因此，朗诵诗大量地产生了。新诗社一年多来苦心探索的朗诵诗遇上了最好的展示机会。有人说："时代不幸诗家幸。"这话虽不是真理，确有符合实际的因素，新诗社此时大显身手，创作了数量众多的朗诵诗。

沈叔平1942年进入政治系，运动中他写了《欺骗》《悼潘琰》

---

① 萧荻：《诗——整理旧稿有感》，《最初的黎明》，作者自印本2005年版，第54—55页。

《奠与控告》三首诗，从不同侧面，表达了对于"一二·一"运动的态度和感情。

因蘩的身份无人知道。《诗叶之七》上刊登的《原始》，赞美早晨是"一张从未被修改过的图画"，想象奇丽。他较为著名的是《我们还要赶路——祭烈士》，这首诗控诉现实的黑暗与龌龊，表示自己要像先烈一样以死去改变现实，不同于一般的悼念诗，所以，被节录刻在"四烈士"纪念碑上了。

彭允中 1942 年考入师范学院国文系。他的《潘琰，我认识你》和《灵前祭四烈士》具有独特价值。闻一多殉难后，他写了《闻一多先生遇害》，把"一二·一""明杀"学生和"七·一五"暗杀教授联系起来，控诉了政府的累累血债。彭允中的诗思想明确，诗句有力。

许明的身世也无人知道，他的诗有妙思奇想，注意提炼形象，诗意跳跃，语言凝练，短小精悍，巧妙地表达出独特的思想，富有美感。《风》《潮》《说》都是这样的诗篇，有人说："这是宣传，也是闪光的诗。"①

新诗社社员写于"一二·一"运动并保存下来的诗还有黄海的《争回失去的太阳》，缪祥烈的《党国所赐》《妈妈，要是你今天还活着》《给慰劳我的人们》，吴郎沙的《灵活与剑》《刀》《送葬》，芳济的《生命伸向永年》，东方明的《给武装同志》等。运动中还产生了一种特殊的诗歌——歌词，既可以唱，又可以朗诵。例如严宝瑜的《送葬歌》是"四烈士"出殡大游行时，殡仪队哀唱的，也在许多场合朗诵过。

在新诗社社员中，创作成就最高的是何达。何达对诗歌情有独钟，用心殷殷，直至以诗为生命，最终在诗歌创作上取得了卓越的成就。诗坛上有"西南联大三星"之说，"三星"指穆旦、杜运燮、郑敏，这是就西南联大现代诗派而言的。西南联大诗坛还有其他"星"，何达便是其中一颗。何达的贡献在于朗诵诗。正如西南联大

---

① 王笠耘：《诗的花环（代跋）》，龚纪一编：《"一二·一"诗选》，人民文学出版社 1983 年版，第 265 页。

学生中现代诗的成就以穆旦、杜运燮、郑敏、袁可嘉等的诗为标志一样，何达的诗是西南联大朗诵诗成就的标志。西南联大的朗诵诗创作和朗诵诗运动与何达的名字紧密相连。

朱自清认为，朗诵诗和传统诗的"根本的不同在于传统诗的中心是'我'，朗诵诗没有'我'，有'我们'，没有中心，有集团。"①何达的诗正是"我们"的诗，"集团"的诗。这个"我们"，有时候是"人民"，有时候是"大家"，有时候也是"我"，反正不是作者自己。作者已经融入"集团"，所说的话已是"集团"的意识，作品中的"我"只是"集团"的代言人。读何达的诗一定要注意这种关系。

新诗社追求的全"新"的诗，说穿了，是融合听者、走向大众的"人民的诗"，这是西南联大前所未有的。经闻一多的辅导，新诗社通过一段时间的试验，逐渐形成了"新"诗歌的观念，他们努力获得大众意识，成为集团的代言人，在写诗的立场上，以"我们"代替了"我"。这第一首以"我们"写成的"新"诗是《我们的心》：

> 我们太潮湿了！
> 我们太寒冷了！
> 把我们的肋骨
> 像两扇大门似地
>
>   打开！
>
> 让阳光
> 直晒到我们的心。

全诗一句一个"我们"。这个"我们"不是新诗社，而是西南联大的学生。当时，西南联大的政治热情还没有从"皖南事变"后的高压中复苏过来，大家互不闻问，热血青年实在难以忍耐了。所

---

① 朱自清：《介绍何达的诗集〈我们开会〉》，何达：《我们开会》，中兴出版社1949年版，第3页。

以，何达才会喊出这样的诗句。这首诗无疑是西南联大"五四"精神复苏的先声。其后，何达写出了著名的《我们开会》。西南联大民主空气复苏后，会议多了起来。《我们开会》不仅描写了会议的情形："视线""集中在一个轴心"，"背""砌成一座堡垒"，而且写出了会议达到的目的："灵魂""拧成一根巨绳"，"我们""变成一个巨人"。虽然这首诗对于开会这个大题目"只写出了很少的一点"，[①]但它确实抓住了开会的典型形象，大家背向外，注意力集中，目光朝一处看，最终达到思想的统一和精神的团结，收到以少见多，以形象取胜的效果。

以后何达写的"我们诗"，有《我们》《雾》《过昭平》《士兵们的家信》《选举》《罗斯福》《玛耶可夫斯基》《五四颂》《民主火》《我们是民主火》《写标语》《五四晚会》《图书馆》《四烈士大出殡》《我们不是"诗人"》《舞》《人民的巨手》《我们的话》《无题》《不怕死，怕讨论》《悼六一惨案三烈士》《献给师长们》《火葬》《新诗社》等。这些诗，尽管内容不同，风格各异，但有一点是相同的，即属于某一个"集团"（群体）。作者不是从自我的立场出发去观察世界，认识事物，而是站在群体的立场，用大众的眼光去对待人和事，进而表达出群体（"集团"）的思想、愿望和意志。这种诗不同于以往表现群体利益的某些诗的地方在于，以往的诗人取一个观望者的角度去表现群体，何达则将自己融入群体，虽然都是表现群体，但两种诗对群体的意志和愿望的表现程度不一样。这就是何达所说的："在／为生存而奋斗的人们的面前／我／火一样地／公开了自己"。（《无题》）读这些诗，你感觉到的，不是诗人在表达自己的思想感情，而是群体在表达"我们"的思想感情。这是何达以及新诗社的自觉行动。当然，从历史的角度看，新诗社不是先行者，在他们之前，田间已写出部分大众诗，在解放区，大众文艺已成为文学的一个方向了。但在昆明，他们还是先行者。何达自己就说："今天青年代的诗都在发展这个'我们'而扬弃那个'我'，不管朗诵不

---

① 清华大学中文系某班学生的意见，转引自《朱自清全集》第3卷，江苏教育出版社1996年版，第259页。

朗诵。"^①由此可以看出，何达诗的特点，新诗社的贡献以及"我们诗"的创作倾向。

何达的"我们诗"同时是朗诵诗。由于朗诵诗反映的应该是当前群体所关心的现实问题，表达的是群体的意愿，何达的"我们诗"基本上都被朗诵过，有的如《五四颂》《图书馆》等被多次朗诵，成为"最尖锐、最猛烈的／武器／最高大最新式的／工厂"。（《玛耶可夫斯基》）诗朗诵一定是针对一定的群体，在一定的场合中进行的。群体的思想倾向不同，文化修养不同，诗朗诵的效果也不同，即使是同一群体，在不同的场合朗诵同一首诗，效果也会不同。上列何达的个别诗，写的不一定是政治问题，但由于是当前大家热心的事并在特定的环境朗诵，效果也是相当好的。我们今天无法再现当时的情境，只能展开想象。譬如《舞》一首，我们想象在一片原始森林里，在熊熊燃烧的篝火旁，在鼓声的强烈节奏中，一群赤裸的青年男女，狂热地跳起了舞。周围一团漆黑，唯有他们在火光的映衬下显出明暗交错的运动着的身体。他们是那样的投入、那样的狂热，仿佛不是在跳舞，而是在融化，融化在此时此刻的情景中了。在一段舞的间歇，一个男高音突然爆发出：

烧起臂膀的火焰
摇动乳房的铃铛
（**和声**）舞啊　舞啊

愤激的脚步
捣碎了地面
（**和声**）舞啊　舞啊

眉毛跳进眼球
眼球跳进口唇

---

① 何达语，转引自朱自清：《介绍何达的诗集〈我们开会〉》，何达：《我们开会》，中兴出版社 1949 年版，第 3 页。

肌肉跳进骨头

骨头跳进血液

（**和声**）舞啊　舞啊

我跳进他

他跳进你

卷起情感的旋风

（**和声**）舞啊　舞啊 ①

随即，新的一段舞又开始了……在那个狂舞的特殊环境里，这样的朗诵何其带劲！

然而，诗歌毕竟是个人创作的。人活在群体之中，也活在独立的自我之中。诗人在传达群体的意愿之时，也表达自我的心灵。何达虽然以朗诵诗的形式充当了群体的代言人，但他在"代言"之外，也表达"自我"。这就构成了他诗作中与"我们诗"并行的"自我诗"（有时两种是交叉的）。这类诗又可以分为几种：第一种是赞美亲情和友情的，《朋友》《家信》《弟弟，你好好地睡罢》《给叶华》等即是；第二种是描写爱情的，《等》《你》《期待》《一个名字》《爱》《听》等即是；第三种是写景状物的，《灯》《路》《贵州速写》《清华园风景》等即是；第四种是表达内心感受的，《我走》《思想》《他们》《诗朗诵》《忆安南》等即是；第五种是同情劳动者的，《老鞋匠》《黄包车夫》《一个少女的经历》《自杀》《萧大妈》等即是。第一种"亲情和友情"是个人之交，不可能用"我们"来表达；第二种"爱情"更是个人化的；第三种"写景状物"出于自我的认识，代表不了群体；第四种"内心感受"无法公众化，但在一定的条件下有可能转化成群体认同；唯有第五种"同情劳动者"的诗可以是"我们"的，是典型的朗诵诗。总之，第四种诗可能是朗诵诗，在一定的对象、范围和场合中，朗诵效果也会相当好，但

---

① 各节中的（和声）为引者所加。

前三种诗就不一定适合朗诵了。何达不愧是优秀的诗人，上述五种诗，每一种都有佳作，尤其是一些短章，写得巧妙。这里举著名的《老鞋匠》看看其成就。当时许多人都吟咏过补鞋匠。在同类诗中，何达的《老鞋匠》独具特色。其特色在于把老鞋匠的命运与破鞋的命运"等同"起来。诗先写老鞋匠的工作的艰辛："两手蹦紧了青筋……/ 一针一用力 / 一锥一喘气"，他一生补缀过不知多少双鞋子，不知使多少人重新踏上了征程。如今，"他老了 / 他失去了青春 / 就像那些破皮 / 失去了光彩"。接着咏叹道：

> 他——
>
> 老鞋匠
>
> 也是一双快要解体的破鞋啊
>
> 被拖曳在
>
> 生活的道路上

无论读者还是听者，都会被这样的结尾打动：老鞋匠补鞋一生，自己的命运如同一只被拖曳在路上的破鞋，多么凄凉、多么无奈！此诗不长，成就却不小。老鞋匠的形象、心灵、动作和工作环境、艰难的生活、悲凉的命运都传达给读者或听者了。而这成就的取得，除巧妙的构思外，还靠了新鲜的比喻和适度的夸张——恰当的手法一直是何达诗歌艺术的特点。

说到艺术，何达是新诗社作者中艺术手段最高超的诗人。他的诗总是以一种艺术的色彩呈现出来。因此，许多诗，既是宣传品，又是艺术品。这就出现了这样的情况：不同创作方法和流派的选本都收有他的诗。朗诵诗关注实际、反映现实，自然属于现实主义，但现代主义诗集也收了他的作品。《我们开会》《老鞋匠》《过昭平》《风》四首，被闻一多选进《现代诗抄》后，又被杜运燮等选编的《西南联大现代诗抄》收录。这说明何达不拘泥于一种创作方法的运用。他的诗既拥抱现实，又表现心灵，讲究艺术，具有个性，因而，既是大众的，又是独创的。的确，何达的一些诗很有现代色彩，除上面的四首外，还可举出《女人》《给》《期待》《士兵们的家信》《选举》《灯》《一个名字》《舞》《一个少女的经历》等，这些诗都具有某种现代意味。居于这样的事实，我们认为用创作方法来框范何达，把他划分为现实主义诗人或现代主义诗人是徒劳无益的。何达诗歌的主要艺术特色有以下三点：

一，构思精巧。何达极为注意诗的构思，他的每一首诗都包含着匠意。《雾》写一种氛围，一种令人郁闷的氛围：

> 雾，雾
> 到处是雾
> 是墙
> 我们推倒它
> 是铁栅栏
> 我们锯断它
> 是高山
> 我们炸翻它
>
> 然而是雾
> 到处是雾
>
> 睁着眼睛
> 看不见东西
> 伸出拳头
> 碰不到对象
> 抡起大刀
> 射出子弹
> ——雾还是雾

这是多么顽强的障碍，多么使人烦乱的环境啊！"雾，到处是雾"的反复把郁闷情绪提到了极点。推不开，炸不倒，让不掉，打不着的描写把人的烦乱心绪表达得淋漓尽致。"我们不能就这样霉掉烂掉",怎么办?"烧起漫天的大火……明明白白地干一场"。"雾"的隐喻,"干一场"的内涵,当时的人都很明白。在浓雾弥漫的环境中,这种构思与表达至为恰当。由于构思巧妙,有时诗意大幅度跳跃,达到了经济的目的,《一个少女的经历》就是这样的诗。这首诗通过一个少女的乳房五次被人摸,表达了少女的苦难经历:第一个是工头,第二个是情人,第三个是日本人,第四个是美国兵,第五个是中国警长。不同人的变化,反映了中国社会的变迁和少女的底层地位,人不同而做的事相同,少女被人乱摸的痛苦相同,中国人苦苦奋斗的结果仍然相同。而最后一个人竟然是中国警长!诗歌的意思显然。这首诗不仅写出了少女的经历,而且写出了几个时代(或时期),表达了作者的思想倾向,诗却只有 19 行,其构思的经济效果十分突出。

二,比喻生动。何达的诗,每一首都有比喻,有的全是比喻构成,似乎没有比喻就写不成诗。记得艾青说过这样的话:诗人的职责是寻找最恰当的比喻。何达曾亲炙艾青的教诲:"到桂林,艾青先生纠正过我的方向",[①]学到了艾青寻找比喻的能力。他诗中的比喻,既新鲜独特,又丰富繁丽。一首《等》,全是比喻构成:

> 多少年我等着你
> 像柴等着火
> 言语等着口舌
> 琴弦等着歌

还有比这种"等"更执着的吗?他等的可是"唯一"!再如以下三例:

> 我们要说一种话
> 干脆得

---

① 何达:《给读者》,《我们开会》,中兴出版社 1949 年版,第 213—124 页。

像机关枪在打靶
一个字一个字
就是那一颗颗
火红的曳光弹
瞄得好准
　　　——《我们的话》

字是一只只的船
句是一列列的船
我们的口
　是闸
船等着水
水
　是我们的情感
　　　——《朗诵诗》

滇越铁路
像一条毒蛇
张着血口
在云南府
滇越铁路
像一条铁链
打在奴隶的肩上
又打在奴隶的朋友的后腰
　　　——《忆安南》

　　不用说诗题，单是欣赏诗句的比喻，也够赏心悦目了。一些政治性很强的内容，由于用了比喻，便减少了说教气，不那么枯燥了。例如：

五四

　　是从暗哑的历史里

　　　跳出来的

　　　　血红的大字

五四

　　是从暗哑的世纪里

　　　爆发出来的

　　　　怒吼的声音

五四

　　用中国人的愤怒

　　　震落了

　　　　签订卖身契的笔

五四

　　在青年人的生命上

　　　挂上了

　　　　拯救民族的勋章

　　　　　　　　——《五四颂》

　　四句诗，四个比喻，把静止的"五四"写活了。在何达诗中，比喻比比皆是，俯拾即得。

　　三、细节典型。一般说，细节是叙事文学的要素，抒情作品不以此为要求。何达写的是抒情诗，本不以细节为意，但他却与众不同地抓住典型细节加以描写，显出特色。例如：

　　是男孩子的错，爸爸的

　　巴掌打在女孩子的头上

　　娘说——

　　　"有什么哭头

　　　命和我生得一样苦

又怪哪个？"
　　　　　　　　——《女人》

　　全诗几乎都由细节构成。由于细节的妙用，使语言十分经济，六行诗，写出了两代女人的共同命运，揭示了男权社会的不公平。写老鞋匠，突出他手背上绷紧了的青筋，锥鞋度针时用力与喘气的神情。而写老鞋匠的生产资料："桌底下 / 像停尸房 / 狼藉着无法补救的破皮"，这既是细节描写，又是比喻，生动形象。作品写萧大妈"穿着破棉袄"、"缠着两只小脚"、"梳着花白头发"、"瘪着老嘴眯着眼"，来吊唁"四烈士"，问她"怎么晓得的？"她——

　　　　你举起绽开了棉絮的袖口
　　　　指指耳朵
　　　　又指指眼睛
　　　　扯起喉咙大声喊着
　　　　说：
　　　　　"我不聋
　　　　　也不瞎"
　　　　　　　　——《萧大妈》

　　几个细节，使萧大妈的形象跃然纸上了。"大声喊"的话，似乎是说给另外的人听的。作者讥刺"我们的诗人"，正忙于"向白云作恬淡的遐想"，"捕捉水纹的颤动的线条"，"温习公子王孙的甜梦"，"向短垣斜杏轻吁浅笑"，"掏出一瓣心香奉献给过路的红衣女郎"，五个细节，写出了一个"有福的"诗人。这个诗人实际是时代的废物。作者的态度，感情全都通过细节表达了出来，胜过其他的若干话语。

　　以上分析说明，何达的诗是经过精心构建的艺术诗。虽然诗人写诗的目的是为现实斗争服务，甚至宣告"我们不是诗人"，①

---

　　①　何达有一首诗，诗题就是《我们不是诗人》。

但他所写的诗都是通过认真思索，调动各种艺术手法写成的，因此具有很高的艺术价值。政治运动中的大喊大叫，虽然可收一时之效，但难于成就流芳百世的艺术精品。何达的诗不与此为伍。虽然他的诗也宣传、也鼓动，但力避标语口号和平铺直叙，而是靠艺术的力量去感染，去鼓动。可以说，何达的诗较好的实现了思想和艺术的统一，内容和形式的统一，是"艺术的政治诗"的成功典范。闻一多曾要求文艺发挥艺术的力量去达到政治的宣传目的，何达实现了这一要求，所以，何达是闻一多亲手培养出来的一位优秀诗人。

2006 年 8 月 16 日初稿于昆明文化巷 52 号

第六节　剧艺社的舞台创作①

摘　要　剧艺社是西南联大最后一个戏剧社团。剧艺社上承联大剧团的传统，下启北大、清华、南开的戏剧新篇。1945 年以后，剧艺社演出《风雪夜归人》，显示出较高的演技水平，"一二·一"惨案爆发，剧艺社创作并演出了《匪警》《凯旋》《审判前夕》《告地状》《民主使徒》等广场剧和活报剧，为"一二·一"运动的宣传斗争做出了特殊贡献，运动结束后，再演《芳草天涯》，回到演出艺术剧的轨道。这些演出尤其是艺术性戏剧的演出显示了高超的技艺，奠定了西南联大剧艺社在中国校园戏剧史上的地位。

剧艺社是西南联大最后一个戏剧社团。剧艺社上承联大剧团的传统，下启北大、清华、南开的戏剧新篇，在校园戏剧史上具有重要的意义。

---

① 本文原载于《抗战文化研究》2011 年第 5 期，原题《西南联大剧艺社的重要演出》。

1944 年秋，剧艺社诞生。在之后的一年里，剧艺社由几个人发展到几十人，由具有戏剧特长者的小团体扩展为戏剧爱好者济济的大剧团。在这一年的戏剧活动中，剧艺社的小剧场演出效果最为显著，它标志着剧艺社由学术团体转为演出团体、由幼稚走向成熟的转折。1945 年秋，剧艺社扩大组织，选举产生了新的领导班子。接着，剧艺社演出了第一出大戏《风雪夜归人》。此次演出得到普遍赞扬。正当剧艺社准备大显身手的时候，一场突如其来的政治事件改变了剧艺社的方向和道路。在"一二·一"政治斗争中，剧艺社自编、自导、自演了《匪警》《凯旋》《审判前夕》《告地状》《民主使徒》（即《潘琰传》）等几部戏。1946 年 5 月 4 日，西南联大宣布结束。剧艺社演出夏衍的《芳草天涯》以为纪念。这些演出显示了剧艺社的高超技艺，奠定了西南联大剧艺社在中国戏剧史上的地位。

演出是戏剧团体的主要功能，也是剧艺社所追求的。剧艺社队伍壮大后，首选吴祖光创作的三幕剧《风雪夜归人》。这出戏，西南联大中文系为欢送毕业生，于 1943 年 5 月在中法大学礼堂演出过。当时的演员有的成了剧艺社社员。由于熟悉剧情，排演起来容易把握，演出成功的可能性较大，所以剧艺社选定《风雪夜归人》作为组织扩大后的第一个演出剧本。剧艺社决定，导演由王松声担任，演员安排如下：王松声演魏莲生，施巩秋演玉春，郭良夫演苏弘基，聂运华演徐辅成，温功智演李蓉生，丛硕文演陈祥，王 × ×演王新贵，[①] 刘薇演兰儿，彭佩云演小兰，吴学淑演马大婶，杨凤仪演马二傻子，汪仁霖、冯建天演乞儿，李志的、许健冰、张燕俦、万先荣等演学生，张天珉、常正文、江锦彬等饰演群众。这些演员中，王松声和温功智曾在重庆国立剧专读书，受过正规表演训练，有丰富演出经验，郭良夫毕业于北平国立艺专，是演戏的行家里手，丛硕文中学时就喜爱演戏，曾是怒潮剧社和山海云剧社的骨干演员，施巩秋曾在山海云剧社主演的《家》中饰演过主角，聂运华从中学到大学都是演戏的活跃分子，其他演员也分别在其他戏剧

---

① 王××是国民党党员，没有人记住他的名字。剧艺社的所有材料都用"××"代替其名。

和小剧场演出中受过锻炼，具有一定的舞台经验。剧组工作人员也相当出色：萧荻任舞台监督，程法伋、张魁堂管灯光，萧荻、徐树元、程远洛管布景，童璞管化妆，孙同丰任剧务，前台由张祖道负责。由此可见，剧艺社的演出队伍已相当完备。可以说，这些演员基本上集中了当时西南联大校内学生中的戏剧精英，构成了1945年西南联大较为强大的学生演出阵容，是理想的演出队伍。由于演职人员各有所长，在工作中积极负责，此次演出过后，便形成了专人专职，分工明确的后勤剧务团体。正如萧荻所说："剧艺社不仅有相当强的演员队伍，而且有一支可以自己进行制作的专职舞台工作队伍。"①剧艺社已相当成熟了。

这时，正值西南联大建校8周年，校学生自治会组织筹备"校庆周"，便把《风雪夜归人》的演出列为校庆活动之一。这又给剧组人员带来了鼓舞。上次"五四"纪念周时因条件不具备，没演成《日出》，大家过意不去，决心在这次校庆周奉献一出好戏。校庆周从10月29日开始，组织者把《风雪夜归人》的演出安排为"压轴戏"。11月3日，等待已久的全体演职人员终于在学校东食堂登台演出，献艺师生。《风雪夜归人》，是吴祖光的代表作，写京剧名伶魏莲生与当朝一品苏弘基的宠妾玉春的爱情悲剧，但没有落入"姨太太与戏子恋爱"的套路，而是揭示出普通人对自身价值的审视、觉悟和追求，立意深刻，情节委婉曲折。王松声、施巩秋、郭良夫等人的表演准确到位，细腻生动，赢得了全场的阵阵掌声。原计划演出一场，实际却连演三场，至11月5日结束。校庆周随之圆满落幕。

此次演出受到普遍赞扬，大家一致看好剧艺社。剧艺社也为自己的成功演出而自豪，更为自己拥有一批优秀的演员和全方位舞台工作者而高兴。按照这条路走下去，剧艺社完全可以成为能演大戏、演好戏，同时也可以深入群众演小品的戏剧团体，进而发展成为云南的一支独具实力的艺术队伍。但此时，一场突如其来的政治

---

① 萧荻：《承前启后的战斗集体——忆西南联大剧艺社》，西南联大校友会编：《笳吹弦诵在春城》，云南人民出版社、北京大学出版社1986年版，第397页。

灾难改变了剧艺社的方向和道路。

抗战刚刚胜利，正当人民渴望着山河重光，安居乐业的时候，不料内战阴云又起，有识之士纷纷站出来呼吁和平，全国上下反内战要和平的呼声逐渐高涨，其中昆明、重庆等后方城市反内战的呼声尤高。昆明学生与文化界、职业界的青年共同展开了热烈的民主运动。1945 年 11 月 25 日，昆明国立西南联合大学、国立云南大学、私立中法大学和省立英语专修学校四所大学的学生自治会联合举办"反内战时事报告会"，大会在西南联大民主草坪上举行，到会者近六千人，会上请西南联大教授钱端升、伍启元、费孝通及云南大学教授潘大逵四位先生演讲，中心是讨论内战问题，呼吁民主和平。当大会正在进行的时候，反动军警包围了校园，切断四周交通，并鸣枪威胁到会群众，子弹从会场上空、从正在台上演讲的费孝通头顶上飞过。但是与会师生不为枪声所惧，继续开会。反动派又让特务切断了电源，并在会场上捣乱起哄。这一切引起师生极大的愤慨。次日，为反对内战和抗议军警暴行，西南联大学生举行了罢课。也是这一天，昆明《中央日报》登载消息，把昨夜对晚会的武力威胁说成是"西郊匪警，半夜枪声"，公然污蔑时事晚会和师生们的爱国活动，更激起了大家的义愤。27 日，昆明全市三万多学生宣布总罢课，进而发展成轰轰烈烈的"一二·一"民主爱国运动。

昆明全市学校罢课后，各校学生纷纷走上街头，开展多种宣传活动。剧艺社社员们也聚在一起商量目前自己该做什么以及怎么做。大家一致认为剧艺社专长就是演戏，并且自抗战以来，戏剧的宣传战斗作用也已得到了充分的显现，因此应该发挥戏剧社团的长处，通过演出宣传来鼓舞师生的斗志。演出就要有剧本，于是几位平时爱好文学和写作的同学立即投入到剧本创作中。

剧艺社首先出台的剧本是活报剧《匪警》。作者是一个不知其名的国民党党员"王××"。这是针对国民党中央社"匪警"、"枪声"的污蔑报道而创作的。剧本写出后，剧艺社突击排练。11 月29 日，该剧作为学校罢委会组织的文艺宣传活动内容之一，在被污为"匪警"开会的"民主草坪"上演出。此剧及时报告了反内战时事晚会的真相，回击了反动派的不实污蔑，揭露了他们欺骗愚弄群众的用心。由于剧本是赶写而成，又是突击排练演出，谈不上什么艺术性，但戏剧的现实意义很强，起到了正人视听，揭露阴谋，回击敌人的作用。当时的报道是：演出的"话剧有《凯旋》①及《匪警》，其中尤以《匪警》一剧，实情实景，颇得观众同情。"②如果说闻家驷先生的《当真是匪警吗？》是最早写出的揭露文章（此文发表时间稍后于"告书"、"宣言"等公文和《罢委会通讯》上的报道）的话，《匪警》则是还击污蔑的第一篇文学作品和揭露真相的第一出戏剧。

剧艺社在罢课后演出的第二个剧目是广场剧《凯旋》，作者王松声。时事晚会结束后，王松声就开始创作《凯旋》，三四天后写出了初稿，经过试排，演出效果不错。作者根据试演的情况进行了修改，在"一二·一"惨案发生的当天夜里修改完毕。由于这场剧是作者边修改剧本，剧艺社就边进行排练，所以在12月2日，也就是"一二·一"惨案发生的第二天，《凯旋》就在西南联大"民主草坪"的舞台上正式演出了。剧本讲述的故事发生在河南的一个村镇："中央军"某班班长张德福，参军抗战八年，他离家时儿女尚小，抗战胜利后他跟随自己所在的中央军某团"凯旋"归来。部队在河南省中部的一个村镇与当地的抗日少年自卫队遭遇，中央军奉命以"剿共"为名向少年自卫队发起攻击。少年自卫队队长张小福在战斗中受伤。之后，中央军某团长前来"宣慰"村民，同来的还有原日军大佐冈川以及原伪县长，他们现已摇身一变，冈川成了"剿共志愿军"司令，而原伪县长成了"先遣军"的参谋。此时，回家养伤的张小福被认出而遭到抓捕。团长在日本军官和原伪县长的胁迫下，命令张德福开枪杀死了张小福。之后，张德福找到了自己的父亲和女儿，才知道被枪杀的正是自己日夜思念的儿子，他悲痛难当，拔枪自杀。作品通过张德福一家的悲剧，揭露了抗战带给老

---

① 当时演出的《凯旋》是初稿试演。修改稿是"民国三十四年十二月一日于联大被暴徒狙击后一小时脱稿"的。见《凯旋》发表稿文末注。

② 见《罢委会通讯》1945年第2期所载"综合报道"。

百姓的所谓胜利"成果"，控诉了内战的罪恶。参加演出的演员是：
温功智（饰爷爷）、杨凤仪（饰张德福）、伍骅（饰小凤）、聂运
华（饰团长）、丛硕文（饰原伪县长）、江景彬（饰日本军官）。演
出时，台下坐满了观众，闻一多、吴晗等先生也在其中。和以往的
演出场面不同的是，观众极其安静，好像是等待着什么事情发生一
样，静静地等候着幕启。此时，"一二·一"惨案四烈士的尸体就停
放在舞台背后图书馆的阅览室里。大家的心中充满了悲愤的感情，
演员在舞台上忘记了自己，他们已不仅仅是"进入角色"，而是完全
"融化"在角色之中了。演员把内心的悲愤转化成了角色的语言，
朗诵台词实际就是在抒发内心的情感。饰演爷爷的演员温功智，具
有相当丰富的舞台演出经验，他在《凯旋》中的演出极为投入和成
功，"他说还从来没有一个戏为他在演出中提供过如此震撼心灵的创
作激情，他几乎是一拿到剧本就进入角色"，[①]他那浑厚的嗓音极富感
染力，每一句台词都是血和泪的控诉，使许多观众泣不成声。饰演
小凤的伍骅不仅在台上悲伤不已，而且在演出结束后仍抽泣不止。
在整出戏的演出过程中，没有掌声，只有哭声，因为剧情和现实都
实在太令人悲愤和哀伤！

　　剧末有一段台词是由剧作者王松声亲自朗诵的："我的朋友，感
谢你流着眼泪，看完这个悲惨的故事，你感动了，你哭了，可是你
拭干了眼泪想一想，为什么会有这种悲剧发生啊！朋友，这是因为
内战。因为内战，使我们生活痛苦，因为内战，使我们骨肉残杀，
就在今天，此刻，在华北、在东北、在江南、在塞外，正有许多类
似的悲剧在发生……"他那悲愤激昂的朗诵再次把观众的情绪推向
高潮。整场演出，对于演员来说是终身难忘，对于观众来说是印
象深刻，几十年后，当时的人还能说出个大概来。汪仁霖说："半
个世纪过去了，涉及《凯旋》的许多往事，追忆起来，还历历在
目。每逢谈起演出此剧的情景，大家都激动不已。"[②]急就而成的
《凯旋》，虽然算不上经典作品，演出也是赶排出来的，算不上精

---

① 汪仁霖：《〈凯旋〉的创作和演出》，《西南联大北京校友会简讯》1996年第19期。
② 汪仁霖：《〈凯旋〉的创作和演出》，《西南联大北京校友会简讯》1996年第19期。

致，但它的演出效果却非常之好，是昆明最为成功和最有影响的演出之一。

首场演出后，剧艺社又在校内举行了多次演出，观众的要求仍然不减。由于"一二·一"运动的斗争需要，学校"罢委员"会还组织剧团到学校、工厂和农村去演出，每场演出都收到很好的效果，许多观众哭成泪人。西南联大北返复员后，《凯旋》被带到北京，北大剧艺社把它作为保留剧目经常演出，并且还到清华、燕大等校去进行过演出。此外，在解放战争期间，武汉、重庆、天津、南京等一些大城市都演出过此剧。据不完全统计，从1945至1947年间，仅剧艺社在昆明、北平两地的演出就达40多场次。《凯旋》成为反内战中演出场次最多，影响最大的戏剧。

"一二·一"惨案发生后，剧艺社的王××还写了一个活报剧《血债》，控诉反动派的罪行，表达师生的复仇决心。剧艺社立即决定排演。经过简单谋划，剧务主任孙同丰带着剧本去女生宿舍落实演员，准备排练。不意途中被特务跟踪，孙同丰跨进女生宿舍门口，剧本被突然冲上来的特务夺走。因此《血债》未能演出。

12月4日，反动派迫于压力，公审"一二·一"惨案元凶。他们采取偷梁换柱手法，将两个死刑犯当作凶手，企图蒙蔽群众，一则开脱自己的罪责，二则平息反内战运动。郭良夫根据这一黑幕，连夜编写活报剧《审判前夕》，揭露反动派的阴谋诡计，以正视听。作者一边写，同学一边复抄剧本，剧艺社一边排练，第二日就在"民主草坪"上演出。演员是聂运华、丛硕文、张天珉、童璞、闻立鹤等。由于现实针对性强，演出收到了较好的效果。以后的演出中，孙同丰、刘薇等社员也出了场。闻一多不仅关心此剧的演出，而且还为剧本题签篆书"审判前夕"。

在排练《审判前夕》的同时，剧艺社的另一些社员排练王松声创作的街头剧《告地状》，伍骅饰姐姐、汪仁霖饰弟弟、张天珉饰教师、吴学淑饰李鲁连的母亲、过卫钧饰大学生。演出地点在云瑞公园大门口，时间是12月6日。当时，《罢委会通讯》发表了一篇"本报特写"，对剧作的情节内容和演出情况作了较为细致的介绍，全引如下：

> 下午一时许，太阳照在云瑞公园门前的石阶上，石阶上出现了两个衣服褴褛，神情颓丧的小孩子，弟弟有十六七岁，低着蓬松的头，无语的蜷伏在墙根下。姐姐有十七八岁，精神憔悴，蹲在地上用粉笔写地状：
>
> 落难女子刘秀英，自卖自身，身价二十万。
>
> 观众渐渐围拢来，大家都静静的看地上所写的端正秀丽的字迹。有一个老太太还特别弯下身子用怜惜的眼光打量这个落难的孩子，好象说："可怜呵！这么好的孩子。"观众越聚越多了，一层又一层，姐弟二人在场内羞愧的蹲着，相对无语，观众默默地读地上的文告，场中空气愈现悲凉。
>
> 突然从人堆里走出一个中年人来。他在（从）文告知道了他们是同乡，相谈之下，原来他们还是街坊，异地偶遇乡人，这姐弟二人才向他悲凄的诉出了他们生活中痛苦的遭遇！
>
> 原来这姐弟二人从沦陷区逃到后方寻父，正好父亲奉命出国参加缅甸战役，才在重庆留下来，姐姐在渝纺纱厂当女工，弟弟在花纱布管制局当服务生。抗战胜利后各机关裁员，姐弟二人失了业。听说国军从缅甸凯旋，两个人变卖了所有的衣物来昆寻父，不幸路途遇匪，把所余钱物抢去，至昆后父亲却又调到山海关打内战去了。姐弟二人无亲无友，难度岁月，姐姐乃决心自卖自身，助其弟赴东北寻父使一家子团圆。
>
> 他们姐弟二人流着泪向这位乡亲苦诉了这一段悲惨的遭遇，观众有许多人哭了。演员自己控制不住自己的感情，也真哭了。这位同乡站在场中向大家解说：这一切痛苦，完

全是因为内战，我们要反对内战！

正当观众为这姐弟二人的可怜命运所嗟叹时，忽然有人喊："疯子，疯子！"

观众闪开一条路，有一个十五六岁的小女孩扶着一个五十多岁的老太婆走到场上来。小女孩低头饮泣，老太婆手里抱着一个骨灰坛子，两眼直直的，嘴里喊着："手榴弹，我的小连儿，你死得好惨啊！"

这落难的姐弟原来和他们认识，他们一路到昆明来的，那小女孩才啼哭着把事情原委告诉他们。

原来这老太太是带着女儿到昆明来找儿子的，她儿子在西南联大念书。可是不幸在他们来的头一天，她儿子因为反对内战罢课被暴徒用手榴弹炸死了，朋友们把他火葬了，把骨灰装在坛子里。老太太听到这消息就疯了，守了十几年的寡，一下把希望完全毁灭。她每天抱着这骨灰坛子，疯疯癫癫的到处乱跑。

听完了这老太太的遭遇，观众唏嘘的感叹着，流下泪来。那位同乡又站在场中把这次"一二·一"惨案的原委告诉了大家，并指出这惨案是因为反内战而起的，我们要反对内战。

末了，一位西南联大同学来了，他们雇了一辆洋车把这老太太扶到车上。演老太太的同学已经把假戏当作真戏了，她哭得止不住，无法控制自己的感情，一直到商校卸了装，还哭了好半天。许多观众一直就没有看出是在演戏，就是连许多宣传队员也不晓得是假的。

第二天有传说李鲁连的母亲到昆明来了！①

有的回忆文章说此次演出地点在圆通山门口。笔者经过实地考察，认为圆通山门口与实景不符，应该是昆明市中心的云瑞公园门口。此剧还在西南联大和其他地方演过。

---

① 《剧艺社告地状》(本报特写)，《罢委会通讯》1945 年第 13 期。

在罢课期间，郭良夫抑制不住对烈士的崇敬和怀念，多方收集潘琰的生平事迹，写出三幕剧《民主使徒》(即《潘琰传》)。剧本"描写了潘琰离开封建家庭，投身革命，辗转到西南联大学习，在'一二·一'运动中英勇斗争，壮丽献身的史诗。"① 剧艺社倾全力排演，请客居昆明的演剧四队的张客担任导演，舞台监督程法伋，裴毓荪饰潘琰，萧荻饰潘父潘致和，吴学淑饰潘致和的太太，陈幼珍饰潘琰的生母即潘致和的二太太潘王秀英，孙同丰饰潘琰的七堂兄潘瑞璋，伍骅饰潘琰的堂侄女潘情如，常正文饰潘琰的三堂兄潘瑶璋，汪兆悌饰潘琰的女友萧素华，参加演出的还有丛硕文、胡小吉、张天珉、杨凤仪、汪仁霖、程法伋、刘海梁、闻立鹤、刘薇等，总共不下二三十人。后勤、联络等工作人员不够，又吸收了一些新社员。闻一多、吴晗、楚图南、尚越、夏康农等教授给予了关怀和指导，闻一多还为剧本"民主使徒"题签篆书。剧作计划于1946年1月27日，在昆华女中礼堂举行演出。当局加以阻止，指令昆华女中校方以礼堂是危房为由拒绝租借。剧艺社请清华大学土木系校友陆云龙爬上屋顶，对梁柱一一检查，并由他写出"礼堂安全，可供演出"的鉴定书，凭条租借礼堂，挫败了阴谋。反动派无奈，只好把阻止变为限制，要昆华女中只租四天。在昆明学联的支持下，剧艺社便用加演场次来弥补，每晚连演两场。演出如期举行，观众极为踊跃，引起震动，以致田汉、洪深都亲临观看。演出时演员们仿佛不是在演戏，而是在回忆和同学亲密相处的日子，因此，极为真切感人。大型话剧每晚连演两场，演员的辛苦自不待言。饰演潘琰的裴毓荪，戏特别吃重，有时到了后台就发晕，社友冲些白糖水给她喝，上台时又精神抖擞了。两场演完，往往是凌晨一点左右，总有许多观众(多数是中学生)护送剧艺社社员回学校，一路上，大家手挽着手，唱着歌，阔步前进，共同分享着胜利的快乐。

西南联大剧艺社演出的最后一出戏是《芳草天涯》。由于西南

---

① 萧荻：《承前启后的战斗集体——回忆联大剧艺社》，西南联大校友会编：《笳吹弦诵在春城》，云南人民出版社、北京大学出版社1986年版，第403页。

联大忙于考试、结束、北返等事务，1946年的"'五四'纪念周"由云南大学主办，但演剧一项仍要剧艺社承担。剧艺社愉快地接受了这个任务，大概出于三个方面的考虑：一、纪念"五四"，二、庆祝结业，三、告别昆明。选演的剧本是夏衍的四幕剧《芳草天涯》。剧本描写战乱罹难中尚志恢、石咏芬、孟小云的爱情和婚姻纠葛，人物心态复杂，情感细腻，主人公隐晦的恋情，内心的痛楚，淡淡的悲伤，以及新生的喜悦委婉含蓄而又纤毫毕露。这与剧艺社在"一二·一"运动中所演的戏大相径庭。因为是最后一出戏，即使演出难度很大，社员们也决心把它演好。演出人员确定为：聂运华演尚志恢，王恳演石咏芬，胡小吉演孟小云，张天珉演许乃辰，萧获演孟文秀，吴学淑演孟太太。演出地点在西南联大东食堂，5月4日至6日每晚一场。演出以委婉、细腻和含蓄隽永吸引了许多校内外师生和文化界人士，较好地体现了夏衍的创作意图和艺术风格，获得观众的普遍赞许，特别是演孟小云的胡小吉，把那少女的情怀表现得真切动人，受到新中国剧社的专业导演和演员们的称赞，人们对于剧艺社的评论是："不仅能演活报剧，演出艺术质量要求较高的大戏，也是很有水平的。"①

《芳草天涯》的演出表明，剧艺社又回到演出《风雪夜归人》的路子上，而且艺术水平有了提高。可惜这是西南联大剧艺社在昆明演出的最后一出戏，人们不能看到剧艺社更进一步的风姿了。令人难忘的是，这出戏以适当的情调表达了"告别"的心情，留给人们深刻而又隽永的念想。

2005年7月4日初稿于昆明文化巷52号

---

① 萧获：《承前启后的战斗集体——回忆联大剧艺社》，西南联大校友会编：《笳吹弦诵在春城》，云南人民出版社、北京大学出版社1986年版，第410页。

第三章　西南联大社团成员的创作

第一节　刘兆吉《西南采风录》的方言特点①

摘　要　语言是一切文学的基本要素，也是歌谣的基本要素。1938 年，刘兆吉参加西南联大的"湘黔滇旅行团"，一边步行一边采风，他以忠实的原则记下了二千多首歌谣，后选出七百多首编成《西南采风录》，于是《西南采风录》不仅保留了湘黔滇一线的真实语言，还使其歌谣保持了浓厚的地方色彩。因此《西南采风录》是今天研究 20 世纪 30 年代中期湘、黔、滇地区社会习俗诸方面的珍贵文献。其文献价值首先体现在对于已经衍化乃至消失了的语言的保存方面。本节即从语言的角度揭示《西南采风录》的文献价值，进而考察其地方色彩。

采集民歌的基本要求之一，就是必须忠实于原作。忠实原作的最佳办法，就是忠实记录，所以，忠实记录是歌谣采集的一条原则。坚持忠实记录的原则，就是不加入自己的"补充"，也不删削原作的内容或语句，而最基础的还是记录讲唱者的语言甚至是方言。正如钟敬文先生所说："既要忠实于原作的思想和内容，又要忠实于原作的艺术形式。但为了实现这两点，最关键的还是忠实于讲唱者的语

---

① 本文原载于《西南联大研究》2005 年第 1 辑，原题《论〈西南采风录〉的地方色彩》，署名宣淑君，发表时有所改动。

言。"① 刘兆吉的《西南采风录》正是这样做的，所以《西南采风录》里的歌谣具有强烈的地方色彩。这种地方色彩首先体现在语言上，本文将从《西南采风录》的语言特点来揭示它的地方色彩。

一、地方语音

中国地域辽阔，方音甚多。尤其是云贵高原，地貌复杂，山川阻隔，形成了数里之外发音有所不同的现象。当然，这种细微的差别不一定反映在歌谣中，但就大的地方而言，比如一个坝子与一个坝子之间，发音的差异是可以反映在歌谣中的。文字记录很难反映这种情况，歌谣又没有平仄的要求，发现并记下这种差异也无必要。更主要的，云贵方言属于北方方言区，用普通话的语音就能够把民歌记录下来，不知道方音也能读得顺当妥帖。但是，如果能用方音来读或唱，味道就很足了。如第348首平彝歌谣：

> 井上打水井上挨，
> 装着挑水做郎鞋；
> 爹妈问我挨什么，
> 因龙方身水不来。

从语音的角度说，这首歌用普通话有两处读不懂：一是"鞋"，二是"方身"。在云贵川一带，"鞋"读作"hái"，这样读就与"挨、来"谐韵了；云南的平彝、镇雄等地把"fān"发作"fāng"，这样，"方"即是"翻"，"方身"就是"翻身"。这样读，才能会意。读音在句子中相偕与否似乎不很重要，但在句尾的意义就较为突出了，因为歌谣讲究押韵。《西南采风录》里的歌谣几乎都是押韵的，不用方音，读出来会拗口。例如：

> 大田栽秧角对角，

---

① 钟敬文：《民间文学概论》，上海文艺出版社1980年版，第156页。

小妹下田卷裤脚。

过路先生莫笑我，

四月农忙可奈何。

——第 634 首

红旗绕绕要开差，

把妹抛在十字街；

要想和哥重相会，

除非半路开小差。

——第 71 首

吃了晚饭想回程，

听见黄风吹树林；

听见黄风吹树林，

吹得小郎不回程。

——第 64 首

远远望妹身穿绿，

手中提者半斤肉；①

心想和你打平伙，

可惜人生面不熟。

——第 241 首

　　这几首诗都是第一句起韵，第二、四句押韵的，第一首韵为"uo"，每句尾字"角、脚、我、和"皆相偕押韵；第二首韵为"ai"，"差、街、差"相偕押韵；第三首韵为"in"（在西南某些地区的方言中"en"、"in"相偕），"程、林，林、程"回环押韵；第四首韵为"u"，"绿、肉、熟"相偕押韵。只有这样来读或唱，才

----

① "者"字为"着"字之误，盖为手民误植。

有韵味。同第一首的有第 167 首"薄、学、脚",第 477 首"哥、多、药",第 100 首"脚、着、合"等;同第二首的有第 84 首"崖(岩)、来、开",第 323 首"街、开、鞋"等;同第三首的有第 44 首"行、银、行",第 82 首"青、茵、亲"等;同第四首完全相同的有第 428 首等。

除几个独特的字音外,云贵人的发音规律是:发"e"为"uo",发"ie"为"ai",发"ü"为"u"或"i",把后鼻韵归为前鼻韵等。这种情况,刘兆吉是有所发现和了解的,他写了《歌谣区域的方音与国音之比较》一文放在书中,以指导读者阅读。

刘兆吉是北方人,初次行经湘、黔、滇,有些地区的方音他一时听不懂,因此书中也出现了错记的情况。如:

> 不会唱歌不要来,
> 请哥在家打草鞋;
> 一对草鞋三碗米,
> 连米带糠够你腮。
>
> ——第 41 首

> 对门杉树十八棵,
> 一对花雀在理窠;
> 花雀理的十样草,
> 小妹唱的百样歌。
>
> ——第 382 首

刘兆吉在书中注道:"'腮'是当地的土音,即吃的意思。"刘兆吉以为"吃"须用嘴,而"腮"与嘴相近,故以之代"嘴",所以用"腮"来记音。实际上,这个字应是"塞",是一个粗俗的词,带有骂人的意味,即往嘴里填食物。第二首的"窠"字实为"窝"字。刘兆吉大概以为"窝"不押韵,于是用"窠"字与"棵、歌"谐。从意思上讲,并没有错,但读音则不然,云贵人把"e"发成

"uo"，所以在那些地方的人唱来，用"窝"字是完全押韵的；再从习俗考虑，云贵人只说"雀窝"，不说"雀窠"。北方人难以记准南方局部地区人的全部发音，是一个事实，尤其初到南方的人出现错误更可以理解。从学术的角度说，这些错误自有其价值，它们从反面证明了这些歌谣的地方特征。

所以，地方音是歌谣地方色彩的体现之一。

二、地方词汇

各地方言往往有各自的特有词汇，它们和方音一起构成方言的特色。因此，研究歌谣的地方色彩必须分析语言中的地方词语。《西南采风录》里的方言词大致说来有三种：一种是具有独特意义的词语，一种是与普通话略有不同的词语，一种是特殊的称呼。通过这些词语，我们可以判断《西南采风录》里的歌谣是哪些地方的作品。

（一）具有独特意义的词语：

1. 名词

名词如板墙、辣子、玉麦、包谷、套头、火堂（塘）、粘钻子等，读到这些词语，我们就知道其作品产生于云南或贵州。例如：

> 新打板墙亮晶晶，
> 板墙头上挂盏灯；
> 谁家娇娘灯下过，
> 灯下美女更多情。
> ——第 474 首

> 好块大田四方方，
> 又栽辣子又栽姜；
> 辣子没有姜辣嘴，
> 家花没有野花香。
> ——第 357 首

太阳出来白又白，

照着小妹锄玉麦；

锄死玉麦有根在，

晒黑小妹洗不白。

　　　　——第 605 首

好棵包谷不打包，

好棵桃树不结桃；

好个情姐不玩耍，

枉来世上走一遭。

　　　　——第 149 首

哥要去来妹要留，

没有什么做念头；

只有半匹乾青布，

送给情哥打套头。

　　　　——第 577 首

好朵鲜花鲜又鲜，

可惜生在火堂边；

有心采朵鲜花戴，

可惜公公在眼前。

　　　　——第 446 首

过路大姐你莫忙，

歇歇气来躲躲凉；

小郎不是粘钻子，

不能粘在你身上。

　　　　——第 349 首

"板墙"即用木版筑的土墙，表面用拍子打光滑，所以说"亮晶晶"；"辣子"即"辣椒"；"玉麦"即玉米，云贵人又称"包谷"，但滇东人叫"玉麦"；"套头"，云贵一带男人不戴帽子，而用一条布把头包起来，称为"套头"；"火堂（塘）"，云贵人在屋子的地上挖出的坑，用以烧火取暖；"粘钻子"即鬼针草，其籽实会粘在人和动物的身上，以传播种子。

2. 动词

动词最有地方特色，如"连"字，西南人用以表达男女之间的恋爱关系，这在普通话中是没有的，如：

> 十两银子八串钱，
> 妹家门口买块田；
> 妹家门口买块地，
> 活计得做妹得连。
> ——330 首

这是云南平彝歌谣。有一首贵州炉山歌谣以一年十二个月为开头，表达恋爱的过程："正月连表正月正……二月连表二月二……三月连表三月三……"这是一首女子的歌，歌中的"表"即"哥"，"郎"。由于篇幅较长，此处就不引了。云、贵、川还有"打失"一词，意为"丢失"，如：

> 郎骑白马妹骑骡，
> 钥匙掉在响水河；
> 失掉钥匙坑了锁，
> 打失小妹坑了哥。
> ——第 344 首

云贵话中这类地方词很多，若读得懂以下歌谣，差不多就懂得云贵话了：

折根茅草搭过沟，

妹坐城来郎坐舟；

一心搬妹来舟住，

免得一心挂两头。

　　　　　——第 164 首

远远望妹身穿绿，

手中提者半斤肉；

心想和你打平伙，

可惜人生地不熟。

　　　　　——第 241 首

十七十八下贵州，

连路采花连路丢；

连路采花连路扔，

好话还在那前头。

　　　　　——第 426 首

五月五来是端阳，

穷家小户理田庄；

男的出来使耕牛，

女的在家把饭忙。

　　　　　——第 491 首

隔河望见李子沟，

郎摘李子妹来兜；

郎说甜来妹如蜜，

妹说一样滋味在心头。

　　　　　——第 520 首

"坐"其实是"住"，由房屋坐落转化而来；"打平伙"是一块儿吃东西，共同分担费用，即西方人的"AA 制"；"连路"是一路，意为一边走路一边做某事；"使耕牛"也说"使牛"，即耕田或耕地；"兜"是用衣襟承托或包裹东西。可见，这些词语的含义在其他方言中是没有的。

3. 形容词

形容词在语言中具有独特的地位，各地方言也都有各自的形容词，云贵方言的形容词也有为外人听不懂的，收入《西南采风录》里的形容词，如打飘、白漂漂、刁登、匆等。请看下列歌谣：

> 想起这事心好焦，
> 走起路来脚打飘；
> 心头好比钻子钻，
> 脸上就如放火烧。
> 　　　　　——第 73 首

> 老远望妹白漂漂，
> 好比广州白云苗；
> 恰似苏州白纸扇，
> 何时得在手中摇。
> 　　　　　——第 93 首

> 跺一脚来恨一声，
> 可恨刁登贪花人；
> 从前说的那样好，
> 奈何翻脸就无情。
> 　　　　　——第 133 首

> 郎也匆来妹也匆，
> 纸表窗户没打通；
> 有朝一日打通了，

二人做事在心中。

——第 494 首

"打飘"是形容脚步不稳的样子，飘飘忽忽，难以控制；"白漂漂"即白，形容白净漂亮；"刁登"编者注为"顽皮"，实际是刁钻奸猾之意；"匆"，编者注："据士人解释，为愚笨的意思，也许即'蠢'字"，这可能是唱歌人的解释，实际在西南方言中，"匆"是英俊美丽，兼有不愚不笨的意思，也许应写作"葱"，郭沫若曾用过"葱俊"一词，谚语有"一根葱的子弟"之说。

4. 代词和数量词

云南话中的代词是"自家"、"你家"等，这在《西南采风录》中亦有记录，如：

隔河望见姐穿白，
摇摇摆摆那家歇；
怪你小郎瞎了眼，
自家妻子认不得。

——第 387 首

"自家"即自己家里，实为"自己"。这首歌谣很有意思。歌为两人对唱形式，首先是男的问大姐将到"那家歇"，但"大姐"是自己的妻子，因隔着河没看清楚，结果被妻子骂为"瞎了眼"。

数量词在云贵方言中也有比较特殊的，如：

你是那家小爱娇，
人才盖过这一朝；
你是那家爱媛姐？
人又聪明嘴又刁。

——第 128 首

火链打火火星飞，

昨晚和妹在一堆；

走掉多少夜黑路，

受了多少冷风吹。

——第 412 首

前一首歌中"一朝"即一波、一群、一批。"一堆"就是一起、一块儿。

5. 虚词

虚词在《西南采风录》中用法较为明显的有"在"、"把"、"才有"三个。

请看"在"字的例子：

郎在郎乡在唱歌，

来在姐乡才现学；

来在姐乡不会唱，

山中打鱼是为何。

——第 147 首

这首歌中的"在"字都是介词，有三个意思，第一个"在"是引入地点"郎乡"；第二个"在"是"正在"，表示"会唱"并且"正在唱"；第三、四个"在"字表存现，意思是"到"。又如：

送妹送在大桥头，

立在桥头看水流；

要学泉水常常淌，

莫学洪水不长久。

——第 487 首

这里的第一个"在"字亦为"到"的意思，表存现。

再请看"把"字的例子：

> 我家卖盐饭菜香，
> 把心把意来把娘；
> 把心把意来把你，
> 恐怕情姐不嫁郎。
>
> ——第 148 首

"把心把意"的"把"应为"巴"，是形容词，有"真心""实在"之意，"把娘"、"把你"的"把"则是介词，意为"给"，普通话里是决没有这种用法的。同样的例子如：

> 大田栽秧水又深，
> 淹没情姐花手巾；
> 那个情郎拾把我，
> 收拾打扮报你恩。
>
> ——第 227 首

最后请看"才有"的例子：

> 天上才有紫微星，
> 地下才有龙海深；
> 家头才有明亮灯，
> 世上才有姐聪明。
>
> ——第 34 首

"才有"可作动词讲，但其意思并不是一个动词所能表达的，"才"相当于"惟"、"只"，"才有"更为虚化，起到强调作用，大约云贵人才这样用。又如：

冬青花黄叶子青，

场上买米斗合升；

场上才有升合斗，

世上只有姐合心。

——第 140 首

这首歌里的"才有"和上一首的意思一样。但云贵人不用"只"，而用"才"，意义更为强调，"才有"的意义更为虚化。也有用"才"代替"只"的：

月亮出来照半岩，

金花银花掉下来；

金花银花我不爱，

才爱姐们好人才。

——第 35 首

这里的"才"虽然和"只"意思一样，但"才"的强调之意是"只"字无法表达的。读了这个例子，可以更加相信"才有"的虚词意味了。

（二）与普通话有差别的词语

在云贵方言中，有许多词语和普通话的含义略有不同，虽然说北方方言的人也能大致听得懂，但其准确的含义不是北方人能够细察的，只有了解云贵方言的人才能确切把握。例如名词屋头、外头，动词装着、提起等，人人都明白是什么意思，但这些词在云贵方言中另有含义。请看下例：

高山使牛犁高丘，

使着黄牛想水牛；

骑着骡子想大马，

237

有了屋头想外头。

　　　　　　　——第 399 首

清早起来把门开，
一股凉风刮进来；
凉风出在凉风洞，
耍家出在十字街。

　　　　　　　——第 404 首

　　第一首歌里的"屋头"、"外头"并不是家中和外面，在句子中也不表达有了安定的家还想去外边漂流，而是说有了老婆还想外面的女人，因为"屋头"是"屋头的人"的省略，"外头"是"外头的人"的省略，"屋头的人"特指老婆，"外头的人"特指心仪的女人，所以刘兆吉注为："'屋头'是指自己的妻子，'外头'是指人家的妻女"，①这是完全正确的。第二首中的"耍家"可拆解为玩耍的人家，但它并不是指一般的玩耍人家，而是特指有女人供玩耍的场所（并非妓院）；另一个意思是指玩耍的对象即女人。再请看下面的例子：

井上打水井上挨，
装着打水做郎鞋；
爹妈问我挨什么，
因龙方身水不来。

　　　　　　　——第 348 首

老远望妹身穿红，
手头提起画眉笔；
问妹画眉卖不卖，

---

① 刘兆吉编：《西南采风录》，商务印书馆 2000 年版，第 53 页。

单卖画眉不卖笼。

——第 98 首

第一首歌里的"装着"并不是装有什么东西，而是"装作"即假装；第二首歌里的"提起"则是"提着"的意思。这类动词还很多，例如：

清早起来要上山，
那里等得露水干；
露水不干就要走，
昨晚哄妹在华山。

——第 308 首

高山跑马道路长，
平地栽花惹凤凰；
高楼大厦惹燕子，
十八女子惹小郎。

——第 325 首

浅蓝裤子吊裤脚，
不钓金鸡钓阳鹊；
金鸡阳鹊钓完了，
只有小妹钓不着。

——第 570 首

上坡不去歇一歇，
下破不去妻来接；
人家有妻妻接去，
我们无妻半路歇。

——第 612 首

第一首的"哄"并不是欺骗，而是"约"，当然有引诱、说服的意思，甚至包括善意的欺骗在内，云南话读作"huō"。第二首的"惹"并不是逗，而是"招引"，但这不一定是主动的行为，而是"愿者上钩"式的。第三首的"钓"并不是在水里钓，而是在山上钓，其方法是做一个扣，设下机关，用诱饵把鸟引来，鸟触动机关，钓竿立即上扬，扣子收拢勒住鸟的脖子；末一个"钓"则用的是比喻意，意为"勾引"、"哄到手"或"连"。第四首的"不去"是"上不去"或"下不去"，即做了但做不到之意，云贵话读"去"为kè，表达意思更为地道。

（三）特殊称谓

歌谣普遍把女方称为"妹"，但西南有称为"姐"的，这已具有地方特色了，可是还有称为"娘"的，这就奇了：

> 娘家门口有个塘，
> 二龙斗宝在中央；
> 郎们只望龙抢宝，
> 娘们喜欢有钱郎。
> ——第18首

> 过来娘，过来娘——
> 过来同哥坐这厢；
> 过来同哥坐这点，
> 哥们有话要商量。
> ——第37首

> 好久不逢我的娘，
> 心头扰乱如麻穰；
> 此时得会表一眼，

好比明月会太阳。

　　　　　——第 54 首

新打板墙亮晶晶，

板墙头上挂盏灯；

谁家娇娘灯下过，

灯下美女更多情。

　　　　　——第 474 首

　　在这些歌谣里的"娘"决不是北方话里的娘，否则就产生"认人为娘"的笑话了；也不是古代的"娘子"，娘子是自己的夫人。这里的"娘"其实是对年轻女子的通称，准确地说应该写作"嬢"。

　　我国歌谣把男方称为"哥"、"郎"的很普遍，但称为"表"的大约就只有南方部分地区（主要是湘、黔一线又以黔境为主）了。上引第三首就是称郎为"表"的例子，下面几首亦是：

正月连表正月正，

人来人往闹成成；①

几时陪得人客转，

一夜陪表到五更。

　　　　　——第 49 首

不会吸烟想烟香，

不会连表慢慢诳；

几时诳得表到手，

横切萝卜顺切姜。

　　　　　——第 50 首

————————

① "闹成成"，亦可写作"闹沉沉"，热闹非凡的意思。

正月忙起二月来，

二月忙工砍生柴，

……

九月有个九月九，

十月表家带信来，

冬月带信表去了，

腊月带信了一年。

这个情表心意好，

要唱山歌天天来。

——第 52 首

从以上可见，各地方言的差异是有的，而地方特色往往通过方言表现出来。

三、地方语法

云贵方言属于北方方言区，其语言没有独立的语法体系，在明白语音和词汇的前提下，只要能听懂普通话的人，基本上能听懂云贵话。但与普通话的语法相比，云贵话也有一些小的不同。云贵人用自己的语言创作的作品，必然反映出这种不同来。不过，诗歌与散文相比，句式的灵活性较小，反映出来的语法特殊性也较小。下面我们还是通过例子来辨析《西南采风录》里记录的云贵方言语法与普通话的不同之处：

（一）"给"字的特殊用法

鸦雀喳喳，

哭回娘家，

爹爹不在家，

告诉给我妈；

妈呀妈！

你的女儿命不好，

嫁个丈夫不成材，

又吹洋烟又打牌。

三天不买米，

四天不打柴，

这个日子叫你心肝女儿怎样过得来。

——第 616 首

姑妈姨妈下毒药，

小小的就给我把媳妇说；

讨着这个金子壳的小妖精，

不如一个卖鱼婆！

——第 636 首

　　"告诉给我妈"一句，在普通话里，"给"字是多余的，但在云南话里一般不能省略，它起到引出对象的作用。"小小的就给我把媳妇说"一句里的"给"字，在普通话里，一般用"替"或者"为"字，云南话却用"给"字。至于"给"字在云南话里的其他用法，因本文不是一般地讨论语法问题，就不涉及了。

（二）代词置于名词之前

山中无木不成林，

人间无伴不成群；

我的同伴就是你，

无你同伴不欢心。

——第 58 首

隔河望见姐穿白，

摇摇摆摆哪家歇；

怪你小郎瞎了眼，

自家妻子认不得。

——第 387 首

这两首歌中的"无你同伴"和"怪你小郎"结构相同，都是代词前置。普通话中应为"无同伴你"和"怪小郎你"，云贵话却可以把代词置于名词之前。也可以把"无你同伴"看作"无你做伴"，但那是意会，不是语法问题了。

（三）宾语置于补语之前

> 吃烟不够自栽烟，
> 吃茶不够自上山；
> 那天晓得茶山路，
> 茶要吃来花要贪。
>
> ——第 150 首

> 太阳落坡坡落脚，
> 留郎不住双手拖；
> 留郎不住双手拉，
> 不重情义可奈何！
>
> ——第 590 首

"吃烟不够"和"留郎不住"的结构是"动——宾——补"的关系。在普通话里，应说成"吃不够烟"和"留不住郎"，成为"动——补——宾"关系。也许，云贵方言更多的保留了古代汉语的语法，更符合语言发展的习惯，但我们今天推广的是普通话，这就不符合普通话的语法了。

（四）省略代词句

> 小妹已到十八春，
> 遍脸泛出红茵茵；
> 请个媒人去打探，
> 他家不要好寒心。
>
> ——105 首

清早起来望晨星，
望姐不来把脚登；
望见别人说是你，
喊破喉咙不作声。

　　　　——第 132 首

　　在第一首中，"他家不要好寒心"句在"好寒心"前省略了代词
"我"字，"寒心"的是"我"而不是"他家"。在第二首中，"望见别
人说是你，喊破喉咙不作声"有歧义，正确的理解是"望见别人我认为
是你，我喊破了喉咙你却不做声"，原句省略了代词"我"和"你"。
　　还有一些句子，不便用现成的汉语语法归纳，只能做单独分析。
　　上例中的"把脚登"决不是今天所说的"登脚"，而是"登门"
的意思。再请看下面的例子：

送妹送出十里坡，
离娘家乡错不多；
离娘家乡不多远，
隔条江来隔条河。

　　　　——第 155 首

　　这里的"娘"不是姑娘，而是"妈"，"错"不是差错，而是"距
离"，"离娘家乡错不多"的意思是"十里坡与妹的娘家相距不远了"。

梁山伯来祝英台，
二人恩爱丢不开；
夫妻要想成双对，
只等来世再投胎。

　　　　——第 202 首

　　夫妻已经是双对，还想成什么双对呢？这句的意思是"要想成

为夫妻那样的双对"。此歌以梁山伯与祝英台的故事暗喻现实中不能
成婚的恩爱男女，充满了极度的悲伤。

> 十七十八到贵州，
> 买把花伞送妹收；
> 天晴下雨少要打，
> 郎回八字在后头。
>
> ——第 305 首

　　歌中的"少要打"即"要少打"，意思是要珍惜情物。这首歌产
生于云南平彝。从云南去到贵州跨越了两个省份，"心理路程"自然
很远，买来的东西当然很珍贵了。

> 太阳要落快快落，
> 小妹有话快快说；
> 有话无话说两句，
> 日落西山各走各。
>
> ——第 410 首

　　"各走各"的意思是"各人走各人的路"，即"各走一边"。

> 小哥哥来小哥哥，
> 路上凉水少吃多；
> 吃多凉水易得病，
> 还说小妹下毒药。
>
> ——第 477 首

　　"吃多"即"多吃"，"少吃多"即"少多吃"，小妹劝哥走长路
要少吃凉水，以免得病。

扁担开花结绣球，

郎穿麻布妹穿绸；

郎穿麻布妹穿缎，

配搭不住在心头。

——第 509 首

"配搭不住"是说"配不上"。麻布是土制粗布，绸缎乃富贵之物，穿麻布的郎配不过穿绸缎的妹，"郎"心中明白。

本文专论《西南采风录》的方言特点，说明书中所收的民歌保留了湘、黔、滇一线人民口头语言的特异性，为语言学家研究方言提供了材料及范例。语言固然有其独立研究的价值，同时语言属于地方色彩的一种。假若没有地方色彩的保留，《西南采风录》不仅失去了社会学价值，也失去了文学价值。所以，《西南采风录》的地方色彩是极其突出和珍贵的。它是该书的一大历史贡献，同时也是刘兆吉先生为我们留下的一份文化遗产。

2003 年 10 月 16 日初稿于昆明文化巷 52 号

第二节 穆旦在南荒文艺社的创作[①]

摘　要　穆旦是南荒文艺社的骨干之一，他在南荒文艺社的创作，既显示了他个人创作道路的独特意义，又代表了南荒文艺社的水平。穆旦痴迷于诗歌，是南荒文艺社唯一只写诗歌的作者，他在此期写了《劝友人》《从空虚到充实》《童年》《祭》《蛇的诱惑》《玫瑰之歌》《漫漫长夜》《在旷野上》等，这些诗歌体现了穆旦积极向

---

① 本文原载于《西南民族大学学报》2007 年第 11 期，署名李光荣、宣淑君。

上的人生态度、坚持抗战的思想、理想与现实的冲突和对于生命价值意义的探讨，而在风格上则表现为抒写内心、注重发现和散文化的实践。

南荒文艺社由西南联大高原文艺社转化而成，人员以西南联大学生为主体，吸收了昆明地区在《大公报》上发表过文章的学生，因萧乾倡导而组织起来，目的在于为香港《大公报》副刊《文艺》组织稳定的作家队伍，以提供充足的稿件。穆旦本是高原文艺社的中坚，自然是南荒文艺社的骨干之一。在南荒社社员中，穆旦是唯一一个只写诗歌的作者，其成就也以诗歌创作最为突出。他对诗歌的热爱到了痴迷的程度。王佐良在论穆旦时说："这些联大的年青诗人们"，"在许多下午，饮着普通的中国茶，置身于乡下来的农民和小商人的嘈杂之中，这些年青作家迫切地热烈讨论着技术的细节。高声的辩论有时伸入夜晚：那时候，他们离开小茶馆，而围着校园一圈又一圈地激动地不知休止地走着。"①穆旦这时创作和发表的诗歌有《劝友人》《从空虚到充实》《童年》《祭》《蛇的诱惑》《玫瑰之歌》《漫漫长夜》《在旷野上》等，它们都是穆旦的重要作品。在研究南荒社时，专门探讨穆旦的创作具有重要意义。

我们在介绍南荒社时期的穆旦时，还必须从《防空洞里的抒情诗》谈起。这首诗虽然写于高原社时期，但发表时末尾注有"南荒文艺社"几字，是穆旦提交的"社费"。这首诗对于穆旦的意义，在于奠定了穆旦在南荒社时期的诗歌基调：内容上的自我解剖，形式上的散文化。此诗写人们在防空洞里的所言所想所做，琐屑杂乱，没有任何重大的意义，不仅消失了空袭的紧张感，反而把躲空袭当作"消遣的时机"，进行着毫无价值的"抒情"。诗人对这种态度是反感的、厌弃的："我是独自走上了被炸毁的楼，/ 而发见我自己死在那儿 / 僵硬的，满脸上是欢笑，眼泪，和叹息。"诗人将自己分裂成两个"我"，让那个空虚无聊的旧"我"死去，表达出诗人对自

① 王佐良：《一个中国诗人》，李方编：《穆旦诗集》，人民文学出版社 2001 年版，第118 页。

我的审视与企图更新的愿望。诗歌结构松散，诗句长短无序，语言缺乏诗味，这是对传统诗学的反拨，对新诗另路的探索。这种新意也许是穆旦看重这首诗，把它作为代表作品提交南荒社的原因。论者多注意这首诗的反讽、分裂等现代手法，反而忽视了他的思想意义。实际上，这首诗反映了穆旦积极进取的人生态度。诗中对于现实人生的厌弃和对旧"我"的告别，就是这种人生态度的表现。

在积极进取的人生态度指导下，穆旦还写了《劝友人》。这首诗表面上是"劝友人"不要为"失去的爱情"苦恼，要为创造"千年后的辉煌"而努力，实际表现的是穆旦的志气和胸怀。诗歌巧用我国民间"每个人都是天上的一颗星星"的传说，告诉友人，你这颗"蓝色小星"千年后也要"招招手"，"闪耀"出"光辉"，所以，不要灰心丧气，不要因人生道路上的一点不如意而自暴自弃。诗歌显示出穆旦具有追求"千年后的辉煌"的人生理想，不会因当前的痛苦而灰心失意，其思想精神是积极向上的。

由此可见，积极向上的人生观是穆旦在南荒社时期诗歌的首要内容特色。而且，它还是穆旦此时所有诗歌内容的思想基础。论者津津乐道的内心反省、自我解剖、灵魂拷问都是建立在这种人生态度之上的。

表达抗战思想内容是穆旦南荒社时期诗歌的另一个内容特色。这也是为以往论者轻视了的一个内容。为突出穆旦诗歌的现代性，强调其心灵表现是对的，但也要看到穆旦的抗战文学业绩。

《祭》就是一首抗战诗。此诗原题《有钱出钱，有力出力》，其表现手法是现代主义的，但其内容是传统意义上的抗战诗。它不像一般流行诗那样狂喊猛叫，也没有豪言壮语、英雄形象，而是将写实和写意结合，象征和暗示同构。出力牺牲者"瞑目的时候天空中涌起了彩霞，/ 染去他的血，等待一早复仇的太阳"，后方"出钱"者虽然跳狐步、喝酒，但"他觉得身上 / 长了刚毛，脚下濡着血"。这"血"就是"祭"，出钱者血祭前方英勇牺牲的战士。后方的朋友以血祭奠前方的战死者，也是为抗战出钱出力出精神。由于《探险队》没有收入这首诗，也就为后来的选本遗漏，多数论者无从知道，这恐怕是论者忽略此诗的原因。

《漫漫长夜》也是一首抗战诗，是"有钱出钱，有力出力"的另一种抒写。诗歌把"我"确定为一个"老人"。"老人"是一个象征，是诗人自我心态的画像。此方法使人联想到鲁迅在《野草》里写的"梦见自己……""老人""默默地守着／这迷漫一切的，昏乱的黑夜"。"黑夜"也是象征，象征"老人"所处的环境。"老人"在"黑夜"里耳闻或目睹"无数人活着，死了"："那些淫荡的梦游人"，那些"阵阵狞恶的笑声"，"我""都听见了不能忍受"。"但是我的孩子们战争去了"，"我"没有了助力，只能"默默地躺在床上"，任凭"黑夜／摇我的心"。"我"想"搬开那块沉沉的碑石"，放出"许多老人的青春"，可"我"失去了能力。这里隐含了诗人对于自己有心无力的批判。"我"像厌恶"防空洞里"的人一样，厌恶身边这群死了的活人，想同去做一些有益国家民族的事，可是失去了行动的能力。明于此，便可理解诗歌为什么要写杀海盗了。诗中用同义反复的形式表达了"老人"对于"杀死""海盗"的正义战争的支持态度，表达的正是作者的抗战态度。末两行的"为了"可以理解为"因为"，"期待"是对胜利的期待，"咽进""血丝"是说自己忍受着痛苦，支持"孩子们"去赢得战争的胜利。"血丝"使人想到艾青的《吹号者》里的号兵"吹送到号角里去"的"纤细的血丝"。整首诗的内容仍然是幽暗的，环境黑暗，众人狞恶，海盗凶残，"我"却不能像年轻人那样跳出环境，摆脱众人，以行动去参战，而是一个"躺在床上"的"老人"。此诗对于自我的批判是深刻的。虽然此诗只是写了抗战的愿望，但其精神是积极的。"老人"的意象可能是"穆旦们"的一个共同认识，此时穆旦的好友王佐良写有小说《老人》，也是极言老人无用，虽然他俩笔下"老人"的具体含义各不相同。

《漫漫长夜》已表现出思想和行动的矛盾，已有强烈的内心冲突，而把内心冲突表现得紧张剧烈的是《童年》和《玫瑰之歌》。事实上，思想和行动（理想和现实）的冲突是穆旦诗歌最为精彩感人的内容，它是南荒社时期穆旦诗歌内容的又一个重要特色。

在《童年》一诗里，"历史"与现实相对，"蔷薇花路"象征物质的诱惑，"历史"意味着过去，"野兽游行"意味着自由。"我"翻阅历史，查看"文明"，可现实总在引诱"奔程的旅人""丧失本真"。诗人厌恶这样的现实，"停留在一页历史上"，"摸索"大自然未经人类文明濡染时的"滋生"、"交溶"、"矫健而自由"。但那终究是"美丽的化石"，我此时听见的是"那痛苦的，人世的喧声"。"我"无奈地丢失了"童年"，而被抛入"今夜的人间"，"望着等待我的蔷薇花路，沉默"。可见，诗中的矛盾斗争是紧张激烈的。

《玫瑰之歌》表现"现实"与"梦"的冲突。全诗由三章构成。第一章《一个青年站在现实和梦的桥梁上》写选择的两难。诗的开篇说："我已经疲倦了，我要去寻找异方的梦。"而"现实"却"拖"住了"我"的脚步："你带我在你的梳妆室里旋转，/ 告诉我这一样是爱情，这一样是希望，这一样是悲伤，/ 无尽的涡流飘荡你，你让我躺在你的胸怀"。而"我"怀疑现实的"真实"性，并且"在云雾的裂纹里，我看见了一片腾起的，像梦"，所以要"离去"。"现实"的温暖与腐蚀，"梦"的美好与召唤，定下了全诗的基调。第二章《现实的洪流冲毁了桥梁，他躲在真空里》，继续写"现实"与"梦"的矛盾。"我"被爱人领入了迷宫，"在那里像一头吐丝的蚕，抽出青春的汁液来团团地自缚"，温暖、舒适、体面的家庭羁绊着"我"，使"我"失去了奔向理想的勇气，"我蜷伏在无尽的乡愁里过活"。"我"想到老来回忆这种"真空"的生活，将会"对着炉火，感不到一点温热"。"我"仍然想"离去"，但已失去了先前"去"的叫唤，只是"期待着野性的呼喊"。上一章的"你"，这一章的"她"——爱人及温暖的家都是现实的比喻。第三章《新鲜的空气进来了，他会健康起来吗》[①]有了转机，湖水、莺燕、新绿、季节、"观念的突进"等唤醒了"我"，"我"意识到前两章的"现实"——"爱情""太古老了"，"太阳也是太古老了"，"没有气流的激变，没有山海的倒转，人在单调疲倦

---

① 此章原题为《变成一条小蜒，他将要浮海而去》。

中死去。"于是"我"要"突进！因为我看见一片新绿从大地的旧根里熊熊燃烧，/ 我要赶到车站搭一九四〇年的车开向最炽热的熔炉里。"这时的"我"，有过多的无法表现的情感，"一颗充满着熔岩的心 / 期待深沉明晰的固定"，又如"一颗冬日的种子期待着新生"。不过，"我"始终没有行动，而较多的用了"期待"。因此，这首诗表达的仍然是诗人面对现实与理想的矛盾冲突而表现出来的内心苦闷与呼喊。

对于生命意义的探讨是穆旦南荒社时期诗歌内容的第四个特色。

《从空虚到充实》是这个内容的代表。此诗发表时，诗后有"南荒文艺社"几字，是穆旦交给南荒社的第二次"社费"。诗歌表达了在战争的特殊年代，诗人对一个人应当"怎样爱怎样恨怎样生活"的深刻思考。"洪水"是日本侵略战争的象征，它在诗中反复出现，给人以巨大的恐怖："整个城市投进毁灭，卷进了 / 海涛里"。身处这种环境的人应该怎么办？"固守着自己的孤岛"，"播弄他的嘴，流出来无数火花"？或者，"把头埋进手中"，任"血沸腾"地听"成队的人们正歌唱，/ 起来，不愿做奴隶的……"？或者，去沦陷区的荒乱环境中写《中国的新生》，而"得救的华宴"却是"硫磺的气味裂碎的神经"？这些都不是"我"的选择。由于"我"在"洪水"中失去了一切，由于"洪水""在我们的心里拍打"，而在"原野上丢失的自己正在滋长"，"我们"将因此变得更加轻松和充实！诗分四章，揭示自我内心的矛盾和斗争，表明自我由高谈阔论的无聊到上战场的过程①，但"我"似乎没有在抗击"洪水"中获得真正的充实，因为"我""只等在春天里缩小，溶化，消失"，没有在战场上获得新生。诗歌描写的是思想的过程而不是行动的过程，因此"我"长于思想短于行动。

《蛇的诱惑》则是一首关于"生的命题"的诗。在战争与贫困的苦境里，面对物质的吸引——蛇的诱惑，怎么办？每一个人都接受着灵魂的拷问。诗前有四段引言，交代了写作的背景，这是理解全诗

---

① 此诗初刊时有"于是我病倒在游击区里"等 17 行，收入《探险队》时删去。此据初刊而论。

的钥匙。人被蛇第一次诱惑，放逐到地上来，"生人群"被蛇第二次诱惑，"有些人就要放逐到这贫苦的土地以外去了"。此诗可以说是"我"陪德明太太去百货大楼选购东西时的感想。当然这些都是诗歌创设的情景。夜晚把人分成了两极，一极是富人的狂欢，一极是穷人的痛苦。"老爷和太太站在玻璃柜旁／挑选着珠子"，穷人则在"垃圾堆，／脏水洼，死耗子，从二房东租来的／人同骡马的破烂旅居旁"呻吟。黑夜中两极生活的对比更增添了蛇的诱惑的力量，即诗人灵魂搏斗的力度："哪儿有我的一条路／又平稳又幸福？"人偷吃了智慧的果子后，得到的是"阿谀，倾轧，慈善事业"，"贫穷，卑贱，粗野，无穷的劳役和痛苦……"，但人却在困境里创造了"文明的世界"。这时，蛇又施展了第二次诱惑，一些人随它而去，得到了物质享受的快乐，但同时，又得到了"诉说不出的疲倦，灵魂的哭泣"，"陌生的亲切，和亲切中永远的隔离。"这两次诱惑也就形成了"两条鞭子"：一条是生活的痛苦，一条是富裕的寂寞。诗中有两次对于"活"的发问，两次问的是生命的两个层次：第一次是物质层面的生存问题，第二次是精神层面的生存意义问题。两个问题所带来的是"两条鞭子"：生活的痛苦与寂寞。诗人痛苦地喊道"呵，我觉得自己在两条鞭子的夹击中，／我将承受哪个？"在许多人追求金钱物质的热潮中，诗人看到了物质背后扬起的另一条鞭子，其目光更为深刻。而"阴暗的生的命题"的自我拷问也就异常严峻了。

　　穆旦这时期的诗歌已经脱离了单纯情感的抒发，而表现为心灵的抒写，他的每篇作品都是对自我思想灵魂的深刻揭露，而其揭露又带有批判性质，因此，孙玉石用"诗人心灵的自审或'拷问'"来描述穆旦这时期的诗歌表现是恰当的[①]。但我们要看到，穆旦的这种拷问不是脱离现实的抽象的哲学探索，而是在中国社会特定的现实环境中产生的。穆旦刚进入青年时期就经历了太多的痛苦。十九岁的穆旦随南开大学"校卫队"辗转到长沙临时大学外文系读书，不足二十岁的他又随"湘黔滇旅行团"从长沙步行到昆明，后随学院辗转于蒙自、昆

---

① 孙玉石：《中国现代主义诗歌史论》，北京大学出版社1999年版，第384页。

明。这期间，抗日战场节节失利，国土大片沦丧，大后方人民的生活水平急剧下降，学生的温饱都成了问题。在这种情况下，多数学生靠打工维持生计完成学业，一部分人休学工作以攒钱读书，有的人则干脆离开学校去经商发财。穆旦这时读四年级，自然不便外出兼职，其艰难困苦可想而知。但穆旦的诗作写出的并不是个人的痛苦，而是在这种环境下人们共同的感受，这就使他那些现代主义色彩的作品冲出了个人的圈子，而具有了大众的色彩。因此穆旦诗中的"我"显得很复杂，有时是作者自己，有时包括吟咏对象，有时代表着一个群体。我们看到，诗中的"我"往往面对物质的诱惑，大义的吸引，理想的明丽，爱情的温暖与自己处境的艰难而必须做出选择，这个选择的过程便是心灵的拷问过程。在拷问的过程中，我们看到了诗人（及大众）跋涉的脚步和向上的力量，有人说穆旦的作品充满了矛盾，困惑与斗争，其主要表现或集中表现正在这个时期。这个时期穆旦诗歌的艺术表现往往具有很多"发现底惊异"[①]，甚至每一首诗歌中都出现了让人感到"惊异"的句子。例如："我看见谁在客厅里一步一步地走，/ 播弄他的嘴，流出来无数火花。"（《从空虚到充实》）"细长的小巷像是一支洞箫，/ 当黑暗伏在巷口，缓缓吹完了 / 它的曲子：家家门前关着死寂。"（《蛇的诱惑》）"一片新绿从大地的旧根里熊熊燃烧"。（《玫瑰之歌》）这些句子确实是中国以往的诗作里所没有的，它使一首诗增添了亮度。但是，诗中也仅限于有许多这样让人感到新鲜和震动的句子，而没有达到整首诗的精美的高度。郑敏说："穆旦不喜欢平衡。"[②] 但这种平衡指的是内容上的和谐，即矛盾的解决。如果艺术上也以不平衡为上，绝不可能成为好的作品。在这个时期，他的几首较长的诗歌均缺乏严格的剪裁和良好的布局，有的地方显得臃肿松散甚至杂乱，诗句有的啰嗦冗长缺少提炼，那种"满载到几乎超载"[③]的诗

---

① 穆旦：《致郭保卫的信（二）》，曹元勇编：《穆旦作品集·蛇的诱惑》，珠海出版社1999年版，第223页。

② 郑敏：《诗人与矛盾》，杜运燮、袁可嘉、周与良编：《一个民族已经起来——怀念诗人翻译家穆旦》，江苏人民出版社1987年版，第32页。

③ 郑敏：《诗人与矛盾》，杜运燮、袁可嘉、周与良编：《一个民族已经起来——怀念诗人翻译家穆旦》，江苏人民出版社1987年版，第33页。

句还没有出现。穆旦此时正在进行着高原文艺社时已经开始了的散文化试验，因此，诗句的散文化应该是他此时的一个特点。他认为"诗的散文美""是此后新诗唯一可以凭借的路子"①。而这话正是他在写作以上诗歌的同期说的。但是，他把艾青提倡的"散文美"变成了散文化。因此他这时的诗失去了诗歌语言的凝练紧凑，而成为散文句式的泛用，也就缺少了诗味。或许这是他后来所说的"'非诗意的'辞句"，②但"非诗意"不等于无诗味，紧凑凝练是不可缺少的。这些都说明穆旦此时的诗歌在艺术上还是不完全成熟的，它还带有转变期的痕迹，诗人还在艰难地探索。

总的说来，穆旦在南荒社时期仍处于诗歌创作的转变与发展之中。南湖诗社时期，穆旦以浪漫主义为主调，高原文艺社时期开始向现代主义转变，南荒文艺社时期基本实现了转变。这时，穆旦的诗作全是现代主义的，虽然表现出了深刻的锐气，有了一些力作，但十分成熟的作品还没有出现。这时的作品，充满了"发现底惊异"，但还没有完整、精致、美好的全诗。但我们知道，那种完美的诗歌已经呼之欲出了。所以，南荒文艺社是穆旦诗歌道路上的一个重要阶段。

2005 年 11 月 10 日初稿于昆明文化巷 52 号

第三节　方龄贵的旅行散文和抗战小说③

摘　要　蒙元史专家方龄贵曾经是西南联大南荒文艺社的创作骨干，他在南荒社创作了多篇散文和小说，作品生动感人，艺术性

---

① 穆旦:《他死在第二次》，香港《大公报》1940 年 3 月 3 日。

② 穆旦:《致郭保卫的信（四）》，曹元勇编:《穆旦作品集·蛇的诱惑》，珠海出版社 1999 年版，第 229 页。

③ 本文原载于《抗战文化研究》2013 年第 7 辑，署名宣淑君。

强，散文主要记述从湖南到四川的旅行经历，有的篇章写得相当出色，如《蜀小景》《野老》《平原》等，有的艺术手法新颖，如《一支插曲——大时代的小泡沫》，小说则多为力作，《纪翻译》《九月的风》《孩子们的悲哀》等思想内容和艺术特色均佳，是抗战文学早期作品中不可多得的收获。遗憾的是方龄贵后来改行研究历史去了，因此，其文名埋没在历史的尘埃之中。本节将其发掘出来，供大家做进一步研究，或许能为文学史增添别样的光辉。

方龄贵治史，以蒙元史名世，是著名的历史学家，被誉为"中国蒙古史和元史研究的泰斗"[①]，生前是云南师范大学教授。但他早年热爱文学创作，师从沈从文先生学习写作，是西南联大的著名作家，闻名于抗战时期的大后方。他曾决意以写作为生，但后来的机遇使他改变了初衷，走上了史学研究的道路，但他抛不下文学情怀，仍然抽时间创作散文和小说，40年代后期渐渐退出文学界，解放后文名埋没，到了80年代，他又重新开始写作，创作并发表了一些散文。但80年代的文学风貌与40年代大不相同，因此文名不彰。

方龄贵1918年5月出生于吉林省扶余县，1926年入学，"九一八"事变后失学，曾读私塾，1934年在扶余县上初中，1935年入关，后在北平东北中山中学读高中。全面抗战开始前，他已在《大公报》上发表过文学作品。全面抗战后，随学校迁到湖南。那时他19岁。

西南联大湘黔滇旅行团出发时，方龄贵在湖南永丰镇（现为双峰县）读高中。1938年7月，他高中毕业并参加了高考后，去长沙等候发榜。长沙危急，他和另外五个同学相约去重庆，于是开始了由湘步行入川（当时重庆属四川省）的旅程，过湘西时，他曾到酉水边去寻找翠翠的活动遗迹，之后，历尽多种险情，费时四十六天，到达重庆朝天门码头。不意喜讯在那儿迎候着呢——码头墙壁上张贴着的西南联大新生录取榜上自己的名字赫然在目！他立即奔

---

① 云南西南联大校友会：《悼念方龄贵校友》，《云南西南联大校友会校友通讯》2012年第45期。

赴昆明，走进西南联大教务处，已是新生报到的最后期限。

当时萧乾在昆明，其夫人与方龄贵同在一个班里读书，更兼东北老乡这层关系，方龄贵和萧乾很快认识，并成为他家的座上客。在一次饭桌上，萧乾把方龄贵介绍给了沈从文，并讲述了方龄贵在酉水边寻找翠翠故迹的事，引得沈从文哈哈大笑。从此，方龄贵成为沈从文的门生。那时沈从文还没有进西南联大做老师。

热爱文学创作的方龄贵入学后，湘川路途中所遇的奇事险情总在心头萦绕。在沈从文老师的鼓励下，他写成一篇篇文章，先后投到昆明、重庆、香港等地的报刊杂志上发表。由于是亲身经历，方龄贵选择散文文体，以"我"的口吻，记述所见所闻所历，构成了一组从湖南步行入川到重庆的纪实散文。由于步行路线与西南联大湘黔滇旅行团不同，所遇到的人、事、景不相同，文章的写作风格也不同，这组散文与林蒲的《湘黔滇旅行记》异曲同工，堪称西南联大迁徙散文的双璧。

在方龄贵的这组散文中，较出色的篇章有《旅伴》《野店》《酒仙》《家长》《同乡》《马槽口》《荒村》《投宿》《蜀小景》《野老》等10篇。

前5篇写湘西旅行的经历。几个旅行者都是高中生，缺乏旅行经验，致使旅行从受骗开始，而后吃住困难，忍冻挨饿，但一路上都遇到好心人，他们主动帮助解决问题，终于能够平安地走出了湖南。《旅伴》发表于1939年3月14日的香港《大公报·文艺》，文章记述大家初出长沙，行李即被一个烂眼边的人骗走的遭遇。没了行李，旅行倒是轻松，但吃住成了大问题。无家无业，无亲无故，无论如何，还得前行。《野店》发表于1939年6月2日的香港《大公报·文艺》，文章接着叙写在三角坪夜晚食宿的经历。三角坪除了小小的车站外，只有一所破草房做旅店。可旅店爆满，老板去二十里外的老家了。天黑了，无法走山路去远处找住处。大家不知如何是好。一个住店的汽车司机见状，做主为他们安排了住处，还指导他们去二里外的人家买来米和菜，解决了食宿问题。《酒仙》发表于1939年6月20日的香港《大公报·文艺》，文章写一个店老板的国家观念和淳朴精神。在湘西，由于怕途中遇匪，大家在店中等候汽车。初得不到店家信任，三天后，情况大改，老板娘主动聊天，老板劝大家喝酒，酒酣兴高，讲出了他的人生经历。文章写道："镇上贴出壁报来了，说南京、徐州、上海、北平已同时克服……老板乐得闭不上口，眼睛笑得更歪斜了：'先生！南京北平都收转来，我不吃饭都可以饱了！'""酒仙"身居"边城"山中，胸怀却很博大，由于信息来源渠道单一，他相信了虚假的信息，但这是关于胜利的好信息，即使受骗他也是高兴的。《家长》发表于1939年10月4日的重庆《大公报·战线》，文章描述一个追赶妻儿的人，把一位丈夫和父亲的心理表现刻画得细致入微，文章对人性的刻画可谓深刻。《同乡》发表于1940年2月25日的《今日评论》，文章写一个异地"老乡"，最为有趣。湘西某小城，地小人多，天色渐黑，找不到旅店。这时，一个小公务员模样的人前来打招呼。他说自己是从长沙来的，要到四川永绥去，在此等伴。他听口音认定大家是"安徽老乡"，主动领"我们"去找旅店。安顿好后他走了，过一会儿，他带同乡会的一位负责人来看大家。明明口音不同，却不由分说把几个东北人氏划入安徽籍。大家因此得到了许多关照。为了不让这位好心的"老乡"失望，大家于是将错就错，索性冒充说"我们是安徽滁县人"。文章结尾写道：明早"上了路，再与同伴来讨论我们做滁县人还是东北人的问题尚不嫌迟。"

后5篇写四川的旅行经历。如果说湘西的经历复杂、艰难、有趣，四川的旅程则充满了险峻、惊异、新奇。相临的土地，形状不一，民情异趣。从长沙出发的第一遭是上当受骗，而一进入四川则首先遇上了土匪。《马槽口》发表于1939年5月17日的昆明《中央日报·平明》，文章记述的就是遇匪的经历。由龙潭去酉阳有两条路：古道和公路。古道少曲折，但可能会遇到土匪，有危险；公路车多人多，比较安全，但弯弯绕绕，比古道远三十里。为避土匪，大家选择了比古道长30里的新路。店伙计说："过了马槽口就渡过关口了。""马槽口"三字便印在大家脑海中了。"这就是马槽口，公路与小山道的交点。山高而秃，荒凉得几乎令人不能忍受。""先到的人在路边休息，到最后一人的脚步刚一踏上公路时，突然从后山小竹林中闪出四条影子。这四个人打扮完全如水浒中人物"，他们用枪和大刀威逼着，搜查大家新置办的行李，然后又把大家逼到山弯处，要大家脱衣"检查"。这时，远处传来汽车声，土匪被吓，拿着大家的行李跑了。要不然，大家的衣服都将被剥光。《荒村》发表于1939年5月21日的《今日评论》，文章记述四川旅途中几次遇"匪"均化险为夷的经历，无论路途还是经历都是《马槽口》的继续。《投宿》发表于1939年11月24日的重庆《大公报·战线》，文章写夜晚在大山中过夜的经历。山中无店无村，只有一户人家。天黑了，六人前去投宿，幸得主人收留，但住户家里没床没饭，大家只能围着火塘讲故事驱赶饥饿和劳苦，等待天明再上路。《蜀小景》发表于1939年8月20日的《今日评论》，文章记述一群在大山中背食盐搞运输的人，他们之中有老人也有小孩，背着沉重的盐巴，在陡峭险峻的山道上爬行，一步一滴汗，直至太阳西下还在山中，离歇脚地还遥远。这是多么艰难的生存方式，在那些瘦弱的男女背工的躯体中包裹着多么坚强的毅力！《野老》发表于1940年7月20日的香港《大公报·文艺》，文章叙写山弯中的一位文化老人。旅伴在一户农家借宿，晚饭没吃完，来了一位老人，是邻居。"这老人鬓发皆白，身体魁梧如一棵老松，那么壮，那么结实。"交谈中得知，他今年73岁，一生"从没有登过对面的山峰看一看外面有怎样的世界"，"还没有踏过十里以外的土地，只在这小小的山湾里寂寞地活着。"但他知道外面的许多事情。他说"打走日本人才有太平日子"，他问"长沙丢了没有？"他知道北京是皇帝住的地方，"那里有皇宫，有金銮殿，有万寿山，还有大雪铺地像灰面"，他突然问："你看见过梅兰芳吗？天下美男子！""我"感到惊奇。店主人解释说："这老人年轻时候走过红，川戏是拿手，扮老生，登台出大风头，逗引全城好女子为他发痴发疯"。在大家的央求下，他唱了一段"崇祯煤山上吊"。外地人虽然听不懂内容，但那腔调板眼透露出行里人的本色。一个足不出山湾的文化野老活现于读者眼前——四川多奇人！

　　以上十篇作品皆写湘川旅途的奇遇，互不重复，各显特色。这些作品贯穿着"奇、险、趣"三字，以奇人、险情、趣闻为取材依据，给人以新鲜和刺激。在内容上，作者不像林蒲那样注意社会面的拓展和民风民俗的揭示，而显出单纯的品质。以艺术而论，这些作品每一篇都是精致的散文，都有一定的艺术价值。由于注重抒情写意，或可称为散文诗。作品无论写景、叙事、记人都真实生动，形象逼真，富有吸引力。这些作品往往短小精悍，结构紧凑，达意精确。作者在语言表达上有着特别的功力，首先是能把普通内容生动形象地表现出来，其次是刚健有力，不拖沓，不沉滞。这里以《蜀小景》为例看看作者的艺术尤其是语言方面的特点。该文内容包括叠嶂起伏的大山，山中背盐的人，孤独的人家，老太婆，迎亲行列，打尖，奔店，日暮途远的惆怅等，均放在山与人的变换描写中表现出来，因山大而人稀，因人稀而山幽，人行山中，"拉"活了一座青山。作者是写山中行人的行家里手。请看写背盐人的一段："他们默默无声沉重的走着，在陡的山道中上上下下，（这里有孩子也有老人）到累了的时候，最前头的一个'咻——'一声停下来，把那拐杖放入石头上的小洞里，上端支撑着背上的背箩，这就叫'休息'，小石洞的用处也可以知道了。这'咻——'的声音挨个传下去，挨个停下来，像军队里传达一个命令那样。那'咻——'的一声该是怎样一种生活的唏嘘啊。"语言的准确简练可见一斑。

《一支插曲——大时代的小泡沫》亦发表于 1940 年 5 月 22 日的重庆《大公报·战线》，发表时末尾有"南荒文艺社"五个字，是方龄贵交给南荒文艺社的"社费"。[①] 文章写一个大学生凌晨醒来躺在床上的思绪。昆明虽然四季如春，冬天还是寒冷的。"我"初到春城，不了解春城的气候，以为昆明冬天的气温与春秋差不多，用不着被子。"我"的家在东北敌占区，寄不来钱，生活十分紧张。为了吃饭，在秋天把被胎卖了。冬天，到了半夜，"我"被冻醒了，不由得想起两个月前被卖掉的棉絮；一阵饥饿袭来，又想到明天没了饭费。在冷和饿双重煎逼下，"我"毫无睡意，思维变得特别活跃，

---

① 南荒文艺社要求每个社员发表一篇文章，文章末尾标明"南荒文艺社"字样，稿费由编辑部寄到社里作为社员的"社费"。

想到北方，想到母亲，想到贫困而自杀的大学生；又想到自己的使命和责任，应该活下去，且不能到邮局去当一个小职员，还应替前线牺牲的人担负起双倍的担子；最后仍回到明天的饭费上——贷金发不下来，稿费收不到，几个朋友处都已借过钱了。突然又想到明天的七堂课和一个小考。"我"又冷又饿又焦急，睁开眼，屋里已有些苍白，隔街某大学的晨号响了。但是，仍没有想出筹饭费的办法，可用来典卖的衣服已经典卖光了，唯有几本书值点钱，可出让告贴贴出去十几天了，还无购者问讯……文章用意识流方式写成。"我"凌晨躺在床上，任凭思维"流动"，文字由细致到粗疏、由具体到简略、由缓慢到快速、由精密到跳跃，段落也由长到短，无论"我"的思维如何放得远，涉及事情如何多，又都维系在"冷"和"饿"两个字上：冷醒了，饿跟着来，不能不破解难题——饭费。由于思维活动有集中点，加之用了意识流的创作方法，文章所写虽然琐碎，但不混乱，这是此文的成功之处。文章写的是作者的真实生活，环境、人物、事件都很真实，易于为读者接受。大后方这类以学生的穷困生活为题材的作品很多，此文是其中的佼佼者。

像《一支插曲》一样记述作者在云南的生活和感想的作品还有一些，它们大多是一些短小的篇章，富有散文诗的情调。《高原散记》《夜景》《雨天的记忆》等属于这一类文章。

除了记述来滇旅途和昆明生活两类作品外，方龄贵写得最多的是对家乡的怀念和抗战的愿望。方龄贵是吉林人，故乡不幸，早已落入日寇手中，他十多岁开始就逃难他方，对于他来说，怀念故乡与驱逐日寇几乎是同一件事。最能说明他的这种思想甚至是"情结"的是 1939 年 9 月 18 日这天，他发表了三篇文章：《九月的风》《八年》《祭》。前两篇同时刊登在香港《大公报·文艺》。一个版面刊登同一作者的两篇作品，这在名家尚属不多，何况是一个年轻的学生作者呢！而同一天发表三篇同一主题的作品，恐怕在中国现代文学史上也不多见。这一方面说明了作者旺盛的创作能力和高超的艺术表现力，另一方面说明了作者对于"九·一八"的深刻记忆。

方龄贵怀念故乡与反映抗战的作品有散文和小说两类。散文有《弟弟》《平原》《长城》《悼》《祭——纪念"九一八"八周年》《沙》等篇。其中《弟弟》和《平原》可为代表。

《弟弟》发表于 1939 年 8 月 23 日的香港《大公报·文艺》，文章通过弟弟形象的描写及弟弟的来信写出了作者对亲人的无限思念并表达出抗战的思想，结尾想象日本侵略军制造的另一种悲剧：兄弟搏击于战场。此文虽短，可结构恰当精巧，语言流畅，含义深刻，被列为《大公报·文艺》当版第一篇文章发表。发表在 1939年 6 月 25 日《今日评论》上的《平原》，风格与《弟弟》迥异，显示出一种恢弘博大之气。在辽阔的东北平原上，世代繁衍生息着中国同胞。他们的祖先从华北跑来关东创立基业，后代在这片土地上恋爱、生育、耕种、收获。作品选取秋天收获的美好季节，丰收、恋爱，人们投以这片土地深情的爱。可是，"一个秋天，这秋天完全如以前的秋天，只是平原上凭添无数灾难了，老年人南望王师，小伙子们却拿起以前打兔子打火鸡的火枪，在冰雪里和另一种兽类战斗。望望这平原大野，他们想起了祖先创业的艰难，他们想起了'跑关东'。"结尾言犹未尽，寓意深刻。作者善于提炼出精巧的句子表达普通的意思，有类外国诗的"机智"。作品文学性强，富有吸引力。编辑有言："《蜀小景》与《平原》的题材均是他专长的。"①而《今日评论》的这位"编辑"就是沈从文，这话代表了作家沈从文对于方龄贵的评价。

方龄贵的小说主要有《无题》《纪翻译》《九月的风》《八年》《孩子们的悲哀》等篇。

《无题》发表于 1939 年 7 月 12 日《中央日报·平明》，后改名为《梦生女》，描写北方妇女的命运。主人公小珠还没出生，父亲就死了，出生后母亲改嫁，奶奶把她养大。奶奶临死时告诉她：你妈"还活着"。两个月后，她被接去当童养媳，受尽折磨。她屡屡托人带信给母亲，均无消息。一天，一个 40 岁左右的憔悴女人来找

---

① 《本期撰者》，《今日评论》第 2 卷第 9 期，1939 年 8 月 20 日。

她，向她讲述了他母亲的悲惨命运。她认定来人就是她母亲，提出愿意养她时，那人坚决地走了。两代，不，三代妇女的苦难命运包容在一个短篇之中，可谓一字千金。人物性格尤其是小珠的性格明朗感人。

《纪翻译》发表于 1939 年 8 月 4 日《中央日报·平明》，写一个汉奸的悲哀，是一篇十分难得的小说。纪天民是日本皇军中尉翻译官。他效劳"皇军"，帮助参事官小野田剿过"马贼"，检举过"思想犯"，致使许多"反满抗日"分子的生命化为灰尘，"三年里，他忠实得像一条狗对它主人那样服侍着小野田"。他爱上一个女人，可是自己的女朋友被小野田看中了，遭到小野戏弄。小野田还警告他："亡国奴有恋爱么？小心你自己！"听到这话，他感到悲从中来，不由得想起了远方的父母，想起了三年前的自由生活。可如今……他想起自己说"全村人都不是好东西"，致使全村壮丁被枪杀，还被割下头悬挂于城门；想起自己说校长、教员、学生"都是反抗帝国的坏蛋"，致使三百多名师生遭到杀害。夜深了，他感觉"好像有无数幽灵向他索取性命"，他感到"可怕"。作品仍然采取意识流的方法，让纪天民在暮秋的夜晚，听着小野田的鼾声，点燃一支烟，坐着想心事，想着想着，悲哀侵袭心头，恐怖笼罩全身，汉奸没有国家、民族、道德和良心，有的是他自己，"壁钟响了十二下"，对于血债太多的人，每一下都撞在自己的胆壁上，心惊肉跳——夜是"可怕"的。这篇小说对于汉奸的思想、行为、心理乃至灵魂的揭露是深刻的，意识流方法在集中、深入地揭示人物心理方面发挥了很好的作用，使得作品篇幅虽短，思想却深刻而突出。总之，这篇作品的主题、内容和艺术表现，在 1939 年的文坛上，是不可多得的。需要指出的是，方龄贵使用的意识流不同于西方主要描写潜意识的活动，而更多的是显意识的活动，人物因环境引起了思考，渐渐地进入了一种"自我"的思维状态，这时，潜意识出现，分不清显意识还是潜意识了，最后又回到显意识上来。小说《纪翻译》是这样，散文《一支插曲》也是这样。西南联大后来的文学作品如汪曾祺所使用的意识流也是西方意识流手法的变异。

《九月的风》直接描写"九一八"事变中沈阳军队的情形，是一篇力作。1931 年 9 月 18 日，日本军队攻打北大营，东北军旅长王以哲带领部队撤出沈阳（其他部队早已随"少帅"去了关内）。沈阳变成了屠场，变成了血海。东三省随之沦陷，东北成了日本关东军的乐园。小说以散文笔调写成，大气磅礴，结构完整。全文分四节，外加序曲和尾声。"序曲"展现出丰饶的原野，农民的收成，一派美丽可爱的秋景；第一节写古城沈阳的政治形势，关东军搞军事演习，王旅长担忧，平静中隐伏着杀机；第二节"九一八"事变发生，关东军要求王以哲军在四小时以内撤出沈阳，王集合全旅，跪求撤退，天色破晓，北大营全旅人向东山嘴退去；第三节写日本人进城后的暴行；第四节记述市民的生活和退役军人自发的零星战斗；"尾声"悲情笼罩，九月没有丰收的喜悦，九月的风将哀怨扩散，九月的哀风一吹八年。感情浓烈是这篇小说的最大特色。作品像一首抒情诗，不仅"序曲"和"尾声"感情浓厚，中间各节都充满感情，如王旅长集合全体官兵，官兵要求打开仓库拿出武器，死守沈阳的气势可以掀动天盖，王以哲跪求全旅，悲情激荡山河，因此，气势雄伟亦是这篇小说的特色。小说未刻画主人公形象，而群体形象鲜明，这是散文体小说的特点。这篇小说不仅在方龄贵的作品中是特出的，就是在抗战前期的作品中亦是特出的。

《孩子们的悲哀》亦是一篇力作。小说发表于 1939 年 8 月 22、24 日香港《大公报·文艺》，写的是"博物"老师柳先生被学校辞退，"我"和班长挽留柳先生的事，表达出抗日爱国的情绪。情节是这样的："我"看到柳先生"因故去职"的通告，大为震惊，班长小郑正好路过，"我俩"一块儿分析这事后，决定发动全班同学挽留柳先生，班长和"我"被推为代表向学校表达意愿。于是，"我俩"去找教务长，教务长让去找校长。"我俩"到了校长室，几经询问，校长才说柳先生不听警告老在课堂上讲时事，总与同学接触，所以被辞退。"我俩"代表全班同学提出挽留柳先生，遭到校长拒绝。"我俩"满腔愤恨地离开校长室，直接去找柳先生，进行挽留。进了柳先生家，才知道他家很贫困。师母说他上山打柴去了。"我俩"决定去路上接柳先生。见面后，"我俩"把校长的态度告诉他，柳先生却宽厚地说"不能怨校长"。"我俩"代表全班挽留柳先生，他说已经不可能了。问他以后的打算，他说准备去当义勇军。"我俩"立即表示愿随老师去，老师想了想说："我看你们最好到关内去。"这一天，"我"很晚才回到家。我病了。我睡不着，夜里"我"告诉爸爸："我想到关里去！"这篇小说也许写的是作者自己的事，所以真实，自然。小说篇幅不长，但人物较多，却能够把各个人物的性格都勾画得轮廓分明：柳先生秉持公心、立场坚定、刚强不屈，决心和日寇战斗到底。"我"和小郑倔强、爱国、充满热血，但年少无能。校长胆小怕事，求全枉屈。小说以"孩子"的眼睛和心灵反映伪满洲的形势与人心，这在西南联大作品中是开创性的。不过，"孩子"与校长的对话显得过于成熟了些。《孩子们的悲哀》于 1940 年 8月 24 日发表，是南荒文艺社的最后一篇作品。这之后再没见到南荒文艺社社员的作品，南荒文艺社大约停止了活动。如果把南荒社的活动比作一篇文章，《孩子们的悲哀》可谓"豹尾"。

方龄贵以上几篇小说的结构和创作方法各不相同，说明他这时正在进行各种探索。但这几篇小说也体现出了一些共同的特点，即内容都反映抗日战争，地点都在东北，文笔刚健有力，语言直爽流利，风格沉郁壮阔。

通过以上分析，可以得出这样的结论：方龄贵是南荒文艺社的重要作家之一，同时是西南联大前期的重要学生作家之一，他在1939 和 1940 年间发表的作品，散文主要记录抗战初期湘川一线的民风民情和风光景物，小说集中描写日本侵略下东北人民的生活与反抗精神，是同期中国现代文学作品中内容独特，艺术上乘的作品。由于作者后来未再继续从事文学创作的原因，逐渐淡出了读者的视野，这些作品也埋没在历史的尘埃中了。今天发掘出来，供大家做进一步研究，或许能为文学史增添别样的光彩。由此我们还为作者感到深深的遗憾：从这些作品的发展势头可以看出，如果方龄贵当年继续从事文学创作，也许会成为中国现当代文学史上的重要作家，可惜，他改行了。

2005 年 11 月 16 日初稿于昆明文化巷 52 号

第四节　汪曾祺的初期小说 [①]

摘　要　笔者新发现了汪曾祺的一些小说，本节取初期的几篇进行论述，认为发表于 1940 年 6 月 22 日的《钓》，是目前所见汪曾祺发表最早的作品。作品写"我"无所事事，为打发时间临时准备钓具去钓鱼，由于心不在焉，钓无所得，却洒脱而归，认为自己钓到了所钓之外的东西。《钓》体现出汪曾祺后来小说的一些基本色彩，是汪曾祺文学创作的开端作品。再经过《翠子》《悒郁》《寒夜》《春天》《复仇》《猎猎》《灯下》《河上》《匹夫》《养老院》《待车》等，至 1942 年 4 月发表的《谁是错的？》，汪曾祺的小说创作达到了成熟。文章通过汪曾祺初期小说的分析尤其是对其中六篇作品的介绍，指出以作者自己的生活为取材对象，避开宏大叙事而讲述平常生活，以第一人称"我"为叙述者，艺术手法既现代又传统，语言温婉贴切，比喻描写生动，风格淡雅、简练，具有和谐之美等，是汪曾祺初期创作的共同特点，并且奠定了他一生创作的艺术基础。

汪曾祺曾在多篇文章中写过同样的话："我写小说的资历应该说是比较长的，一九四〇年就发表小说了"，"那年我二十岁"，

---

① 本文原载于《新文学史料》2009 年第 1 期和《中国现代文学研究丛刊》2009 年第 2 期，原题分别为《〈钓〉汪曾祺的文学开端》和《当年习作不寻常——汪曾祺初期小说校读札记》，本文由两文组合而成，合组时作了修改并增添了一些内容。

"那是沈从文先生所开'各体文习作'课上的作业，经沈先生介绍出去的"，"我记得我写过一篇《灯下》（这可能是我发表的第一篇小说）"①。他在这里所说的几点意思是互相联系的。1998年8月，北京师范大学出版社出版钟敬文、邓九平主编的《汪曾祺全集》，所收第一篇作品是《复仇——给一个孩子讲的故事》，自此，人们都以《复仇》为汪曾祺的处女作。至于1997年7月江苏文艺出版社出版的陆建华著《汪曾祺传》没有提到《复仇》，而说"在沈先生的习作课上，汪曾祺写了他平生第一篇小说《灯下》"②，是那时他不可能看到《汪曾祺全集》，当然他也没有查过《大公报》。2001年1月，中国人民大学出版社出版"追忆文丛"，其中有汪朗、汪明、汪朝合著《老头儿汪曾祺——我们眼中的父亲》一书，确认《复仇》是汪曾祺的第一篇小说。汪朗写道："爸爸1941年3月2日在《大公报》上发表的小说《复仇》，就是沈从文先生介绍出去的。这是现在可以查到的他所发表的最早作品"③。连子女都这么说，大家也就相信《复仇》为沈从文介绍发表的汪曾祺的第一篇作品了。所以，不仅研究汪曾祺的论文如此写，而且关于汪曾祺的专著也都这么写。例如，去年出版的一本研究汪曾祺小说的专著，尽管未在"参考文献"中列出《汪曾祺全集》，但看得出其作品材料全都出自《汪曾祺全集》，所以，此书只能以《复仇》为汪曾祺的第一篇小说。事实上，《复仇》的问世确实比《灯下》早。《灯下》发表于1941年9月16日出版的《国文月刊》第1卷第10期，《复仇》则发表于1941年3月2、3日出版的《大公报·战线》，早于《灯下》半年。《复仇》是汪曾祺的处女作也就成"定论"了。

但是，解志熙教授在《十月》2008年第1期上发表文章，以确凿的事实推翻了这种流行的说法并且提出了新见解：汪曾祺的处女作是《悒郁》。他在文中写道：《汪曾祺全集》收录的《复仇》，"是

---

① 参见《〈汪曾祺短篇小说选〉自序》，《小说创作随谈》，《〈晚翠文谈〉自序》，《自报家门》，《却顾所来径，苍苍横翠微——小说回顾》，《我的创作生涯》等文。

② 陆建华：《汪曾祺传》，江苏文艺出版社1997年版，第345页。

③ 汪朗、汪明、汪朝著：《老头儿汪曾祺——我们眼中的父亲》，中国人民大学出版社2007年版，第36页。

此前人们所能找到的汪曾祺最早发表的作品，也有人认为是汪曾祺小说创作的处女作，这自然是误解。此处辑录的《悒郁》就初刊于1941年元月昆明出版的《今日评论》周刊第5卷第3期，而作者在篇末注明完成于'二十九年十一月二十一日'即1940年11月21日。显然，不论从写作时间还是发表时间看，《悒郁》都早于《复仇——给一个孩子讲的故事》。据汪曾祺后来回忆，他的'第一篇作品大约是一九四〇年发表的。那是沈从文先生所开各体文习作课上的作业，经沈先生介绍出去的'。汪曾祺虽然在1939年就考入西南联大，但直到第二学期开始的1940年9月才选上沈从文的课，开始与沈从文有所接触，那接触的开端当在第二学年开始的1940年9月，至《悒郁》完稿的11月21日，不过短短两月。纵使汪曾祺在11月21日前还会有更佳的习作可堪发表，但限于战时的出版印刷条件，要在12月底发表出来，是不大容易的。然则《悒郁》或许就是汪曾祺没有说出题目的那篇处女作了，而这篇小说也可以肯定是经沈从文之手发表的——沈从文乃是《今日评论》的文学编辑。"① 《今日评论》第5卷第3期出版于1941年1月26日。此说把汪曾祺处女作的诞生提前了一个多月。而更为重要的是，《悒郁》显示了汪曾祺小说的某些一贯特点和风格，首先是体现了沈从文小说的风采，其次是继承了中国传统小说的神韵，再次是运用了西方意识流方法，最后是语言有声有色，明朗传神。因此，汪曾祺以《悒郁》起步比以《复仇》起步意义更加丰富，更具有"汪曾祺味"。解志熙的发现颇有价值。

问题是，汪曾祺发表于《悒郁》之前的作品还有别的。

为了完成国家社科课题《西南联大文学社团研究》，从2003年开始，我往来于全国多座城市，翻阅了西南联大时期各地出版的报刊杂志和书籍，发现了大量未经收集出版的西南联大师生的作品，其中包括汪曾祺的作品二十多篇。当时曾想辑录发表，以飨读者，但忙于课题腾不出手来，现在课题完成准备辑录，解志熙却走在前面了。读了解志熙的"校读札记"后，觉得"汪曾祺的第一篇小说"是一个需要解决的问题，于是有了这篇文章。

---

① 解志熙：《出色的起点——汪曾祺早期作品校读札记》，《十月》2008年第1期。

　　就笔者所见，汪曾祺发表在《悒郁》之前的作品有两篇：《翠子》和《钓》。《翠子》刊于《中央日报·文艺》第 10 期，时间是 1941 年 1 月 23 日。报纸比杂志出版周期短一些，发表日期早三天似乎不足以说明《翠子》一定比《悒郁》早，但看篇末标注的日期就可以得出结论了。《悒郁》标明民国"二十九年十一月二十一日草稿"即公元 1940 年 11 月 21 日，《翠子》署明"十一月一、二日，联大"。当时多用民国纪年，"十一月一、二日"即公元 1940 年 11 月 1、2 日，意即《翠子》写作于 1940 年 11 月 1、2 日。会不会是公元 1939 年呢？不会。1939 年 11 月 2 日，汪曾祺仅在西南联大学习一个月，很难写出这样成熟的小说，且在此日期前后没有他的其他作品发表以为佐证，再就是那年汪曾祺十九岁，不符合作者"我 1940 年开始发表小说，那年我二十岁"的记忆①。会不会是 1941 年呢？也不会。所载报纸的日期"中华民国三十年一月二十三日"赫然在目，世上绝没有发表在前，写作在后的作品。也就是说，《翠子》创作的完成日期比《悒郁》早约 20 日，发表日期相应较早是情理之中的。这样，就说明了《翠子》是比《灯下》早，比《复仇》早，也比《悒郁》早的小说。而《钓》，就更早了。《钓》刊登在 1940 年 6 月 22 日《中央日报·平明》第 241 期，比《悒郁》早出七个月。篇末注明"二十九年四月十二日昆明"即 1940 年 4 月 12 日，写成日期也比《悒郁》早七个多月。这样，汪曾祺的处女作就由《复仇》和《悒郁》提前了七至八个月了。于是可以得出这样的结论：《钓》是汪曾祺作为作家的开篇之作。

　　由于《钓》难以查找，且篇幅不长，全录于下：

钓②

汪曾祺

　　晓春，静静的日午。

　　为怕携归无端的烦忧，（梦乡的可怜的土产）不敢去寻访

---

　　①《汪曾祺全集》第 6 卷，北京师范大学出版社 1998 年版，第 59 页。

　　②　文章照原文实录，"（ ）"及里面的字为原文，"[ ]"及其中的字为录者所加。

枕上的湖山。

一个黑点，划成一道弧线，投向纸窗，"嗡"是一只失路的蜜蜂。也许正惓怀于一支尚未萎落的残蕊，匆忙的小小的身躯撞去；习于播散温存的触须已经损折了，仍不肯终止这痴愚的试验，一次，两次……"可怜虫亦可以休矣！"不耐烦替它计较了。

做些什么呢？

打开旧卷，一片虞美人的轻瓣静睡在书页上。旧日的娇红已成了凝血的暗紫，边沿更镶了一圈恹恹的深黑。不想打开锈锢的记忆的键，掘出葬了的断梦，遂又悄然掩起。

烟卷一分分的短了，珍惜的吐出最后一圈，掷了残蒂，一星红火，在灰烬里挣脱最后的呼吸。打开烟盒，已经空了，不禁怅然。

提起瓷壶，斟了半天，还不见壶嘴吐出一滴，哦，还是昨晚冲的，嚼着被开水蚀去绿色的竹心，犹余清芬；想后园的竹子当抽了新篁，正好没 [做] 渔竿，钓鱼去吧，别在寂寞里凝成了化石。

小时候，跟母亲纠缠了半天，以撒娇的一吻换来一根绣花的小针，就灯火弯成钩子，到姐姐的匣内抽出一根黑丝线；结系停当，捉几只蜻蝇；怀着不让人知道的喜悦，去作一次试验。学着别人的样，耐心的守候着水面"浮子"。（那也是请教许多先辈才晓 [得] 用蒜茎做的最好）起竿时不是太急，惊走了；便是太慢，白丢了一只蝇天 [头]。经过了许多次的失望，终于钓得一尾鲢鱼，看它在钩上闪着银光，掀动鲜红的腮，像发现了一件奇迹，慌乱的连手带脚的捉住，用柳枝穿了，忘了祖父的斥骂，一路叫着跳回去。

而今想来，分外亲切，不由得不跃跃欲试了。

昨晚一定下过牛毛雨，看绵软的土径上，清晰的画出一个个脚印，一个守着油灯的盼待，拉快了，这些脚步，脚掌的部分那么深，而脚跟的部分却如此轻浅，而且，两个脚印的距离很长，想见归家时的急切了。你可没有要紧事，可以不必追迹这些脚印 [，] 尽管慢点儿。

在往日，便是这样冷僻的小村，亦常有古旧的声昔 [音] 来造访的。如今，没有碎布烂铁换糖的唤卖；卖通草花的货郎的小鼓；走方郎中跟跄的串铃；即使 [便] 本村的瞎先生，也暂时收起算命小锣的铛铛，没有一个辛苦的命运来叩问了，正是农忙的时候呀！

转过一架铺着带绿的柳条的小桥，有一棵老树，我只能叫它老树，因为它的虬干曾做过我儿时的骏马，它照料着我长大的 [，] 乡下 [人] 替它起的名字，多是字典辞源上查不到的。顽皮的河水舔去覆土，露出隐秘的年青的一段，那羞涩的粉红的根须，真如一个蒲团，不妨坐下。

也得像个样儿理了钓丝，安上饵，轻轻的抛向水面。本不是为着鱼而来的，何必关心"浮子"的深浅。

河不宽，只消篙子一点，便可渡到彼岸了，但水这么蓝，蓝得有些神秘，这 [你] 明白来往的船只为甚么不用篙子了吧！关于这河，乡下人还会告诉你一个神奇的故事，深恐你不相信，他们会急红了脸说：县里的志书上还载着。

也不知是姓甚什么的做皇帝的时候，——除了村馆里的先生，这村里的人都是只知道"民国"与"前清"的 [，] 顶多还晓得朱洪武是个放牛的野孩子，则"不知有汉，何论魏晋"何足为怪。这儿出了个画画的，一点不说谎，他画的玩意儿就跟真的一般，画个麻雀就会叫，画个乌龟就能爬，画个人，管少不了脸上一粒麻子。天下事都是这样，聪明人不会长寿的，他活不上三十岁，就让天老爷给收去了，临死的时候，跟他的新娶的媳妇说："我一不耕田，二不种地，死后留给你的只有绵绵的相思……"取张素绢，画了几笔，密密卷好，叫她到城里交给他的师傅，送到京城的相爷家去，说相爷的老太太做寿，寿宴上甚么东西都有了，但是还缺少一样东西，心里很不快活，因此害了症候，若能如期送到，准可领到重赏，并且关照她千万不要拆开来看，他咽了最后的一口气，媳妇便上城去了。她心理 [里] 想到底是个甚么呢？耐不住拆开望望，一看是一片浓墨，当中有一块白的，以为丈夫骗了她，便坐在阳岸上哀哀的哭起来。一阵大风，把这卷儿吹到河里去了，我的天，原来是一轮月亮啊！从此这月亮便不分日夜的在深蓝的水里放着凄冷的银光。

你好意思追问现在为甚么没有了？看前面那块石碑，三个斑驳的朱字"晓月津"，一个多么诗意的名儿。

"山外青山楼外楼，

我郎住在家后头，

…………"

夹着槐花的香气，飘来清亮的山歌，想起甚么浪漫的佳话了？看水面上泛起一个微笑。她们都有永不凋谢的天真，一条压倒同伴们的嗓子的骄傲，常常在疲乏的梦里安排下笑的花蕾的。

一片叶子，落到钓竿上来，一翻身，跌到水面上，被微风推出了视野。还是一样的碧绿，闪耀着青春的光辉。你说，便这样无声的殒折，不比抖索着枯黄的灵魂，对残酷的西风作无望的泣求强些？且不浪费这些推求，你看，这叶片绿得多么可人，若能以此为舟，游家泛宅，浪迹江湖，比庄子那个大葫芦如何？

远林漏出落照的红，像藏在卷发里的被吻后的樱唇，丝丝炊烟在招手唤我回去了。咦，怎么钓竿上竟栖歇了一只蜻蜓，好吧，我把这只绿竹插在土里承载你的年青的梦吧。

把余下的饭粒，抛在水底，空着手走了。预料在归途中当可捡着许多诚朴的欢笑，[我] 将珍重的贮起。

我钓得了甚么？难得回答，然而我的确不是一无所得啊

二十九年四月十二日昆明

本文开头曾引汪曾祺多次说自己最初作品的话，概括起来有四

点意思：第一，1940 年开始发表作品，第二，那时 20 岁，第三，第一篇作品是沈从文布置的作业，第四，作品是沈从文推荐发表的。我们用这四点意思衡量《钓》，则有的相符有的不相符。第一、二点，1940 年发表第一篇作品，那时 20 岁，完全吻合，这比发表于 1941 年的《复仇》和《悒郁》更确当。第三、四点，"习作"课上的作业和沈从文推荐发表并不相符。然而，第三、四点并非客观实际，是汪曾祺本人记错了。

　　汪曾祺是 1939 年考入西南联大中文系的。上汪曾祺"大一国文"课的老师不是沈从文，据汪曾祺说是陶重华。陶重华教汪曾祺"国文作文"课。汪曾祺是大二时才上沈从文"各体文习作"的，时间是 1940 年 9 月以后，所以，《钓》不可能是沈从文老师布置的作业。根据汪曾祺的记忆，他的文学创作开始于沈从文的课堂教学，就应该是 1940 年 10 月及其以后。《钓》写在是年 4 月，发表于 6 月，太早了。这会不会是别人的作品呢？不会。因为发表时题目下分明署有"汪曾祺"三个字。那么，会不会是另一个汪曾祺呢？也不会。据笔者所见资料，发表文学作品的只有一个汪曾祺，而且 1940 年的报刊上没有署名"汪曾祺"的其他文章。汪曾祺为什么在这时写出这么一篇文章呢？我想不出。但有一点可以肯定：汪曾祺喜爱文学。1938 年他避战乱住到乡下，所带书籍除了教科书外，是两本文学书，一本是《沈从文小说选》，一本是《猎人笔记》，他说："这两本书定了我的终身"[①]。第二年，他只身远行数千里，投考了西南联大中文系。入学不久，学生组织群社的文艺小组独立开展活动，发起成立冬青文艺社，他成了第一批社员。冬青社办有《冬青》杂文壁报、《冬青小说抄》《冬青散文抄》《冬青文抄》《冬青诗抄》等刊物，社员积极创作和发表作品，举办文学讲座，组织朗诵会和文学讨论会，活动开展得有声有色。或许正是在这种文学氛围中，汪曾祺创作了《钓》。我甚至推测，这是汪曾祺交给社里的文稿，是为履行社员职责而创作的，先行刊登在某一期《冬青小说

---

①《汪曾祺全集》第 4 卷，北京师范大学出版社 1998 年版，第 286 页。

抄》上，因得到较高评价，才投报刊发表的。再从汪曾祺所受的文学影响、早期的创作追求和一贯的文学特点与风格来看，也可以判断这篇作品是汪曾祺的创作。《钓》还留有沈从文批评的"两个聪明脑壳打架"的语言痕迹①。作品虽然显示了汪曾祺特殊的语言敏感和运用语言的能力，但有些过分雕琢，不够平常自然，是汪曾祺作品走向生活化之前的"创作证据"。

《钓》的发表也与沈从文没有关系。因为那时汪曾祺还没有向沈从文展示出文学才华。如上所说，直到1940年10月，汪曾祺才开始上沈从文老师的课。这当然不能说明此前汪曾祺没有接触过沈从文（如同一些书上所说的那样，汪曾祺直到第二学年才有缘拜见他崇拜多年的作家沈从文）。汪曾祺进入西南联大时，沈从文已经成为西南联大的教师，上"国文"和师范学院国文系"各体文习作"课。西南联大虽为当时全国最大的大学之一，但当年只有教师339人，学生3019人，学生见到老师较为容易。且沈从文时不常给学生开讲座，远的如1939年5月7日，应高原文艺社之邀讲"文艺创作问题"，近的如同年8月9日，应师院国文学会之邀讲"小说的作者和读者"，讲座的听者都是自由参加的，沈从文的崇拜者恐怕不会放弃这种机会。还有，据许多学生回忆，西南联大搞创作的同学几乎都与沈从文有联系，学生径直去老师家访问是常有的事，林蒲、方龄贵等并未听沈从文的课，却是沈从文家的座上客，外校学生李霖灿等也多次到沈从文家访谈，可见以文结交沈从文并无障碍。不过，汪曾祺由于性格等原因，没有主动接近沈从文，这时还不好意思呈作品给沈从文看也是可能的，因此《钓》的发表不一定是沈从文推荐的。但是《钓》的发表仍然与沈从文有一点间接关系，《中央日报·平明》的负责人凤子与沈从文是朋友，另一个编辑程应镠是沈从文推荐去的，他是西南联大的学生，有材料表明《平明》对西南联大作者的倚重，沈从文确也常常推荐作品给《平明》发表。由于这层关系，初学写作者汪曾祺的作品在《平明》上推出就顺利一

---

① 《汪曾祺全集》第3卷，北京师范大学出版社1998年版，第465页。

些。但也仅此而已，不能把《钓》的发表之功记在沈从文名下。

看来，汪曾祺关于自己"最初的小说是沈从文先生《各体文习作》和《创作实习》课上所教课卷，经沈先生寄给报刊发表的"[①]，和"我在一九四六年前写的作品，几乎全都是沈先生寄出去的"等语[②]，一方面由于时间久远记忆混淆，另一方面是在崇敬和感激之情的作用下夸大了沈从文先生对自己的提携。例证再如，汪曾祺在《扫荡报》上发表过散文《灌园日记》，日记不可能是课堂上布置的作业，而沈从文既没有在《扫荡报》上发表过文章，也没有材料表明他和《扫荡报》的编辑有交往，所以，《灌园日记》的写作与发表均与沈从文无关。这样，《钓》和《灌园日记》的写作和发表都证明了汪曾祺记忆上的误差。

因此说，上文归纳的汪曾祺所言第三、四点，即第一篇作品是沈从文"习作"课上的作业并且是沈从文推荐发表的，并不全是客观事实。

要之，《钓》是目前所知汪曾祺最早发表的作品，因而是作家汪曾祺的文学开端。

《钓》发表后，汪曾祺大受鼓舞，一连创作了《翠子》《悒郁》《寒夜》《春天》《复仇》《猎猎》《灯下》《河上》《匹夫》《养老院》《待车》《谁是错的》《结婚》《唤车》《除岁》《复仇》（二）、《序雨》《膝行的人》《小学校的钟声》《葡萄上的轻粉》《老鲁》《前天》等二十多篇，构成了他丰富的早期小说系列。这些作品，有的已收入《汪曾祺全集》，有的为解志熙和裴春芳两先生发现并已刊布或即将刊布，有的我已著文投了其他刊物，所剩的几篇，或因当时即未发表完全，或因我手头材料不济无法确切校对，只能公布文字较为准确的《翠子》《寒夜》《春天》和《谁是错的》四篇，个别篇章虽然未能在此公布，也将我所知道的情况作一些简单介绍，以便同好了解。

《钓》写"我"的一次钓鱼经历。"我"是一个慵懒的人，坐

---

① 《汪曾祺全集》第 3 卷，北京师范大学出版社 1998 年版，第 466 页。
② 《汪曾祺全集》第 6 卷，北京师范大学出版社 1998 年版，第 59 页。

在家里无所事事，担心"在寂寞里凝成了化石"而去钓鱼，最终什么都没钓到，结尾却说"然而我的确不是一无所得啊"。"所得"者，无外乎打发了时间，亲近了自然，认识了生活，驰骋了联想而已，是精神上的，不是物质。作品没有故事性，写"我"的思想和行为，"我"所见的景物，"我"知道的传说，还有"我"的童年回忆等，极散，简直可以看作一篇散文，正是作者后来所说"不大像小说，或者根本不是小说"的那一类小说①。作品的语言较为雕饰考究，留有沈从文所说"两个聪明脑壳打架"的痕迹②，不过，也可以看出汪曾祺早年对于语言的修炼和运用才能。这篇小说显示了汪曾祺作为一个作家的秉赋和发展潜力。

《寒夜》写一种气氛，一种寒冷和紧张的气氛。其内容和写法，很有可能是老师在课堂上布置的描写训练。沈从文先生曾在课堂上出过《我们的小庭院有什么》，《记一间屋子里的空气》一类题目，前一道题目曾有两个学生的文章刊登在沈从文参与编辑的《国文月刊》上。由此推论，沈从文有可能出《记一个寒夜里的紧张气氛》这样的题目让学生做。不过，题目不一定这么具体，其中的"寒冷"或"紧张"可能是汪曾祺增加的内容，或者全题都是汪曾祺根据沈先生的题目仿制的。作品写寒冷，通过对雪、风、冻铃子、狗、被窝里的人等的描写，尤其是通过月光和烤火的描写与叙述而实现。我由此想到绘画的技法，画者为在白纸上画明月而将月亮周围涂黑之类。事实上，汪曾祺当年就在作画，他还有几篇散文谈过画面，极有见地。绘画的方法也被他用在这篇小说中了，雪中的车棚和烤火的场面都是极好的画。不过小说的"画面"是"动态"的，不是水墨画。作品写紧张，通过"守夜"的场面描写，具体为七八个人，枪，动作，语言，响声等实现。例如，"突然，太保一回身，拉开门走去了……大家站起身，有的已经拿住了枪。"——一场虚惊。整篇小说的紧张都是虚惊。也正是这种虚惊，反映出村民的警惕性。

---

① 《汪曾祺全集》第 3 卷，北京师范大学出版社 1998 年版，第 165 页。

② 《汪曾祺全集》第 6 卷，北京师范大学出版社 1998 年版，第 492 页。

沈从文曾在课堂上反复强调"要贴到人物来写"。这句话被汪曾祺奉为小说创作的精髓。但当时许多同学不理解这句话。汪曾祺则心领神会："照我的理解，他的意思是：小说里，人物是主要的，主导的；其余部分都是次要的，派生的。作者的感情要随时和人物贴得很紧，和人物同呼吸，共哀乐。不能离开人物，自己去抒情，发议论。作品里所写的景象，只是人物生活的环境。所写之景，既是作者眼中之景，也是人物眼中之境，是人物所能感受的，并且是浸透了他的哀乐的。环境不能和人物游离，脱节。用沈先生的说法，是不能和人物'不相粘附'。他的这个意思，我后来把它称为'气氛即人物'"。[①]《寒夜》仿佛是沈从文先生小说理论的具体实践。作品写夜里的寒冷和紧张，正是人物的寒冷和紧张，气氛通过人物表现出来，或者说环境"粘附"在人物身上了。小说虽然写的是环境和气氛，实际写的是人物，"气氛即人物"嘛。从这里，我们可以领悟到汪曾祺能够成为一个优秀小说家的原因——他创作一开始就把握了小说的精髓，紧紧"贴到人物来写"。

汪曾祺写人物的功夫直接表现在写作时间比《寒夜》稍早的《翠子》和《悒郁》里。这两篇小说前后四天问世，都是写女孩的。从作品的人物、内容、风格和情调方面能看出沈从文小说的影响，不过，它们并非模仿之作，而是渗透着汪曾祺的创造的，其成就不可谓低，是汪曾祺早期小说的重要作品。通过这两篇作品，我们能认识到，汪曾祺创作的起点是很高的。上文说《寒夜》是沈从文先生所教课程的课卷，这两篇则是汪曾祺的"自由创作"。一方面，课堂上难以布置这种自由度极大和创造性极强的题目，另一方面，汪曾祺在1941年1、2、3月连续发表了五篇小说，课堂作业不可能如此密集。正因为是自由创作，这两篇作品才写得较为丰满而成为优秀的作品。

《翠子》的主要人物三个：翠子、父亲和"我"，次要人物也是三个：大驹子、薛大娘和高家伯伯。一个5000字的短篇，出场

---

① 《汪曾祺全集》第6卷，北京师范大学出版社1998年版，第492页。

六人，不为少了。小说分前后两部分，前部分"我"和翠子等待父亲回来，后部分"我"和父亲谈话。大致内容是：近来，有两件事"我"不能解：一是父亲天天出去，每晚回来都带一支白花，这种花只有娘的坟地才有；二是小保姆翠子常常发呆，也不给"我"讲故事了。入夜，久等父亲不来，翠子先做饭给"我"吃，并伺候"我"睡觉。父亲回来时，"我"还没睡着，便向父亲汇报一天的事：翠子正在煮莲子汤给父亲吃；今天高家伯伯来，对"我"说"教爷替你再娶个妈"，留下一封信；晚饭吃的青菜是"我"和翠子去园里，大驹子给挑的，薛大娘看见的。我说："翠子让你明儿别出去了，为你做生日，她办菜！"最后，"我"要求父亲"不要让翠子走"。父亲却说："我要翠子回家，她长大了，留不住。""我"哭了，不知何时入睡的。第二天醒来，父亲已起了床，翠子站在"我"床边，眼睛红红的。小孩如何懂得大人的心思？小说以孩子的认知能力观察大人，有一种朦胧美。文中透露出的关系是：父亲天天去娘的墓地，翠子有许多心事，她家里替她找了一个跛足男人，而她和大驹子互有好感，父亲对她也有难言的隐衷。小说的事件不构成前因后果，"我"也起不到串联全部事件的作用，完全是围绕翠子和父亲的心事展开，用了散点描写法。小说仅仅写家中一段平常的生活，笔法细腻，多以神态、动作、语言暗示人物心理，体现了"中国作风"。就总体而论，这篇小说是现代派的写法，淡化情节、淡化矛盾、淡化人物、淡化结构、淡化主题，注意表现生活实际，甚至不排斥细小琐屑，用语通俗化而富有表现力。《翠子》不仅反映了汪曾祺的探索精神，而且奠定了汪曾祺小说艺术的基础，他后来的小说艺术特色有许多都可以在这里找到因子，因此，《翠子》也是小说家汪曾祺的一种开端。

《悒郁》是一篇"微型小说"，仅一千多字，描写少女银子情窦初开时的心理，贴切入微，十分迷人。秋天的一切都是成熟的，也是忧郁的。银子沿着恬静的溪流漫不经心地走着，一会儿自己叫自己的名字，一会儿自己跟自己说话。可事与愿违，她希望看见马，却偏偏看见了牛。她真地做起了"骑着马"奔跑的游戏，还到河边去"饮马"。她感到胸跳剧烈，伸手一摸，脸无端地红了，很害羞地往草地上一伏。她似乎听到妈妈在叫她。这时，隔山有人吹芦管，她唱了首山歌，对方回唱，是情歌，她不答。回到家，饭已摆到桌上了。吃饭时，爸对妈说："银子长成人了"，还默默地笑。她不能忍受，把筷子一放，飞跑出门，向树林跑去，想哭一会儿。小说通过以上情节准确细致地刻画了少女的心理。银子感到"地面一切都在成熟"，她无目的地往外走，发呆，看天，看自己的脚尖走路，看草有没被马啃过，见牛也要说上几句，对一切都有兴趣，幻想着骑马、飞、高兴地唱歌，她感到母亲呼唤的温暖，觉得父亲的话和笑都在刺激自己。她莫名的烦恼、忧郁、敏感，情绪变幻不定。小说通过人物自言自语、唱歌、幻想和心理、行动、景物描写等刻画人物形象，大得中国古代小说的神韵，同时小说又用西方意识流方法写人物心理："时近黄昏"，"银子像是刚醒来，醒在重露的四更的枕上"，还在追忆梦，其时她已在外面边走路边想心事了。小说的语言极为考究，绘声绘色，明朗传神。《悒郁》让人想起《边城》，尽管它们有诸多不同，但在人物形象的塑造上，作品的艺术成就上却在伯仲之间。学生直追老师，实在令人欢喜！

之后，汪曾祺写了《寒夜》。《寒夜》之后，写了《春天》。《春天》写少儿时代的伙伴，中心事件是放风筝。这类题材在文学作品尤其是中小学生课堂作文中常见，没什么稀奇的。这篇作品得以公开发表，我想主要是因为它的叙述方式。小说采用故事套故事，或者说回忆或倒叙的方法写成。"我"由朋友的来信引出"春天"的情思，又由此想到童年的趣事——"我"和玉哥儿造兔窝失败，而后去"老败家"找英子，三人一块去放风筝，风筝放上去了，"我"却因玉哥儿的一次偶然失手与他打了起来，英子来解决矛盾但站在玉哥儿一边，"我"委屈地跑了……后来，他们俩结婚了，来信并寄来一张照片。故事用"讲"的形式表达，讲述者自然是"我"，而听者呢，是"我"的女朋友，因此有一些追问。小说写春天，起于信，收于信，中间讲述童年与小伙伴放风筝的喜怒哀乐。故事虽然简单陈旧，却写得有情致，有寓意，末尾一句"春天，——我们明天也买个风筝去放放"可谓神来之笔。虽然在汪曾祺的小说里《春天》不算出色，但也有其特点。

再经过《复仇》《猎猎》《灯下》《河上》《匹夫》《养老院》《待车》等，于1942年4月发表了《谁是错的？》。

《谁是错的》是汪曾祺初期创作的一篇精心之作，小说对于人性、人的心灵和精神境界乃至生活的一种哲学探讨。小说的题目就是一个"问题"。题下有题记："生命的距离：因为这点距离，一个人会成为疯子，另一个人呢，永远是好人。"题记可以帮助读者理解这篇作品。小说虽为探讨哲学问题，但却集中于人物心理刻画，无旁逸斜出之笔，体现了作者对于人物心理及性格刻画的一贯功力。小说开篇写道："我想，我必须去找一找路先生，向他详细地解释清楚……我被自己不小心的几句话，带到倒霉里来了。"是几句什么话，如此重要？而作者接下去却走笔去写人物的感受。这就截断了故事，把讲故事和写人区分开了。下面写"我"一直在自责，读者却越想知道原委。可小说转而介绍路先生的外貌，实际是再次埋下伏笔："他一切都好，只是左耳下有一个樱桃大的小瘤，好象和生命或身份不大调和，悬缀在那地方。"这时小说再次宕开去写樱桃。而后才道出原委：上午，"我"和路先生谈话时，他关切地问"我"的父亲，"我"却挖苦讽刺了他，而后飘然离去。"我"一下午想来都难受，不得不去向他道歉。至此，方知小说是倒叙，然而是怎样几句话仍然没说。接下去又有一段"买樱桃"的心理描写。最后进门，"路先生见我来，一把就握住我的手……只觉他的手更较往日柔滑，也较往日温暖。""我"羞怯地解释道：由于梦见父亲打我，所以厌恶你问我父亲，以致说您左耳下的那个肉瘤是多余的。路先生却说："本来是多余的！"然后要我明天陪他去割掉。"我"大为惊讶，心事尽释。路先生的形象宽厚、大度、实事求是，"我"则冲动、紧张，但能勇于承认错误。小说结构十分讲究，伏笔运用很好，主线、副线交错，故事却讲得若断若续，情节几次断开，几次续上，而起贯穿作用的是"我"的心理活动。

汪曾祺说："我是较早的，也是有意识的动用意识流方法写作的中国作家之一。"① 他举的例子是《小学校的钟声》和《复仇》。其实，在他的早期作品中意识流用得最多的是这篇《谁是错的？》。汪曾祺生前为什么没说到这篇作品呢？大概是忘记这篇作品了——汪曾祺从未提起过《谁是错的？》。《谁是错的？》通篇都写心理活动即意识，是典型的用意识流方法写成的作品。由于不小心对父执路先生说了几句错话，弄得"我"一个下午张惶失措，把自己幽闭在小楼中，用各种办法排解内心的愧疚都无济于事，这几句话"像一根刺签在我心上，老拔不去"，控制不住的要想它。于是决定鼓起勇气去向路先生解释清楚说那几句傻话的原因。而在解释时，自己又不经意地把他左耳下的那个肉瘤"是多余的"几个字说得"响亮又清晰"，以致错上加错！没想到的是，路先生毫不介意，承认"是多余的"，并决定明天把它割去。告辞离开，又想到路先生父女会把这件事当个笑话说上许久。需要注意的是，小说没有按事件的先后顺序写出，而是居中落笔，用"我"的意识活动贯穿，意识在这里既是叙述的主要对象，又是小说的组织形式。文中还穿插了"我"本想买樱桃送给琳，但专注于为傻话道歉而忘了，最后身上还粘着琳吐的樱桃核的细节描写，也是为了强化"我"的意识活动。这里要点明的是，小说写的是人物的意识活动，而不是下意识的活动，与一些意识流小说有别。汪曾祺当年使用意识流受了伍尔芙的影响，对中国的意识流小说具有开拓之功，虽然运用意识流手法在汪曾祺之前有鲁迅、废名和林徽因开路，而在他之后则是王蒙、谌容等一批小说家。《谁是错的》显示了汪曾祺小说创作的成熟。

本文开头曾引汪曾祺的话说：他最初的作品，是沈从文所开"各体文习作"课上的作业，由于写得好，沈从文推荐到报刊上发表的②。上面述及的几篇小说，从取材上看，有的确实是课堂上布置的作业，有的则是独立的创作了。

---

① 《汪曾祺全集》第6卷，北京师范大学出版社1998年版，第60页。
② 《汪曾祺全集》第3卷，北京师范大学出版社1998年版，第165页。

以上论述的小说内容不同，形态多异，显示了汪曾祺的多样探索，但无论它们如何相异，有一些东西是一致的，例如以作者自己的生活为取材对象，避开宏大事件的叙述而讲述平常生活，以第一人称"我"为叙述者，艺术手法既现代又传统，语言温婉贴切，比喻描写生动，风格淡雅、简练，具有和谐之美等。这些构成了汪曾祺初期小说的共同特点，并且奠定了他全部小说创作的艺术基础。民谚曰："从三岁看到老"，意即从一个人小时候的性格表现可以预见他的将来。汪曾祺一生的文学表现又一次证明了民谚的正确——他初期的小说特点贯穿于他一生的文学创作，尽管他前后期的小说创作间隔了30年。

2008 年 7 月 27 日初稿于成都一环路南四段 16 号
2008 年 12 月 10 日续稿于成都一环路南四段 16 号
2013 年 8 月 30 日合成于昆明文化巷 52 号

第五节　王松声的《凯旋》①

摘　要《凯旋》是西南联大及昆明大中学生以罢课反对国民党军警镇压的产物，其题材来自抗日战争时期"黄泛区"的真实生活，作者经过一年多的酝酿，被军警对青年学生的枪声刺激而创作出来。剧本以反内战的时代思想、悲愤的感情和恰当的艺术表现感动了无数观众，在昆明"一二·一"运动和全国反内战、争民主的斗争中发挥了宣传作用和艺术感染力，演出场次居同类剧作之首，其效果和影响大约只有《放下你的鞭子》可以相比。今天读来，仍然是一部感人的剧作。

---

①　本义原载于《云南师范大学学报》2007 年第 5 期，原题《〈凯旋〉：影响最大的反内战广场剧》，署名李光荣、宣淑君。

抗日战争胜利，中国人民终于舒了一口长气。而这时，内战的阴云也渐趋浓厚。于是，有识之士纷纷起来呼吁和平，昆明、重庆等地反内战的呼声尤高。1945 年 11 月 25 日，昆明的四所大学的学生自治会在西南联大举行"反内战时事晚会"，请西南联大四位教授演讲，第一位先生钱端升开始呼吁和平的时候，学校院墙外马路上响起了枪声，子弹从听众上空、从钱端升头顶上飞过。原来是国民党第五军武装士兵鸣枪放炮威胁，压制民主。钱端升先生、主持人和与会师生不为所惧，照样开会。反动派见威胁无效，又切断电源，企图阻止会议进行。殊不知会议早有防备，电灯熄灭后，大家挂起汽灯又继续开会。反动派见事不成，又让特务起哄捣乱。这一系列破坏引起了广大师生的愤慨。第二天，西南联大学生罢课抗议。正是这一天，昆明《中央日报》发布消息说"西郊匪警，半夜枪声"，污蔑时事晚会，更加激起了学生的公愤。27 日，昆明市学生联合会通过全市总罢课决议。进而形成了著名的"一二·一"民主运动。

罢课后，西南联大剧艺社全体社员聚集在召开时事晚会的"民主草坪"上，讨论该做些什么、怎么做。剧社的特长当然是演戏。抗战以来，戏剧一直被作为宣传鼓舞群众的工具和进行思想战斗的武器使用，大家决定发挥戏剧的战斗功能，以演戏来鼓舞师生，向反动派斗争。演戏需要先有剧本，会议决定，现在该做的第一件事就是写剧本。

在这样的气氛和背景下，王松声仅用三四天时间写出了广场剧《凯旋》。剧本能够这么快地产生，是因为素材早就积累，构思已经形成，"一二·一"运动只是一种催生剂。王松声讲到《凯旋》的创作时说：剧本的素材来自 1944 年春去河南中部的一次旅行，"《凯旋》一剧早已在我腹中酝酿，而写出来则是在'一二·一'学生运动这个特定的历史环境中。"[①] 一部短剧从 1944 年春到 1945 年冬，一年半的酝酿构思时间，可以说相当成熟了，所缺的惟有创作冲动。而国民党军队威胁民主运动的枪声正好为作者提供了感情冲动

---

① 转引自松岭：《〈凯旋〉的创作和演出》，《新文化史料》1999 年第 6 期。

的契机，在极度的愤怒中，作者久埋心底的情感决堤而出，汇成了剧作《凯旋》。

剧本设置7个人物，讲述了张德福一家的悲惨遭遇：国军某班班长张德福离家抗战八年，现在跟随部队"凯旋"归来，盼望见到自己朝夕思念的父亲和儿女。部队到达河南省中部一个村镇，执行命令以"剿共"为名向当地的抗日少年自卫队发起进攻。之后，中央军某团团长来"宣慰"村民。在战斗中挂彩回家的少年自卫队队长张小福不幸被他们抓住。团长迫于日本军官（现为"剿共志愿军"）和原伪县长（现为"国军先遣军"参谋）的压力，命令张德福将张小福枪杀。事后，张德福认出自己的父亲和女儿，知道自己杀死的是日夜想念的儿子，悲痛不已，拔枪自杀。作品通过张家的悲剧，揭露了抗战带给老百姓的胜利"成果"，控诉了内战的罪恶。

作者初稿草成，剧艺社立即试排并预演。根据预演情况，作者再作修改。在"一二·一"惨案发生的第二天上午，作者含着眼泪修改完毕。由于作者边修改，剧艺社边排练，当晚便在西南联大"民主草坪"上演出了。

演出时，"四烈士"的尸体就停放在舞台背后的图书馆，悲愤的感情铅一样压在演员的心上，演员走上舞台，真的变成了剧中的角色，舞台对话实际是在诉说内心的情感。这种演出恐怕不能用"进入角色"来形容，而要用"融化"二字，即演员完全"融化"在角色中之了。扮演爷爷的温功智，是一个舞台经验很丰富的演员，他在国立剧专读书时就演过戏，1943年考入西南联大先修班，又活跃在昆明的话剧舞台上，在《清宫外史》《大地回春》中扮演过角色，是小有名气的演员，他在《凯旋》的演出中全身心地"融化"了："他说还从来没有一个戏为他在演出中提供过如此震撼心灵的创作激情，他几乎是一拿到剧本就进入角色，他用他那浑厚的嗓音在舞台上控诉：'八年前一开战，你们就走了，丢下我们走了，我们叫日本鬼子残杀，受汉奸的虐待，我们一点也没有屈服。黄河决了堤，冲了我们的家产，天旱蝗灾，没收成，我们也都忍着——我们天天在想，等着吧，等着吧，等到有一天我们的中央军回来——如今你们回来了，可是你不是回来杀日本鬼子、汉奸，给我们那些屈死的冤魂报仇，你们反而带着日本鬼子、汉奸来，……残杀我们自己的骨肉……'。这段血泪控诉使许多观众泣不成声。"①他哪里是在演戏，而是在"现场"哭诉！演小凤的伍骅不仅在台上悲伤不已，而且在演出完后仍常常抽泣不止。剧终前有一段台词是作者王松声自己朗诵的："我的朋友，感谢你流着眼泪，看完这个悲惨的故事，你感动了，你哭了，可是你拭干了眼泪想一想，为什么会有这种悲剧发生啊！朋友，这是因为内战，使我们生活痛苦，因为内战，使我们骨肉残杀，就在今天，此刻在华北、在东北、在江南、在塞外，正有许多类似的悲剧扮演着……。"王松声说："演完，当我站在人群中朗诵最后几句念白时，激动得手都麻了"。②饰张小福的汪仁霖说：手脚麻木不止是王松声一个人的感觉，"当时台上的许多演员也都有这种手脚麻木的感觉。"③这说明，演员和角色已经融为一体了。正是他们的动情演出，使观众恍惚身在其中，悲痛不已。在整出剧的演出过程中，没有掌声，只有哭声。因为剧情太真实，太感人，而现实又太令人悲伤：昨天的惨案还在眼前，一周前的枪声还记忆犹新，就在对面不远处的图书馆里，烈士的尸骨未寒——现实和剧情紧密地联结在一起，焉能不令人感动！

　　此次演出后，《凯旋》的名声传开了，许多人想看，剧艺社又在校内多次演出。更由于当时的形势需要，西南联大罢课委员会把《凯旋》作为宣传内容，组织去学校、工厂、农村演出。西南联大附中宣传队还把它带到石屏、建水等地的部队中演出。三校复员，剧组人员全部返回北京大学，《凯旋》成了北大剧艺社的保留节目长期

---

① 汪仁霖：《〈凯旋〉的创作和演出——记"一二·一"学生运动中产生的广场剧》，《西南联大北京校友会简讯》1996年第19期。

② 王松声同志谈话记录：《关于联大剧艺社的一些情况》，"一二·一"运动史编写组编：《"一二·一"运动史料选编》（下），云南人民出版社1980年版，第282页。

③ 汪仁霖：《〈凯旋〉的创作和演出——记"一二·一"学生运动中产生的广场剧》，《西南联大北京校友会简讯》1996年第19期。

演出。解放战争期间，全国许多地方如重庆、武汉、南京、天津等地都演出过此剧。据不完全统计，从 1945 至 1947 年，仅剧艺社在昆明、北平两地就演出了四十多场。

在反内战的民主运动中，没有哪一出剧能够在全国各地如此广泛地演出，也没有哪一出剧的影响有《凯旋》这么大，所以说，《凯旋》是反内战斗争中最著名的戏剧。

《凯旋》为什么能够获得这么大的成功？除演出的情景外，还可以从剧作的思想感情和艺术表现两个方面寻求解答。

作品以反对内战为思想核心，而在表达上又具有巧妙的方法和强烈的效果。作品把剧情放在抗战结束（剧本写作时抗战结束不久），人民需要安定，恢复生产，重建家园的时候，这时国民党发动内战，违背人民群众的愿望——反内战的思想由此提了出来。作品把故事的发生地放在"黄泛区"，更有典型性：为了抵抗日军，蒋介石不惜炸开花园口大堤，致使下游老百姓的房屋被冲毁，土地被淹没，老百姓无家可归，他们为抗战做出的牺牲超过别处的人，抗战胜利，他们急需返归家园过日子，可这样的人生基本愿望都被剥夺——反内战的思想就突出了出来。作品又将故事集中在一家人中，日军侵入，张德福的妻子遭侵略军强奸而死，为了报仇，他报名参军去了。他走后，家园被黄河水淹没，父亲和儿女流浪他乡。抗战胜利，他满怀希望随部队回家见亲人，部队进村后，他误杀了自己日夜思念的儿子！鉴于此，父亲和女儿不认他了。他悲痛欲绝，自杀身亡。悲剧如此惨痛——反内战的思想深刻地表现了出来。再从当时的时代要求看，八年抗战，人民疲惫不堪，厌战心切，极需和平，流亡者渴望返回故里，每个人都希望过上安定幸福的生活，而战争的阴云越来越厚，有识者则采用各种方法制止战争，《凯旋》提出反内战的思想适应了时代的思潮。如此鲜明突出的时代思想，当然能够引起观众的共鸣。

作者在总结《凯旋》的创作经验时反复提到"激情"二字："首先是它感动了我，使我产生了激情。在写作《凯旋》的那几天，我一直生活在故事情节中，生活在剧中人物的喜怒哀乐里。大段的台词是我自己反复吟诵、字斟句酌后写出来的。常常半夜里我在双层床的上铺默诵台词时哭了起来，把下铺的同学也惊醒了。故事情节和人物的命运冲击着我，使我产生了激情。"①"修改第二稿时，正赶上'一二·一'。那天校门口特务在打人，攻校园，我放下笔，跑出去和大家一起把敌人打退，回来又继续写，心里充满了战斗激情。最后修改定稿是'一二·一'惨案发生的第二天。在联大图书馆的一个小角落里，旁边隔着一块布幕，同学们满怀悲愤激情地在为死难烈士洗尸体，准备装殓；窗外，则有一些准备上街宣传的同学们在练习刚刚谱写出来的挽歌，'你们的枪口不能再对内啊，兄弟们站过来啊'，歌声满含悲愤激情，清晰地传到我的耳朵里，我心潮起伏，思绪万千，一口气将它写完……"②可见，时代催生了激情，激情又反映了时代。作品中燃烧的激情，点燃了同一环境中人的感情，反内战的时代思想也就能够引起内战前后人们的强烈共鸣了。

可以这么说，时代的思想，加悲愤的感情，再加恰当的艺术表现是《凯旋》获得成功的原因。

作为独幕广场剧，《凯旋》在艺术上有其特点，尤其是构思上体现了作者独具的匠心。

首先看剧作的人物设置。独幕剧不能安置太多的人物，但也不可太少，多了容易造成走过场，难于刻画出典型性格，少了则易流于单调，缺少丰富性。《凯旋》的作者深知此道，安排了七个人物。这七个人物各有其功能：张氏四人是灾难的承受者，主要完成悲剧任务和负载反内战主题；其他三人，一个国军团长，一个前伪县长，一个日本军官，他们是张家悲剧的制造者，参与完成反内战主题，同时，还通过他们揭露了国军性质的改变，即国、伪、日合一，共同消灭共产党——抗日自卫队。因此，《凯旋》的人物设置相

---

① 王松声语，转引自汪仁霖：《〈凯旋〉的创作和演出——记"一二·一"学生运动中产生的广场剧》，《西南联大北京校友会简讯》1996年第19期。

② 王松声同志谈话记录：《关于联大剧艺社的一些情况》，"一二·一"运动史编写组编：《"一二·一"运动史料选编》下，云南人民出版社1980年版，第282页。

当得体。

其次看剧作的开场和结尾。独幕剧很讲究剧情的开场和结尾，它犹如短篇小说的起止一样，必须找到那个最恰当的切入点和收束点。《凯旋》从一场战斗结束，枪声渐息开始。这个开头既交代了故事的背景，又创设了戏剧气氛。人物在这种情况下登场，各自的心理和行为就会有所不同，这个开头既便于展开故事情节，又为刻画人物性格提供了条件。因此，这个开头恰当而有利于剧情，是一个成功的开头。《凯旋》的结尾收束在悲剧结束之时，这当然是水到渠成，该止则止的关节。但我们也看到，这不仅是故事的结尾，同时也是人物心理的展示：原伪县长和日本军官大为高兴，团长气急败坏，小凤和爷爷不能承担悲痛，以致爷爷精神失常。这一结尾不仅只是交代人物，还是刻画人物性格的，因此是一个好结尾。

再次看人物性格。独幕剧不可能细致地刻画人物性格，更不可能写出人物性格的发展变化，只能做到把人物性格突出地显示出来。《凯旋》中的七个人物，基本上做到了性格鲜明、形象突出。张爷爷老成持重，处事温和得体，说话柔中有刚；小凤天真单纯，充满幻想，虽爱憎分明却向敌人乞求解救哥哥；张小福英勇无畏，勇敢刚强，敢于报仇雪恨，和敌人战斗到底；张德福亲仇分明，但服从命令，误杀亲子，难以承受痛苦而自杀；前伪县长奴颜婢膝，一副汉奸嘴脸；日本军官凶残狠毒，恶性不改；团长思想正确但软弱屈从，终致犯下罪过。这些性格既从他们的戏剧动作，又从他们的语言对话中显示出来，因此这部剧的人物动作和语言基本上达到了个性化的高度。一部独幕剧，能够刻画出如此鲜明的性格，尤其是塑造出这许多的人物形象，实在是难能可贵的。

最后看戏剧的技巧运用。张德福枪杀小福，不光是为了执行命令，还因为有枪杀之仇。他们在村东头沟边相逢，开枪互击，为后来张德福执行命令埋下了伏笔。张德福后来开枪，多半是执行命令，少半是为了报仇。张德福离家八年，回来时小福已经十七岁了，父子相见不识。为使他们相认，作品用了一支水笔。这支水笔是张小福为母报仇的证据。他杀了一个鬼子祭献母亲，从鬼子手里得到一支笔，还把日期刻在笔杆上，将作为证物给父亲看。德福当兵，染上了一些丑行，把这支笔偷了。小福临死时向爷爷交代那支笔，被德福听见，知道了小福是一个好孩子，可这时小福已经被自己枪杀了！这支笔是作品运用得很好的一个细节。剧本还多次使用了误会：一开始打仗，老百姓还以为是日本军队，后来才知道是中央军，可中央军借消灭共产党打击老百姓的抗日自卫队；小凤和爷爷做饭给自卫队，张德福还以为是做给中央军的；最大的误会是父亲杀儿子，儿子日夜想念父亲，父亲朝夕思念儿子，可父子相见却开枪对射，最后父亲误把儿子当作仇人杀了！这些误会产生出了强烈的戏剧性。从以上可知，《凯旋》的戏剧技巧运用是较为成功的。

关于反内战主题，剧中人物反反复复地说，确实有些太直露，太琐碎。但这恰巧是广场剧的特点。从写作意图说，广场剧不是为了艺术，而是为了宣传。向观众宣传某个思想意图，这就决定了作者会"现身说法"，即使通过人物之口也是实现作者的宣传目的。从观众方面说，作者创作时想到的不是那些文化修养较高的人，而是普通大众，他们可能只字不识，如果寓意高深，就达不到目的，剧中有必要反复"宣讲"，让其明白，这是作者不厌其烦地表述同一个意思的原因。《凯旋》以场外朗诵开始和结束，也是同样的目的——让观众明白其意图。今天看来，或者用艺术的眼光看来，这样的说教有些画蛇添足。但在当时，在广场剧那里，也许是必要的。它让观众一开始就带着一个观念去看戏，不至于出现理解的偏向，结尾再作归结，让观众把认识集中在某一点上。《凯旋》结尾的念白还有一个作用，就是把观众的悲痛升华为反对内战的理念。观众被剧中的人物悲剧感染得痛哭流涕，作者通过朗诵的说教把观众的悲伤转化为反内战的思想和行动。这样，演出给观众的不仅仅是悲伤的情绪，而是思想观念和行动了。

从以上看来,《凯旋》的艺术是成功的。尽管作品没有为戏剧艺术史提供多少新东西,但它对独幕广场剧是有着重大贡献的,我们用广场剧的艺术标准去衡量,便会发现作品是优秀的。广场剧是纯大众化的艺术,有强烈的目的性,一部剧作成功与否,还要看演出的效果。《凯旋》其他场次的演出效果,还可以引演员的回忆为证:"在'一二·一'运动中,《凯旋》演出了许多场,有时在学校,有时在近郊农村,不管在哪儿演出,都取得了非常好的效果。每场演出结束,群众流着热泪,高呼'反对内战'的口号,台上、台下打成一片。"① 剧组去昆明北郊龙头街云南大学附中演出,"演出一结束,台下的云大附中同学就哭成一团,怎么劝也不肯走,在无可奈何的情况下,只好由王松声出来说:'别哭了,那是演戏'。一下子同学们都惊呆了……"② 一次,剧组去呈贡演出,"演出结束后,好几个老大妈硬把煮鸡蛋往演员口袋里塞,哭着说'你们演得太好了!'"③

《凯旋》这样的演出效果和影响,在广场剧中,恐怕只有《放下你的鞭子》可以相比,所以人们喜欢把这两部剧作相提并论。王蒙《再说文艺效果》一文开篇就说:"文艺的作用有直接的、眼前的、正面的;与间接的、长远的、侧面的乃至反面的之别。活报剧《放下你的鞭子》动员抗日、《凯旋》反对内战,演完了观众边哭边喊口号。……这都是直接的眼前的正面的效果。"④ 崔国良说:"《凯旋》在中国话剧史上同抗日战争中《放下你的鞭子》一样,在动员人民反对内战中发挥了重大作用。"⑤ 汪仁霖说:"'七七事变'前后的一些青年学子是在看了《放下你的鞭子》后走上抗日战场的。抗日战争胜利后,国民党又发动内战,当时的学生中有不少人是看了《凯

---

① 伍骅:《我参加演出〈凯旋〉和〈潘琰传〉的点滴记忆》,《剧艺社社友通讯》2005 年第 29 期。

② 松岭:《〈凯旋〉的创作和演出》,《新文化史料》1999 年第 6 期。

③ 汪仁霖:《〈凯旋〉的创作和演出——记"一二·一"学生运动中产生的广场剧》,《西南联大北京校友会简讯》1996 年第 19 期。

④ 王蒙:《再说文艺效果》,《王蒙文集》第 6 卷,华艺出版社 1993 年版,第 406 页。

⑤ 崔国良:《名家十日谈:王松声和街头剧》,《城市快报》2004 年 11 月 26 日。

旋》后投身到解放战争的革命队伍中来的。"①

这是《凯旋》的意义和价值，由此也决定了《凯旋》的地位。可是，《凯旋》至今还没有得到学术界的注意，现有的几本戏剧史都没有介绍《凯旋》，这与《凯旋》的地位和影响不相称。《凯旋》不只是具有宣传时效性的戏剧，还有长期的艺术魅力，因此，总有一天《凯旋》会得到学界重视的。

2005 年 7 月 9 日初稿于昆明文化巷 52 号

第六节　郭良夫的《民主使徒》②

摘　要　《民主使徒》是郭良夫创作的三幕剧本，写革命烈士潘琰的人生经历，又名《潘琰传》，是作者的戏剧代表作，同时也是剧艺社的代表作之一。剧本在人物形象、结构安排、细节描写等方面具有艺术功力，显出了特色。剧本为传记题材的文学，特别是如何为小人物作传提供了有益的经验。由于描写真实，现实性强，演出反响强烈，效果较好，在中国戏剧史上属于影响较大的戏剧之一。可惜剧本只有前两幕流传下来，学术界没有注意到它。它的存在为中国残本文学增添了又一作品。

剧艺社是西南联大所有戏剧社团中唯一一个能编、能导、能演的剧团。自联大剧团以来的西南联大戏剧社团都是选演他人的剧作，剧艺社除选演他人作品外，还自己创作剧本，这是剧艺社的特殊之处。本来剧艺社也是选演他人作品的，从小剧场活动到欢送从

---

① 汪仁霖：《〈凯旋〉的创作和演出——记"一二·一"学生运动中产生的广场剧》，《西南联大北京校友会简讯》1996 年第 19 期。

② 本文原载于《西南民族大学学报》2011 年第 8 期，原题《论郭良夫的多幕剧〈民主使徒〉》，署名宣淑君。

军同学都是上演名作，如果按照这条路子走下去，有可能公演许多大戏，有可能赶上联大剧团的演出成绩，有可能成为享誉全国的一个著名的戏剧演出团体。可是，"一二·一"运动爆发了，反动派的嘴脸必须揭露，同学的仇恨必须申诉，社员内心的悲愤必须倾吐。在社会的大激荡中，在感情燃烧之时，戏剧从来都是宣泄的方式、宣传的工具和战斗的武器。剧艺社当然要发挥戏剧的战斗功能为现实斗争服务了。可适合演出的剧本不可能有，剧艺社不得不自己拿起笔来进行创作。一句话，是"一二·一"运动促成了剧艺社的剧本创作。因此，"一二·一"运动是我们理解剧艺社剧作的历史背景。

在"一二·一"运动中，剧艺社共写出了十个剧本：王××的《匪警》和《血债》，王松声的《凯旋》和《告地状》，郭良夫的《两可之间》《审判前夕》和《民主使徒》（又名《潘琰传》），佚名的《光明进行曲》和《民主是哪样》，孙同丰的《江边故事》。这些剧本中，今天只有《凯旋》《告地状》《审判前夕》和《民主使徒》可以见到。在这四部剧作中，王松声说自己的街头剧《告地状》"太粗糙"[①]，郭良夫说自己的活报剧《审判前夕》"只能算是一个速写"[②]。作者的这些话虽然带有谦虚的意味，但也道出了实情。其实，"一二·一"运动中的剧作都有"速写"的性质，"艺术上是粗糙的"[③]，但是，在特殊的历史情景中，它们演出的效果又很好。《民主使徒》就是其代表之一。

《民主使徒》，又名《潘琰传》是郭良夫写完《审判前夕》后，接着写成的。"一二·一"惨案发生，全昆明乃至全国爱好和平的人们都处于悲痛之中。安放"四烈士"遗体的图书馆大厅设了灵堂，每天前往吊唁的群众络绎不绝。据载：在"一个半月里，前来灵堂致祭的学校、工厂、企业等团体近300个，各界人士达15万人次（当时昆明只有30万人口）"[④]。郭良夫深切怀念同学，多次出入灵堂，感受人民群

---

① 王松声：《松声文稿》，《剧艺社社友通讯》2002年第20期。
② 郭良夫：《"一二·一"运动片段回忆》，《剧艺社社友通讯》2005年第29期。
③ 郭良夫：《"一二·一"运动片段回忆》，《剧艺社社友通讯》2005年第29期。
④ 西南联合大学北京校友会编：《国立西南联合大学校史》，北京大学出版社1996年版，第467页。

众对于死难者的深情，并激于义愤，决心发挥自己的创作优势，写出潘琰的一生。他抑制着悲愤，历时一个多月，多方收集潘琰烈士的生平材料，经过若干同情、忧伤、惋惜、痛苦的感情煎熬，潘琰的形象渐渐清晰起来，在不得不倾吐之时，仅用三天三夜的时间，一气呵成三幕剧《民主使徒》。剧本以潘琰渴望自由、向往光明、追求真理并且勇于奋争的思想行为为主线，描写了潘琰在短暂一生中的奋斗历程。剧本写成后，剧艺社全力排演，演出时在观众中产生了很大影响。同时，剧本一边修改，一边以檀艮的笔名在《十二月》杂志上连续发表。《十二月》在《第二期"编后"》中，有这样一段话："《民主使徒》这一期本来可以全部登完，但因为篇幅的关系，同时作者檀艮先生认为还需要加点时间修改第三幕，因为它是全剧的中心，而需要特别强调和增补的。所以我们只好让它放在下一期……"[1]却没想到，《十二月》出了两期，就被当局查禁了。《民主使徒》的第三幕也因此未能和读者见面，以致成为历史的遗憾。当时排练用的剧本是油印的，使用后便散失，西南联大复员后就找不到了。所以，今天无法见到第三幕。作者说："1946年暑假我到徐州潘琰的家庭里进行了访问，但是时过境迁，也还是不能补出第三幕来"[2]。这样，剧本成了残本。现在的分析只能根据第一、二幕进行。

传记文学要依据事实的真相。那么，先让我们看看潘琰的经历吧：1915年秋，潘琰出生在徐州一户名门望族，全家三十多口人，叔伯兄弟好几位。父亲是一个半开明的封建人物，娶了两个太太，潘琰是姨太太所生。堂兄弟姊妹都去上学，潘琰被留在家里照料家事。她酷爱读书，遂叫堂兄弟们教她念书写字，约四五年，她学完了"四书"和"诗经"，能够记流水账了。后来念了几年私塾，读了许多文学作品，她憧憬外面的世界，希望像兄弟姐妹一样念书。1933年，她离家出走，但很快被家里追回。这次偷跑争得了上学的机会。次年，她考入徐州立达中学。在学校里，她如饥似渴地读书，积极参加体育锻炼，眼界大开。初中二年级时，父亲不幸去

---

① 《十二月第二期编后》，《十二月》1946年第2期。

②　郭良夫：《"一二·一"运动片断回忆》，《剧艺社社友通讯》2005年第29期。

世，家庭衰落，她以同等学历考进免费食宿的省立女师。更不幸的是，在女师只念了一个学期，抗日战争爆发。她毅然放下书本去接受看护训练并做救护工作。1937年底，她离开医院参加十一集团军的学生军，开往安徽寿县训练。第二年春，部队由安徽开往河南潢川，编入青年军团。由于受训期间表现出色，她当上了区队长。受训结束，她和几个同学被派往家乡工作。一到家乡，徐州就被敌人包围。他们随军突围往潢川归队。途中整整三天三夜没吃一点东西，但终于成功。1938年10月，部队退到汉口，当即又撤往宜昌，途中备受磨难。1939年1月，国民党下令解散这支学生军。2月，她考进疏散到建始县的湖北第一女师。她在学校积极宣传抗日，被反动派列为捕杀黑名单的前10名。这时她害了一场疟疾，由于身体衰弱，无钱治疗，几乎死去。1941年初，她到了重庆，进手工业纺织人员训练班受训一个月，分配到川北工作。1942年春调回重庆。1944年秋，怀着对西南联大学术声誉和民主自由的向往，考入西南联大师范学院。抗战胜利，她兴奋不已，回母亲的信说，将在学校复员时回家看望母亲，再去北京完成学业。"一二·一"运动中，她表现积极，在反抗军警攻打学校时，走在前面，被暴徒杀害，年仅30岁。

潘琰的经历确实体现出反抗、奋斗、追求的性格特色。作者郭良夫抓住了它并把它表现在作品中，所以，作品中的潘琰是一个爱憎分明，性格坚强，敢于反抗封建，刻苦读书，探索真理，追求光明，高尚纯洁的青年。她出生在一个封建家庭，受到封建礼教的种种束缚。为了读书，她曾离家出走过，终于争到了受教育的权利。抗战爆发，她再也不能安心读书了，又和堂兄、侄女和同学一同去参军，抗击日寇。家里不同意，设法阻止，他们仍然采取偷偷离家的办法。在生母的支持下，他们冲破了封锁，走出了家门。到了部队，团部让潘琰她们挑政治组和艺术组，可潘琰偏挑军事组。团部不同意，潘琰提出严重抗议，进入了军事组。她们做了许多抗日宣传和后勤工作，因成绩显著，1939年，潘琰由分队长晋升为区队长。5月，她们离开了部队，和萧素华、潘情如一道进了一所学校读书。没想到那儿如同一座监狱，她们又设法逃离。到了重庆也一样痛苦，经常失业不说，还受特务的监视，极不自由。为了能够"呼吸一点儿新鲜空气"，她和素华、古兆珠投考了西南联大。没有路费，她们四处筹借，终于奔向昆明。剧本分三幕，第一幕写潘琰和伙伴们逃出徐州的家庭投奔抗日队伍，第二幕写潘琰和伙伴们在重庆筹钱买票去昆明，第三幕写潘琰在昆明西南联大的生活。上面所述是第一、二幕的内容。通过第一、二幕，我们可以看出潘琰是一个反抗封建、追求幸福、以国家民族命运为重、有真才实学的果敢、坚决、执著、优秀的青年。

《民主使徒》以潘琰为主人公，但没把潘琰拔出众人，写成一个"孤胆英雄"，这是剧作的一个鲜明特色。作者崇拜潘琰，歌颂潘琰，但注意人物与环境的关系。潘琰的觉醒不是单打独斗，她的行动都有同伴。她离家从军是和素华、瑞璋、倩如一起，她在军中一直和素华、倩如在一起，她来西南联大也和素华、兆珠一起。她并没有高人一截，独往独来，只是她比别人显得更沉稳，更有主意罢了。这样处理的人物关系更符合生活实际，因为英雄人物往往有群众基础。主人公潘琰形象是成功的，其他人物形象的性格也清楚明晰。

作者不愧是学过艺术的中文系高才生，《民主使徒》的技巧，令人赞叹。例如，场景的选择与集中。第一幕写潘琰 22 岁时和伙伴们一起离家出走，22 年间，有许多事情值得描写，作者把它们集中在一天下午完成，十分紧凑；第二幕为 1944 年 11 月 29 日的一个晚上，此时，潘琰离家 7 年，其间的风雨坎坷难以抒写，作者把它们放在潘琰与伙伴即将离开重庆的时候作集中交代；第三幕当然是写"一二·一"当天的潘琰了。这种写法符合戏剧的"集中律"。而且，三个场景，三段时间，三个城市，既是潘琰的生活经历所决定，又是经过选择的，它们是潘琰人生道路上的三个转折点，因而具有典型性。又例如，一些细节的描写。第一幕中的笼中小鸟，开初潘琰收拾东西的时候，小鸟在屏风后面叽叽喳喳地叫；后来小鸟在外面叫；再后来不知情的瑶璋担心鸟笼门关好没有；最后潘琰他们出走，瑶璋提着空鸟笼大叫"鸟都飞掉了"。这笼中鸟既制造了戏剧气氛，又是一种象征，它映衬了潘琰的离家。第二幕中江上的各种声音也有同样的效果。第一幕中潘琰箱子上的字母"P"也是一个很好的细节。贴着"P"字的这只箱子出现，潘家便知道潘琰要走。第一次是潘琰的母亲看到箱子知道了潘琰的心思，第二次是瑶璋见到箱子上的"P"后认定潘琰要走，可不识字的大太太不相信。这些细节都是独具匠心的。再例如，剧作对剧中人物、故事背景、舞台布景等有详细的描述，对时间、地点和一些人物动作也有交代。这有点像曹禺的剧作，说明作者懂得舞台及表演。

从第一、二幕看来，作者很尊重事实，所以《民主使徒》可以当作潘琰传（又名《潘琰传》）来读。这是剧作的历史价值。但也正是这一点，束缚了作者的手脚，作者过于拘泥事实，放不开思路，展不宽想象，结果伤害了艺术性。剧作的矛盾冲突比较淡，人物心理刻画较单薄，有时候耽于经历的交代和事件的描述，情节发展显得迟缓，人物对话较为冗长，读来感觉有些沉闷，这在第二幕尤为突出。也许到了第三幕，由于矛盾的紧张突出不再有这些不足，或者竟至于紧张激烈而扣人心弦也未可知。若如此，第二幕的平淡舒缓就是作者故意安排的矛盾波谷了——作者的匠心处处隐伏。

传记文学的价值通常与传主的身份地位有关。潘琰是一位学生，没有做出突出的成绩，若不是她在"一二·一"运动中惨死，恐怕没有多少人知道她，即使今天人们纪念"一二·一"运动和"四烈士"，也讲不出潘琰除生命的遭毁灭外，还有多少更大的历史价值，所以，选这样的人作为传主是很难与名人大传媲美的。郭良夫把《民主使徒》写成这样，应该说已相当难能可贵。今人对《民主使徒》，也许不感兴趣了，这主要是今人缺乏当时那种情感冲击的缘故。当年参加演出《民主使徒》的刘海梁说："郭良夫创作的三幕剧《潘琰传》，剧本一写出，我们马上排演，向社会控诉国民党反动派的滔天罪行。台上台下齐声怒吼：'血债要用血来还！'收到很好效果。戏剧家田汉、洪深看过戏，也一致好评"[1]。剧艺社社友吴代法

---

[1] 刘海梁：《回忆峥嵘岁月》，《剧艺社社友通讯》2005 年第 29 期。

回忆说："由剧艺社的裴毓荪演潘琰，演出很成功……老太婆看得嚎啕大哭，我们去安抚一下。"①而裴毓荪说："《潘琰传》引起群众的强烈反响，成为推动民主运动前进的一股巨大力量……观众极为踊跃，反响十分强烈。为了满足观众要求，除了夜场，每天还要加演日场。"②可见，这部作品在当时，是十分感人的。

为什么《民主使徒》的演出能够收到这样好的感人效果？主要是剧本反映了当时的实际情况，表达了人民群众的感情和愿望。就剧本的艺术处理而言，大的方面当然不错，但由于是急就章，许多地方还缺少推敲。不过，当时的人都因为感情强烈的缘故，演员和观众都对艺术小疵忽略不计了。

《民主使徒》是"一二·一"运动中产生的唯一一部多幕剧作。剧本能获得这样的成功是值得肯定的。非常遗憾的是，剧作只留下残本。如果有朝一日发掘出当年的油印本第三幕，它的艺术光彩将会熠熠生辉。那时，上面的评价也必将重写。但愿有这一天发生！

2005 年 7 月 14 日初稿于昆明文化巷 52 号

第七节　杨明《死在战场以外的中国兵》③

摘　要　杨明的长篇叙事诗《死在战场以外的中国兵》是一首特殊的"抗战诗"，诗歌揭露了国民党军队的腐败与残暴，喊出了压抑八年已久的愤怒，是继沙汀小说《在其香居茶馆里》之后，一篇

---

① 吴代法：《"一二·一"催人进步》，《剧艺社社友通讯》2005 年第 29 期。

② 裴毓荪：《忆 60 年前我演潘琰》，《剧艺社社友通讯》2005 年第 29 期。

③ 本文原载于《云南社会主义学院学报》2007 年第 4 期，原题《〈死在战场以外的中国兵〉：一首特殊的抗战诗——纪念杨明先生逝世二周年》。

反映国民党军队的文学力作。此诗由新诗社出版发行，是典型的朗诵诗作，也是西南联大新诗社的代表作之一。诗歌调动了多种艺术方法讲述故事、塑造人物，其思想和艺术都有许多值得珍视的东西。

1945 年 8 月 15 日，日本投降的消息随着广播传遍祖国大地，全国一片欢腾，庆祝胜利。而对于居住在昆明后方的知识分子来说，这场战争胜利在没有多少迹象的情况下，因而感到"突然"，甚至有些"莫名其妙"。虽然他们对于战争的胜利充满信心，但没有想到胜利会在此时到来。而他们这时，关注点早已转为国家的政治——只有政治清明，才能夺取战争的胜利，只有政治清明，才能在战后建国，当时最响亮的口号是"民主"与"自由"。他们用民主与自由的眼光去看战争，感到"窒息够了，苦闷也够了"[①]。由于暴力勒住喉咙和投鼠忌器，八年中不能喊出来。而这时，战争胜利了，他们压抑已久的苦闷终于冲破暴力与顾忌，把对于战争的思考喊了出来。

《死在战场以外的中国兵》(以下简称《中国兵》)就是在这种背景下产生的。诗歌在抗战胜利后的第二天夜里写成，可以说是中国最早的战后文学之一。

《中国兵》写成后，得到了西南联大的教授闻一多和文学社团新诗社的推重，"第一次发表就是闻一多先生朗诵的，后来闻先生又多次朗诵过"[②]。作者在该书《后记》中也说："谢谢闻一多先生的奖掖，更谢谢联大新诗社各位朋友的鼓励，在反内战诗歌朗诵大会上，让我也参加呐喊，为中国的和平民主发了一点声音。以后，在好几个地方由新诗社的朋友朗诵过"[③]。可见这首诗在群众中产生过巨大的影响。后来新诗社将它出版印行，封面上标有"联大新诗社出版"字样。在新诗社的出版物中，封面上标出"联大新诗社出版"的书只有这一本，可见新诗社是把它作为代表作推出的。

---

① 杨明：《后记》，《死在战场以外的中国兵》，联大新诗社 1946 年版，第 31 页。
② 李光荣访问杨明记录，2004 年 4 月 14 日，昆明医学院第一附属医院干部治疗科。
③ 杨明：《后记》，《死在战场以外的中国兵》，联大新诗社 1946 年版，第 31 页。

《中国兵》的作者杨明，云南大理人，1919 年生，2005 年病逝。创作《中国兵》时，他刚从昆明中法大学文史系毕业。因闻一多在中法大学兼课而成为闻一多的学生，闻一多介绍他加入西南联大新诗社，是新诗社的积极分子。他大学毕业后从事文化和政治工作，离休前曾任全国人大常委会副秘书长、民盟中央委员会常委、云南省人大副主任、政协云南省委副主席、民盟云南省委主委、云南省文化局副局长、云南省剧协主席、云南省文联主席等职，并终生担任云南省社会主义学院院长和《云南社会主义学院学报》顾问。

《中国兵》是一部叙事长诗，出版时由西南联大李广田先生题写书名，新诗社社长何达作序，1946 年 5 月 4 日以西南联大新诗社的名誉出版发行。全诗分十一节：

一，被绑出来了

二，你终身信持的功课

三，人不如猪

四，你们身上的肉被走了私

五，让你记着这个榜样

六，睡梦中你惊醒过来

七，模糊了生死的界限

八，战场的路，于你这样远

九，你倒下了，在陌生的都市

十，这是一笔糊涂账

十一，结算，我们要结算

长诗以第二人称写成，讲述一个壮丁，不，一个军人的命运。"你"本是一个"忠实的农民"，被"武装的老总"抓住，绑缚出村，"你"气愤地说：

> 这是打国仗，
>
> 我才不拉稀。
>
> 头掉喽也只碗大个疤，

拉拉扯扯干哪样？

——第一节

然而，事理是："不捆、不拉，还像个壮丁？""你"生气于一家人的哭嚎：

国仗是要大家打，

中国人哪个不该去，

为啥子眼泪郎当！

——第一节

就这样，"你"怀着打国仗的信心，踏上了征程。到了部队，"你"却沦为猪狗虫子，被人宰割与践踏。首先"你"的名字变成了某个"豪绅子弟的尊讳"，原来"你"是"代那高贵的人"当了兵。"你"抗议，马上遭了毒打，让"你"知道什么是"服从"。"你"吃的东西比猪吃的还多一半沙土，焉能不瘦！"你"的脂膏哪里去了？变成了富家女人的雪花膏和口红。体弱的伙伴倒下，长官用鞭子"医治"，站不起来时，长官要"你们"挖一个坑将伙伴活埋，并说："这是你们的榜样"。"榜样"不知有多少，可领晌单上"仍旧有他们画的十字和圆圈"。无论处于怎样痛苦的境地，"你"都没有忘记初上征程的"豪语"、"雄心"和"壮志"，要"打国仗"。可是"战场的路 / 于你竟有这么远！""你爬过了山岗，/ 渡过了河川，/ 越过了田野，/ 饿了一天又一天，/ 冻了一夜又一夜，/ 拖着一身骨架"，"像赶一群畜生"，"被赶到了陌生的都市"，关进马栈里，饿死了。诗歌感叹道：

你生在农村，

却死在城市，

你志在前线，

却死在后方，

从未出过远门的人，

竟做了半路孤鬼。

活着你用血汗，养虎豹，养豺狼，

死了你用身体喂苍蝇，喂蚂蚁，

喂狗，喂乌鸦，

你祖国的忠实而善良的，

勇敢的儿子呀，

生来就是被吃的命运。

——第九节

多么深刻的揭露！

在中国现代文学史上，沙汀的小说《在其香居茶馆里》用了讽刺乃至荒诞的手法揭露国民党兵役制度的丑恶，成为暴露社会黑暗的名篇流传。杨明的《中国兵》以诗的情愫和语言揭露国民党军队的腐恶，可以看作是《其香居》的续篇。《其香居》暴露了"抽壮丁"过程的虚假，《中国兵》描写了一个承受虚假的人的苦难。"你"尽管满含被绑缚的怨尤，也知道了自己被用做某豪绅子弟的顶人品，但却满怀为国打仗的凛然正气！然而在部队里却遭到了非人的待遇，首先是鞭笞，其次是饥饿，被监视，被押送，随时处于死亡的边缘，即使拖着如柴的瘦骨，"你"仍然"向往着民族复兴的圣地"。"你"不懂国家政治，也没有豪言壮语，但以"你"的忠实，自塑了一个国人的高大形象。可这样一个民族的忠魂，却被折磨得抵抗死亡的力量都丧失了。这是何等残暴的军队！在民主自由意识者眼里，这是无法忍受的暴虐。"八年，我们看到多少不平，多少黑暗，死在战场以外的无辜而善良的人民，何止万千。我们早就该叫喊一下了"，[①] 在庆祝胜利的狂欢中，诗人喊出了胜利以外的悲哀。"你"的形象，也许还远远提不到民主自由的层面，只反映出人权问题，人权最低层次的生存权问题。"你"活着已经丧失了做人的资格，甚至连猪狗都不如，竟至饱受饥饿折磨而死。这

---

① 杨明：《后记》，《死在战场以外的中国兵》，联大新诗社 1946 年版，第 31 页。

样的军队，还能打仗，还有存在的必要? 包涵在这个形象中的深刻思
考多么令人震惊。

如果诗歌仅止于此，就只是一篇"暴露作品"，也不符合朗诵诗
的要求。所以，作者更进一步，写出了第十、十一节。"这是一笔糊涂
账"：

> 国家向你招股，
> 国家却没有收到
> 你贡献的一份力量。
> ——第十节

原因却是：

> 八年来戴着抗战的帽子，
> 有的人发了国难财，
> 有的人发了国难权，
> 在你们累累的白骨上，
> 他们建起了高高的纪念碑，华丽的洋房……
> ——第十一节

但是，"投资之后要结账，/ ……我们是股东，/ 我们是主人，
/ 算账，我们要算账! "这就揭示出，中国兵冤死在"战场以外"的
原因在于当权者的卑污。所以，活着的我们要向他们结算这笔账。
当然作者没有意识到，这是国家的政治制度和军队管理制度给予了
当权者实施罪恶的空间，才造成了这样的灾难，因此，这笔账最终
要同国家结算。但诗人鼓动读者思考问题，追究根由，讨回血债，
是清醒而勇敢的。在胜利的凯歌声中，作者发出这样的逆音，无疑
表现了思想者的特点。

《中国兵》是一首典型的朗诵诗，音调铿锵，节奏感强，而且它
具备了朗诵诗的最大特点：政治性和通俗化。朗诵诗的内容应该是

普通人最关心的问题，而这种问题往往带有政治色彩。"抓壮丁"关涉千家万户，是全国人民所关心的问题。而军队的生存状况则是大后方民众所关心的。例如，当时昆明到处是沿街乞讨和奄奄一息的"病兵"，《云南日报》曾报道过"病兵"问题，引起社会的关注。现在，战争胜利了，这些问题可以公开了，八年的压抑应该倾吐了。所以，朗诵这首诗必然能够获得听众的共鸣。2004 年笔者访问杨明先生时，他一再说《中国兵》是"政治诗"，肯定了诗的政治性。通俗化最简单的阐释是让大众听明白。让人听明白的方式很多，比如不用典，不用书面语言，不用复杂句式，把复杂的问题简单化等，这里仅说方言运用。《中国兵》使用了许多云南方言，朗诵时，云南人包括在昆明生活了一段时间的外省人，听起来会既感清楚又觉亲切。例如以下诗句：

> 头掉喽也只碗大个疤，
> 拉拉扯扯干哪样！
> ——第一节

> 爷爷呢？奶奶呢？
> 妈妈咱个整？
> —— 第六节

> 为啥子眼泪郎当！
> —— 第一节

作者在诗的末尾标明"一九四五年八月十六日夜三点半钟写竟"。从这个时间看，应属急就章。但出版时间却在此后 9 个月，这期间，在大小会上多次的朗诵中，由作者和别人做了多次修改润色，因此才会这么成熟——这是朗诵诗的集体创作特点，不足为奇。尽管作者说："我对'诗'一点兴趣都没有，更不必说什么'诗人'。"[①]但此诗还是相当有诗味的，这可以用艺术手法来证明。诗以排比句开头：

> 被绑出来了，
> 从茅屋里；
> 被抓出来了，
> 从田地上；
> 被拖出来了，
> 从祖国的每一个村庄……
> ——第一节

这是最通俗最易被听众接受的方式，所以，诗中使用较多：

> 你们的伙伴，
> 死了不知多少，
> 有的病死了，
> 有的饿死了，
> 有的打死了，
> 有的的活埋了，
> 也有的莫名其妙地死了……
> ——第七节

比兴是中国民歌常用的手法，在诗中多有使用：

> 没有油的灯，
> 是不能发光的；
> 不吃草的牛，
> 是不能拉车的；
> 吃不饱肚子的你们，

---

① 杨明：《后记》，《死在战场以外的中国兵》，联大新诗社 1946 年版，第 32 页。

也抬不动枪了。

—— 第五节

还有老百姓时常挂在嘴边的比兴：

大鱼吃小鱼，
小鱼吃虾米，
虾米就只活该吃沙土。

—— 第四节

对比往往是最有效的表达方式，诗中多有采用：

从前你说：
"人吃的，
只比猪吃的
多了一把盐。"
现在你要说：
猪吃的，
比你吃的还少着一半沙土。

——第四节

猪儿是死了才受宰割，
你们身上的血肉，
活着就被走了私。

——第四节

反衬是很能突出主旨的，有的反衬带有对比性质，难以和对比
完全区分。反衬同样为民歌常用，这首诗中也采用了：

你们身上的肉愈瘦，

她们脸上的粉愈厚，

　　　　　—— 第五节

你生在农村，

却死在城市，

你志在前线，

却死在后方，

从未出过远门的人，

竟做了半路孤鬼。

　　　　　——第九节

复沓也是民歌的常用方法，此方法也出现在这首诗中：

等啊，等啊……

饿着肚子等！

等啊，等啊……

露着胳膊等！

　　　　　—— 第九节

投资之后要结账，

……

结算，我们要结算！

……

算账，我们要算账！

　　　　　—— 第十一节

复沓中有所变化，是这首诗的特点。

以上艺术手法均为民间文学中常见的手法，《中国兵》大量运用民间手法，不仅显示了诗歌的艺术性，而且实现了通俗化的效果。通俗并非不"艺术"。也就是说，《中国兵》的艺术手法与其通俗化的特点相适应。通俗化更增添了《中国兵》的朗诵效果和传播力量。

作为叙事长诗,《中国兵》的基本方法是叙述,但它在叙述上也是有讲究的,什么先说,什么后说,怎样穿插,怎样暗点,怎样照应都经过了认真安排。例如,"你"是被拉去顶了某个富绅子弟的壮丁的,这本可以在诗一开头就作交代,但此诗的主题不是揭露兵役制度的舞弊,而是表现军队的腐恶,所以把它放在第二节,叙述"你"被迫"服从"的经历而点出,这种安排是经济的。又如,诗题是《死在战场以外的中国兵》,那么听者自然关心为什么是"战场以外",怎么"死"的,诗歌一直写"你"在部队所受的折磨和在死亡线上的挣扎,直到第八节才揭示出"战场的路,于你这么远",第九节接着写"你倒下了,在陌生的都市",至此,听众明白了全诗所述的事情。最后两节则是最能体现朗诵诗特点的作者态度和感情的表达,借此激励听众的情绪,以收到"行动"的效果。

总的说来,《中国兵》在艺术上基本符合精致的要求,它不是一首粗制滥造的朗诵诗,它从思想到艺术都有许多可取之处,尤其是它批判国民党军队的腐恶以及所提供的朗诵诗经验值得我们总结。一句话,新诗社把《中国兵》作为代表作出版是有眼光的。

2006 年 8 月 6 日初稿于昆明文化巷 52 号

第八节 缪弘的遗诗 ①

摘 要 缪弘是西南联大外文系学生,文艺社社员,大二时报名从军,是抗日英雄,牺牲时年仅 19 岁。他生前勤奋创作,但作品多散

---

① 本文原载于《成都大学学报》(教育科学版)2007 年第 3 期,原题《心灵的独白——〈缪弘遗诗〉评介》,署名宣淑君、李光荣。

佚，唯有牺牲后西南联大文艺社为他编辑的《缪弘遗诗》存世。《缪弘遗诗》采用"独白"的方式抒写内心，主要表达了诗人的郁闷与痛苦、追求与归宿、同情与歌颂、抗日与爱国等思想情愫，可以概括为"心灵的独白"，诗风清丽自然，天真单纯，较为成功的作品是《血的灌溉》《补鞋匠》《鸭子》《祈求》等几首。

一

《缪弘遗诗》是西南联大文艺社社员的唯一一本作品集，是研究文艺社创作的重要读本之一。

作者缪弘，江苏无锡人，1927年12月17日生，四岁丧母，由继母抚养大。抗战中，辗转于上海、北平读中学。1942年5月，瞒着家庭逃到后方。同年8月，进了重庆南开中学。1943年，考进西南联大外文系。1944年，报名参加远征军未如愿。次年考进译员训练班受训，结业后到美国空军"飞虎队"做译员，接受跳伞训练。1945年7月，桂林反攻战打响，伞兵第一次出动，30日随部队飞往桂林，降落在丹竹机场附近，战斗中，英勇牺牲，时年不到19岁。

缪弘何时参加文艺社的，史无记载。大概他在文艺社的表现并不突出，因此，他生前文艺社的活动中没有关于他的记录，《文艺新报》也没有登载过他的诗文，甚至他牺牲后，文艺社对他的生平知之寥寥。

实际上，缪弘是一位热爱创作且成果丰富的作者。在1945年4月9日入译训班以前，他曾把近三年的作品整理成集子，题名《十八年》，扉页上写着"纪念亡母和我十八岁的生日。"集子凡三册，诗歌不在内，可见创作力的旺盛。他生前也曾发表过作品。1944年12月17日，《云南日报》文学副刊《南风》增页第30期刊载了缪弘的《诗两首》，一为《祈求》，一为《补鞋匠》。这两首诗后来都收入《缪弘遗诗》了。在《云南日报》上发表作品，可以证明缪弘诗作的水平。他牺牲后的8月11日，一个同学把他的散文《清明时节》推荐给编辑，并附了一封短信介绍缪弘的事迹，预告19日将举行追悼会,《云南晚报》于 14 日及时刊登了同学的信和缪弘的遗文。遗文分《坟前》和《风筝》两节记述了在清明节这一天所见的情景。《坟前》写坟茔的沧桑,透露出作者对于死亡和生命价值的思考。文中说:有的坟较小,但有儿孙烧纸,有的坟虽大而豪华,却无人理睬,"有的坟墓人们不会忘掉它,在墓前摆着祭菜,或是烧着纸钱,有些坟墓,上帝不会忘掉它,在坟头供着一丛丛美丽的黄色花圈",生者死后需要怎样的坟墓呢?不言而喻。《风筝》写小孩对上坟的态度。上坟,在大人是表达思念的仪式,对孩子则是游乐的机会。大人仍在坟前叩头或痛哭,孩子就爬到别人的坟堆上放风筝去了。风筝高高地飞,"我"的心也随着飞起来。线放完了,一个小孩松了手,风筝飘走了,"我的心也随着向东飘过去了,迅速地飘飞着,飞过千条水,万重山,只是身子还茫然地站着。"作者为什么要写上这些话,不得而知。联系到他后来从天而降的死①,莫非是一种暗示?文末署明"清明节　四五,四,十三写成于昆明译员训练班"。这篇作品应为今天能见到的缪弘的最后一篇作品。作品对于了解缪弘的思想和创作很有意义。作品不可能收在缪弘自编的《十八年》之中。洋洋三集的《十八年》早已不知去向,缪弘的散文、小说创作面貌无从考察,唯有《清明时节》可以让读者窥见一斑。作者思虑深远,坦然面对人生的共同归宿,心在空中飘飞,身子最终落在地上,这一刻,作者相当超迈,与他诗中表现的天真幼稚不同,俨然是一个智者的形象。而在表达上,这篇散文仍然具有诗的情愫,纯洁、朴素、跳动,富有美感。

缪弘在日本宣布投降半月前牺牲,噩耗传来,西南联大师生深切哀恸,学生自治会、外文系 1947 级(按,今称 1943 级)级会、南开中学校友会西南联大分会和文艺社四个团体组织了殉国译员缪弘同学追悼会筹备委员会,追悼会于 8 月 19 日上午举行。20 日,昆明《扫荡报》发了一篇悼文,作者天羽。天羽和缪弘并不相识,悼文是读过缪弘的《祈求》一诗而引出的怀念,可见缪弘的诗对读者

---

① 　关于缪弘的牺牲,有两种说法,一种是跳伞着陆时摔在石头上死的,一种是在攻占敌人占领的山头中中弹身亡。我宁愿相信前一种说法。

的影响力是有的。顺便说一句，天羽 1946 年在《文艺新报》上发表过两首诗，或许后来天羽成了文艺社社员，但天羽真名无人知道，身世不清楚。殉国译员缪弘追悼会筹备委员会的另一项工作是出版《缪弘遗诗》。这项工作由文艺社负责完成。

当时收集到的缪弘遗作中，有新诗四十多首，为篇幅计，文艺社从中选出 22 首编辑成册，定名《缪弘遗诗》，请导师李广田审定，李广田为书题签并作序。《缪弘遗诗》于 1945 年 8 月印行，仅500 册。诗集无论影响面和影响力都不算大，至今所见到的评论仅有冯至的《新的萌芽——读缪弘遗诗》。人世沧桑，500 册原作已和对他的评论一样稀少了。

《缪弘遗诗》按写作时间编排，起于 1942 年 5 月 21 日，终于 1945 年 4 月 9 日，历时三年。集子中的 22 首诗，没有一定主题，亦无一定线索，内容宽泛，涉及面广，若要从思想上加以归纳，确乎难事，当然，诗中表达了作者挣脱黑暗，向往光明的思想，反映了憎恶丑恶，歌颂美好的愿望，体现出批判自我，积极向上的追求，吟咏着同情下层，爱国从军的情愫等是明显的，但这样的概括失之笼统。在社会衰败、国土沦陷的年代，哪一个进步青年不表达这些思想？李广田从诗集中读出了"痛苦"和"苦闷"[①]，当是灼见；冯至称赞它"新的萌芽"[②]，是从诗集中看出了将来成长的良好势头，目光敏锐。但是，这些概括都偏于一面，不是从全书出发概括其思想和艺术特点的。我们经过反复分析，打算用"心灵的独白"概括之。

二

集子里的诗都不是鸿篇巨制，甚至一首长诗也没有，艺术上也缺乏完美、圆润之类，它们表现的基本上是些小感触，诗意清新，篇幅短小，虽然不乏深入的思考或高度的概括，但没有打磨雕琢，或渗进一些外在的东西。这样的诗都是出自内心的真情实感，犹如

①　李广田：《〈缪弘遗诗〉序》，《缪弘遗诗》，殉国译员缪弘追悼会筹备委员会 1945 年版，第 1 页。

②　冯至：《新的萌芽——读缪弘遗诗》，昆明《中央日报》1945 年 10 月 10 日。

透明的晶体，观者能够洞穿底里。这"底里"的东西，即作者"独白"的"心灵"是什么？有以下几个方面：

（一）郁闷与痛苦

郁闷与痛苦是《缪弘遗诗》的感情基调。这说明作者的内心是充满了酸涩苦痛的，即使在辞旧迎新的快乐除夕之夜，作者所感到的也是"我孤独地又过了一冬"。[①] 李广田说："生在这时代而尚不感到苦闷的，那一定是麻木不仁的人。"[②] 这是同时代人的"证词"，也是导师的评语，它能让我们充分理解《缪弘遗诗》表达的苦闷与痛苦。缪弘的苦闷痛苦源于各个方面，不可笼统论之。

首先是青春期的郁闷与痛苦。正如姜德明说："这是一位少年歌者的吟咏，有的诗还带着少年诗人常有的一点苦闷。"[③] 在人生所经历的痛苦之中，青春期的苦闷是轻微的。缪弘没有夸张、渲染，把这种苦闷写得痛不欲生——这正是他"心灵独白"的真实体现。集子中的第一首《问》，问的就是这种苦闷：

> 在绿荫下，
> 听着琤琮的流水，
> 你总是紧锁着双眉。
> 喂！
> 朋友，
> 你在想着谁？

这是"不识愁滋味"的"少年愁"，诗表现得很含蓄。而到了少年与青年的转折点上，诗人的愁就更深沉一些了："不想歇息，/ 也不敢企望，/ 我只是默默地走着！"[④]

[①]《缪弘遗诗》，殉国译员缪弘追悼会筹备委员会 1945 年版，第 30 页。

[②] 李广田：《〈缪弘遗诗〉序》，《缪弘遗诗》，殉国译员缪弘追悼会筹备委员会 1945 年版，第 1 页。

[③] 姜德明：《缪弘遗诗》，《新文学版本》，江苏古籍出版社 2002 年版，第 150 页。

[④]《缪弘遗诗》，殉国译员缪弘追悼会筹备委员会 1945 年版，第 22 页。

　　其次是时代的郁闷与痛苦。李广田说："缪弘君的诗里所表现的苦闷，也正是我们大多数人所感到的苦闷。"日军侵略使他离乡背井，只身逃到大后方，家乡的思念、破国的忧心，那是多深的痛楚，更兼政治的黑暗，统治者的贪污腐败，哀鸿遍野的现实，一个进步的青年焉能不痛苦？缪弘生活在这样的时代里，把个人的感情与时代的情绪结合了起来，抒发心灵的郁闷也就是表达时代的痛苦。他感到："欢愉中有痛苦，/甜蜜中搀杂着辛酸，/……生活不曾在我脸上留下痕迹，/却在心头烫上深深的烙印；/我的脸上依旧挂着笑，/不管心上爬满了多少皱纹"①，他呻吟道："现实太郁闷，/太沉寂"，因此祈求上帝给予"猛烈的刺激"！②

　　再次是生活的郁闷与痛苦。抗战初期，少年缪弘身处沦陷区，遭受到种种压抑，终于挣脱苦难，只身从无锡来到重庆，这对于一个16岁的少年来说，是难以承担的。他想家了，思乡的感情不时袭上心头，于是他创作了《思乡曲》，放"一叶纸舟"顺江而下，漂到家乡去报平安。诗的表面没有写苦闷，而词句背后的苦闷是谁都能够感受出来的。《缪弘遗诗·后记》说：1944年冬，缪弘"和他的哥哥缪中君同时投军，却遭到别有用心的同学的猜忌，才改考翻译员。为这事他受的刺激很大，因此才有《赶快》，《倦》几首诗的产生"。爱国从军也受猜忌，可见生活中充满了矛盾。这时，他痛苦地写到："赶快/把双目闭上，/免得再多看见人间的不平，/赶快/用手把耳朵堵住，/免得再有壮烈的声音，/鼓起了以往的热情。"③这不是诗人真的要闭目塞听以自欺欺人，"而是陡然地有了热情却仍不能有甚么行动。明明看见了道路而不能举足向前，这正是痛苦中的最大痛苦。"④

　　通过以上，我们看到一颗苦闷心灵的搏动，诗人在痛苦中煎熬

---

① 《缪弘遗诗》，殉国译员缪弘追悼会筹备委员会1945年版，第26页。

② 《缪弘遗诗》，殉国译员缪弘追悼会筹备委员会1945年版，第13页。

③ 《缪弘遗诗》，殉国译员缪弘追悼会筹备委员会1945年版，第13页。

④ 李广田：《〈缪弘遗诗〉序》，《缪弘遗诗》，殉国译员缪弘追悼会筹备委员会1945年版，第2页。

着。诗人虽然年届青少年之间，却承载了太多的痛苦。这是诗人的不幸，同时也是生活的不幸。可是诗人并没有被苦闷淹没，而是在苦闷中寻找着出路。

（二）追求与归宿

冲破苦闷，寻找出路是《缪弘遗诗》的另一个重要内容，也是诗人"独白"的一段心曲。一般说来，少年之心往往充满幻想，请听缪弘的向往："前面：/ 有山，/ 有水，/ 有森林 / 和湖沼，/ 有自由的天空，/ 可供我任意逍遥。"①此时，这位少年的眼中展现着的是多么广阔、自由而美丽的天地呵！但它毕竟是少年的憧憬，实际生活给予他的是打击、郁闷、痛苦，甚至是创伤。诗人一再告诫自己："不要让水银般的眼泪 / 滚入你的酒盅，/ 不要让铅铸似的忧郁 / 压上你的心头"②！他呼唤"北风"，"扫尽这些残叶败草，/ 以待来年的春朝"③；他祈求"上帝"给予"猛烈的刺激"，给予暴风雨及暴风雨后的"太阳"！

什么样的人性是美好的，诗人认为是"傻子"。许多人自以为聪明，实际是耍滑，是人性的负累，他赞美"傻子"："不要在人前自诩聪明，/ 聪明是你最大的敌人；/ 宁可去效法那些傻子，/ 要知道，/ 傻子是英雄的别名。"④正是这样的傻子，才有要做肥田的落叶的愿望："不吝啬于我的尸体腐烂成泥，/ ……有个勤劳的农夫 / 挖我去肥田。"⑤正如姜德明所指出："他的诗显得比他的年龄要成熟、深沉。"⑥缪弘不止一次写过死后的情形，这可以看作对身后的"追求"吧。他在《愿（其一）》里写道：

　　　　死了，
　　　我愿化作一阵轻烟。

---

① 《缪弘遗诗》，殉国译员缪弘追悼会筹备委员会 1945 年版，第 11—12 页。

② 《缪弘遗诗》，殉国译员缪弘追悼会筹备委员会 1945 年版，第 4 页。

③ 《缪弘遗诗》，殉国译员缪弘追悼会筹备委员会 1945 年版，第 5 页。

④ 《缪弘遗诗》，殉国译员缪弘追悼会筹备委员会 1945 年版，第 6 页。

⑤ 《缪弘遗诗》，殉国译员缪弘追悼会筹备委员会 1945 年版，第 24—25 页。

⑥ 姜德明：《缪弘遗诗》，《新文学版本》，江苏古籍出版社 2002 年版，第 150 页。

> 不用哭声送，
> 随风飘荡在雨后的天空；
> 因为那里
> 最净，
> 最青。
>
> 或是变作一颗沙砾，
> 也不要眼泪，
> 安卧在海洋深处；
> 因为那里
> 最深，
> 最静。

而对自己死的方式，他也在《落叶》一诗中作了"设计"：

> 一阵刺骨的寒气吹动了我，
> 无情的推送，
> 送我上天空。
> 在最后一阵有力的旋转后，
> 我躺在柔软的污泥沼里，
> 在那里，
> 我满意地发出我自己的气息。

——这是他在《落叶》里的诗句，所写的情形与他后来降伞身亡何其相似乃尔！莫非这是他的谶语？这种归宿及其方式不能说是他的追求，但确是他之所"愿"。

（三）同情与歌颂

用现代意识读《缪弘遗诗》，其中有两首很显眼，它们是《缝穷妇》和《补鞋匠》，题目预示，诗歌写的是下层劳苦人。反映平民大众的人生，是"五四"开启的现代文学道路。全面抗战以来，一直过着优裕生活的知识分子加入了流亡大军，普通民众就是他们的左邻右舍，劳动群众自然成了他们的描写对象。在抗战中，缪弘从中学生到大学生，虽然生活在校园，但他从祖国的东部走到西部，见到了许多劳苦大众，于是，在缪弘留下来的不多的诗歌中，就有两首这样的诗。《缝穷妇》描写了一个老裁缝的形象："她的脸就是她一生的缩图，/ 行行的皱纹，/ 洩露 / 青春的消逝，/ 生命的流去。"用这样跳动的诗句，画出了一个裁缝妇的面貌，也许她并不老，但她的面容显出了生活的沧桑。这样一副沧桑的面孔包含了多少人生的苦难！也许她服从了命运，她没了追求，她甘心天天为人作嫁："不曾忘掉身后生活的鞭策，/ 戴起老光眼镜，/ 低着头，/ 依旧 / 缝着别人的衣衫。"这是她的生存方式，作者写她默默的工作自然包含着歌颂，同时对她的生活艰辛给予了巨大的同情。

《补鞋匠》短短八句，写出了丰富的内容。写补鞋匠的诗不少，大多以鞋匠为吟咏对象。例如，何达就有一首写于缪弘这首诗之前四个月的《老鞋匠》，诗歌写老鞋匠的工作情形，写老鞋匠无法实现的愿望，最后笔锋一转，写出"老鞋匠 / 也是一只快要解体的破鞋啊"，深切地叹惜老鞋匠的青春与命运，读后使人对老鞋匠产生深深的同情。缪弘的《补鞋匠》立意一反他人，名为"补鞋匠"，实际写的是补鞋客，咏叹补鞋客生活的艰辛与贫困。诗歌的表达很奇特，以作者自己为叙述人，却以补鞋匠的眼光来看人情世态，这样，短诗就有一个叙述者和一个观察者，他们共同作用于人生。叙述者以"你"的口吻说"你补缀了人们的贫苦"、"你该知道……"这个"你"是补鞋匠。诗歌又从补鞋匠的眼光看到了"人们的贫苦"，知道了"人们是在走着怎样艰辛的路"。但无论道路怎么艰辛，补鞋客还得前进，这就是人生，是补鞋客的生存困境。看得出，补鞋客的形象中熔铸了缪弘的人生。而使补鞋客得以前进的人，正是补鞋匠，他帮助补鞋客"重新踏上了征程"。所以诗人才涌起了歌咏补鞋匠的激情。《云南日报》发表了这首诗，确实是有思想和艺术眼光的。由于读者难以找到这首诗，全引于此：

在一块小小的皮子下，

你补缀了人们的贫苦；

也是你，

    使伫足的人，

    重新踏上了征途。

    从这些破烂的鞋子，

    你该知道，

    人们是在走着怎样艰辛的路。

（四）抗日与爱国

祖国遭到外敌侵略，家园遭受寇兵践踏，自身被迫流浪远方，在这种情况下，恐怕除了汉奸而外，没有不爱国的。所以，西南联大的文学作品，表达抗日爱国的情绪是普遍现象。但是，缪弘诗歌表达抗日爱国内容又有自己的特色。

《思乡曲》写道："在江边，/ 我放下一叶纸舟，/ 在船头报着平安，/ 舟尾写着问候。"这是奇特的想象和表达。由于诗人的故乡在海边，而自己则在金沙江边，所以诗写到："愿：/ 它能随大江东去，/ 直向海边流。"这种想象当然只是一种"愿"，甚至带有孩子似的天真情怀。爱家乡与爱国的感情是同一的。看到归栖于梁上的燕子，诗人诉说："梁间檐下不是你的住处，/ 只是个暂时的避风港，/ 在这里先歇歇腿，/ 雨过后，/ 依旧去找你的惊涛骇浪。"这是咏燕子，还是咏自己？在这里，诗人与燕子同化了。诗人在西南联大读书，只是"歇歇腿"而已，他的目标却是"惊涛骇浪"，即在"惊涛骇浪"中建功立业。所以，诗人见到梁间燕子时关心的不是过去的历程，而是将去的地方："且休说旅途的艰辛多阻，/ 请告诉我雨后的去向。"[①]这"去向"是哪里？是驱逐侵略者的战场，因为那里才有"惊涛骇浪"。所以，他见到"悠悠""泳过"的一群鸭子，便幻化出这样的诗句："希望这些鸭子是战舰，/ 但更希望所有的战舰

---

①《缪弘遗诗》，殉国译员缪弘追悼会筹备委员会1945年版，第34页。

都是鸭子"。这实在是战争年代才有的心理。而诗人真正欣赏的是："在宁静的湖面，/画出几条宁静的波纹"的情景[①]。"战舰"只是沦陷的故乡和前方的战火的幻影，"宁静的波纹"才是和平的永久象征。

　　而当想象无济于事的时候，这位青年人的抗日爱国思想便表现为行动了。前方将士流血牺牲，后方百姓献血支援。西南联大曾经多次动员师生献血，缪弘也曾五次献出自己的鲜血。在第五次献出血后，诗人写了著名的《血的灌溉》一诗：

> 没有足够的食粮，
> 　　且拿我们的鲜血去；
> 没有热情的安慰，
> 　　且拿我们的热血去：
> 热血，
> 　　是我们唯一的剩余。
>
> 你们的血已经浇遍了大地，
> 也该让我们的血，
> 来注入你们的身体；
> 自由的大地是该用血来灌溉的。
> 你，我，
> 谁都不曾忘记。

　　诗歌表现出一种英雄豪气，诗句节奏鲜明，铿锵有力，这在缪弘的诗中是独特的。在抗战的艰辛岁月，物资特别困乏，学生连吃饭都成了问题，有用的东西只剩下鲜血了，而当抗战前方需要血，学子们便慷慨地输出献上。诗人深知和平与战争的哲理："自由的大地是该用血来灌溉的"。于是，诗人怀着一腔热血，投入了抗日队伍。作为二年级生的缪弘，考取了美国支援中国抗战，驻扎在昆明

---

① 《缪弘遗诗》，殉国译员缪弘追悼会筹备委员会 1945 年版，第 32 页。

的空军"飞虎队"的翻译官。做翻译官之前需要进译员训练班接受培训。缪弘把做翻译官看作生活中可喜可贺的事，1945年4月9日，在入译训班的前一日，诗人兴高采烈地去府甬道买了一束蔷薇花志喜庆贺，并且写下了《蔷薇》一诗："折一朵蔷薇，/来追念，/背后的流年，/摘一叶花瓣，/来纪念，/我一生中的今天。"诗人信心满怀地告别过去，要去用自己的血灌溉大地了，因此他用蔷薇花做纪念。这首诗节奏轻快，感情明朗，体现出诗人心情的欢快。诗人真的把那蔷薇花一样的生命献给了战场，把那殷红的鲜血，灌溉了祖国的大地。

还是让我们回到《落叶》来。诗人说："我知道，/该是时候了……"为了抗击日本侵略者，为了祖国的和平统一，诗人如一枚落叶：

> 不吝啬于我的尸体腐烂成泥，
> 也不对逝去的往昔，
> 再作无聊的悲泣。
> 我只幻想：
> 明年
> 会有个勤劳的农夫，
> 挖我去肥田，
> 有金黄的谷粒，
> 会因我的滋养
> 而成长。

缪弘实现了自己人生的愿望和价值！

三

"读过这些诗，我们认识了一个人，也认识了这个时代。"这是李广田为《缪弘遗诗》所作《序》的开头语。实情确乎如此。《缪弘遗诗》主要不是为了发表而进行的创作，用意在于纪录自己的心迹，所以诗歌采取"独白"的方式，没有雕饰，没有夸张铺陈，以朴素明丽的语言，道出了一颗真实的心灵。这颗心灵甚至是有些幼稚而又超出了一个少年所应达到的思想水平的。诗中蕴含的苦闷与痛苦，追求与同情，反映出时代的内容，因此，这颗心灵又是包蕴了时代的。这样，这些诗既是个人的，又是时代的。而能够让读者认识个人和时代，又都归结为诗歌的"独白"方式。

缪弘所处的时代是一个动荡与激荡交织的时代。他进入西南联大以后，伟大的抗日战争也进入了后期，一方面国力已经走向衰弱，另一方面知识青年的抗日从军热情高涨，西南联大也由政治的沉寂期转向高涨期，逐渐成为"民主堡垒"和"民主坦克"。在这种背景下产生的文学，必然是激情澎湃，充满战斗豪情的。文艺社和新诗社的创作主调都是这样。可是缪弘的诗歌却不具备汹涌的激情和战斗的精神，没有鼓动性和号召力，风格平和宁静，生活意味浓厚而缺乏政治性。也就是说，缪弘的诗风与文艺社的格调不相契合。鲁迅评论殷夫的诗说："这诗属于别一世界。"①援引这句话来评缪弘的诗，也可以说：这诗之于文艺社，属于别一世界。其实，缪弘诗歌的特殊价值也正在这一点上：它展现了文艺社的别一世界，丰富了文艺社的创作。

从历史上看，任何特殊的思想开初都是孤寂的。上文曾说缪弘生前知者不多，死后虽然出版了《缪弘遗诗》，也没有引起特别的注意，以致文艺社的人对他似乎无从言说，所以今天要找他的材料很困难。其原因恐怕在于缪弘诗歌的风格特殊，与文艺社的创作主流不合。

缪弘诗歌的风格，多近于殷夫和汪静之的早期诗，独白自己的心灵，清丽自然，天真单纯。他们都以吟咏内心的苦闷和憧憬为内容，只是缪弘诗中缺少爱情的歌咏，这或许体现的是选编者的观念，而不是缪弘之所缺。从诗歌史的角度看，缪弘的诗除少数几首，如《血的灌溉》《补鞋匠》《鸭子》《祈求》外，确实没有提供多少新的东西，正如冯至所说："在十年前，或二十年前，努力新诗的青年也许写过

---

① 《鲁迅杂文全集》，河南人民出版社 1994 年版，第 862 页。

比这里的诗更为成功的诗，或是更美的诗句"，但缪弘诗歌"没有雕琢，没有粉饰，没有怪诞，没有空虚的喊叫，没有稍欠真实的夸张，也没有歪曲的古典与矫揉造作的象征，在单纯的字句里含着协调的韵律"① 的特点，却是其他人的诗歌所没有的，因而是独特的。

　　　　　　2006 年 7 月 10 日初稿于成都一环路南四段 16 号

---

① 冯至：《新的萌芽——读缪弘遗诗》，昆明《中央日报》1945 年 10 月 10 日。

结　语

　　此前，我从未把西南联大文学社团的创作当作校园文学看，其原因是校园文学通常被理解为反映学校生活的文学，而西南联大文学社团创作的主流是社会内容。如果把西南联大文学社团的创作视为校园文学，便降低了它的"档次"，至少是缩小了它的范围和意义。为不触动已有概念，避免名实之争，我一直提的是西南联大文学社团的创作。现在我可以明确地提出关于校园文学的概念了：校园文学是在校学生以及离校后保持与学校密切联系并继续在校时期创作路子的作者创作的文学。这个概念的特点是以作者的身份来确定校园文学的概念，同时注意到文学创作的连贯性特点。它区别于以题材为标准确定校园文学的概念。毕竟，校园文学不同于工业题材、农业题材、军事题材、商业题材以及教育题材文学，而是跨越多种题材的文学。文学创作的复杂性和连续性会使学生作者离校后继续学生时代的创作路数，创作的基本题材和风格与在校时的创作无太大变化，也应看作校园文学。另一种情况是，有的校园作者离开学校后，即使创作在保持原貌的基础上增加了新的因素，但在生活、工作以至精神上仍与学校保持着密切联系，这样的作者所作的作品也应看作校园文学。

　　西南联大校园文学的内容特点是其社会性。学生作者们最为关注的不仅是自己的生活与个体的痛苦，更是时代的动向、国家的存亡、民族的命运、现实的问题和人民的生活这些大事，具有强烈的社会责任感，因而写出的作品体现出丰厚的社会意义。他们描写最多的是抗日战争，其次是后方民众的生活，再次是校园生活，最后才是个人情感。这种取材倾向除了社会责任感外，也是西南联大校园作者的生活决定的。他们是日军侵略的罹难者，学校和他们个人的命运都与抗日战争息息相关。他们中的许多人居住在民房，出入于市民之中，还曾一度生活于小镇、乡村、边疆、国外或军营。如此丰富的生活体验是任何时候的任何大学生都未曾经历过的。所以西南联大的校园文学比任何时代的校园文学更具有社会性。社会性同样是北大、清华、南开大学和中国现代文学社团的精神传统，西南联大与它们之间是源流关系，但在西南联大，校园文学的社会性异常显著，即使是穆旦那样的自我解剖和心灵拷问也包涵了浓厚的时代色彩和社会内容。

西南联大校园文学的创作特点是社团运作。这是本书以文学社团为中心研究西南联大校园文学的原因。由于校园文学的创作主体是学生，学生的创作靠文学社团运作和推动，校园文学、学生创作和文学社团几乎三位一体，所以研究学生文学社团及其创作就是研究西南联大校园文学。西南联大学生还在迁滇的"长征"途中，就开始筹备文学社团了，此后，文学社团此起彼伏，层出不穷，有继承与延续，也有合作与竞争，共同推动了校园文学的发展。统计西南联大的学生作者，除个别人外，差不多都参加过文学社团，有的同时或先后参加过几个文学社团，而其校园文学90%以上的作品出自学生文学社团。可以说研究西南联大校园文学差不多等于研究西南联大的社团文学。其实，组织文学社团进行创作可以看作校园文学的共性，但在西南联大，这一特点尤为突出。考其源流，是对北大、清华、南开三校校园文学操作方式的继承，同时也是对中国现代文学社团传统的继承。

中国现代文学以运作方式而论，社团文学占了很大比重。由于现代社会是一种"组织起来"的社会，作家也需要组织起来，文学社团应运而生。西南联大文学社团是这种社会思潮的产物。在文学创作中，社团具有组织队伍、促进创作和培养人才三大功能。西南联大的文学社团充分发挥了这三大功能。西南联大学生中的文学作者几乎全被网罗进了文学社团，因而社团具有最广泛的群众基础，并拥有最出众的创作人才，从而保证了西南联大校园文学的创作水平和影响力。西南联大文学社团还把已毕业的一些作者"留"在了校园。已毕业的作者与校园文学的关系，主要是靠文学社团维持的。文学创作有强大的惯性，学生作者毕业后在一段时期内仍然继续着先前的创作路子，这是他们联系校园的基础，而校园文学社团也需要他们的支持，于是毕业不久且继续校园文学创作的作者仍然是西南联大文学社团的社员，也是西南联大校园文学的创作主力。"促进创作"指的是文学社团得到导师的指导，以及举办文学讲座等活动激发社员的创作热情，或者通过提出要求、布置任务等组织措施，促进社员的创作积极性，并通过社员之间的观摩、交流、切磋，以提高社员的创作水平，最终取得良好的创作业绩。也是在这个过程中，培养了文学人才：许多同学在进入社团之时，仅凭对文学的爱好，通过参与社团的活动提高了创作能力，迅速成长为文学人才，汪曾祺是一典型例子；有的同学入社时已是小作者，又在文学社团中砥砺成长，锋芒毕露而成为社团的创作主力和优秀的文学社团人才，穆旦是一典型例子。简言之，西南联大文学社团卓有成效地发挥了文学社团的组织队伍、促进创作和培养人才三大功能。

考察西南联大的历史，会发现文学社团贯穿了西南联大的全过程。那是一个艰难困苦的年代，同时也是热情洋溢的年代和文学创作的年代。西南联大文学社团的众多正是这种时代风貌的表现。再进一步对西南联大文学社团作具体考察，还会发现，文学社团大多工作努力，活动多彩，创作丰富，取得了不俗的文学成绩。有的如冬青社、文聚社历史较长，创作成绩巨大，有的如南湖诗社、南荒文艺社历史不长，但创作特色显著。也会发现，文学社团的成员创作出了许多优秀的和杰出的作品，其成就如《森林之魅》《人》《兽医》等已经不是文学"精品"能够形容。于是，西南联大文学社团在中国现代文学史上确定了重要地位。西南联大学生的创作——校园文学之所以能够取得这样的骄人成绩，有以下几个原因或曰条件：一、时代的需要。战争需要文学鼓舞斗志，提高情绪，文学应运而生。二、生活的深入。西南联大学生生活在居民中、军队中、战场上以及各种各样的世态中，他们对生活与人生有切实的体验。三、自由的空间。西南联大提供了一种自由生活和独立思考的空间，师生可以不拘一格地思考问题和表达思想。四、作者的努力。有的社员把文学创作当作事业坚持不懈的探索，获得了适合于时代的不同凡响的思想和写作能力。五、导师的指导。文学社团一般都聘请了导师，有的社员时常与导师接触，并按照导师的指点去训练提高，因此进步很快。总之，西南联大文学社团的创作成就是巨大的，成就的取得也是有历史原因的。这"历史原因"，也是我们今天的校园文学社团难以企及西南联大文学社团的原因。

说不完的西南联大，说不完的西南联大文学。

2012 年 7 月 24 日晨写于成都一环路南四段 16 号

2012 年 7 月 26 日改录于昆明文化巷 52 号

参 考 文 献

著 作 类

北京大学等编:《国立西南联合大学史料》,云南教育出版社 1998
年版。

西南联合大学北京校友会编:《国立西南联合大学校史》,北京
大学出版社 1996 年版。

西南联大校友会编:《箫吹弦诵在春城》,云南人民出版社、北京
大学出版社 1986 年版。

北京大学校友联络处编:《箫吹弦诵情弥切》,中国文史出版社 1988
年版。

云南西南联大校友会编:《难忘联大岁月》,云南教育出版社 1998
年版。

云南文史资料研究委员会等编:《云南文史资料选辑》第 34 辑,云
南人民出版社 1988 年版。

西南联大北京校友会校史会编:《国立西南联合大学校史资料》,北
京大学出版社 1986 年版。

西南联大除夕副刊编:《联大八年》,西南联大学生出版社 1946
年版。

清华大学校史研究室编:《清华大学史料选编》,清华大学出版社
1994 年版。

清华校友总会编:《校友文稿资料选编》,清华大学出版社 2000
年版。

王学珍、郭建荣主编:《北京大学史料》,北京大学出版社 2000
年版。

南开大学校史编写组编：《南开大学校史》，南开大学出版社 1989
  年版。

南开校友总会编：《南开校友通讯》丛书，2000—2010 年版。

南开大学校史研究室编：《联大岁月与边疆人文》，南开大学出版社
  2004 年版。

西南联大北京校友会编：《我心中的西南联大》，北京大学出版社
  2008 年版。

杨立德：《西南联大教育史》，成都出版社 1995 年版。

吴　宓：《吴宓日记》，生活·读书·新知三联书店 1998—1999 年版。

钱　穆：《八十忆双亲·师友杂忆》，生活·读书·新知三联书店
  1998 年版。

浦江清：《清华园日记·西行日记》，生活·读书·新知三联书店
  1987 年版。

《刘兆吉诗文选》，西南师范大学出版社 2003 年版。

刘兆吉：《西南采风录》，商务印书馆 2000 年版。

赵瑞蕻：《离乱弦歌忆旧游》，文汇出版社 2000 年版。

许渊冲：《追忆逝水年华》，生活·读书·新知三联书店 1996 年版。

许渊冲：《诗书人生》，百花文艺出版社 2003 年版。

闻黎明、侯菊坤编：《闻一多年谱长编》，湖北人民出版社 1994
  年版。

赵慧编：《回忆纪念闻一多》，武汉出版社 1999 年版。

三联书店编辑部编：《闻一多纪念文集》，生活·读书·新知三联书
  店 1980 年版。

"一二·一"运动史编写组编：《"一二·一"运动史料选编》，云南
  人民出版社 1980 年版。

蒙自师范高等专科学校等编：《西南联大在蒙自》，云南民族出版社
  1994 年版。

张寄谦编：《中国教育史上的一次创举》，北京大学出版社 1999
  年版。

姚　丹：《西南联大历史情景中的文学活动》，广西师范大学出版社

2000 年版。

孙玉石：《中国现代主义诗歌史论》，北京大学出版社 1999 年版。

杜运燮、袁可嘉、周与良编：《一个民族已经起来——怀念诗人翻译
　家穆旦》，江苏人民出版社 1987 年版。

王思圣编：《"九叶诗人"评论资料选》，华东师范大学出版社 1996
　年版。

王佐良：《中楼集》，辽宁教育出版社 1995 年版。

林　元：《碎布集》，文化艺术出版社 1991 年版。

孙菊华、戴炽昌编：《刘克光纪念文集》，内部发行 2002 年版。

陈白尘、董健：《中国戏剧史稿》，中国戏剧出版社 1989 年版。

田本相：《曹禺传》，北京十月文艺出版社 1988 年版。

吴　戈：《云南现代话剧运动史论稿》，中国文联出版社 2001 年版。

蒙树宏：《云南抗战时期文学史》，云南教育出版社 1998 年版。

先燕云：《三千里地九霄云——宗璞与云南》，云南教育出版社 2000
　年版。

俞元桂主编：《中国现代散文史》（修订本），山东文艺出版社 1997
　年版。

姜德明：《新文学版本》，江苏古籍出版社 2002 年版。

《朱自清全集》，江苏教育出版社 1996 年版。

《闻一多全集》，湖北人民出版社 1994 年版。

《冯至全集》，河北教育出版社 1999 年版。

《沈从文全集》，北岳文艺出版社 2002 年版。

冯友兰：《三松堂全集》，河南人民出版社 2000 年版。

《费孝通文集》，群言出版社 1999 年版。

浦薛凤：《浦薛凤回忆录》，黄山书社 2009 年版。

李广田：《荷叶伞》，华夏出版社 1996 年版。

李岫编：《中国现代作家选集·李广田》，人民文学出版社 1984
　年版。

《卞之琳文集》，安徽教育出版社 2002 年版。

《汪曾祺全集》，北京师范大学出版社 1998 年版。

《鲁迅全集》，人民文学出版社 2005 年版。

《鲁迅杂文全集》，河南人民出版社 1994 年版。

《曹禺文集》，中国戏剧出版社 1990 年版。

《田汉文集》，中国戏剧出版社 1986 年版。

《王蒙文集》，华艺出版社 1993 年版。

杜运燮、张同道编：《西南联大现代诗钞》，人民文学出版社 1997
年版。

龚纪一编：《"一二·一"诗选》，人民文学出版社 1983 年版。

辛笛等：《九叶集》，作家出版社 2000 年版。

李方编：《穆旦诗全集》，中国文学出版社 1996 年版。

《穆旦诗集》，人民文学出版社 2001 年版。

曹元勇编：《穆旦作品集·蛇的诱惑》，珠海出版社 1997 年版。

中国现代文学馆编：《穆旦代表作》，华夏出版社 1999 年版。

林　蒲：《暗草集》，人生出版社 1956 年版。

刘超先、蔡平：《寒窗集——刘重德诗文选集》，湖南师大出版社
2002 年版。

萧　荻：《最初的黎明》，作者自印 2005 年版。

《郑敏诗集》，人民文学出版社 2000 年版。

《杜运燮 60 年诗选》，人民文学出版社 2000 年版。

杜运燮：《海城路上的求索》，中国文学出版社 1998 年版。

杜运燮：《热带三友·朦胧诗》，中国戏剧出版社 2006 年版。

刘北汜：《山谷》，江西人民出版社 1981 年版。

刘北汜：《曙前》，文化生活出版社 1948 年版。

刘北汜：《荒原雨》，花城出版社 1984 年版。

文艺社编：《缪弘遗诗》，殉国译员缪弘追悼会筹备委员会出版 1945
年版。

何　达：《我们开会》，中兴出版社 1949 年版。

秦　泥：《晨歌与晚唱》，西南财经大学出版社 1994 年版。

戈　扬：《抢火者》，浪花文艺社出版 1946 年版。

杨　明：《死在战场以外的中国兵》，联大新诗社出版 1946 年版。

朱东润主编:《中国历代文学作品选》,上海古籍出版社 1979 年版。

郭绍虞主编:《中国历代文论选》,上海古籍出版社 1979 年版。

李　索:《〈左传〉正宗》华夏出版社 2011 年版。

钟敬文:《民间文学概论》,上海文艺出版社 1980 年版。

钱理群、吴福辉、温儒敏:《中国现代文学三十年》,北京大学出版
　社 1998 年版。

刘勇主编:《中国现代文学专题》,高等教育出版社 2001 年版。

西南联大研究所编:《西南联大研究》第 1 辑,中国大百科全书出版
　社 2005 年版。

余　斌:《西南联大·昆明记忆》,云南民族出版社 2003 年版。

杨绍军:《西南联大时期的文学创作及其外来影响》,作家出版社
　2007 年版。

易社强:《战争与革命中的西南联大》,传记文学股份有限公司 2010
　年版。

闻黎明:《抗日战争与中国知识分子——西南联合大学的抗战轨
　迹》,社会科学文献出版社 2009 年版。

易　斌:《穆旦年谱》,社会科学文献出版社 2010 年版。

汪朗、汪明、汪朝著:《老头儿汪曾祺——我们眼中的父亲》,中国
　人民大学出版社 2007 年版。

期刊报纸

《今日评论》1939—1942 年

《当代评论》1941—1944 年

《国文月刊》1940—1949 年

《十二月》1946 年

《匕首》1945—1946 年

《抗战文艺》1938—1946 年

《民主周刊》1944—1946 年

《战国策》1940—1941 年

《文聚》1942—1945 年

《自由论坛》1943—1945 年

《世界学生》1942—1943 年

《中国社会科学》1985—2013 年

《文学评论》1980—2013 年

《中国现代文学研究丛刊》1979—2013 年

《新文学史料》1978—2013 年

《新文化史料》1994—2001 年

《北京大学学报》1980—2013 年

《清华大学学报》1980—2013 年

《南开大学学报》1985—2013 年

《云南师范大学学报》1984—2013 年

《云南大学学报》1984—2013 年

《西南民族大学学报》2000—2013 年

《云南民族大学学报》2003—2013 年

《云南社会科学》1981—2013 年

《学术探索》1987—2013 年

《红河学院学报》2003—2013 年

《楚雄师范学院学报》1999—2013 年

《成都大学学报》2005—2013 年

《华风》（美国）1996 年

《百花洲》1980—1985 年

《西南联大北京校友会简讯》1984—2013 年

《云南西南联大校友会校友通讯》2000—2013 年

《南开校友通讯》2000—2010 年

《剧艺社社友通讯》2004—2012 年

《北京大学校刊》2000—2010 年

《十月》2000—2010 年

《北京文艺》2005 年

《人物》2000—2005 年

《抗战文化研究》2007—2013 年

《现代中国文化与文学》2005—2013 年

《扫荡报》1943—1945 年

香港《大公报》1938—1941 年

汉口《大公报》1938 年

重庆《大公报》1938—1946 年

《中央日报》1939—1945 年

《云南日报》1937—2013 年

《正义报》1943—1946 年

《朝报》1938—1946 年

《益世报》1938—1939 年

《罢委会通讯》1945 年

《光明日报》1985—2013 年

《中国教育报》1985—2013 年

《人民日报》1985—2013 年

后　记

　　本书是笔者近10年来研究西南联大校园文学的结晶。书中每一节都独立发表过，收入本书时又作了一些修改和技术上的处理，使全书有一个共同的主题、较为完整的内容和统一的结构，因而本书是一本专著。本书围绕文学社团研究西南联大校园文学，是因为校园文学的创作主体是学生，学生的创作靠文学社团运作和推动，这样，校园文学、学生创作和文学社团几乎是三位一体的。

　　由于当初写作并发表论文时无一定计划，这就造成了局部的不平衡甚至不完满，这在第三章中较为明显。因此，本书未能全面完整地论述西南联大学生创作的面貌，只能算作统一结构中的个案研究。不过，个案研究是笔者目前所能采用的最好方法。因为，学生作品散佚严重，要全面完整地揭示西南联大校园文学的面貌，笔者目前还力所不及，况且对于作家作品的详论是没有止境的，这要请读者谅解。

　　收集在书中的当然不是笔者所发表的关于西南联大文学社团和学生创作的全部论文：有的因收入他书不能收入，有的与本书章节关系不密切无法收入，有的篇幅较短难以与本书各节平衡不便收入。这样，收入本书的只是笔者近些年来所发表的研究西南联大校园文学的主要成果。

　　说实话，文学社团并不是笔者感兴趣的研究对象。但作为一个中国现代文学研究者，文学社团是无法绕开的。笔者研究西南联大文学社团即是为研究西南联大文学而进行的。笔者从2003年开始投入西南联大文学社团的研究，两年后开始陆续发表论文，现在才有结成这本小书的材料。

　　本书每一节正文前有"摘要"，一是为了保持初发论文的原貌，二是为了让读者在读长文前对本章的要点有所了解。这或许是本书在体例上的小小创新，但笔者未观全部学术专著，不敢肯定。

当今学者都碌碌于"项目"之类的课题，笔者也不例外。假如没有李怡先生的鼓励，很难有这本小书的产生，他还拨冗为本书作序，论述校园文学及其文化意义，增强了本书的理论含量，所以首先感谢李怡先生。宣淑君女士通读了全部书稿，并提出了许多修改意见，也是要感谢的。对于原载本书所收各篇论文的刊物及其编辑，笔者总是心怀感激。出版本书的人民出版社及其责编李惠老师，同样是笔者感谢的。

细心的读者会发现本书写作于昆明和成都两地之间。两地是笔者近些年的生活之地。昆明文化巷52号，原名昆华中学北院，是西南联大师范学院的诞生地，遭日机轰炸后师范学院搬走，仍然是西南联大师生的居住地，西南联大复员后，一直是云南师范大学的教职工宿舍。数十年后，笔者有幸居住于此，沐浴西南联大的气息，感受西南联大的遗风，学术日益长进，研究西南联大多所收获。这本小书亦是见证。位于成都的西南民族大学是笔者近些年供职的单位。西南民大为笔者提供了良好的学术环境，让笔者能够潜心学术研究，才有今天的成果。由此可知，笔者对西南联大、云南师大和西南民大的感情是深厚的。

笔者身处西南民族大学发展的大好时机，本专著是西南民族大学科研重大资助项目的研究成果，并获得西南民族大学中国文学博士一级学科培育经费资助而得以问世。2013年4月，西南民族大学民国文学研究中心成立，本书即为民国文学研究中心的成果之一。

李光荣

2012年7月25日晚写于昆明文化巷52号

2013年11月30日改于成都一环路南四段16号